Neunundzwanzig neue Kurzgeschichten aus der ZEIT

Herausgegeben von Dieter E. Zimmer

Hoffmann und Campe

CIP-Kurztitelaufnahme der Deutschen Bibliothek

Neunundzwanzig neue Kurzgeschichten aus der »Zeit«/hrsg. von Dieter E. Zimmer. [Juan Benet . . .]. – 1. Aufl. – Hamburg: Hoffmann und Campe, 1981.
ISBN 3-455-08747-7

NE: Zimmer, Dieter E. [Hrsg.]

Einbandgestaltung: Dieter Zembsch
Satz: Alfred Utesch GmbH, Hamburg
Druck und Bindung: Richterdruck, Würzburg
Printed in Germany

Inhalt

Der Reisende
Von Juan Benet

Der Reisende, der von irgendeiner der näher gelegenen Großstädte mit der Eisenbahn – wenn möglich – nach Región zu gelangen versucht und entweder in Palanquinos aussteigt, um die Verbindung mit dem »Castellanos« zu wählen, oder bis Ponferrada weiterfährt, um dort den »Sil« mit den Bergarbeitern von Villablino zu nehmen, oder – wenn er aus dem Osten anreist – mit dem »Vascongado« bis nach La Robla kommt oder ganz durchfährt bis zur Endstation der Strecke, nach Macerta, über Rañeces und Cabezas del Torce, wird, so oder so, bald merken, was auf ihn zukommt. Macht er die Fahrt im Winter, wird die Gewißheit, was jede dieser Routen ihm bescheren kann, nicht lange auf sich warten lassen. Macht er sie bei Nacht . . . nun gut, es mag sein, daß er schlimmere Nächte erlebt hat oder noch erleben wird. Das Schlimmste, sagt man, sind nicht die Fahrten selber, sondern das Umsteigen: das ewige Warten in öden, schmutzigen und eiskalten Wartesälen (diese beschlagenen Fensterscheiben, die keinen Putzlappen mehr gesehen haben, seit die Inschriften aus jenem asturischen Oktober weggewischt wurden), der mangelnde Glaube, mit dem der Stationsvorsteher – skeptisch wie sonst nur der aufmerksame und empfindsame Beobachter der spanischen Zeitgeschichte – auf alle Fragen nach dem Fahrplan antwortet, während er gleichzeitig das Feuer im Ofen anzufachen versucht. Und wenn der Reisende sich entschließt, die Strecke bei Tage zurückzulegen, mit dem »Shanghai«, dem »Portugués« oder einem der kleinen lokalen Eilzüge, die nach Mitteleuropa zu streben scheinen, immer auf der Flucht vor dem Feind, dann um so schlimmer für ihn. Denn wehe, wenn er sich mitten in der Nacht auf einem Bahnhof im Gebirge wiederfindet, in einer dieser Ortschaften ohne ein anderes Obdach als den Rathauseingang, das Kirchenportal oder den Wartesaal. Und selbst wenn es ihm gelingt, bei jedem Umsteigen einen Anschlußzug zu erreichen – was höchst unwahrscheinlich ist –, wird er mit ziemlicher Sicherheit in Macerta (wenn nicht schon in Cabezas) übernachten müssen, da der Zug Nr. 1022, planmäßige Ankunft 0 Uhr 50, nur sehr selten vor 3 Uhr früh eintrifft – und so lange bleibt der Busfahrer von Región nicht auf, zumal da er weiß, daß der imaginäre und verwirrte Kunde, der nach dieser Möglichkeit suchen könnte, niemals einen Taxifahrer finden wird, der ihn um diese Zeit an sein Ziel bringt.

Infolgedessen und abgesehen von den Siestas während der Wartezeiten wird der Reisende aller Wahrscheinlichkeit nach seine sieben Stunden auf einer Holzbank schlafen können, den Kopf auf eine Reisetasche gestützt, denn seinen Mantel wird er sicherlich für seinen eigentlichen Zweck benötigen. Sofern es ihm gelingt, Schlaf zu finden. Zusammengekauert, die Knie fast am Kinn, wird er feststellen dürfen, daß eines der wenigen Dinge, die auf dem Bahnhof von Cabezas richtig funktionieren, die schöne Wanduhr von der Firma Garnier in Paris ist, mit ihrem römischen Zifferblatt und ihrer doppelten Kette, stolz auf ihre Mechanik und zufrieden, wie sie ihre Pflicht erfüllt. Merkt euch, scheint sie zu sagen, ihr, die ihr achtgebt, wie auch ihr, die ihr die Stille vorzieht und mich lieber nicht hören würdet, merkt euch, sage ich, daß ich über euch wache und eine Pflicht tue, die mir niemand auferlegt hat.

So groß die Müdigkeit und der Ärger auch sein mögen, das Schlimmste in solchen Situationen ist, wie mancher sagt, ein gesprächiger Mitreisender im Abteil oder im Wartesaal. Es ist etwas so Schlimmes wie die Ungeduld, wenn nicht schlimmer. Man trifft Mitreisende, die, von ihrer Begeisterung für den Menschen und von ihrem Glauben an Solidarität getragen, nicht zögern, ein Päckchen Karten hervorzuholen und, nachdem sie sich die Ärmel hochgekrempelt und flink und geschickt die Karten gemischt haben, einen indirekt fragen, ob man mitspielen möchte, höchstwahrscheinlich ohne zu ahnen, wieviel Angst sie einem damit einjagen. Und es gibt andere, gemäßigtere, die, ohne den Reisenden in seinen Gedanken stören zu wollen, doch wissen, was ein aufmunterndes Wort in einem verwirrenden Moment wert ist. Das sind diejenigen (im Unterschied zu dem Spieler, der, sobald das Spiel im Gange ist, einen Flachmann mit Cognac aus der Tasche zieht und, ohne sich um die anderen Anwesenden zu scheren, einen Schluck trinkt und mit der Zunge schnalzt), die, wenn man sie als Männer, die solche Wartezeiten gewohnt sind, danach fragt, wann ihrer Meinung nach der Postzug nach Macerta eintreffen werde, einem als einzige Antwort eine halbvolle Flasche kastilischen Schnaps hinhalten und mit einer Geste bedeuten, man solle sich keinen Zwang antun, soweit es die eigene Trinkfestigkeit erlaube.

Nachdem ich mein Studium beendet hatte, bestand meine erste Arbeit als Ingenieur einige Jahre lang (oder Monate, ich weiß nicht mehr genau, die Zeiträume verändern sich in der Erinnerung, wenn Begeisterung im Spiel ist) darin, daß ich die Ausbeutung einiger primitiv angelegter Bergwerke zu leiten hatte, die ein skrupelloser Grundeigentümer in den Bergtälern des Tremor wie auch des oberen Torce besaß. Es handelt sich um gleichartige Anthrazitformationen, die etwa hundert Kilometer oder dreißig Stunden Weg mit Pferd, Eisenbahn und Auto voneinander entfernt liegen; es ist eine Landschaft, wo – wie der berühmte Opiumsüchtige des vergangenen Jahrhunderts sagen würde – »in einer Entfernung von tausend Meilen weder ein Hund Schutz vor einem Schneesturm noch ein Vogel der sogenannten Höhlenbewohner Anlaß zum Frühstücken findet«.

Auf einer meiner ersten Rückfahrten von El Bierzo nach Región mußte ich – natürlich – in Cabezas übernachten, zwischen zwei nicht aufeinander abgestimmten Verbindungen mit weit auseinander liegenden Abfahrtszeiten. Der Bahnhof von Cabezas, im Gebirge gelegen und damals nach La Cañada der höchste Punkt im Eisenbahnnetz der iberischen Halbinsel, ist mit großen schmutzigen Fenstern versehen, die, vom Nordwestwind gepeitscht, die ganze Nacht hindurch dröhnen wie ein klappriger Bus. Es war – glaube ich – eines der ersten Male, daß ich auf den nächtlichen Aufmunterer stoßen mußte, den erfahrenen Reisenden, der alles auswendig weiß – alle Abfahrtszeiten und Zwischenstationen, alle Verbindungen mit einmaligem oder zweimaligem Umsteigen, der weiß, wie man am besten Fahrkarten kauft, ohne daß man Schlange stehen muß, der immer zweiter Klasse fährt zum Preis der dritten, der im Alter nach und nach einen Eierkopf bekommt und der im geeigneten Augenblick die Spielkarten aus der Tasche zieht. Die Sorte Mensch, für die ein junger Mann, der gerade sein Studium beendet hat, ungefähr das gleiche darstellt wie eine Fliege für eine silberne Spinne.

Wir mußten inzwischen beim vierten oder fünften Spiel sein und saßen in der Ecke, wo zwei Bänke einen rechten Winkel bildeten, als der Stationsvorsteher (jung, aber dem Aussehen nach melancholisch und abwesend, schlaflos, ein großer Vogelliebhaber, wie mir später gesagt wurde) mit einem Eimer voll Holzspäne in den Wartesaal kam, um den fast kalt gewordenen Ofen aufzufüllen. Mein Mitspieler zog eine Grimasse, deren Bedeutung mir in jenem Augenblick entging. Er war an dem Punkt angelangt, wo er, nachdem er bereits einiges Geld gewonnen hatte und seine absolute Macht über mich offensichtlich geworden war, begriff, daß er sich freundlich zeigen oder mich eine winzige Summe gewinnen lassen mußte, wenn er nicht wollte, daß ich, gelangweilt und entmutigt, vorzeitig das Spiel abbrach und mich zum Schlafen ans andere Ende der Bank zurückzog.

Aber die Anwesenheit des Stationsvorstehers, der, nachdem er den Uhrkasten mit den Zuggewichten kontrolliert und einen Haufen Zeitungen vom Boden aufgesammelt und in den Papierkorb geworfen hatte, zu uns kam, um einen Blick auf uns zu werfen, mußte ihm wohl neue Kraft einflößen, so daß er sich veranlaßt sah, ihm sein großartiges Talent im Kartenspiel zu demonstrieren. Als der Stationsvorsteher meine bestürzten und naiven Einwände hörte, konnte er sich nicht eines Kopfschüttelns enthalten, mit dem er mir zu verstehen gab, wieviel Mitleid eine so verzweifelte Situation wie die meine in ihm erweckte. Nachdem er wieder gegangen war, flüsterte mein Mitspieler mir mit leiser Stimme, in komplizenhaftem Ton und mit einer gewissen Arroganz zu:

»Er ist vollkommen verrückt.«

»Verrückt?«

»Oh ja. Ganz und gar. Das ist allen bekannt, und es sind alle möglichen Geschichten über ihn im Umlauf. Bestimmt reisen Sie noch nicht lange hier in der Gegend, junger Mann, denn sonst kann ich mir nicht erklären, wieso Sie nicht schon früher davon gehört haben. Es ist allgemein bekannt.«

Nichts hätte ich mir mehr gewünscht als ein Gespräch, das unser Spiel unterbrach oder zumindest den Rhythmus verlangsamte, den dieser Teufelsspieler mir aufzwang.

»Wie ist das möglich?« fragte ich nach einer langen Pause und mit gespieltem Entsetzen. »Wie ist das möglich, daß man eine solche Verantwortung einem Verrückten anvertraut? Seine Vorgesetzten müßten ja noch verrückter sein als er, wenn das, was Sie da erzählen, wahr wäre. Ich kann es nicht glauben.«

»Doch, doch, glauben Sie mir. Aber spielen Sie weiter, zögern Sie nicht. So wichtig braucht man es nun auch nicht zu nehmen. Es ist nichts Neues in diesen Breiten. Sein Vorgänger war auch nicht ganz richtig im Kopf, und dessen Vorgänger ist anscheinend noch viel verrückter gewesen. Aber nur zu, her mit der Karte, was ist mit Ihnen los?«

»Wie bitte? Merken Sie nicht, daß das, was Sie da sagen, völlig absurd ist? Wie kann es möglich sein, daß ein Bahnhof in den Händen eines Mannes ist, der den Verstand verloren hat?«

»Es ist nicht nur möglich, sondern anscheinend auch notwendig, junger Mann. Nur Leute, die nicht ganz bei Verstand sind, können es hier aushalten – was leicht zu verstehen ist. Ganz abgesehen von den merkwürdigen Dingen, die hier angeblich geschehen – was ich allerdings nicht glaube. Aber spielen Sie weiter, kommen Sie schon. Nun, und was die Vorgesetzten betrifft, von denen Sie sprachen: die haben die Schwierigkeit der Situation begriffen und sich schon lange entschlossen, einen Verrückten zu wählen, der die Sache hier übernimmt. Nein, nein, die sind nicht verrückt. Im Gegenteil, sie sind sehr klug.«

»Wollen Sie damit sagen, daß sie absichtlich solche Leute aussuchen?«

»Ja, klar. Was bleibt ihnen anderes übrig. Immerhin ist es besser, wenn sie bereits verrückt sind, als daß sie hier verrückt werden, was ja eine Katastrophe auslösen könnte. Im übrigen ist es eine Verrücktheit, die sich in keiner Weise auf ihre Arbeit auswirkt, sie machen sie tadellos. Man erzählt sich komische Dinge über ihn, sicher, aber niemand entzieht ihm sein Vertrauen oder zweifelt daran, daß er rechtschaffen seine Arbeit tut. Was ist los mit Ihnen? Warum spielen Sie nicht weiter?«

Er war wieder in den Wartesaal gekommen. In seiner müßigen und etwas abwesenden Art schleppte er den letzten Rest Geduld mit sich herum, Geduld für ein Warten, das er, der sein ganzes Leben in die Gleichgültigkeit investiert hatte, die nötig war, um dieses Warten erträglich zu machen, niemals anderen vorschreiben würde.

»Was ist mit dem Postzug?« fragte mein Mitspieler.

»Ah, der Postzug. Sie warten auf den Postzug?«

Wir hielten im Spiel inne, und als er unser Erstaunen wahrnahm, fügte er noch hinzu:

»Ja, der Postzug. Bestimmt wird er kommen, der Postzug. Heute bestimmt, eher als an irgendeinem andern Tag. Er wird kommen. Mit Verspätung, mit sehr viel Verspätung, aber er wird kommen. Bestimmt. Nur muß vorher einiges passieren. Ein paar Telefonanrufe, wer weiß von wem. Doch, mit sehr viel Verspätung – Sie haben nicht den richtigen Tag für diesen Zug gewählt. Sie hätten es sich besser überlegen sollen. Es ist der ungünstigste Tag für diesen Zug; die Leute wissen das. Und ob sie es wissen. Aber seien Sie unbesorgt, er wird schon kommen, selbstverständlich wird er kommen. Mit sehr viel Verspätung, denn vieles muß vorher passieren. Aber Sie werden den Zug nehmen können.« Und dann sagte er noch: »Zu Ihrem Unglück.«

Mein Mitspieler, der ihm den Rücken zuwandte, gab mir mit übertriebenen Gesten etwa folgendes zu verstehen: »Ich habe Ihnen ja gesagt, daß er aus Galizien kommt, und obendrein ist er verrückt, komplett verrückt.« Gleichzeitig warf er drei Karten hin und sagte: »Ich spiele Trumpf.«

Die Uhr schlug dreimal in dem Augenblick, als der Stationsvorsteher sich neben mir auf der Bank niederließ und fast beiläufig zu mir sagte:

»Sie werden bald kommen.«

Der Plural fiel mir nicht auf; mich machte nur der Widerspruch stutzig, weil ich dachte, er meinte den Postzug. Es war nicht so. Als mein Mitspieler es mir erklären wollte und ich ihn danach fragte, was es mit diesem Tag auf sich haben konnte, den wir uns da so unvorsichtig ausgesucht hatten, rückte der Stationsvorsteher noch ein wenig näher und erzählte uns, ohne die Stimme zu heben, mit galizischem Akzent und den entsprechenden Redewendungen und häufigen Wiederholungen, die ich hier auslasse, folgende Geschichte:

»Es gab einmal auf diesem Posten einen Mann, der, obwohl er als etwas verrückt galt, so sehr geachtet wurde von allen, die mit ihm zu tun hatten und ihn kannten, daß seine Worte niemals in Zweifel gezogen wurden, obwohl sie oft eher etwas seltsam klangen, selbst für diejenigen, die an die Überraschungen, Unglücksfälle und rätselhaften Geschehnisse in diesem elenden Landstrich gewöhnt waren. Es waren die wilden Jahre – Sie sind zu jung, um sich daran erinnern zu können«, fügte er an mich gewandt hinzu, »in denen sich der Mensch um so mächtiger und einflußreicher fühlte, je provozierender und gewalttätiger er auftrat. Und zwar allen voran die Bergarbeiter. Alles, so schien es, hing von ihnen ab, ja, das Leben selbst konnte durch die Laune des geschwätzigsten und betrügerischsten Hauers bedroht sein. Nichts vermochte sie zu mäßigen, keine Eroberung reichte aus, um ihre Gier nach Gewalt zu befriedigen. Bei der unwichtigsten Nachricht, die von draußen kam – und jeder Tag brachte irgendeine Nachricht, ob wichtig oder unwichtig –, verließen sie die Front und zogen, mit Patronen, Pulver und Dynamit beladen, los, um irgend etwas in die Luft zu sprengen – und wenn es nur ein Hühnerstall war. Aber das Eisenbahnnetz, glauben Sie mir, das haben sie dank jenem umsichtigen Mann dermaßen respektiert, daß es in unserer Gegend nie das kleinste Attentat gegeben hat, nicht einmal gegen die Fleischtöpfe, die Geräte, die diese Leute am meisten haßten. In den letzten Tagen jenes unheilvollen Oktobers allerdings, als die Revolution bereits durch die Streitkräfte erstickt schien, beschlossen sie, ihren Genossen in Macerta, die seit einer Woche belagert wurden, zu Hilfe zu eilen. Sie kamen zum Bahnhof herauf, und glauben Sie mir, angesichts jenes unerschütterlichen und von der Aura seiner einzigartigen Würde umgebenen Mannes, der bei dem kleinen Tumult, den sie im Wartesaal veranstalteten, nicht einmal seinen Dienstraum verließ, beschlossen sie, daß jeder seine Fahrkarte nach Macerta kaufen und ordnungsgemäß bezahlen sollte, um nicht in unnötige Schwierigkeiten mit ihm zu geraten. Nun müssen Sie wissen, daß man für den Transport von Sprengstoff bestimmte Papiere brauchte, und dies war der einzige Haken bei dem bis dahin völlig legal vorbereiteten Unternehmen. Es war – ich bin mir ganz sicher – der 3. November, der gleiche Tag wie heute, so gegen drei Uhr früh. Bestimmt bekam er verschiedene Anrufe, und nicht unbedingt von den Bahnhöfen der Strecke. Als er die Gruppe auf dem Bahnsteig versammelt sah, auf dem sich um diese Zeit sonst kein Mensch befand, hatte er für sie nur eine Warnung: ›Ich hoffe, ihr habt keinen Sprengstoff bei euch‹, sagte er. ›Ich bin nicht der, der es euch verbietet, denn so weit reicht meine Kompetenz nicht. Aber ich warne euch. Wenn ihr es trotzdem tut, wird es ein schreckliches Unglück geben; ihr werdet alle in dem Tunnel in die Luft fliegen, dem Tunnel Nr. 12, um genauer zu sein, der den Namen El Cornil trägt.‹ Nun, er sagte nie und man wird nie erfahren, welches seine Informationsquelle war, aber für diejenigen, die Bescheid wußten, konnten es nur die Telefonanrufe sein. Sie wissen ja, daß in dieser Gegend überall und zu jeder Zeit Stimmen laut werden – oft Gejammer, aber meistens vorsichtige Warnungen –, die nicht einmal das interne Telefonnetz der Bahn respektieren. Ich habe einiges zu diesen Gerüchten zu sagen – sogar vieles. Das geringste ist noch, daß sie die Ereignisse vorwegnehmen, normalerweise provozieren sie sie. Welche Sicherheit gibt es da für einen Menschen, dessen oberste Pflicht es ist, auf die beiden Telefone dort zu achten? Nein, meinem schlimmsten Feind würde ich nicht wünschen, ständig auf diese Anrufe lauern zu müssen, denn wer kann letzten Endes schon mit Sicherheit sagen, woher sie kommen? Ja, ja, das Telefon. Eine schöne Sache für den, der meistens mit seinen Mitmenschen aus Fleisch und Blut sprechen kann und nur hin und wieder eine Nachricht vom Eisenbahnnetz empfängt, aber für den, der sein ganzes Leben lang am Telefon sprechen und zuhören muß, ohne daß er je die Gesichter seiner Gesprächspartner zu sehen bekommt – wie schnell verwischen sich da die Grenzen des Realen, und wie leicht gerät man in die Fänge einer Macht, mit der man nie einen anderen Kontakt hat als ihre Anrufe. Denn da heißt es nie:

›Ich bin's.‹ Nein, es bleibt dem Zufall überlassen, ob man die Stimme errät oder wiedererkennt, wenn sie nicht einfach nur Respekt in einem weckt. Eine Stimme, die unverwechselbar sein sollte, damit man weiß, wann sich Furcht einstellen muß, die es aber nicht ist. Das ist das Schlimmste. Unter solchen Umständen – wer könnte es da erraten? In jener Nacht hatte man ihm bestimmt Bescheid gesagt, daß sich in dem Tunnel El Cornil das Unglück ereignen würde, wenn sie Sprengstoff bei sich hätten. Und das Unglück geschah: verkohlt unter der Asche der Waggons, die nicht einmal aus Bauholz, sondern aus Brennholz waren – um von dem Dynamit ganz zu schweigen –, blieb nichts von ihnen übrig. Seit jener Nacht fand der Mann keine Ruhe mehr, und jedesmal, wenn der Tag sich jährte, kam in der Frühe eine Gruppe Bergarbeiter an den Schalter und kaufte Fahrkarten nach Macerta. Für die einen war er ein Teufel, für die anderen ein rettender Engel, derjenige, der den Umtrieben in dieser Gegend ein Ende bereitet hatte. Aber das einzige, was beide Seiten damit erreichten, war, daß er schließlich nur noch aus Gewissensbissen bestand. Er nahm ein schlimmes, ein sehr schlimmes Ende. Seit damals gibt es immer wieder am 3. November mysteriöse Anrufe und Unfälle, deren Ursachen die Ingenieure nicht feststellen können – wie bei dem Unglück vor ein paar Jahren mit den zwanzig Opfern –, und Verspätungen, die weder in den Büchern noch von den Uhren registriert werden, so daß die Leute aus dieser Gegend es vorgezogen haben, an diesem Tag auf den Postzug nach Macerta zu verzichten. Mich wundert, daß Sie . . .«

Er sprach den Satz nicht zu Ende, denn das Telefon klingelte, und der Stationsvorsteher ging in seinen Dienstraum. Wir konnten seinen Gesichtsausdruck hinter dem Schalter nur erahnen, seine abwesende Haltung, wie er den Hörer hielt und mit Befremden an die Decke blickte, als plötzlich die Glühbirnen zu flackern anfingen: »Hallo, Rañeces? Ja, hier Cabezas. Der 1022 um 3 Uhr 40, mit zwei

Stunden und fünfzig Minuten Verspätung.« Er drehte die Handkurbel, und dann läutete es wieder: »Hallo, Macerta? Der 1022 planmäßig in Cabezas um 3 Uhr 40; wie immer. Fast leer, hier stehen nur zwei.« Das Licht im Wartesaal wurde schwächer, die Birnen flackerten heftig und warfen zögernde Schatten und blitzende Funken, wie wenn eine Zinnlampe im Luftzug steht, und erloschen schließlich ganz, so daß es in dem Saal stockdunkel wurde, die passende Finsternis zu den Worten des Stationsvorstehers: »Hallo, Rañeces? Hier Cabezas; ja, genau, um 3 Uhr 40. Richtung Tunnel, El Cornil. Ich weiß noch nichts, ich warte noch auf die Bestätigung. Ja, zwei Reisende, nur zwei, nicht aus der Gegend. Die Liste kann schon fertig gemacht werden; 24 insgesamt, es sind 24, die zwei von hier mitgerechnet. Hallo, Macerta? Rañeces sagt, es sind 24, die zwei von hier mitgerechnet; also sagen wir um 3 Uhr 55 . . .«, fuhr er fort, als plötzlich das Licht wieder anging und die Glastür zuschlug. Mein Mitspieler war so überstürzt verschwunden, daß er sogar einige Geldscheine auf der Bank, auf der er gesessen hatte, liegen ließ.

Zum Schalter hinausgelehnt, in die Leere jenes verlassenen, kalten Wartesaals starrend, der mit Reklameplakaten der französischen Eisenbahn geschmückt war, warf er mir einen bedeutsamen, aber nicht unbedingt boshaften Blick zu und sagte:

»Er wird in fünfzehn Minuten hier sein. Wenn er nur ein bißchen später käme, würde er Sie in Stücke reißen. Und von Ihnen bliebe nicht das Schwarze unter dem Nagel.«

Schneekettenbrücke
Von Richard Brautigan

Die sechziger Jahre:
Eine Menge Leute erinnern sich daran, daß sie Präsident Lyndon Baines Johnson haßten und daß sie Janis Joplin und Jim Morrison mochten, je nach dem, was ihnen wichtiger war. Gott hab' sie selig.

Ich erinnere mich an eine Indianerin, die im Schnee nach einer Schneekette suchte. Sie war ungefähr fünfzig oder so, und wir haben sie zuerst nicht gesehen. Das war 1969 in New Mexico. Wir sahen ihren Bruder, der geduldig neben einem blauen Age-of-Aquarius-Lieferwagen stand, der am Straßenrand abgestellt war. Er war ungefähr in ihrem Alter, aber wie ich gerade vor ein paar Atemzügen gesagt habe: Sie war nicht da. Wir würden sie erst später sehen. Weil er so völlig und ausschließlich mitten im Nirgendwo herumstand, hielten wir an und fragten ihn, ob er Hilfe brauchte.

»Nein«, sagte er. »Es ist alles in Ordnung.«

Nachdem das geklärt war, erkundigten wir uns, ob wir auf der Straße bis zu dem düsteren Ort, zu dem wir unterwegs waren, durchkommen konnten: zu ein paar alten indianischen Ruinen. Ich sollte jetzt vielleicht noch sagen, daß sich das hier alles in einer verschneiten Gegend abspielte und daß der andere Teil des Wir oder Uns, von dem hier die Rede ist, eine Freundin war. Wir haben schon lange nichts mehr miteinander zu tun. Das letzte, was ich von ihr gehört habe, war, daß sie in Südamerika ist.

Wir waren auf einer Jeep-Fahrt durch New Mexico, fuhren einfach zwischen Winter und Frühling in der Gegend herum und schauten uns die Sehenswürdigkeiten an, ohne daß wir von allzu vielen Leuten abgelenkt worden wären.

»Die Straße ist in Ordnung«, sagte der Indianer. »Hier herum liegt mehr Schnee als weiter vorne. Drei oder vier Meilen weiter kommt man ziemlich gut voran. Hier herum ist es am schlimmsten.«

Das beruhigte uns.

Die Straße war eine weiße Reifenspur, die sich unbestimmt in einem nah herangerückten Horizont verlor. Klobige, leuchtturmartige Tafelberge ragten aus der öden Landschaft. Die Straße verschwand irgendwo zwischen ihrer schifflosen Wachsamkeit.

Ich hatte das starke Gefühl, daß sich die Tafelberge einen Teufel um die Straße scherten. Für sie war die Straße bloß ein vorbeiziehender Zeichentrickfilm. Sie waren ja schließlich schon vom Anfang aller Zeiten an dabei.

»Meine Schwester ist da draußen«, sagte der Indianer und deutete beiläufig die Straße hinunter, die sehr schnell von der Erdoberfläche verschwand.

»Was?« fragte ich, weil ich nicht ganz verstand oder vielleicht einfach nicht glauben konnte, was er gerade gesagt hatte.

»Sie sucht nach der Kette. Ich hab' da draußen eine Schneekette verloren. Sie sucht jetzt danach.«

Ich schaute die Straße hinunter.

Ich sah niemanden.

»Ungefähr eine Meile oder so«, sagte er, den Arm immer noch ausgestreckt.

Er hatte einen Fuß auf dem Trittbrett des Lieferwagens.

»Da draußen ist jemand«, sagte ich wie der Stichwortlieferant in einem Lustspiel.

»Meine Schwester«, sagte er. »Hoffentlich findet sie die Kette. Sie hat mich drei Dollar gekostet. Gebraucht.«

»Ja«, sagte ich blind. Was hätte ich denn schon sagen sollen, wo ich auf der Straße doch wirklich keine Indianerin sah, die nach einer Drei-Dollar-Schneekette suchte.

»Wenn Sie sie sehen«, sagte er, »dann sagen Sie ihr, daß ich immer noch hier warte.«

»Okay«, sagte ich mit einer Stimme, die sich wie ein Blindenstock vorwärtstastete.

Wir sagten ihm auf Wiedersehn und setzten unseren Weg fort. Und wie der Indianer gesagt hatte, sahen wir sie nach ungefähr einer Meile am Straßenrand entlanggehen und im Schnee nach der Schneekette suchen.

Sie suchte sehr gründlich danach, jetzt an diesem spätkalten, schneeklaren Morgen in New Mexico. Wir hielten neben ihr an, und sie blickte von ihrer Schneekettensuche auf. Ihr Gesicht war von Geduld verwittert, ihre Augen waren ohne Alter, voller Zeitlosigkeit.

Ich glaube, sogar die Königin von England wäre jetzt ungeduldig geworden, wenn sie im Schnee nach einer Drei-Dollar-Schneekette gesucht hätte.

»Ihr Bruder wartet auf Sie«, sagte ich wie ein Blinder und machte eine Kopfbewegung in seine Richtung.

»Ich weiß schon«, sagte sie. »Er ist gut im Warten.«

»Schon was gefunden?« fragte ich wie eine Fledermaus.

Ich sah ja, daß sie die Schneekette nicht in der Hand hatte, sie hatte sie also offensichtlich noch nicht gefunden, aber ich mußte etwas sagen.

»Sie ist hier irgendwo«, sagte sie und ließ ihren Blick über die umliegenden 121 000 Quadratmeilen schweifen, die die Fläche von New Mexico ausmachen.

»Viel Glück«, sagte ich vor zehn Jahren in den sechziger Jahren, die jetzt eine Sage geworden sind wie die Tage König Artus', der mit den Beatles an der Tafelrunde sitzt, und John singt »Lucy in the Sky with Diamonds«.

Wir fuhren die Straße hinunter auf die siebziger Jahre zu und ließen die Indianerin langsam zurück, die im Schnee nach einer Schneekette suchte, während ihr Bruder geduldig neben einem blauen Lieferwagen wartete, dessen Age-of-Aquarius-Anstrich schon abzublättern begann.

Der Mann, der Jesse James erschoß

Als ich ein Kind war, wußte ich, wer Jesse James umgebracht hat, ihn in den Rücken geschossen hat, als er gerade ein Bild an die Wand hängte.

Der Name des Mannes war mir so vertraut wie mein eigener, weil Jesse James einer der Helden meiner Jugend war. Meine Freunde und ich unterhielten uns dauernd darüber, wie er erschossen wurde. Es war eines unserer Lieblingsthemen, und man konnte immer so richtig traurig dabei werden oder zornig. Jesse James' Tod hatte soviel Gewicht und Bedeutung für uns wie ein Todesfall in der Familie.

Aber jetzt, mit dreiundvierzig, weiß ich nicht mehr, wie der Mann, der Jesse James erschoß, geheißen hat. Ich versuche schon den ganzen Tag, mich daran zu erinnern, aber der Name bleibt außerhalb meines Blickfelds, versteckt sich irgendwo in den tiefen Schluchten und Gletscherspalten anderer Erinnerungen.

Ich weiß immer noch, daß Pat Garrett Billy the Kid erschossen hat, und die Dalton-Bande hätte nie zu dieser kleinen Transaktion nach Coffeyville, Kansas, gehen sollen, wo sie in kugeldurchlöcherte Leichen verwandelt wurden und wo man sie auf Türen aufbahrte und für die Nachwelt fotografierte.

Niemand möchte sich fotografieren lassen, wenn er auf einer Straße in Kansas tot auf einer Tür aufgebahrt liegt, niemand möchte, daß man sich so an ihn erinnert.

. . . o nein. Sowas muß doch nicht sein.

Aber das hilft mir auch nicht dabei, mich an den Namen des Mannes zu erinnern, der Jesse James erschossen hat, den Helden meiner Kindheit. Ich versuche verzweifelt, mir seinen Namen ins Gedächtnis zurückzurufen.

Fing er mit Mathew an oder mit Will oder Sam oder Richard . . . ich kann es nicht sagen.

Was ich einmal gewußt habe und was so wichtig für mich war, das weiß ich jetzt nicht mehr. Die Zeit, die Macht der Zeit hat ihren Anspruch angemeldet und es weggenommen, ein Mythos aus dem Westen, der verschwunden ist wie der Büffel, und es gibt nichts, das seinen Platz einnehmen könnte.

Der Leuchtturm

Ich würde gerne wissen, ob er von der Golden-Gate-Brücke gesprungen ist. Alles, was ich damals sah, ist jetzt unwirklich, bruchstückhaft und scheint weiter weg zu sein, als es wirklich war.

Er war gleichzeitig ein paar Meter und eine Meile weit von mir entfernt. Er stand auf der anderen Seite des Geländers, den Blick auf San Francisco gerichtet und bereit, zu springen. Fünf oder sechs andere Leute standen wie Statisten im Hintergrund dieses Bilderteppichs. Er war wohl gerade erst über das Geländer geklettert. Bald würden noch viel mehr Leute, wie seltsame Knöpfe ans Geländer genäht, dahängen: einige aus Mitgefühl, andere aus morbider Neugierde. Er war Anfang zwanzig, und er trug ein klassisches Clark-Gable-Es-geschah-in-einer-Nacht-Unterhemd. Er hatte Jacke und Hemd ausgezogen. Sie lagen ordentlich zusammengelegt neben dem Geländer. Seine Mutter wäre stolz auf ihn gewesen.

Er war sehr blaß, weiß und durchsichtig wie Frost, und er schien sich in einer Art Schrecklähmung zu befinden, als hätte er gerade gesehen, wie jemand von der Golden-Gate-Brücke sprang.

Ich fuhr mit zwei Freunden im Auto über die Brücke und

sah das alles, während wir uns mit dem Verkehr weiterbewegten. Mir war, als sollten wir aussteigen und versuchen, ihm zu helfen, aber ich wußte, daß wir das nicht tun konnten, weil es alles nur noch schlimmer gemacht und die Verkehrsstockung in seinem Kopf noch vergrößert hätte.

Was jetzt getan werden konnte, wurde schon getan.

Ich wußte nicht, warum er sich umbringen wollte, aber ich wollte nicht, daß er es tat, und ich konnte nichts dagegen machen.

Der junge Mann war wie ein einsamer menschlicher Leuchtturm, der in einem wirren Sturm gefangen und verloren war, und wir konnten nicht helfen, wir waren die ohnmächtigen Schatten seines Lichts, das langsam schwächer wurde. Es war, als wollte man die Ereignisse in einem Traum steuern, da auf der Brücke, auf der wir an ihm vorbei und nach San Francisco fuhren, und das Auto rollte dahin wie eine Filmspule, deren Film sich selber schneidet und klebt, und es entfernte uns immer weiter von ihm.

Das goldene Zeitalter

Von John Cheever

Unsere Vorstellungen von Burgen, in der Kindheit entstanden, sind für alle Zeiten festgelegt, und warum sollte man auch versuchen, sie zu korrigieren? Warum darauf hinweisen, daß in einer echten Burg Disteln im Hof wachsen und die Schwelle des verfallenen Krönungssaals von einem Nest grüner Nattern bewacht wird? Hier sind die Zinnen und Türme, der Bergfried und die Zugbrücke, die wir mit unseren Bleisoldaten einnahmen, als wir mit Windpocken im Bett lagen. Die erste Burg war englisch, und diese hier wurde vom König von Spanien während einer Besetzung der Toskana gebaut, aber der Eindruck phantastischer Überlegenheit – das vertiefte Geheimnis des Adels – ist der gleiche. Nichts ist hier belanglos. Es ist aufregend, auf den Zinnen Martinis zu trinken, es ist aufregend, im Springbrunnen zu baden, es ist sogar aufregend, nach dem Abendbrot die Treppen zum Dorf hinunterzusteigen und eine Schachtel Streichhölzer zu kaufen. Die Zugbrücke ist heruntergelassen, das Doppeltor steht offen, und eines Morgens in der Frühe sehen wir eine Familie mit allem Drum und Dran für ein Picknick den Burggraben überqueren.

Es sind Amerikaner. Nichts, was sie tun könnten, würde die rührende Lächerlichkeit, die Unbeholfenheit des Reisenden ganz verstecken. Der Vater ist ein hochgewachsener, ein wenig gebeugter junger Mann mit lockigem Haar und prächtigen weißen Zähnen. Seine Frau ist hübsch, und sie haben zwei Söhne. Beide Jungen sind bewaffnet mit

Maschinenpistolen aus Plastik, die ihre Großeltern ihnen vor kurzem geschickt haben. Es ist Sonntag, Glocken läuten, und wer nur hat die Glocken nach Italien gebracht? Nicht die *vaca* in Florenz, sondern die schrillen Glocken auf dem Land, die in einem so fremden Mißklang über den Olivenhainen und den Zypressenalleen bimmeln und bammeln, daß sie in den Wagen des Hunnen Attila gekommen sein könnten. Dieses aufdringliche Gebimmel ertönt über dem letzten der alten Fischerdörfer – wirklich einem der letzten seiner Art. Die Treppen der Burg schlängeln sich hinunter in einen Ort, der wunderschön und abgelegen ist. Es gibt keine Bus- oder Bahnverbindungen zu diesem Ort, keine *pensioni* oder Hotels, keine Kunstschulen, keine Touristen oder Souvenirs; es gibt nicht einmal eine Ansichtskarte zu kaufen. Die Einheimischen tragen malerische Trachten, singen bei der Arbeit und ziehen mit ihren Fischnetzen griechische Vasen aus dem Meer. Es ist einer der letzten Orte auf der Welt, wo man die Hirtenflöte hören kann, wo schöne Mädchen in weiten Kleidern und mit Körben voller Fische auf dem Kopf unphotographiert vorübergehen und wo nach Einbruch der Dunkelheit Serenaden gesungen werden. Die Treppen herunter kommen die Amerikaner ins Dorf.

Die Frauen in Schwarz, auf dem Weg zur Kirche, nicken und wünschen ihnen einen guten Morgen. »*Il poeta*«, sagen sie zueinander. Einen guten Morgen dem Dichter, der Frau des Dichters und den Söhnen des Dichters. Ihre Höflichkeit scheint dem Fremden peinlich zu sein. »Warum nennen sie dich einen Dichter?« fragt sein älterer Sohn, aber Vater antwortet nicht. Auf der Piazza zeigt es sich, daß das Dorf doch nicht ganz vollkommen ist. Was die holprigen Straßen ferngehalten haben, ist über den Äther hereingekommen. Die Dorfjungen, die am Springbrunnen herumhocken, haben sich die Strohhüte schräg in die Stirn gezogen, halten Streichhölzer zwischen den Zähnen, und wenn sie gehen, tun sie es mit wiegenden Schritten, als seien sie im Sattel geboren, obwohl es weit und breit kein Reitpferd gibt. Der blaugrüne Lichtkegel des Fernsehgeräts im Café hat begonnen, sie aus Seeleuten in Cowboys zu verwandeln, aus Fischern in Gangster, aus Schäfern in jugendliche Kriminelle und Showmaster, ihre Blasen stehen unter Coca-Cola, und das erscheint den Amerikanern sehr traurig. *E colpa mia,* denkt Seton, der sogenannte Dichter, während er seiner Familie voran über die Piazza zu den Kais geht, wo ihr Ruderboot festgemacht ist.

Der Hafen ist rund wie ein Suppenteller, die Einfahrt liegt zwischen zwei Felsen, und auf dem äußeren, dem der See zugewandten Felsen steht die Burg mit ihren runden Türmen, die die Setons für den Sommer gemietet haben. Seton betrachtet das fast vollkommene Bild, breitet die Arme aus und ruft: »Mein Gott, was für ein Fleckchen!« Er spannt im Heck des Ruderboots einen Schirm für seine Frau auf und streitet mit den Jungen darüber, wo sie sitzen sollen. »Du sitzt, wo ich es sage, Tommy!« brüllt er. »Und ich will kein Wort mehr von dir hören!« Die Jungen murren, und es gibt einen Feuerstoß aus Maschinengewehren. In einem lauten, doch nicht gereizten Durcheinander legen sie ab. Die Glocken sind jetzt still, und sie können das Keuchen der alten Kirchenorgel hören, deren Lunge der Küstennebel zerfressen hat. Das Wasser im Hafen ist lauwarm und außerordentlich schmutzig, doch draußen, jenseits der Mole, ist das Wasser so klar, so zart gefärbt, daß es wie ein leichteres Element erscheint, und als Seton einen Blick auf den Schatten erhascht, den der Rumpf ihres Bootes in zehn Faden Tiefe auf Sand und Felsen zeichnet, sieht es so aus, als schwebten sie auf blauer Luft.

Als Ruderdollen dienen Lederriemen, und Seton rudert stehend, indem er sich aus den Hüften in die Ruder stemmt. Er glaubt, daß er das sehr geschickt macht – sogar malerisch –, aber nie hielte man ihn, auch aus großer Entfernung nicht, für einen Italiener. In der Tat, ein Hauch von Verbrechertum, von Schande umgibt den armen Mann. Die Illusion der

Schwerelosigkeit, die bezaubernde Stille des Tages – Türme mit Zinnen vor jener Himmelsbläue, die ein Stück unseres Bewußtseins zu sein scheint – reichen nicht, sein Schuldgefühl zu tilgen, sondern nur, es in der Schwebe zu halten. Er ist ein Betrüger, ein Hochstapler, ein krimineller Ästhet, und seine Frau spürt seine Gefühle und sagt freundlich: »Mach dir keine Sorgen, Liebling, niemand wird sich auskennen, und wenn sie sich auskennen, wird es ihnen gleichgültig sein.« Er macht sich Sorgen, weil er kein Dichter ist und weil dieser vollkommene Tag für ihn in gewisser Weise der Tag des Gerichts ist. Er ist keineswegs ein Dichter und hatte nur gehofft, in Italien besser verstanden zu werden, wenn er sich als Dichter vorstellte. Es ist eine harmlose Hochstapelei – in Wirklichkeit ein Wunschtraum. Er ist nur in Italien, weil er ein ruhmreicheres Leben führen, zumindest aber seine Fähigkeit vertiefen möchte, Dinge gedanklich zu durchdringen. Er hat sogar daran gedacht, ein Gedicht zu schreiben – etwas über Gut und Böse.

Viele andere Boote sind auf dem Wasser und umfahren den Felsen. All die Müßiggänger und Strandjungen sind unterwegs, rempeln beim Überholen die Boote der anderen an, kneifen ihre Mädchen und singen mit lauter Stimme Stücke von *canzone*. Sie alle grüßen *il poeta*. Um den Felsen herum ist das Ufer steil, in Terrassen angelegt für Weingärten und übersät mit wildem Rosmarin, und hier hat das Meer eine Kette von sandigen Buchten in die Küste gegraben. Seton steuert die größte von ihnen an, und seine Söhne machen vom Boot aus einen Kopfsprung, als er sich dem Strand nähert. Er landet und nimmt den Schirm und die anderen Sachen aus dem Boot.

Jeder spricht mit ihnen, jeder winkt, und jeder aus dem Dorf mit Ausnahme der wenigen Kirchgänger ist am Strand. Die Setons sind die einzigen Fremden. Der Sand ist von dunkelgoldener Farbe, und das Meer leuchtet wie die Krümmung eines Regenbogens: smaragd- und malachitgrün, saphir- und indigoblau. Daß das Bild bemerkenswerterweise so gar nichts Ordinäres und Bekrittelbares an sich hat, rührt Seton derartig, daß sich seine Brust mit einer Art flüssiger Anerkennung zu füllen scheint. Dies ist Schlichtheit, denkt er, dies ist Schönheit, dies ist die unverfälschte Anmut der menschlichen Natur! Er schwimmt in dem frischen und tragenden Wasser, und als er mit dem Schwimmen fertig ist, streckt er sich in der Sonne aus. Aber jetzt scheint er ruhelos, als ob er von neuem beunruhigt wäre über die Tatsache, daß er kein Dichter ist. Und wenn er kein Dichter ist, was ist er dann?

Er ist Fernsehautor. Auf dem Sand der Bucht unterhalb der Burg liegt die Gestalt eines Fernsehautors. Sein Verbrechen ist, daß er der Verfasser einer gräßlichen Situationskomödie mit dem Titel »Die beste Familie« ist. Als für ihn offenbar wurde, daß er es bei der Beschäftigung mit Mittelmäßigkeit nicht mit Fleisch und Blut zu tun hatte, sondern mit ganzen Fürstentümern und Königreichen der Missetat, warf er seinen Job hin und floh nach Italien. Aber jetzt hat das italienische Fernsehen »Die beste Familie« angekauft – hier heißt sie «La Famiglia Tosta« –, und die Eseleien, die er geschrieben hat, werden zu den Türmen Sienas aufsteigen, werden in den alten Straßen von Florenz zu hören sein und werden aus der Halle des Palazzo Gritti auf den Canale Grande treiben. Diesen Sonntag hat er sein Debüt, und seine Söhne, die stolz auf ihn sind, haben die Nachricht im Dorf verbreitet. *Poeta!*

Seine Söhne haben begonnen, mit den Maschinenpistolen zu plänkeln. Es erinnert ihn auf schmerzliche Weise an das Vergangene. Das Fernsehen hat ihren unschuldigen Schultern eine Bürde auferlegt. Während die Kinder aus dem Dorf singen, tanzen und Wildblumen pflücken, schieben seine eigenen Söhne sich von Fels zu Fels vor und tun so, als töteten sie. Es ist ein Mißgriff, ein belangloser Mißgriff, aber es macht ihn nervös, obwohl er sich nicht dazu durchringen kann, sie zu sich zu rufen, um zu versuchen, ihnen zu erklären, daß ihr Geschick im Nachahmen der Schreie und der Stellungen von Sterbenden ein internationales Mißverständnis vertiefen könnte. Sie werden mißverstanden, und er kann sehen, wie die Frauen die Köpfe schütteln bei dem Gedanken an ein Land, welches so barbarisch ist, daß man sogar kleinen Kindern Pistolen zum Spielen gibt. *Mamma mia!* Man hat es alles im Kino gesehen. Man würde sich in New York wegen der Bandenkriege nicht auf die Straße wagen, und sobald man New York verläßt, ist man in einer Wildnis, in der es von nackten Eingeborenen wimmelt.

Der Kampf ist beendet, sie gehen wieder schwimmen, und Seton, der einige Sachen für die Unterwasserjagd mitgebracht hat, erkundet eine Stunde lang eine Felsbank, die sich vom äußersten Zipfel der Bucht ins Meer senkt. Er taucht und schwimmt durch einen Schwarm durchsichtiger Fische, und weiter unten, wo das Wasser dunkel und kalt ist, sieht er einen großen Kraken ihn bösartig beäugen, die Arme einziehen und in eine mit weißen Blumen gepflasterte Höhle gleiten. Dort am Rand der Höhle sieht er eine griechische Vase, eine Amphore. Er greift danach, spürt den rauhen Ton an den Fingern und muß nach oben, um Luft zu holen. Er taucht wieder und wieder und bringt die Vase schließlich triumphierend ans Tageslicht. Sie ist von rundlicher Form, mit einem engen Hals und zwei kleinen Henkeln. Um den Hals schlingt sich ein Schal aus dunklerem Ton. Sie ist beinahe in zwei Teile zerbrochen. Solche Vasen, und viel schönere Vasen, werden oft an dieser Küste gefunden, und wenn sie keinen besonderen Wert haben, stehen sie auf den Borden des Cafés, der Bäckerei und des Friseurladens, aber der Wert dieser Vase ist für Seton unschätzbar – als ob die Tatsache, daß ein Fernsehautor ins Mittelmeer greifen und eine griechische Vase zum Vorschein bringen kann, ein hoffnungsvolles kulturelles Omen wäre, Beweis seiner eigenen Bedeutung. Er feiert seinen Fund, indem er einen Schluck Wein trinkt, und dann ist es Zeit zum Essen. Er leert die Flasche Wein beim Lunch, und dann legt er sich in den Schatten und schläft wie alle anderen am Strand.

Gleich nachdem Seton aufgewacht war und sich durch ein paar Schwimmzüge erfrischt hatte, sah er die Fremden in einem Boot die Landspitze umfahren – eine römische Familie, nahm Seton an, die für das Wochenende nach Tarlonia heraufgekommen war. Sie bestand aus Vater, Mutter und Sohn. Vater fummelte ungeschickt mit den Rudern herum. Die Blässe aller drei und ihre Haltung unterschieden sie deutlich von den Leuten aus dem Dorf. Es war, als ob sie von einem anderen Kontinent aus die Bucht ansteuerten. Als sie näher kamen, konnte man hören, wie die Frau ihren Mann aufforderte, das Boot auf den Strand zu setzen.

Die Antworten des Vaters waren gereizt und sehr laut. Seine Geduld sei erschöpft. Es sei nicht leicht, ein Boot zu rudern, sagte er. Es sei nicht so leicht, wie es aussehe. Es sei nicht leicht, in fremden Buchten zu landen, wo das Boot, wenn ein Wind aufkäme, zerschmettert werden könnte, und er müßte dem Besitzer ein neues Boot kaufen. Boote seien teuer. Diese Tirade schien die Mutter peinlich zu berühren und den Sohn zu langweilen. Sie waren beide in Badekleidung, und der Vater war es nicht, und in seinem weißen Hemd schien er noch weniger in das heitere Bild zu passen. Das purpurfarbene Meer und die anmutigen Schwimmer vertieften seine Gereiztheit nur, und rot im Gesicht vor Sorge und Unbehagen rief er den Schwimmern aufgeregte und überflüssige Warnungen zu, bombardierte die Leute am Ufer mit Fragen (Wie tief ist das Wasser? Wie sicher die Bucht?) und brachte sein Boot schließlich sicher an Land. Während dieser lauten Darbietung lächelte der Junge seiner Mutter verstohlen zu, und sie lächelte verstohlen zurück. Sie hatten dies schon so viele Jahre ertragen! Würde es nie aufhören? Ungeduldig und brummend warf der Vater in zwei Fuß Wasser den Anker aus, und Mutter und Sohn glitten über die Seitenplanken und schwammen davon.

Seton beobachtete den Vater, der eine Ausgabe von »Il Tempo« aus der Tasche zog und zu lesen begann, aber das

Licht war zu grell. Dann griff er besorgt in seine Taschen, um festzustellen, ob die Haus- und Autoschlüssel auf und davon geflogen seien. Danach kratzte er mit einer Dose ein wenig Bilgewasser aus dem Boot. Dann untersuchte er die abgenutzten ledernen Dollen, schaute auf die Uhr, überprüfte den Anker, schaute wieder auf die Uhr und untersuchte den Himmel, an dem eine einzige Wolke stand, auf Anzeichen für einen Sturm. Schließlich setzte er sich hin und zündete sich eine Zigarette an, und man konnte sehen, wie sich die Sorgen, die aus allen Himmelsrichtungen angeflogen kamen, auf seiner Stirn niederließen. Sie hatten in Rom das Heißwassergerät angelassen! Seine Wohnung und all seine Wertsachen wurden vielleicht in eben diesem Augenblick durch die Explosion zerstört. Der linke Vorderreifen seines Autos war abgefahren, und wahrscheinlich hatte es jetzt einen Platten, wenn nicht das Auto selbst gestohlen worden war von den Banditen, die es in diesen entlegenen Fischerdörfern gibt. Die Wolke im Westen war klein, gewiß, aber sie war von einer Art, die schlechtes Wetter ankündigt, und auf ihrem Rückweg um die Landspitze herum würden sie von den hohen Wellen gnadenlos hin- und hergeworfen werden und in der *pensione* (wo sie das Abendessen bereits bezahlt hatten) ankommen, wenn man ihnen die besten Koteletts alle weggegessen und den Wein weggetrunken hatte. Es würde ihn gar nicht wundern, wenn während seiner Abwesenheit der Präsident ermordet worden wäre, die Lira abgewertet. Die Regierung könnte gestürzt worden sein. Er stand plötzlich auf und begann, seine Frau und seinen Sohn anzubrüllen. Es sei Zeit zu gehen, es sei Zeit zu gehen. Die Nacht breche herein. Ein Sturm komme auf. Sie kämen zu spät zum Essen. Sie blieben im dichten Verkehr bei Fregene stecken. Sie verpaßten im Fernsehen alles Gute.

Seine Frau und sein Sohn wendeten und schwammen zum Boot zurück, aber sie ließen sich Zeit dabei. Es war nicht spät, das wußten sie. Die Nacht brach noch nicht herein, und nichts deutete auf einen Sturm hin. Sie würden das

Abendessen in der *pensione* nicht verpassen. Sie wußten aus Erfahrung, daß sie lange bevor die Tische gedeckt waren in der *pensione* ankommen würden, aber sie hatten keine Wahl. Sie kletterten ins Boot, während der Vater den Anker einholte, den Schwimmern Warnungen zurief und sich vom Ufer her Ratschläge geben ließ. Schließlich brachte er das Boot in die Bucht und begann, die Landspitze zu umfahren.

Sie waren eben verschwunden, als einer der Strandjungen auf den höchsten Felsen kletterte, ein rotes Hemd schwenkte und »*Pesce cane! Pesce cane!*« rief. Alle Schwimmer wendeten, aufgeregt schreiend und gewaltige Spritzer hochschleudernd, und schwammen zum Ufer. Jenseits der Sandbank, wo sie gewesen waren, sah man die Rückenflosse eines Hais. Die Warnung war rechtzeitig gekommen, und der Hai schien verdrossen, wie er da durch das malachitfarbene Wasser seine Kreise zog. Die Badenden säumten das Ufer und machten einander auf die drohende Gefahr aufmerksam, und ein kleines Kind stand im seichten Wasser und schrie: »*Brutto! Brutto! Brutto!*« Dann ertönten von allen Beifallsrufe, als Mario, der beste Schwimmer im Dorf, mit einer langen Harpune den Pfad herunterkam. Mario arbeitete als Steinmetz, und aus irgendeinem Grund – vielleicht wegen seines Fleißes – hatte er nie hierhergepaßt. Seine Beine waren zu lang oder standen zu weit auseinander, seine Schultern waren zu rund oder zu eckig, sein Haar war zu dünn, und jene den anderen Kerlen in so reichem Maß zuteil gewordene körperliche Üppigkeit war dem armen Mario versagt geblieben. Seine Nacktheit erschien mitleiderregend und rührend, wie ein Fremder, der bei irgendeiner intimen Handlung überrascht wird. Er wurde mit Beifall und Komplimenten bedacht, als er durch die Menge kam, aber er konnte nicht einmal ein nervöses Lächeln zustande bringen. Er preßte die schmalen Lippen zusammen, ging mit ausholenden Schritten ins Wasser und schwamm zur Sandbank. Aber der Hai war verschwunden, und der größte Teil des Sonnenlichts auch. Die Ernüchterung eines dunklen Strandes veranlaßte die Badenden, ihre Sachen zusammenzusuchen und sich auf den Heimweg zu machen. Niemand wartete auf Mario – niemand schien sich für ihn zu interessieren. Er stand mit seiner Harpune im dunklen Wasser, bereit, die Sicherheit und das Wohl der Gemeinschaft auf seine Schultern zu nehmen, doch sie kehrten ihm den Rücken und sangen, während sie die Felswand hinaufkletterten.

Zum Teufel mit »La Famiglia Tosta«, dachte Seton. Zum Teufel mit ihr. Dies war die schönste Stunde des ganzen Tages. Alle möglichen Genüsse – Essen, Trinken und Liebe – lagen vor ihm, und während die Schatten sich vertieften, fühlte er, wie seine Verantwortung für das Fernsehen sacht von ihm fiel, die Verpflichtung, seinem Leben einen Sinn zu geben. Jetzt lag alles im dunklen und weiten Schoß der Nacht, und die Debatte war aufgeschoben.

Die Treppen, die sie hinaufgingen, führten vorbei an der von ihnen gemieteten Brustwehr, die mit Blumengirlanden geschmückt war, und auf diesem Stück, von hier bis hinauf zur Zugbrücke und dem Tor, war der Triumph des Königs, des Architekten und der Steinmetze am eindrucksvollsten, denn man war im gleichen Augenblick einbezogen in militärische Unüberwindlichkeit, majestätische Würde und Schönheit. Es gab keinen Punkt, keine Ecke, keinen Turm und keine Zinne, wo diese Kräfte nicht vereint schienen. Die Brustwehr war überall mit schönen Simsen verziert, und an allen Stellen, wo ein Vorstoß des Feindes möglich gewesen wäre, kündete das große, acht Tonnen schwere Wappen des christlichen Königs von Spanien von der Abstammung, dem Glauben und dem guten Geschmack des Verteidigers. Über dem Haupttor hatte sich das Wappen aus der schönen Fassung, die aus Meeresgöttern mit ihrem Dreizack bestand, gelöst und war in den Burggraben gestürzt, aber es war mit der Wappenseite nach oben gelandet, und im Wasser konnte man die vier Quadrate, das Kreuz und die marmornen Drapierungen erkennen.

Dann sah Seton an der Mauer zwischen den anderen Inschriften die Worte: »*Americani, go home, go home.*« Die Schriftzeichen waren blaß; vielleicht standen sie schon seit dem Krieg dort, oder ihre Blässe ließe sich durch den Umstand erklären, daß sie in Eile geschrieben worden waren. Weder seine Frau noch seine Kinder sahen sie, und er trat beiseite, während sie die Zugbrücke in den Hof überquerten, und dann ging er zurück, um die Worte mit den Fingern wegzuwischen. Wer mochte das geschrieben haben? Er fühlte sich hinters Licht geführt und verlassen. Er war eingeladen worden, dieses fremde Land zu besuchen. Die Einladungen waren ungestüm gewesen. Reisebüros, Reedereien, Fluggesellschaften und sogar die italienische Regierung selbst hatten ihn angefleht, sein bequemes Leben aufzugeben und ins Ausland zu reisen. Er hatte die Einladungen angenommen, er hatte sich ihrer Gastfreundschaft anvertraut, und jetzt wurde ihm von dieser alten Mauer mitgeteilt, daß er unerwünscht sei.

Er hatte noch nie zuvor das Gefühl gehabt, unerwünscht zu sein. Es war noch nie gesagt worden. Man hatte ihn als Baby gewollt, als jungen Mann gewollt, als Liebhaber gewollt, als Ehemann und Vater gewollt, als Textverfasser, als Geschichtenerzähler und als Gefährten. Man hatte ihn sozusagen im Übermaß gewollt, und seine einzige Sorge war es gewesen, sich zu schonen, seinen so gefragten Charme mit Umsicht und Besonnenheit einzusetzen, um das Beste daraus zu machen. Man hatte ihn zum Golfspielen gewollt, zum Bridge, zu Scharaden, zu Cocktailpartys, zu Aufsichtsräten – und doch redete diese primitive und alte Mauer ihn an, als wäre er ein Paria, ein namenloser Bettler, ein Ausgestoßener. Er war zutiefst verletzt.

Eis war im Burgverlies gelagert, und Seton nahm seinen Cocktailshaker dorthin mit, füllte ihn, machte ein paar Martinis und brachte sie hinauf zu den Zinnen des höchsten Turms, wo seine Frau sich zu ihm gesellte, um zuzusehen, wie das Licht die Vielfalt seiner Möglichkeiten durchspielte. Dunkelheit senkte sich auf die wabenartig durchlöcherten Klippen von Tarlonia, und obwohl die Hügel entlang dem Ufer nur eine sehr weithergeholte Ähnlichkeit mit Frauenbrüsten aufwiesen, beruhigten sie Setons Gefühle und erweckten in ihm die gleiche tiefe Zärtlichkeit.

»Vielleicht gehe ich nach dem Dinner hinunter ins Café«, sagte seine Frau. »Nur um zu sehen, wie sie mit dem Synchronisieren klargekommen sind.«

Sie hatte kein Verständnis für die Intensität der Empfindungen, die das Schreiben fürs Fernsehen in ihm hervorrief, hatte es nie gehabt. Er sagte nichts. Er nahm an, daß man ihn auf seiner Zinne aus einer gewissen Entfernung für das halten könnte, was er nicht war – einen Dichter, einen erfahrenen Reisenden, einen Freund Elsa Maxwells, einen Prinzen oder einen Herzog –, aber diese Welt, die ihn jetzt von allen Seiten umgab, hatte nicht wirklich die Kraft, ihn zu erheben und zu verändern. Er hatte nur sich selber, den Verfasser der »Besten Familie«, unter solchen Unbequemlichkeiten und Kosten über Grenzen und über das Meer gebracht. Die blumenreiche und wuchtige Umgebung hatte die Tatsache nicht geändert, daß er sonnenverbrannt, liebebedürftig, hungrig und leicht gebeugt war und daß der Felsen, auf dem er saß und der vom großen König von Spanien an seinen Platz gebracht worden war, ihm in das Hinterteil schnitt.

Beim Dinner bat Clementina, die Köchin, um Erlaubnis, ins Dorf zu gehen und sich »La Famiglia Tosta« anzusehen. Die Jungen gingen natürlich mit ihrer Mutter. Nach dem Dinner begab Seton sich wieder zu seinem Turm. Die Flotte von Fischerbooten hatte begonnen, an der Mole vorbei auszulaufen; ihre Fackeln waren angezündet. Der Mond ging auf und glänzte so hell auf dem Meer, daß das Wasser in dem Licht sich zu drehen, zu kreiseln schien. Aus dem Dorf konnte er den Belcanto von Müttern hören, die ihre Töchter riefen, und gelegentlich einen Kreischer vor dem Fernsehapparat. In zwanzig Minuten wäre alles vorbei, aber ein Gefühl der Übeltäterei *in absentia* stieg in ihm auf. Oh, wie könnte man nur den Vormarsch von Rohheit, Gewöhnlichkeit und Krittelei aufhalten? Als er die Lichter sah, die seine Familie beim Treppensteigen trug, ging er ihnen bis hinunter zum Burggraben entgegen. Sie waren nicht allein. Wer war bei ihnen? Wer waren diese Gestalten, die die Treppen heraufkamen? Der Arzt? Der Bürgermeister? Und ein kleines Mädchen, das Gladiolen trug. Es war eine Delegation, eine wohlmeinende Delegation; er konnte es an der Weichheit der Stimmen hören. Sie waren zu seinem Lob gekommen.

»Es war so schön, so komisch, so lebensnah!« sagte der Arzt.

Das kleine Mädchen gab ihm die Blumen, und der Bürgermeister umarmte ihn leicht. »Und wir dachten, Signore«, sagte er, »daß Sie nur ein Dichter wären.«

Die gebratenen Tauben

Von Hugo Dittberner

Gänsefüßchen machen mich verlegen. So zierlich und aufmunternd sie sind: wenn ich in einem Buch Gänsefüßchen lese, stocke ich. Woher will der Verfasser so genau wissen, was damals geredet wurde; besitzt er Tonbandprotokolle? Selbst bei gänzlich erfundenen Figuren verwundert mich eine derart ausführliche Kenntnis. Es kommt mir dann vor, als verleumde der Autor seine eigenen Figuren. Doch Gänsefüßchen gibt es nicht allein in der Literatur! Da sieht man sie nur. Wie oft erzählt jemand eine Begebenheit und zitiert minutenlang wortwörtliche Aussagen, als habe er das Gedächtnis eines Elefanten (deren *Wort*gedächtnis übrigens noch nicht hundertprozentig nachgewiesen ist). Und der Zuhörer, der eben zwischen zwei Schluck Kaffee die Erzählung aufgeschnappt hat, tischt sie Tage, bei besonderer Dreistigkeit Jahre später noch einmal auf und setzt ganze Wortschwälle zwischen Gänsefüßchen . . .

Ich kenne Leute, das heißt: Herren, die Bücher zuklappen, in denen Gänsefüßchen stehen, und sie sorgfältig an den Rand ihrer Reichweite legen. So selbstsicher und hemmungslos bin ich nicht. Ich stelle mich meiner Verlegenheit. Denn diese Verlegenheit hat eine lange Geschichte, von der ich mich nicht ohne weiteres trennen will.

Sie begann an dem Tag, an dem meine Tochter zum ersten Mal mit einer ausführlichen Erzählung nach Hause kam und sehr lange Aussprüche eines Nachbarjungen wiedergab. Leider habe ich die Aussprüche vergessen (ich vergesse oft die Belege, wenn ich jemandem etwas nachweisen will), aber sie waren so detailliert und verschroben, daß ich mir ein »Nana, hat er das auch wirklich gesagt?« erlaubte; worauf meine Tochter in Tränen ausbrach. Wahrheiten, die mit Tränen bekräftigt oder besser: in Tränen aufgelöst werden, sind nicht leicht in Frage zu stellen. Und nachdem ich einmal die Tränen und dahinter die Wahrheit der Zitate meiner Tochter respektiert hatte, mußte ich die Folgen meines Verhaltens – und die waren die kontinuierliche Neigung meiner Tochter, mir ausführlichste Erzählungen, vollgestopft mit Zitaten, anzuvertrauen – auf mich nehmen und die vielen Gänsefüßchen verlegen, innerlich zurückgelehnt anhören, ohne auf sie mit radikalen Zweifeln oder gar offenem Unglauben reagieren zu können. Ich will damit nicht sagen, daß meine Tochter gern lügt; im Gegenteil. Mich irritierte und irritiert noch, wie sie entfernte Ereignisse und Gespräche bis ins kleinste wiedererzählt, wo, nach meinem Empfinden, ein großzügig raffender Bericht hinreichend wäre. Ganz abgesehen davon, daß dies eine Zeitfrage ist (und meine Tochter hat mich unendlich viel Zeit gekostet! wenn ich nicht Apotheker wäre . . .), führt es dazu, aus der eigenen Wirklichkeit abzuschweifen und eine Neugier nach entlegenen Geschehnissen zu entwickeln, die einen in seinem Selbstbewußtsein und, ich betone das, Selbstgefühl nicht unbeeinträchtigt lassen.

Ich will kurz andeuten, was ich damit meine. Während ich meiner Tochter zuhöre, erfaßt mich oft der Impuls, dabei zu sein in dieser Welt, aus der sie erzählt, oder wenigstens, da dies nicht möglich ist, nachträglich in Augenschein zu nehmen, wovon sie erzählt, wer in ihren Erzählungen bestimmte Aussagen macht. Natürlich bin ich neugierig, ob meine Tochter tatsächlich die Wahrheit gesagt hat; und ich versuche auch einmal, das nachzuprüfen. Vor allem jedoch bin ich neugierig auf den Erfahrungszusammenhang ihrer Erzählungen: woran es liegt, daß sie so gern in Gänsefüßchen erzählt. Ich dachte schon, es ist die Kraft und

Fassungsgabe der Jugend, die mit zunehmendem Alter verlorengeht ... Jedenfalls vertraue ich mich deshalb den Erfahrungen meiner Tochter an und *gehe ihnen nach,* manchmal fürchte ich: ein bißchen zu sehr. Allerdings nur »ein bißchen«, denn da die Medikamente-Versorgung unseres Bezirks sichergestellt sein muß und ich nur zwei Stunden aus meiner Apotheke abwesend sein darf, ohne einen schnell erreichbaren Vertreter anzugeben, sind meinem Impuls Grenzen gesetzt; und ich setze mich nur alle paar Wochen oder Monate einmal ins Auto, um mir einen Schauplatz aus den Erzählungen meiner Tochter anzusehen.

Neulich absolvierte meine Tochter ihr Berufspraktikum. Seit einigen Jahren ist es an ihrer Schule üblich (was ich sehr begrüße), in der neunten Klasse alle Schüler ein vierzehntägiges Praktikum in einem Betrieb ihrer Wahl machen zu lassen. Es kann nicht immer ein Berufspraktikum im engeren Sinne sein; denn nicht in allen Berufen, zumal in den akademischen, ist dies möglich, und nicht alle Berufe sind in einem Wohnbereich vertreten. Die Jugendlichen sollen aber doch im Umfeld ihres gegenwärtigen Berufswunsches praktische Erfahrungen sammeln.

Verena, so heißt meine Tochter, hatte sich zu dem Praktikum in einem Tierheim gemeldet. Wir haben eine Schäferhündin, Pola, die sie sehr liebt; und auch sonst ist sie sehr tierlieb. Warum sollte sie also nicht dies Praktikum machen? Tatsächlich hat sie dort viel gelernt, zum Beispiel, und für sie besonders wichtig, was es für Krankheiten bei Schäferhunden gibt und wie man mit ihnen fertig wird. Kleine Leiden kann der Besitzer selber heilen: Ungeziefer im Fell etwa (Läuse, Milben und andere Parasiten), eine Verschmutzung der Ohren oder einen leichten Bindehautkatarrh der Augen oder Erbrechen. »Man läßt den Hund einen Tag lang fasten, und fertig.« Bei anderen, schwereren Krankheiten wendet man sich besser an einen Tierarzt. Bei Vergiftungen zum Beispiel, bei Tonsillitis (Halsmandelentzündung), bei Leptospirose (Hundetyphus). »Bei einer

Mittelohrentzündung legt der Hund den Kopf schief. Eine Mittelohrentzündung kann durch regelmäßiges Eintropfen der Ohrentropfen geheilt werden.« Ich mußte lächeln.

Verena brachte auch Bilder mit, die in dem Tierheim geknipst worden waren, von ihr und von einer Klassenkameradin, die wie sie dort ihr Berufspraktikum absolvierte. Man sieht das Tierheim neben einer Allee, die Front des Hauses mit der Inschrift »Tierheim«, den Leiter des Heims, ein Netz in der Hand haltend neben einem Karawan (Verena sagte, in dem Netz hatte er eine Flasche Bommelunder!), und die Außen- und Innenzwinger. Auf etlichen Bildern ist Verena zu sehen, sehr gut getroffen (das Grübchen im Kinn! und sie hat schon eine entwickelte Figur!): Sie spritzt mit einem Schlauch die Zwinger sauber, sie tätschelt einen verwaisten Hund. Ich sah, wie sich sein struppiges Fell unter ihrem Streicheln anlegte. Einmal zeigt sie einer Kindergruppe, die das Tierheim besichtigt, einen Außenzwinger; sie hat sich zu den Kindern gebückt, und es dauerte einen Moment, bis ich sie herauskannte.

Verena erzählte Wunderdinge von der Leistungsfähigkeit der Tiere, insbesondere der Hunde und da vor allem der Schäferhunde. Der Instinkt dieser Tiere übersteigt unsere Vorstellungen und unsere Glaubfähigkeit. Die Frau des Heimleiters hatte gesagt: »Hunde riechen nicht nur einzelne Menschen, du weißt ja, daß Hunde Rauschgift durch dicke Verpackungen riechen und Menschen noch Jahre später und Hunderte von Kilometern entfernt identifizieren und stellen können . . . Aber Hunde riechen nicht nur einzelne Menschen, sondern sie unterscheiden auch Rassen, zum Beispiel die Gelben von den Schwarzen und von den Weißen. Und sie unterscheiden auch Völker, zum Beispiel die Russen von den Deutschen.« Das und noch viel mehr zitierte Verena. Die Frau des Heimleiters hatte es ihr an einem langen Vormittag erklärt und sie damit sehr beeindruckt. Daß schon ein Fitzelchen Haut, das man einem Menschen herausschneidet, genügt, um ihn ein Hundeleben lang unter allen anderen Menschen herausfinden zu können. Von nun an sah sie Pola mit ganz anderen Augen an. Pola war nicht nur eine Hündin, die sie versorgen und von kleinen Krankheiten kurieren konnte; sondern auch ein Tier, das ihr in der Unterscheidung der Menschen überlegen war und ihr jede fremde Rasse, jeden Fremden überhaupt anzeigen konnte.

Eines Mittags (so hatte ich Zeit, bis am Nachmittag die Arztpraxen wieder öffnen würden) setzte ich mich ins Auto und fuhr zum Tierheim. Es war viel kleiner, als ich erwartet hatte, nicht mehr als ein frischgestrichener, etwa zweihundert Quadratmeter großer Flachbau mit etlichen hoch umzäunten Gehegen, den Außenzwingern. In einigen Außenzwingern gab es kleine Bäume und Pfähle. Darin waren die Katzen. Sonst sah ich nur Hunde. Auf einem geteerten, unverhältnismäßig großen Vorplatz war, eine kleine blaue Insel, der Karawan abgestellt, den ich von einem Foto kannte.

Nach den bewundernden Erzählungen meiner Tochter hatte ich eine große Anlage, einen »Betrieb« erwartet, und jetzt war es doch nicht viel mehr als eine kleine Klitsche. Die Frau des Tierheimleiters sagte mir, wenn sie gewollt hätten, hätten sie sich vergrößern können. Aber sie wollten nicht, wozu auch. »Für unsere Zwecke reicht es«, sagte die Frau. Sie waren ein merkwürdiges Paar, das man, wenn man sie einzeln getroffen hätte, niemals in Zusammenhang gebracht hätte (einmal abgesehen von der ähnlichen kittelähnlichen Arbeitskleidung und ihrem Geruch, einem merkwürdig süßlich-feuchten Geruch, wie ihn nasse Hunde penetrant verbreiten). Aber das gilt für viele Paare.

Der Heimleiter, Georg Paltian, war ein kleiner, sehniger Mann, der unter einer Schirmmütze ein schiefes, dunkles und tiefporiges Gesicht hatte. Sobald man ihn ansah, meinte man, die linke Seite: das Auge, der linke Nasenflügel, der Mundwinkel hingen etwas herab und zögen den Kopf zur Seite. Seine Hände und Füße waren auffällig groß: die

Hände hielt er ständig seitwärts, als streckte er sie zu irgendwelchen Tieren aus, die sich daran anschmiegen würden. Ich sah diese Szene vor mir, obwohl ich sie nicht tatsächlich beobachtete. Seine großen Hände »enthielten« sie. Am meisten beeindruckten mich seine Augen, nicht nur wegen der unegalen Stellung. Sie hatten nämlich keinen Blick. Auch wenn ich sie beide sah, gewöhnliche braune Augen, hatte ich doch nicht den Eindruck, daß sie mich erblickten; sie waren blicklos. Und wie gegenüber Blinden empfand ich das unsichere Gefühl, nicht wirklich anwesend zu sein. Seine Stimme dagegen war tief und klangvoll, man hörte ihr gern zu. Paltian sprach aber, solange ich da war, kaum ein paar Sätze, nur gedehnte, eigenartig klingende Lautfolgen, deren Aufteilung in Wörter mir Mühe machte.

Seine Frau, sie nannte sich selber im Gespräch Marianne, war fast einen Kopf größer als er, eine »stattliche Person« hätte sie in einem anderen gesellschaftlichen Zusammenhang geheißen. Ihre aschblonden Haare, die sie straff zurückgekämmt hatte, schimmerten an den Schläfen, und auch ihre blauen Augen leuchteten, wie mit einer Glasur überzogen. Ihr Blick war so intensiv, als müsse sie für ihren Mann mitblicken; ich konnte ihr kaum in die Augen sehen. Eine kleine, eingesunkene Narbe am Kinn betonte eher noch die Ebenmäßigkeit, die ihre Gesichtszüge sonst besaßen. Durch eine Schicht aufgeschwemmten Fleisches sah man mühelos auf eine frühere Schönheit. So wie man aus den jetzt nur noch flinken und behenden Bewegungen ihres dick gewordenen Körpers die frühere Anmut herausspürte. Die Schäferhunde waren ihr in ihrer Beweglichkeit sicherlich kaum überlegen gewesen. Immer wenn sie redete, denn sie war es, die redete und sich, während sie auf meine Fragen antwortete, zu mir herbeugte, mußte ich den Atem anhalten und den Kopf zurücknehmen. Denn zusätzlich zu dem Tierheimgeruch stank sie nach einem Gemisch aus Alkohol und Magensud unerträglich aus dem Mund.

Wir hatten uns auf zwei Stühle gesetzt, die vor der Tür am Rand des geteerten Platzes standen. Wir, das waren nur die Frau und ich. Der Mann war zu den Hunden in den Außenzwingern gegangen, von wo die hechelnden und fiependen Laute zufriedener und sich balgender Hunde zu uns herübertönten. Ich sah aufmerksam dorthin, um mich unauffällig von dem stinkenden Atem der Frau abwenden zu können. Es war aber in den Zwingern kaum etwas auszumachen; und ich hörte auch der Frau zu. Ja, es stimmte: Sie wußte, daß Hunde Rassen und Völker unterscheiden können. Aus eigener Erfahrung. Im Krieg war auf dem heutigen Gelände des Tierheims ein anderes Tierheim für Schäferhunde und Brieftauben gewesen. Die Schäferhunde waren darauf trainiert, entflohene russische Kriegsgefangene wieder einzufangen. Eine Staffel unter dem Kommando ihres Vaters war hier stationiert. Verschwand irgendwo im Reichsgebiet ein russischer Kriegsgefangener, zumal aus der näheren Umgebung, denn es gab noch einige solcher Tierheime im Reich, dann wurde ein Paar, der Hundeführer mit seinem Schäferhund, auf die Fährte gesetzt. Sie kamen nur selten ohne den Russen zurück – aber oft mit einem Russen, von dessen Flucht noch gar nichts bekannt war. Die Witterung der Hunde war untrüglich. Nur am Ende des Krieges, als alles schon drunter und drüber ging und nicht mehr sicher war, ob man vor der Front oder schon hinter der Front war, blieben die Erfolge manchmal aus. Es waren auch zu viele Hundeführer an die Front abkommandiert worden; darunter ihr Verlobter, der bei Pilsen fiel. Ihr Vater kam von seinem letzten Suchkommando nicht zurück. Doch als noch alles intakt war und die Hunde nach wochenlangen Strapazen die Feinde stellten, war die Hundestaffel der Stolz der Polizei gewesen, zweimal von Hitler besucht und ausgezeichnet. Nach dem Kriegsende mußten die Hunde erschossen werden, weil sie jeden Russen angegangen wären, der sich ihnen genähert hätte; ja, sie hätten Jagd auf die Russen gemacht. Denn was Hunde einmal gelernt haben, haben sie für immer gelernt. Sie sind treu bis in den Tod. Nicht so vergeßlich wie Menschen.

Sie wischte sich den Mund, als habe sie gerade einen kräftigen Schluck aus der Flasche genommen. Als ich so neben ihr saß und ihr zuhörte, fühlte ich mich wie in einem anderen Land, in dem jene Zeit, in der die Hunde ihrer Jugend so tüchtig waren, noch nicht zu Ende war. Ich sah den Vater mit seinem Hund entlegene Dörfer durchstöbern. An einer Straßenecke sprach er mit einem Mann. Der Hund hatte sich flüchtig auf seine Hinterschenkel gesetzt und döste gutmütig an dem befragten Mann vorbei, denn das war ja ein Deutscher. Mit einem kurzen Luftschnapper hatte er es herausgefunden. Ich nahm mir vor, mit Verena darüber zu sprechen, ob man überhaupt einen Hund haben durfte, nachdem man diese Geschichte kannte. Wenigstens darüber zu diskutieren. Abschaffen wollte ich Pola natürlich auch nicht. Sie würde nur ins Tierheim kommen und bald eine neue Familie finden.

»Und wozu waren die Brieftauben da?« fragte ich, um von dem düsteren Thema fortzukommen und zu meinem Abschied überzuleiten. Die Brieftauben waren lange Zeit nur so eine Art Hobby und Versuchsballon gewesen. Sie wurden mit Geheimbotschaften zu bestimmten Orten geschickt. Eine alte Methode, langsam, aber ziemlich sicher. Am Ende des Krieges, im letzten Kriegsjahr wurden die Brieftauben wichtiger und waren mit ihren Botschaften ständig unterwegs. Eine Zeitlang überlegte man, ob man sie nicht mit Sprengsätzen zu feindlichen Zielen schicken sollte: zu den Zielen, die eben noch deutsch waren und wohin sie mit ihren Botschaften geflogen waren. Doch dann kam der Befehl: töten; damit die Tauben nicht die bis dahin unentdeckten Anflugziele verraten könnten. »Noch heute gibt es unentdeckte Verstecke aus dem Dritten Reich«, sagte sie. »Wir mußten sie töten.«

»Weißt du«, sagte sie zu Georg, »wir sind jetzt hier die einzigen, die noch übrig sind . . . Und wissen nicht, was wir tun sollen. Wir haben nur den Befehl: Hunde und Tauben töten! Das werden wir auch ausführen . . . Aber dann? Wo sollen wir hin, was können wir tun? In diesem Durcheinander?«

»Ja«, sagte Georg. Er war damals noch etwas größer und nicht so gebückt und schief.

»Ich schlage vor«, sagte Marianne, »wir braten die Tauben. Dann haben wir erst mal was zu essen. Damit überbrücken wir die Zeit. Wir können die Zwinger, wenn sie leer sind, weiterbenutzen. Für herrenlose Tiere. Streunende Hunde und Katzen. Ein Tierheim. Tiere, die keine Heimat haben, gibt es immer. Vielleicht können wir davon leben.«

»Tiere gibt es immer, ja«, sagte Georg mit seiner klangvollen Stimme. Sie standen einige Zeit schweigend vor den Zwingern und sahen zu den Taubenschlägen hinüber.

»Heiraten kommt natürlich nicht in Frage«, sagte Marianne. »Du weißt, mein Verlobter . . . Wir wohnen hier zusammen und versuchen, das Beste draus zu machen. Schließlich ist es egal, wo wir sind. Hauptsache, wir haben erst mal genug zu essen. Wer kann das jetzt schon von sich sagen?«

»Ja«, sagte Georg. Er setzte sich plötzlich auf die Erde, ohne Umstände, genau da, wo er gestanden hatte.

»Hier wissen wir Bescheid«, sagte Marianne. »Und von Tieren verstehen wir was. Gut erzogene Hunde werden immer gebraucht. Wenn heute keiner kommt, dann kommt morgen einer.«

Marianne ließ sich ebenfalls nieder und setzte sich neben Georg. Die Hunde in den Zwingern sahen erstaunt zu ihnen herüber. Sie waren auf einmal viel größer, obwohl sie abgemagert und erschöpft waren. Sie konnte ihnen nicht ins Gesicht sehen.

»Gebratene Tauben sind eine Delikatesse«, sagte Marianne. »Wer hat jetzt schon Delikatessen! Und wir können diese Delikatessen ein paar Wochen lang essen und davon satt werden!«

Sie fühlte sich elend und zugleich gemütlich. Manchmal ist der unbequemste Platz der richtige Platz. Sie spürte jedes Sandkorn. Aber beschweren wollte sie sich nicht. Sie gehörte nicht zu den Leuten, die sich beschweren.

»Es ist gut, wenn zwischen uns alles klar ist«, sagte Marianne. »Ich habe keine Lust, mit einem geilen Mann allein zu sein, verstehst du? Es waren immer so viele Männer hier, und wir sind gut ausgekommen. Ich möchte, daß das so bleibt, Georg. Wir haben genug anderes zu tun! Warum sollen wir nicht gut auskommen? Wenig Leute haben jetzt eine Chance. Und wir haben vielleicht eine Chance. In der nächsten Zeit kann uns nichts passieren, wenn wir vernünftig sind. Georg, ich weiß, du redest nicht viel. Aber jetzt mußt du was sagen!«

»Ja, Tiere werden immer gebraucht. Ja«, sagte Georg. Er drehte sich zu Marianne und nickte andächtig.

»Wir sind ja keine Kinder mehr, Georg«, sagte Marianne. »Wir müssen uns eben zusammenreißen und das Beste draus machen. Die Hunde erschießt du erst, wenn wir das Grab fertig haben.«

»Ja«, sagte Georg und wandte nicht den Kopf vom Fleck.

»Wer soll uns hier verjagen«, sagte Marianne. »Es sind ja alle tot. Und wenn die Hunde und Tauben nicht mehr da sind . . . Platz für uns ist genug. Soviel brauchen wir gar nicht. Zu essen haben wir. Tiere wird es immer geben. Wir verstehen was von Tieren. Also bleiben wir hier!« sagte sie.

Georgs Kopfnicken machte sie nach, als wäre sie plötzlich in seine Person geschlüpft. Ihre Augen verloren den Glanz, die linke Gesichtshälfte rutschte herab, während sie mit dem Kopf nickte. Sogar ihre Hände, die sie vom Schoß genommen hatte, wirkten größer und waren fortgespreizt, als warteten sie auf die Hunde, die sich an sie schmiegen würden.

Kraftakt in Gips
Von F. Scott Fitzgerald

»Was meint der Doktor jetzt, wie lange noch?« fragte Mary. Mit seinem gesunden Arm schlug Martin die Bettdecke etwas zurück und zeigte ihr, daß der Gipspanzer vorne quadratförmig ausgeschnitten war, so daß sein Magen und die untere Partie des Zwerchfells sich in der Öffnung etwas vorwölbten. Sein ausgekugelter Arm war immer noch hoch über seinem Kopf unfreiwillig wie zum Gruß erhoben.

»Dies war ein großer Fortschritt«, sagte er ihr. »Aber da mußte erst die Hitzewelle kommen, damit Ottinger mir dieses Fenster einbaute. Über die Aussicht kann ich nicht viel sagen, aber – hast du die Kollektion von Drähten gesehen?«

»Ja, das habe ich«, antwortete seine Frau und versuchte belustigt auszusehen.

Sie waren auf dem Tisch ausgelegt wie ein komplettes Chirurgenbesteck – Drähte zu jeder Länge und Form zurechtgebogen, so daß die Schwester jeden Punkt innerhalb des Gipsverbandes erreichen konnte, wenn der vom Schweiß erzeugte Juckreiz unerträglich wurde.

Martin schämte sich, immer dasselbe zu sagen.

»Entschuldige«, sagte er. »Aber nach zwei Monaten wird man eine Art medizinischer Psychologe. All das interessiert mich maßlos. Wirklich –«, fügte er fast ohne Ironie hinzu, »es macht in gewisser Weise allmählich mein Leben aus.«

Mary kam herüber, setzte sich aufs Bett und nahm ihn, mit Gips und allem, in ihre zarten Arme. Er war Chef-

Elektriker im Filmatelier, und sein Zehnmetersturz kostete an Arztrechnungen keinen Penny. Aber das – und der Umstand, daß die Katastrophe sie nach vier Monaten Trennung wieder zusammengebracht hatte – war auch der einzige Lichtblick.

»Ich fühl' mich dir so nah«, flüsterte sie. »Sogar durch diesen Gips hindurch.«

»Magst du es, so miteinander zu reden?«

»Ja.«

»Ich auch.«

Sie stand jetzt auf und ordnete ihr blondes Haar vor dem Spiegel. Er hatte das wohl tausendmal bei ihr gesehen, aber diesmal war es, als entferne sie sich damit von ihm, und das machte ihn traurig.

»Was hast du heute abend vor?« fragte er.

Mary wandte sich, beinahe überrascht, zu ihm um.

»Das ist aber ungewöhnlich, daß du mich danach fragst.«

»Wieso? Du erzählst es mir doch fast immer. Du bist meine Verbindung zur großen Welt.«

»Aber du legst doch Wert darauf, Verträge zu halten. Das war unsere Abmachung, als wir anfingen, getrennt zu leben.«

»Du siehst nur die technische Seite.«

»Nein – aber so *war* unsere Abmachung. Tatsächlich habe ich überhaupt nichts vor. Bieman bat mich, zu einer Voraufführung mitzukommen, aber er langweilt mich. Und das französische Grüppchen hat angerufen.«

»Wer davon?«

Sie kam näher und sah ihn an.

»Was denn, ich glaube, du bist eifersüchtig«, sagte sie. »Die Frau natürlich. Oder *er*, um genau zu sein, aber er rief nur wegen seiner Frau an – die war angeblich bei mir. So habe ich dich noch nie gesehen.«

Martin war klug genug zu blinzeln, als hätte es nichts auf sich und sei erledigt, aber Mary machte eine letzte unglückliche Bemerkung.

»Ich dachte, du sähst es gern, wenn ich mit ihnen ausgehe.«

»Das ist es eben«, Martin versuchte ruhig zu bleiben, »– mit ›ihnen‹, aber jetzt ist es ›er‹.«

»Sie reisen alle am Montag ab«, sagte sie, fast ungehalten. »Ich werde ihn wahrscheinlich nie wiedersehen.«

Eine Minute Schweigen. Seit seinem Unfall waren ihre Gesprächsthemen nicht unbegrenzt, außer es war Liebe im Spiel. Oder auch nur Mitleid – in den vergangenen vierzehn Tagen war er durchaus bereit gewesen, sich bemitleiden zu lassen. Besonders für die Erörterung ihrer ungewissen Zukunftspläne war eine auf Liebe gestimmte Atmosphäre die Voraussetzung.

»Ich werde mal eben aufstehen«, sagte er plötzlich. »Nein, hilf mir nicht – ruf nicht nach der Schwester. Ich habe mir schon überlegt, wie ich es mache.«

Der Gips reichte auf einer Seite halb bis zum Knie, aber mit einer schlangenartigen Bewegung brachte er sich an den Bettrand – und dann hoch mit einem gewaltigen Schwung. Er nahm einen Hausmantel um, auch das ohne Beistand, und ging zum Fenster. Junges Volk planschte mit viel Geschrei in dem Schwimmbassin draußen vor dem Hotel.

»Ich geh dann mal«, sagte Mary. »Kann ich dir morgen irgendwas mitbringen? Oder auch heute abend, wenn du dich einsam fühlst?«

»Nicht heute, du weißt, ich bin abends immer schlechter Laune – und ich will nicht, daß du die weite Fahrt zweimal am Tage machst. Geh nur – mach dir keine Sorgen.«

»Soll ich nach der Schwester klingeln?«

»Ich werde gleich klingeln.«

Indessen tat er das nicht – stand nur so da. Er wußte, daß Mary sich allmählich aufzehrte, daß die wiederaufgelebte Liebe zu ihm im Abflauen war. Sein Unfall war nur für ganz kurze Zeit gleichsam ein Damm gegen einen Strom, der schon seit Monaten immer mehr angeschwollen war.

Als gegen sechs die Schmerzen mit gewohnter Regelmäßigkeit einsetzten, gab ihm die Schwester etwas mit Codein darin, mixte ihm einen Cocktail und bestellte das Abendessen, eine jener Mahlzeiten, die er nur mit Mühe verdauen konnte, da er ja in seinen privaten Bunker eingesperrt war. Dann hatte die Schwester vier Stunden dienstfrei, und er war allein. Allein mit Mary und dem Franzmann.

Er kannte den Franzosen nur dem Namen nach, aber Mary hatte einmal gesagt:

»Joris ist fast wie du – nur natürlich nicht so gereift – eher etwas unentwickelt.«

Seit sie das gesagt hatte, war ihm die Gesellschaft von Mary und Joris in den langen Stunden zwischen sieben und elf immer weniger attraktiv geworden. Er hatte im Geist mit ihnen geredet, war mit ihnen umhergefahren, zu Filmen und Partys mit ihnen gegangen – und manchmal war auch der halb tröstliche Geist von Joris' Frau dabei. Er war ihnen nahe in ihrer Verliebtheit, und selbst das ließ sich ertragen, solange er sich vorstellen konnte, sie zu hören und zu sehen. Erst als sie ein Geheimnis daraus machten, rebellierte sein Magen in dem Gipsverband. Er sah jetzt vor sich, wie der Franzose auf Mary zuging und wie sie auf ihn wartete. Denn er war sich der Gefühle von Joris ihr gegenüber und auch der ganzen Situation nicht sicher.

»Ich habe ihm gesagt, ich liebe dich«, sagte Mary – und er glaubte ihr das. »Ich habe ihm gesagt, ich könnte nie einen anderen lieben als dich.«

Dennoch konnte er nicht sicher sein, was Mary fühlte, wenn sie in ihrem Apartment auf Joris wartete. Er wußte nicht, ob sie nach einem Gutenacht an ihrer Tür sich erleichtert abwandte oder ob sie in ihrem Wohnzimmer umherging und später das Buch, in dem sie las, in den Schoß sinken ließ und an die Decke starrte. Oder ob das Telefon noch einmal klingelte für ein weiteres Gutenacht.

In den ersten zwei Monaten ihrer Trennung, als er noch gesund und auf den Beinen war, hatte Martin sich über diese Dinge überhaupt keine Gedanken gemacht.

Um halb neun nahm er den Telefonhörer und rief sie an; der Anschluß war besetzt, und er war es auch um viertel vor neun noch. Um neun war die Leitung gestört; um neun Uhr fünfzehn antwortete niemand, und etwas vor neun Uhr dreißig war wieder besetzt. Martin stand auf, zog langsam seine Hosen an und mit der Hilfe eines Hotelboys auch Hemd und Mantel.

»Soll ich nicht mitkommen, Mr. Harris?« fragte der Boy.

»Nein, danke. Sag dem Taxi, ich bin gleich unten.«

Als der Boy gegangen war, strauchelte er über der kleinen Stufe zum Badezimmer, sauste mit dem Arm herum und stieß mit dem Kopf gegen das Waschbecken. Es war nicht gar so schlimm, aber er reparierte die Sache ungeschickt mit Heftpflaster, und als er sich bei seinem Anblick im Spiegel lächerlich vorkam, setzte er sich hin und wählte zum letzten Mal Marys Nummer – ohne Antwort. Dann ging er hinaus, nicht weil er zu Marys Wohnung wollte, sondern weil er irgendwo auf das Feuer zugehen mußte, und wohin sonst, wußte er nicht.

Um zehn Uhr dreißig war Mary, schon in ihrem Nachthemd, wieder am Telefon.

»Nett, daß Sie anrufen. Aber, Joris, um die Wahrheit zu sagen, ich habe entsetzliches Kopfweh. Ich bin im Begriff, ins Bett zu gehen.«

»Hören Sie, Mary«, drängte Joris. »Marianne hat auch Kopfweh und ist schon im Bett. Dies ist der letzte Abend, an dem ich eine Chance habe, Sie allein zu sehen. Übrigens haben Sie mir gesagt, Sie hätten niemals Kopfweh.«

Mary lachte.

»Das stimmt – aber ich bin wirklich müde.«

»Ich verspreche, nur eine halbe Stunde zu bleiben – Ehrenwort. Ich bin hier unten, nur um die Ecke.«

»Nein«, sagte sie, und ein leichter Beiklang von Ärger gab dem Wort die nötige Entschiedenheit. »Morgen gern zum Lunch oder Dinner, wenn Sie mögen, aber jetzt gehe ich wirklich ins Bett.«

Sie stockte. Sie hatte ein Geräusch gehört, eine schwere Masse, die sich an der Außentür ihres Apartments rieb. Dann tönte drei oder viermal kurz die Klingel.

»Da ist jemand – rufen Sie mich morgen früh an«, sagte sie. Eilig legte sie den Hörer auf und zog einen Hausmantel über.

An der Tür ihres Apartments fragte sie vorsichtig:

»Wer ist da?«

Keine Antwort – nur ein noch dumpferes Geräusch – ein menschliches Wesen, das ausglitt und hinstürzte.

»Wer ist da?«

Erschrocken wich sie zurück vor einem entsetzlichen Stöhnen. Oben in der Tür war eine kleine Klappe, wie das Guckloch in einer verbotenen Kneipe, und da sie nach dem Geräusch sicher war, daß wer immer es sei, verwundet oder betrunken, am Boden lag, langte Mary hinauf und lugte hinaus. Sie konnte nur eine Hand sehen, die mit frischem Blut bedeckt war, und schloß eiligst das Fensterchen. Einen Moment bebte sie vor Angst, dann lugte sie noch einmal hinaus.

Diesmal erkannte sie etwas – sie konnte später nicht mehr sagen, was – wie sonderbar der Arm lag, ein Stückchen Gipsverband – aber das reichte. Sie öffnete rasch die Tür, und schon kauerte sie an Martins Seite.

»Hol den Arzt«, flüsterte er. »Ich bin auf der Treppe gestürzt und hab was gebrochen.«

Seine Augen schlossen sich, während sie zum Telefon rannte.

Arzt und Ambulanz kamen zugleich an. Was Martin getan hatte, war einfach genug, ein kleiner Triumph des Mißgeschicks. Bei dieser ersten Treppe seit acht Wochen, die er hinauf wollte, war er gestolpert, hatte sich mit dem Arm, der zu gar nichts taugte, zu halten versucht, und war dann am Treppengeländer entlang hinuntergerasselt. Danach hatte er sich in langen fünf Minuten bis vor ihre Tür geschleppt.

»Aber warum denn?« wollte Mary ausrufen, doch das

hätte niemand gehört. Er wurde erst wieder wach, als die Tragbahre unter ihn geschoben und er ins Hospital gefahren wurde, um den neuen Bruch mit einem neuen Gips einzurenken und alles noch einmal von vorn anzufangen. Als er Mary erblickte, sagte er schnell: »Komm nur nicht. Ich will niemand dabei haben, wenn – wenn – versprichst du mir auf Ehrenwort, nicht zu kommen?«

Der Orthopäde sagte, er werde sie in einer Stunde anrufen. Und fünf Minuten später, in der wirren Annahme, das sei schon der Anruf, meldete sich Mary am Telefon.

»Ich kann nicht reden, Joris«, sagte sie. »Es hat einen schrecklichen Unfall gegeben –«

»Kann ich helfen?«

»Es ist schon vorbei. Es war mein Mann –«

Plötzlich wurde Mary bewußt, daß ihr alles lieber war, als hier allein auf den Anruf vom Hospital zu warten.

»Also kommen Sie nur«, sagte sie. »Sie können mich dorthin fahren, wenn ich gebraucht werde.«

Bis er kam, saß sie neben dem Telefon – sprang bei seinem Klingeln mit einem Schrei auf.

»Warum? Warum nur?« schluchzte sie dann. »Ich wollte doch zu ihm ins Hotel kommen.«

»War er nicht betrunken?«

»Nein, nein – er nimmt kaum je einen Drink. Wollen Sie draußen warten, während ich mich anziehe und zurechtmache?«

Eine halbe Stunde später kam die Nachricht, daß Martins Schulter wieder eingerenkt war und daß er unter der Narkose schliefe und bis zum Morgen weiterschlafen würde. Joris war sehr zart mit ihr, hob ihre Füße auf das Sofa, stopfte ihr ein Kissen in den Rücken und fand für ihr unaufhörliches »Warum nur?« jedesmal eine andere Antwort – Martin sei im Fieberwahn gewesen; habe sich vereinsamt gefühlt; dann, in einem geeigneten Moment, sagte er ihr die Wahrheit, die er schon lange geahnt hatte: Martin war eifersüchtig.

»Das war's«, sagte Mary bitter. »Wir sollten frei sein – nur ich war nicht frei. War nur frei für Schleichwege hinter seinem Rücken.«

Aber jetzt war sie frei, frei wie der Vogel in der Luft. Und später, als er sagte, er würde nicht sogleich gehen, sondern noch eine Weile im Wohnzimmer sitzen und lesen, bis sie ganz ruhig geworden wäre, ging Mary mit völlig klarem Kopf in ihr Zimmer. Nachdem sie sich zum zweiten Mal an diesem Abend ausgekleidet hatte, verweilte sie ein paar Minuten vor dem Spiegel, ordnete ihr Haar und hielt alle Gedanken an Martin von sich fern, außer daß er jetzt schlief und im Augenblick keine Schmerzen hatte.

Dann öffnete sie ihre Schlafzimmertür und rief hinunter ins Wohnzimmer:

»Wollen Sie jetzt kommen und mir Gutenacht sagen?«

Ein Fall von Fürsorge

Von Hans J. Fröhlich

Diese aufgescheuchten Wochenanfänge, diese auseinanderflatternden Frühstunden im Amtszimmer. Draußen auf den Korridoren die Wartenden, hier drinnen die Regale mit den Ordnern, die Aktenstöße auf meinem Schreibtisch, meine angefangenen Berichte, Besprechungsprotokolle, die behördlichen Rundschreiben. Täglich neue Familienabgründe. Aber ich darf mich nicht hinabziehen lassen. Ich kann nur meine Pflicht tun, draußen wie drinnen.

Als ich letzten Montag auf meinem Arbeitstisch unter der Post den an mich adressierten und aufgeklebten Zeitungsausschnitt mit der Nachricht vom Tode des Schauspielers Rudolf Ziegler fand, war mein erster Gedanke beim Lesen, daß sich durch diesen Tod nichts ändern, daß für mich nun alles nur noch schwerer werden würde.

Ich kenne die Zieglers seit ziemlich genau zwei Jahren und habe sie turnusgemäß einmal monatlich aufgesucht. Mein eigentlicher Gesprächspartner war Herr Ziegler. Seine Frau schien lange überhaupt nicht gewußt zu haben, wer ich bin und weshalb ich kam. Er, Ziegler, hatte jenen Brief ans Amt geschrieben und um finanzielle Unterstützung gebeten. Diese war ihm auch sofort, aufgrund der von ihm geschilderten akuten Notlage, gewährt worden. Trotzdem bestanden behördlicherseits von Anfang an Zweifel an der Richtigkeit der Zieglerschen Darstellung. Meine Aufgabe bestand nicht zuletzt darin, solche Zweifel zu zerstreuen oder zu beseitigen. Bisher war ich es gewohnt gewesen, nur Klienten zu haben, die den Umgang mit Amtspersonen gewohnt sind. Sie erwarteten von mir nicht unbedingt eine Lösung ihrer Probleme, aber waren empfänglich für jeden praktischen Ratschlag. Sie sahen in mir weniger einen Lebensretter als vielmehr zunächst einen verständnisvollen Zuhörer, dem sie ihre Sorgen mitteilen konnten. Bei solchen Menschen fühle ich mich natürlich beruflich sicher. Ihnen gegenüber kann ich meine Fähigkeiten voll entfalten. Ich habe eine gründliche Fachausbildung genossen, habe an mehreren Fortbildungskursen teilgenommen, war länger in Supervision und arbeite seit Jahren nach der klientzentrierten Methode. Ohne behaupten zu wollen, überall gleich mit offenen Armen empfangen zu werden, kann ich doch befriedigt feststellen, daß man mich respektiert.

Bei den Zieglers war das ganz anders.

Sie sahen in mir nicht die Amtsperson, sondern hatten es von vornherein darauf angelegt – jeder auf seine Weise –, mich hinsichtlich ihrer Schwierigkeiten, die sie untereinander hatten, ins Vertrauen zu ziehen, zu einem Geheimnisträger zu machen. Auf so etwas war ich nicht vorbereitet, das war mir neu und brachte sonderbare Verwicklungen und zahllose Kompetenzdiffusitäten mit sich.

Nicht, daß ich mich dadurch gleich verunsichert fühlte (man rechnet ja immer mit überraschenden Reaktionen), nur war ich gezwungen, mein übliches Verhalten, meine bisher erfolgreichen Taktiken oder Techniken zu ändern. Ganz leicht war das nicht.

Bereits der erste Kontaktbesuch war nicht zu meiner Zufriedenheit verlaufen.

Entgegen meiner Gepflogenheit, mich bei den Klienten anzusagen, war ich bei den Zieglers unangemeldet erschienen, vormittags gegen elf. Die Sprechanlage schnarrte nur, darum fuhr ich gleich in den zwölften Stock. Ziegler stand an der Tür, als ich aus dem Lift kam.

Ich stellte mich vor. Er wußte sofort, wer ich bin. Ich

entschuldigte mich für meinen überfallartigen Besuch. Er schien allerdings kaum überrascht und bat mich einzutreten. Wir standen im engen Flur. Ich hatte mir vorgenommen, den Zieglers nahezulegen, sich um eine andere, weniger teure Wohnung zu bemühen, wollte meine Bereitschaft erklären, ihnen bei der Suche zu helfen. Doch bevor ich noch ein Wort hervorbrachte, ergriff Ziegler meine Hand, schüttelte sie heftig und sagte:

»Ich bin Ihnen sehr dankbar!« Und dann, im Flüsterton: »Aber wir müssen leise sprechen. Meine Frau schläft gerade.« Er habe ja, sagte er, in seinem Brief schon geschildert, was mit ihr los sei. Sie brauche äußerste Schonung. Sie habe praktisch die ganze letzte Nacht wachgelegen, sei jede halbe Stunde hochgeschreckt.

»Sie ist extrem geräuschempfindlich«, sagte er. »Der Arzt spricht von einer Hypersensibilität.« Es sei aber zweifellos kein guter Arzt. Ein guter Arzt sage nicht hypersensibel. Sie hätten aber keinen besseren Arzt. Ein besserer Arzt wüßte, daß diese Krankheit mit Hypersensibilität nicht erklärt sei. »Meine Frau ist einfach nervengeschädigt«, sagte Ziegler. »Das kleinste Geräusch stört sie – und dann in einem Riesenhaus wie diesem mit über hundert Parteien. An sich alles anständige Bewohner, honorig, durchaus rücksichtsvoll«, doch das liege an der Bauweise, das Haus sei eben viel zu hellhörig gebaut, habe viel zu dünne Wände und Decken. »Und dann die Wasserspülung«, sagte er, »das Gegurgel in den Abflußrohren, der Fahrstuhl, rauf und runter, die Klingelanlagen und schließlich der Lärm von der Straße.«

Wir standen noch immer in dem engen Flur, und bis jetzt hatte ich noch keine Silbe hervorgebracht, da Ziegler, den ich mir, nach seinem Brief, ganz anders vorgestellt hatte: einerseits weniger hinfällig, andererseits weniger würdevoll, ununterbrochen auf mich einsprach. Doch als er nach dem letzten Satz für einen Moment innehielt, rückte ich mit meinem Vorschlag heraus.

»Haben Sie nicht mal daran gedacht«, fing ich an, »sich

nach einer anderen Wohnung umzusehen? Immerhin ist dieses Haus für seine hohen Mieten bekannt, und es läßt sich doch bestimmt etwas Billigeres finden, in einer ruhigen Lage.«

Aber damit hatte ich nun offenbar das genau Verkehrte gesagt.

»Unmöglich!« rief Ziegler. Ein Umzug komme überhaupt nicht in Frage. Seine Frau brauche ständig ärztliche Hilfe, und die habe sie hier im Haus. Außerdem sei ihr in ihrem momentanen Zustand ein Wohnungswechsel nicht zuzumuten.

»Nun, das war nur so ein Gedanke von mir«, sagte ich und ärgerte mich, mit meinem Vorschlag zu früh herausgerückt zu sein. Andererseits erschien mir die Erörterung dieser Frage grundsätzlich gerechtfertigt, da es sich immerhin um Steuergelder handelte, die unser Amt diesen Leuten auszahlt. Ich kam da oft in Konflikte mit meinem Beruf.

Ziegler lenkte ein. »An sich«, sagte er, »haben Sie natürlich recht. Ich selber hätte diese Wohnung auch nie angemietet. Es war meine Frau, die sie unbedingt haben wollte. Früher haben wir immer nur im Hotel gewohnt. Das ergab sich aus meinem Beruf. Sie wissen, ich bin Schauspieler und war ständig auf Gastspielreisen, und dann später, als wir Deutschland verlassen hatten, konnten wir uns eine Wohnung nicht leisten. Wir haben bei Freunden gewohnt. Aber als wir wieder zurückkehrten, bestand meine Frau, auch wegen der Kinder, darauf, daß eine Wohnung angemietet wurde. Zuerst fanden wir eine große Altbauwohnung. Doch als die Kinder aus dem Haus waren, wollte meine Frau eine kleinere Wohnung. Und dann wurde uns diese angeboten: möbliert. Das war uns damals sehr recht. Wir besaßen ja kaum Möbel. Natürlich, heute leben wir vielleicht etwas über unsere Verhältnisse, aber damals habe ich ja noch gearbeitet, als Sprecher beim Funk, und ziemlich gut verdient.«

Wenn es nach ihm ginge, sagte Ziegler, er würde sich gern

verändern. Er fühle sich in diesem Haus überhaupt nicht wohl. Aber was solle er machen? Ihm seien, sagte er, die Hände gebunden. Allerdings sei das, fügte er hinzu, eine Frage der Zeit.

Die letzten Worte konnte ich nur so deuten, daß Ziegler mit dem baldigen Tod seiner Frau rechnete. Ich bin aber auf diese Bemerkung nicht eingegangen, habe auch die Wohnungsangelegenheit auf sich beruhen lassen. Mir sind genügend Beispiele bekannt, daß selbst jüngere Menschen infolge eines Umzugs schwere psychische Schäden davongetragen haben.

Für Ziegler jedoch schien das größte Problem, daß keiner und vor allem nicht seine Frau erführe, daß er Sozialhilfeempfänger sei.

Noch während wir auf dem engen Flur standen, sagte er: »Ich darf doch wohl davon ausgehen, daß Sie niemandem hier im Haus Andeutungen über meine materielle Lage machen. Vor allem darf meine Frau von dem Inhalt unserer Gespräche nichts erfahren, speziell von meinem Antrag auf Unterstützung. Sie würde das nicht überleben! Sprechen Sie möglichst gar nicht über Geld mit ihr. Sie ist in ihrem jetzigen Zustand wenig belastbar.«

Aber weshalb komme ich eigentlich hierher, dachte ich. Kam ich als Berater oder als Detektiv? Meine berufliche Aufgabe war mir nie so unklar wie bei den Zieglers.

»Ihre Frau wird mich doch fragen, wer ich bin und was ich will?«

»Sie wird nicht fragen«, erwiderte Ziegler. »Sie fragt nie, womit ich sagen will: sie stellt keine Fragen, die man direkt beantworten muß.«

»Das verstehe ich nicht«, sagte ich. »Was für Fragen stellt sie denn?«

Einen Moment schwieg Ziegler mit zusammengekniffenen Lippen. Dann sagte er:

»Ich erklär Ihnen das lieber in der Küche. Kommen Sie! Wir können auch nicht die ganze Zeit auf dem Flur stehen!«

Er führte mich in die Küche.

»Wissen Sie«, begann er. »Es hängt das auch mit ihrer Krankheit zusammen. Die nervliche Schwäche hat eine Art Gedankenverwirrung ausgelöst. Sie kennen sicher den Fachausdruck dafür. Jedenfalls: sie lebt in dem Wahn, eine berühmte Schauspielerin zu sein oder gewesen zu sein, eine große Tragödin, und hält darum jeden Besucher für einen Bewunderer ihrer Kunst. Ja, das ist eigentlich schon die ganze Erklärung, weshalb sie keine Fragen stellt. Sie fragt nicht; sie will gefragt werden. Es genügt schon, sich nach ihrem Befinden zu erkundigen. Man darf sie nur nicht irritieren, muß jedes Thema vermeiden, wodurch sie beunruhigt werden könnte.«

»Ich weiß, das ist viel verlangt«, sagte Ziegler, aber er sei der Ansicht, man müsse sie in diesem Glauben leben lassen. Beispielsweise bilde sie sich auch ein, sie besitze ein riesiges Bankguthaben. Daß inzwischen auch die letzten finanziellen Reserven aufgebraucht seien, nicht zuletzt durch die hohen Arztkosten, müsse er vor ihr verschweigen, weil die Wahrheit für sie etwas Unerträgliches sei. Schon immer sei die Wahrheit für sie etwas Unerträgliches gewesen, aber seit ihrer Krankheit lasse sie sich nur noch von Lügen umgarnen. Sie lebe in einem unauflöslichen Lügennetz.

»Sie können sich nicht vorstellen«, sagte Ziegler, »welche Überwindung es mich gekostet hat, diesen Brief an Ihre Behörde zu schreiben. Es war eine der tiefsten Demütigungen in meinem Leben, eine furchtbare Selbsterniedrigung, Selbstverleugnung. Aber was blieb mir übrig?«

»Aber Sie haben doch erwachsene Kinder«, sagte ich. »Warum wenden Sie sich nicht an die?«

»Ich möchte sie mit diesen Angelegenheiten nicht behelligen.«

»Ist Ihnen bekannt, daß die nächsten Angehörigen zur Unterstützung verpflichtet sind?«

»Was heißt verpflichtet? Ich kann weder auf meinen Sohn noch auf meine Tochter moralischen Druck ausüben«, sagte

Ziegler. »Sie wissen beide nicht, wie es uns geht. Und wenn sie es wüßten, würden sie sich vermutlich von uns zurückziehen.«

»Davor haben Sie Angst?«

»Ja! Ich fände es entsetzlich, wenn die Kinder sich ihrer Eltern schämten, schämen müßten. Ich bin sicher, das würde zu einem Bruch führen.«

Das war ein Argument, das ich gleich in meinen Bericht aufgenommen habe. Ich glaubte zwar nicht recht an die unverschuldete Armut der Zieglers, doch gezielte Fragen wagte ich diesbezüglich nicht zu stellen. Wie ich den Alten da vor mir stehen sah, mit seinem Vogelkopf, in seinem kragenlosen Hemd, den ausgebeulten Hosen, eine in ihrer Gebrechlichkeit imponierende Gestalt, tat er mir leid und faszinierte mich gleichzeitig.

»Man muß ihm helfen!« dachte ich. »Ich muß es.«

Ich habe viele schwierige Klienten, aber das Ehepaar Ziegler war auf eine besondere Art schwierig. Vielleicht lag das Besondere darin, daß ihr Verhalten suggerierte, man müsse schonend mit ihnen umgehen. Die Folge war: ich sah überhaupt keinen Ansatz, wie ich ihnen hätte helfen können. Mit Frau Ziegler durfte oder sollte ich nicht über die eigentlichen Probleme reden, mit ihm konnte ich nicht reden, weil er mich nie zu Wort kommen ließ. Eine heillose Situation. Die Zieglers haben mich beruflich ganz schön ins Schleudern gebracht. Nun ist ein gewisses Maß an Skepsis, was die Hilfeleistung betrifft, in meinem Beruf nicht nur erforderlich, sondern auch erwünscht. Selbstgerechtigkeit ist fehl am Platz. Das Sich-in-Frage-Stellen gehört zum Berufsethos. Meine Behörde, der Kollege vom Innendienst hingegen erwartet klare Resultate, handgreifliche Erfolge, abgeschlossene Akten, Effektivität. Insofern ist man dauernd gehalten, Kompromisse zu machen. Und wenn man vor der Übermacht der Bürokratie nicht kapitulieren will, muß man manövrieren, Entschiedenheit vortäuschen, Fakten kaschieren, mogeln.

Im Fall Ziegler war die Gefahr groß, dabei zu entgleisen.

Auf der einen Seite meine feste Absicht, den Leuten zu helfen, auf der anderen Seite meine absolute Unkenntnis ihrer tatsächlichen Vermögensverhältnisse. Dennoch, so undurchschaubar alles war, so sehr die Äußerungen des einen vollkommen den Äußerungen des andern widersprachen, habe ich in meinen Berichten versucht, der Behörde gegenüber die Lage möglichst faßbar und eingänglich zu schildern. Der schwierigere Teil meiner Arbeit bestand allerdings darin, die Zieglers, die vollkommen zurückgezogen lebten, emotional zu betreuen, ihnen das Gefühl starker Zuwendung zu geben. Bei ihr schien mir das noch am ehesten zu gelingen. Er aber wehrte jeden Versuch, an ihn heranzukommen, durch sein Gerede ab.

Als ich ihn schließlich bat, das Tonband einschalten zu dürfen, hatte er nichts dagegen. Ich wunderte mich darüber; denn viele Klienten verweigern dazu ihre Einwilligung, andere, die das Mitschneiden erlauben, verlieren die Fähigkeit, sich spontan zu äußern. Ziegler dagegen blühte geradezu auf. Daß ich seine Worte mitschnitt, hielt er für den Beweis ihrer Wichtigkeit. Während er sich selber aufs günstigste darstellte, spürte ich in den Äußerungen über seine Frau immer wieder unterschwellige Aggressionen. Stellte ich jedoch präzise Fragen, versuchte er, den ungünstigen Eindruck abzuschwächen.

Zieglers Frau Wally habe ich erst bei meinem zweiten Besuch kennengelernt.

Wir saßen wieder in der Küche, als auf einmal Frau Ziegler aus dem Nebenzimmer rief:

»Wer ist denn da? Mit wem sprichst du?«

Ziegler zuckte zusammen, verstummte für einen Augenblick, dann flüsterte er:

»Meine Frau ist aufgewacht. Wir müssen zu ihr gehen, sonst wird sie mißtrauisch. Aber denken Sie daran: kein Wort über meinen Brief!«

Ich werde diesen Anblick, als Ziegler die Tür zum kombinierten Wohn-Schlafzimmer öffnete und ich Frau Ziegler im breiten Doppelbett wie aufgebahrt liegen sah, geschminkt, mit langen rotgefärbten Haaren, die Arme hinterm Kopf verschränkt, so bald nicht vergessen, diesen Sarkophag von Bett, das beinahe den ganzen Raum ausfüllte, die mit Kleidern und Wäschestücken überhäuften Sessel, diesen Geruch nach Räucherstäbchen und Kampfer, nach Kamille und schwerem Parfum.

Ich glaubte, in ein Sterbezimmer geführt zu werden.

Ziegler stellte mich vor.

»Ein Bekannter von mir.«

Das genügte anscheinend.

»Setzen Sie sich!« sagte Frau Ziegler. »Es ist zwar ein bißchen eng bei uns, aber das wird Sie hoffentlich nicht genieren. Kommen Sie! Setzen Sie sich zu mir aufs Bett.«

Ich war zunächst einigermaßen verwirrt, von dem mumienhaften Aussehen dieser Frau, von der Atmosphäre in diesem Zimmer, von der Beengtheit, von der Luft und der Unordnung, aber irgendwie auch erleichtert, mit welcher Selbstverständlichkeit ich empfangen wurde.

»Mach uns einen Tee!« sagte Frau Ziegler.

Als Ziegler das Zimmer verlassen hatte, erkundigte sich seine Frau als erstes bei mir, ob ich wisse, daß ihr Mann Spieler sei.

Nein, das sei mir neu, sagte ich.

»Er spielt seit Jahren. Er ist von dem Wahn besessen, eine todsichere Methode zu haben, mit der er jede Spielbank sprengen kann. Aber bis jetzt hat er nur verloren. Das ganze Vermögen hat er durchgebracht. Wenn die Kinder uns nicht unterstützten, wären wir schon verhungert. Jahrelang hat er nur in billigen Pensionen gelebt. Aber jetzt, wo wir ruiniert sind, will er eine Wohnung haben. Woher das Geld kommt für die Miete, danach fragt er nicht. Ich sage Ihnen, diese Wohnung frißt uns noch auf! Dabei – Sie sehen ja – ist sie häßlich! Jedes Hotelzimmer ist besser möbliert. Aber er fühlt sich hier wohl. Und dabei können wir nicht einmal die Medikamente bezahlen, die ich brauche. Er ist ein Phantast, war es immer schon. Doch jetzt, wo es mit der Schauspielerei zuende ist, dreht er tatsächlich durch. Aber tun Sie mir bitte den Gefallen und erwähnen Sie ihm gegenüber nichts. Er darf auf keinen Fall erfahren, daß die Kinder mir heimlich Geld zustecken!«

Mit Menschenkenntnis, oder wie man berufliche Erfahrungen sonst nennen will, kam ich hier nicht weiter. Wenn ich meine Aufgabe auf die Feststellung von Bedürftigkeit reduzierte, war ich bereits nach meinem ersten Besuch bereit, diese vor den Behörden zu behaupten.

Doch Zieglers erwarteten mehr. Jeder der beiden klammerte sich an mich, zog mich ins Vertrauen, und beide sahen in mir einen willkommenen Gast, einen Zuhörer oder sogar Vermittler und versuchten, mich in ihr Ehespiel einzubeziehen.

In meiner Gegenwart gingen sie außerordentlich liebenswürdig miteinander um. Sie nannten sich nur bei ihren Kosenamen, Pappi und Wallymaus, Rolfi und Zuckerli. Nie fiel ein lautes oder böses oder auch nur gereiztes Wort. Herr Ziegler schien rührend um seine Frau besorgt. Frau Ziegler wiederum, die auf seine Hilfe angewiesen war, dankte geradezu überschwenglich für die kleinste Handreichung. Manchmal waren sie derart ameisenhaft miteinander beschäftigt, daß ich den Eindruck hatte, sie hätten meine Anwesenheit restlos vergessen.

Als ich Wally Ziegler das erste Mal zu Gesicht bekam, bin ich fast erstarrt. Sie lag da, mit hennaroten Haaren, mit violetten Lidschatten, in einem weißen Satin-Nachthemd, den Kopf auf ein Seidenpolster gebettet, unter einem rosa Plumeau, wie ein Star aus der Stummfilmzeit, der schicksalergeben für den Empfang der Sterbesakramente hergerichtet ist und den Fotografen erwartet, der eine letzte Aufnahme machen soll. Wie ist das möglich, habe ich gedacht, wie schafft das diese Frau, die doch anscheinend nie das Bett verläßt und wie gelähmt daliegt, sich die Haare zu färben, sich auf diese extravagante Weise zu schminken, und wem gilt das? Auf den Gedanken, daß Ziegler es sein könnte, der sie so herausputzte, bin ich nicht gekommen. Aber ich habe es erlebt. Er war es. Eines Tages trug er ein Tablett mit einem ganzen Sortiment von Kämmen, Spangen und Bürsten, mit Tiegeln, Döschen, Fläschchen, mit Tuben und Wattebäuschen herein, setzte sich zu Wally ans Bett und fing an, sie zu kämmen und zu frisieren, zu schminken und zu parfümieren, alles mit einer himmlischen Geduld und einer selbstvergessenen Hingabe, während sie, Wally, von Picknicks auf grünen Wiesen, von verträumten kleinen Bahnstationen und ersten aufregenden Reisen erzählte.

Eine beklemmende Szene: der seine Frau frisierende und schminkende Ziegler und das Geplapper der unbeweglich daliegenden Wally, die mir, kaum daß ihr Mann das Zimmer verlassen hatte, zuflüsterte: »Damit ist's nun für immer vorbei. Was ich seit Jahren durchmache, ist die Hölle. Wenn ich nur hier herauskönnt'! Raus aus dieser Wohnung, raus aus diesem Haus!«

Als ich Ziegler gegenüber andeutete, was mir seine Frau gesagt hatte, wehrte er sofort ab:

»Es ist ja genau umgekehrt. Sie will doch diese Wohnung nicht aufgeben. Ich würde lieber heute als morgen hier ausziehen. Aber in ihrem Hirn verwirrt und verdreht sich alles.«

Und ein anderes Mal sagte er:

»Ist Ihnen eigentlich schon aufgefallen, daß ihr Kopf immer kleiner wird? Er schrumpft regelrecht. Das muß auch mit den Nerven zusammenhängen. Sie saugen den Körper langsam aus, zehren buchstäblich an ihm.«

Mir war etwas ganz anderes aufgefallen: Wie ähnlich sich

die beiden Zieglers waren, vielleicht mit der Zeit geworden waren. In ihrem Verhalten, in ihrer sprudelnden Sprechweise, in ihren Verrücktheiten.

Jeder behauptete, der andere unterdrücke ihn, und vermutlich haben sie sich gegenseitig unterdrückt, er sie und sie ihn.

Doch in meiner Gegenwart führten sie sich wie ein glückliches Ehepaar auf, ein bißchen auch wie Kinder, die Mann und Frau spielen und die mich zu diesem Spiel brauchten, ohne erkennen zu lassen, welche Rolle sie mir in diesem Spiel zugedacht hatten.

Lag es an mir? Vielleicht hätte ich meine Rolle, meine Aufgabe, von Anfang an klarer erläutern müssen, mich eindeutiger verhalten müssen. Aber ich habe mich einfangen lassen, mich von vornherein auf Zieglers Seite gestellt, ohne Wally den eigentlichen Zweck meiner Besuche zu nennen.

Mit meinen Zweifeln kam ich indes nicht weiter als mit meinen Mutmaßungen und Verdächtigungen. Ich schrieb routinemäßig meine Berichte, schilderte mit immer neuen Worten die Notlage der Zieglers, erklärte, daß Herr Ziegler zu überhaupt keiner Arbeit mehr fähig sei, Nebeneinkünfte mithin ausschieden, daß man die berufstätigen Kinder nicht zu Unterhaltszahlungen verpflichten dürfe, da sonst ein Abbruch der familiären Beziehungen drohe, die staatliche Beihilfe in der gegenwärtigen Höhe nicht nur zu vertreten sei, sondern erhöht werden müsse, ein Umzug wegen der kranken Frau unzumutbar sei, da Frau Ziegler bettlägerig sei und im Hause ärztlich versorgt werde.

Ich selber war überzeugt, daß meine Angaben übertrieben waren, daß sich die Zieglers durchaus nicht in einer akuten Notlage befanden. Aber ich hatte mir in den Kopf gesetzt, ihnen zu helfen, auch wenn sie der Unterstützung nicht in vollem Umfang bedurften. Nur so glaubte ich, einen Teil ihrer persönlichen Schwierigkeiten beheben zu können.

Meine Befürchtung, daß nach Zieglers Tod die Schwierigkeiten für mich noch größer würden, hat sich als falsch erwiesen. Ich habe ja in den letzten anderthalb Jahren mich fast nur noch mit diesen Leuten befassen können. Ich habe von ihnen geträumt. Die Zieglers waren allmählich zu Alpträumen geworden, Wally mit ihren roten Haaren und Rudolf mit seinem Vogelkopf. Ich habe stundenlang die Tonbänder abgehört, meine behördlich angeordneten Besuche immer mehr ausdehnen müssen. Bis in die Nacht hinein habe ich bei den Zieglers gesessen. Sie wollten mich einfach nicht mehr weglassen. Herr Ziegler mußte oft drei- oder viermal Tee kochen. Ich wurde mit Keksen und belegten Broten gefüttert. Frau Ziegler erinnerte sich in langen Erzählungen an ihre Jungmädchenzeit. Die Zieglers haben mich aufgeweicht, langsam meine berufliche Arbeit zersetzt, mich zu einem total regelwidrigen Verhalten verleitet.

Ich habe, als ich die Nachricht von Zieglers Tod las, gedacht: Jetzt wird sich diese Frau an mir festsaugen, mich nie wieder loslassen.

Ich sah sie, ein einziges Kummerbündel, schon auf ihrer riesigen Bettstatt liegen, mit Trauerrändern um die Augen, die Haare zerzaust, die Schminke im Gesicht verschmiert, hörte schon, wie sie mich unter Schluchzen anflehte, ihr zu helfen, ihr beizustehen.

Doch als ich Frau Ziegler einen Tag nach der Beerdigung ihres Mannes aufsuchte, bot sich mir ein ganz unerwarteter Anblick. Das Zimmer war aufgeräumt, es war hell und luftig und wirkte plötzlich viel weiträumiger. Wally lag nicht im Bett, sondern saß, aufrecht, die Haare zu einem Knoten aufgesteckt, in einem Sessel. Sie hatte ein schwarzes Kleid an, war kaum geschminkt und schien ein vollkommen veränderter Mensch. Die junge Frau, die mir die Tür geöffnet hatte, war Wallys Tochter.

»Sie haben Glück«, sagte Frau Ziegler, »daß Sie mich noch antreffen. Übermorgen fliege ich nach New York, zu meiner Schwester. Aber ich bin froh, daß Sie gekommen sind. Jetzt kann ich Ihnen endlich danken. Sie haben mir wirklich außerordentlich geholfen. Sie wundern sich vielleicht, daß ich Ihnen das erst heute sage, doch zu Lebzeiten meines Mannes mußte ich mich stellen, als hätte ich von allem nichts gewußt, was um mich herum vorging. Wir haben nie offen miteinander gesprochen. Angeblich wollte er mich vor jeder Unannehmlichkeit schützen. In Wirklichkeit wollte er mich isolieren. Ich sollte nur noch in einer Traumwelt leben.«

»Sie haben sich bevormundet gefühlt?«

»Ich hab ihn durchschaut«, sagte Frau Ziegler. »Er hat zeitlebens darunter gelitten, daß er als Schauspieler nicht die Anerkennung fand, die er sich erhofft hatte, und darum hat er sich selber und mir einreden wollen, ich sei nur neidisch auf seine Erfolge, weil ich mich selber für eine große Schauspielerin hielte. Dabei war er es, der in mir die berühmte Tragödin sehen wollte. Sie haben ja erlebt, wie er mich zurechtgemacht hat. Ich war für ihn nichts weiter als eine Art Anziehpuppe.«

»Und Sie hielten sich für zu schwach, um sich dagegen zu wehren?«

»Zuletzt sicher. Aber ich bin früher nie krank gewesen. Rolf war es, der mich krank gemacht hat. Er hat mich in diese Krankheit hineingetrieben, sie in meinen Kopf hineinkatapultiert, und eines Tages war ich dann tatsächlich zu schwach, das Bett noch zu verlassen, und aus dieser Schwäche wurde schließlich eine Bewegungsunfähigkeit. Meine Arme und Beine, mein ganzer Körper: wie gelähmt. Und genau darauf hatte er es angelegt: Ich befand mich in vollständiger Abhängigkeit von ihm. Aber das scheint nun ausgestanden. Mir geht es seit drei Tagen schon wieder besser, wesentlich besser. Und in New York werde ich bald ganz wiederhergestellt sein, denke ich.«

»Sie haben mir nie erzählt, daß Sie eine Schwester in Amerika haben?«

»Ich hab Ihnen vieles nicht erzählt, weil Sie von Anfang an nur auf meinen Mann gehört haben.«

»Und da haben Sie den Mut verloren, sich an mich zu wenden?«

Ohne meine Frage zu beantworten, sagte Frau Ziegler: »Sie haben sich schon richtig verhalten!« Sie dankte mir noch einmal für die Hilfe und verabschiedete mich. Es wird wohl das letzte Mal gewesen sein, daß ich Wally gesehen habe. Morgen früh schreibe ich den Abschlußbericht. Dann kann ich die Akte Ziegler meinem Kollegen vom Innendienst zurückgeben. Zu meiner Entlastung.

Die Nacht der Rohrdommeln
Von Gabriel García Márquez

Wir drei saßen um den Tisch, als jemand eine Münze in den Schlitz warf und die Wurlitzerorgel aufs neue die allabendliche Platte zu spielen begann. Das übrige zu bedenken hatten wir keine Zeit. Es geschah, bevor wir uns besinnen konnten, wo wir waren, und bevor wir unseren Ortssinn wiedergefunden hatten. Einer von uns streckte die Hand auf der Theke aus und tastete umher (wir sahen die Hand nicht, wir hörten sie), stieß gegen ein Glas und verhielt sich dann still, während beide Hände auf der harten Oberfläche ausruhten. Darauf suchten wir drei uns in der Dunkelheit und fanden einander an den Gelenken unserer dreißig Finger, die sich auf der Theke angesammelt hatten. Einer sagte:

»Gehen wir.«

Und wir standen auf, als sei nichts geschehen. Noch hatten wir keine Zeit gehabt, die Fassung zu verlieren.

Im Gang hörten wir im Vorübergehen die nahe, uns entgegenklingende Musik. Wir spürten den Geruch von traurigen Frauen, die herumsitzen und warten. Wir spürten die lange Leere des Gangs vor uns, während wir auf die Tür zugingen und bevor uns der andere, saure Geruch der Frau empfing, die an der Tür saß. Wir sagten:

»Wir gehen.«

Die Frau erwiderte nichts. Wir vernahmen das Knarren eines aufwärts nachgebenden Schaukelstuhls, als sie aufstand. Wir hörten die Tritte auf dem losen Holzboden und dann wieder das Rückkehren der Frau, als die Angeln der

Tür von neuem knarrten und diese hinter uns ins Schloß fiel.

Wir kehrten um. Dort hinten war die Luft des unsichtbaren Morgens schneidend kalt, und eine Stimme sagte:

»Gehen Sie weg, ich will hier mit etwas vorbei.«

Wir traten zurück. Die Stimme sagte wieder:

»Sie stehen noch immer vor der Tür.«

Erst jetzt, als wir nach allen Seiten ausgewichen waren und die Stimme ringsherum überall hörten, sagten wir:

»Wir können hier nicht weg. Die Rohrdommeln haben uns die Augen ausgehackt.«

Dann hörten wir mehrere Türen aufgehen. Einer von uns löste sich von den Händen der anderen, und wir hörten ihn zögernd durch die Dunkelheit kriechen und an die Gegenstände stoßen, die uns umgaben. Er sprach von nirgendwoher in der Dunkelheit:

»Wir müssen schon nahe daran sein«, sagte er. »Hier riecht es nach aufgestapelten Truhen.«

Wieder spürten wir die Berührung seiner Hände; wir lehnten uns an die Wand, und eine andere Stimme tönte vorbei, jedoch in entgegengesetzter Richtung.

»Es könnten Särge sein«, sagte einer von uns.

Der, welcher in die Ecke gekrochen war und jetzt neben uns atmete, sagte:

»Es sind Truhen. Schon als Kind habe ich gelernt, den Geruch aufbewahrter Wäsche zu erkennen.«

Nun bewegten wir uns dorthin. Der Fußboden war nachgiebig und glatt wie festgetretene Erde. Jemand streckte eine Hand aus. Wir spürten die Berührung mit einer großen, lebendigen Hautfläche, spürten aber nicht mehr die Wand auf der anderen Seite.

»Das ist eine Frau«, sagten wir.

Der andere, jener, der von den Truhen gesprochen hatte, sagte:

»Ich glaube, sie schläft.«

Der Körper zuckte unter unseren Händen zusammen; er

zitterte; wir fühlten ihn entgleiten, aber nicht, als hätte er sich unserem Zugriff entzogen, sondern als hätte er aufgehört zu existieren. Doch nach einem Augenblick, während wir still blieben, starr, Schulter an Schulter gelehnt, hörten wir seine Stimme:

»Wer ist da?« sagte sie.

»Wir sind es«, antworteten wir, ohne uns zu bewegen.

Man hörte die Bewegung im Bett; das Knarren und das Tasten der Füße, die die Pantoffeln im Dunkeln suchten. Dann stellten wir uns die Frau sitzend vor, wie sie uns halbwach anblickte.

»Was sucht ihr hier?« sagte sie.

Und wir sagten:

»Wir wissen es nicht. Die Rohrdommeln haben uns die Augen ausgehackt.«

Die Stimme sagte, sie habe davon gehört. In den Zeitungen hätte gestanden, drei Männer hätten Bier in einem Hinterhof getrunken, in dem fünf oder sechs Rohrdommeln waren. Sieben Rohrdommeln. Einer der Männer habe wie eine Rohrdommel zu singen begonnen, habe sie nachgeahmt.

»Das Schlimmste war, daß es zu später Stunde geschehen ist«, sagte sie. »Dann sind die Rohrdommeln auf den Tisch gehüpft und haben ihnen die Augen ausgehackt.«

Sie sagte, das hätte in den Zeitungen gestanden, aber niemand habe es geglaubt. Wir sagten:

»Wenn die Leute da waren, hätten sie die Rohrdommeln sehen müssen.«

Und die Frau sagte:

»Sie waren da. Der Innenhof war am nächsten Tag voll mit Leuten, aber die Frau hatte die Rohrdommeln schon fortgeschafft.«

Als wir umkehrten, hörte die Frau zu sprechen auf. Wieder war da die Wand. Wir brauchten uns nur umzudrehen, um die Wand zu finden. Rings um uns, uns umzingelnd, war immer eine Wand. Wieder löste sich einer von unseren

Händen. Wir hörten ihn sich von neuem vorwärtstasten, den Fußboden beschnuppern, sagen: »Jetzt weiß ich nicht mehr, wo die Truhen stehen. Ich glaube, wir sind schon woanders.«

Und wir sagten:

»Komm her. Hier ist jemand neben uns.«

Wir hörten ihn näherkommen. Wir spürten ihn neben uns aufstehen, und wieder traf uns sein lauwarmer Atem ins Gesicht.

»Strecke die Hände dorthin aus«, sagten wir zu ihm. »Da ist jemand, der uns kennt.«

Er mußte die Hand ausstrecken; mußte sich zu der angedeuteten Stelle hin bewegen, denn einen Augenblick später kehrte er zurück und sagte zu uns:

»Ich glaube, es ist ein Junge.«

Und wir sagten:

»Gut, frag ihn, ob er uns kennt.«

Er stellte die Frage. Wir hörten die teilnahmslose, schlichte Stimme des Jungen, der sagte:

»Ja, ich kenne sie. Sie sind die Männer, denen die Rohrdommeln die Augen ausgehackt haben.«

Dann sprach eine erwachsene Stimme. Die Stimme einer Frau, die sich hinter einer geschlossenen Tür aufzuhalten schien, und sie sagte:

»Du sprichst ja schon mit dir allein.«

Und die kindliche Stimme sagte unbekümmert:

»Nein. Die Männer sind wieder da, denen die Rohrdommeln die Augen ausgehackt haben.«

Man hörte Angeln knarren und gleich darauf die erwachsene Stimme, näher als beim ersten Mal.

»Bring sie nach Hause«, sagte sie.

Und der Junge sagte:

»Ich weiß nicht, wo sie wohnen.«

Und die erwachsene Stimme sagte:

»Sei nicht so ungefällig. Jedermann weiß seit der Nacht, in der die Rohrdommeln ihnen die Augen ausgehackt haben, wo sie wohnen.«

Dann sprach sie in verändertem Tonfall, als wendete sie sich an uns:

»Es ist nämlich so, daß niemand es glauben wollte, und es heißt, es sei eine Falschmeldung der Zeitungen gewesen, um die Auflagen hochzutreiben. Niemand hat die Rohrdommeln gesehen.«

Und sie sagte:

»Aber mir würde niemand glauben, wenn ich Sie durch die Straße führte.«

Wir bewegten uns nicht; wir waren still, wir lehnten an der Wand und hörten ihr zu. Und die Frau sagte:

»Wenn der da Sie führen will, ist es etwas anderes. Schließlich würde niemand etwas darauf geben, was ein Junge sagt.«

Die kindliche Stimme unterbrach:

»Wenn ich mit denen auf die Straße gehe und sage, es sind die Männer, denen die Rohrdommeln die Augen ausgehackt haben, werfen die Jungs mit Steinen nach mir. Alle auf der Straße sagen, daß so etwas nicht passiert.«

Einen Augenblick trat Stillschweigen ein. Dann ging die Tür wieder zu, und der Junge sprach wieder:

»Außerdem lese ich gerade ›Terry und die Piraten‹.«

Jemand sagte uns ins Ohr:

»Ich werde ihn überzeugen.«

Er kroch dorthin, wo die Stimme war.

»Das gefällt mir«, sagte er. »Sag uns wenigstens, was Terry in dieser Woche erlebt hat.«

Er will sein Vertrauen gewinnen, dachten wir. Aber der Junge sagte:

»Das interessiert mich nicht. Das einzige, was mir gefällt, sind die Farben.«

»Terry war in einem Labyrinth!« sagten wir.

Und der Junge sagte:

»Das war Freitag. Heute ist Sonntag, und was mich interessiert, sind die Farben.« Und er sagte es mit kalter, leidenschaftsloser, gleichgültiger Stimme.

Als der andere zurückkehrte, sagten wir:

»Wir irren schon seit etwa drei Tagen umher und haben uns nicht ein einziges Mal ausgeruht.«

Und einer sagte:

»Gut. Ruhen wir uns eine Weile aus, aber ohne uns mit den Händen loszulassen.«

Wir setzten uns. Eine unsichtbare, lauwarme Sonne begann unsere Schultern zu wärmen. Aber nicht einmal die Gegenwart der Sonne interessierte uns. Wir spürten sie irgendwo, hatten das Gefühl für die Entfernungen, die Stunde, die Himmelsrichtungen verloren. Mehrere Stimmen wanderten vorüber.

»Die Rohrdommeln haben uns die Augen ausgehackt«, sagten wir.

Und eine der Stimmen sagte:

»Die haben die Zeitungen ernst genommen.«

Die Stimmen verschwanden. Und wir blieben sitzen, Schulter an Schulter, und warteten darauf, daß im Vorüberfluten der Stimmen, der Bilder, ein bekannter Geruch oder eine bekannte Stimme auftauchte. Die Sonne wärmte weiterhin unsere Köpfe.

Dann sagte jemand:

»Gehen wir wieder zur Wand.«

Und die anderen, regungslos, die Köpfe der unsichtbaren Helligkeit entgegengehoben, sagten:

»Noch nicht. Warten wir solange, bis die Sonne uns ins Gesicht brennt.«

Kein Ort wie:
Von Nadine Gordimer

Ihre Erleichterung, wieder unten und draußen zu sein, nach Stunden im Flugzeug wieder festen Boden unter den Füßen zu haben, wurde von dem Flughafengebäude jäh zunichte gemacht: schmutzig, voller umgedrehter Stühle wie in einem geschlossenen Restaurant. »Transit? Transit?« Einige Passagiere wollten eine Treppe hinaufgehen, wurden aber in einer Sprache, die sie nicht verstanden, zurückgeschnauzt. Die afrikanische Hitze hatte sich schon seit Tagen und Nächten in dem Raum aufgestaut; jemand versuchte, ein Fenster aufzumachen, aber wieder erhoben der Mann in Uniform und das Mädchen mit den weißen Handschuhen und der Kappe aus Leopardenfell Einspruch. Die Fenster waren ohnehin nicht zu öffnen wegen der Klimaanlage, die aber nicht funktionierte; der Missetäter zuckte mit den Schultern. Der Wortführer, den jede Reisegruppe hervorbringt, glaubte eine Beschwerde vorbringen zu müssen; zur gleichen Zeit hatten ein paar von den Schafen, die keinem Loch im Zaun widerstehen können, am anderen Ende der Transithalle eine unverschlossene Glastür gefunden – eins nach dem anderen schlüpften sie hinaus in einen Korridor: Gras, Bougainvillea, wie Rosen am Spalier hochgezogen, eine Straße lockte dort. Aber der Mann in Uniform rannte und trieb sie zusammen, und ein Boy, der seinen Besen hinter sich herzog, bekam den Auftrag, die Tür zu verriegeln.

Die Frau in der beigen Hose hatte noch einmal diese besondere Erde betreten; sie war sehr langsam über das

Rollfeld gekommen und ging jetzt noch langsamer in der schmutzigen Halle herum. Ihren Mantel hatte sie über dem Arm hängen, in ihre Schulter schnitt der Riemen einer Tasche, deren Reißverschluß sich über einem Paket mit zollfreiem europäischen Alkohol nicht zuziehen ließ; ihre helle Seidenbluse zeigte dunkle, nasse Flecken, wenn sie die Arme hob. Weder die entrüsteten noch die humorvoll überlegenen Blicke der Mitreisenden wurden von ihr erwidert. Als ihr Weg sich mit dem des schwarzen Putzjungen kreuzte, spiegelten beide Gesichter dieselbe vollkommene Gleichgültigkeit: seins, weil ihm, der nie über die zwei Meilen hinausgekommen war, die er von seinem Dorf zum Flughafen ging, die Entfernung, aus der diese Menschen kamen, nichts bedeutete; ihres, weil für sie Entfernungen keine Rolle spielten, da sie schon überall gewesen war und nun zurückkam.

Ein anderer Schwarzer, der sich in ein weißes Jackett zwängte, während er hölzerne Rolläden aufstieß, öffnete die Bar, und die Geschäftsleute mit ihren Aktenköfferchen gingen zu den aufgereihten Barhockern hinüber. Männer, die mit alleinreisenden Frauen ins Gespräch gekommen waren – man versprach sich jetzt nicht mehr soviel davon; es stand ja schon die letzte Etappe der Reise bevor – brachten ihnen Gläser mit knalligbuntem, künstlichem Fruchtsaft. Der Konsul, der ihr im Flugzeug zum Essen einen Drink hatte bezahlen wollen, hatte eine junge Frau in roten Stiefeln mit einer kleinen Tochter in genau den gleichen Stiefeln gefunden. Das Kind wackelte davon, und ihr Flirt sah so aus, daß beide lachend dem Kind nachliefen, um es wieder einzufangen. Eine geduldige Schlange von Damen in Strickjacken wartete vor der Toilette. Sie kam auf ihren langsamen Runden – ein-, zwei-, dreimal – an einer Frau vorbei, die Petit Point stickte. Beim dritten Mal erkannte sie das Motiv, einen Spaniel mit orangefarbenen und schwarz gestromten Ohren. Neben der Stickenden saß ein Ehemann, dessen Nationalität genau so leicht zu erkennen war wie die

Rasse des Hundes – ein Amerikaner, wegen seines Stücks Schnürsenkel, das durch irgendein Emblem oder eine Anstecknadel gefädelt war und von ihm anstelle einer Krawatte getragen wurde. Er seufzte, und seine Frau sah auf, über ihre Brille hinweg, als hätte er eine drohende Bewegung gemacht.

Die Frau in der beigen Hose ließ ihren Bon für eine »Kleine Erfrischung« in einen Aschenbecher fallen, aber sie hatte immer noch die Plastikkarte, die sie berechtigte, wieder an Bord des Flugzeugs zu gehen. Sie versuchte, sie in die Manteltasche zu stecken, fand diese aber nicht, und so mußte sie die Karte zwischen den Zähnen halten, während sie sich von Schultertasche und Mantel befreite. Sie stopfte die Karte in die Tasche neben das Alkoholpaket und ließ sie ein bißchen hervorstehen, damit sie sich leicht herausholen ließ, wenn es soweit war. Aber die Karte rutschte in die Tasche, und sie mußte alles auspacken – die Haarbürste voll mit ihrem eigenen Haar, ausgefallen, tot; die Zeitung von gestern aus einer ausländischen Stadt; das Buch, dessen Umschlag an dem Reißverschluß einriß, als es zum Vorschein kam; Stapel von rosa Papiertaschentüchern; Handschuhe für ein kaltes Klima, das Kontingent an zollfreien Zigaretten, das Schweizer Taschenmesser, das man zu Hause nicht kaufen konnte, die Brieftasche mit Reisedokumenten. Da, ganz zuunterst war die glänzende Karte. Ohne sie konnte man nicht mehr ins Flugzeug zurück. Mit ihr war man verpflichtet, die Reise bis zum Ende fortzusetzen, genau wie ein Paß seinen Inhaber an eine bestimmte Identität und einen bestimmten Ort band. Es gehört zum Reisefieber, nach dieser glänzenden Karte zu tasten, um sich ihrer zu versichern. Sie war zu dem rotierenden Ständer mit Taschenbüchern gegangen und kam zurück, um sich zu vergewissern, wo sie die Karte hingesteckt hatte: Ja, da war sie. Sie war nicht einfach irgendein Stück Papier; glänzendes Plastik, man konnte sie nicht einfach zerreißen – unzerstörbar anscheinend, natürlich benutzen sie die Karte immer und immer wieder. »Wendekreis des Steinbocks«. »Kamasutra«. »Die schwarze Haut«. Der Ständer rotierte und brachte dieselben Bücher wieder vorbei, trotzdem drehte man ihn weiter, für den Fall, daß ein Buch der Aufmerksamkeit entgangen war, ein Buch, das man schon sein Leben lang lesen wollte. Wenn man so etwas fände, hier und jetzt, auf dieser letzten Etappe, bei diesem letzten Zwischenaufenthalt ... Sie spürte eine große Hoffnung, die Überreizung durch Müdigkeit und Überdruß vielleicht. Sie kamen vorbei – »Die schwarze Haut«, »Kamasutra«, »Wendekreis des Steinbocks«.

Sie ging zu dem Sessel, wo sie ihre Sachen gelassen hatte, und lud sich alles wieder auf, den Mantel, die Schultertasche, die sie niederzog. Jemand war eingeschlafen, der Mund stand offen, der oberste Hosenknopf war geöffnet, ein Tirolerhut mit geflochtener Kordel und Feder schnitt in seine feuchte Stirn. Wie lange waren sie jetzt schon hier? Wieviel Uhr war es dort, wo sie abgereist war? (Einige Flughäfen hatten eine ganze Reihe von Uhren, die alle möglichen Ortszeiten angaben.) War es dort noch gestern? Oder schon morgen? Und dort, wo sie hinflog? Sie dachte, das werde ich schon sehen, wenn ich ankomme.

In einer Ecke hatten zwei Souvenirverkäufer ihre Waren ausgepackt. Reisende standen davor, befangen in der letzten Qual der Unschlüssigkeit: Was wird er nur mit so einem Ding anfangen? Ich weiß nicht, ob ihr das wohl gefällt? Eine Frau wiederholte, was sie vermutlich in Basaren, Läden und auf den Marktplätzen der ganzen Welt gesagt hatte: Die habe ich schon für den halben Preis gesehen ... Aber dies war der letzte Aufenthalt von allen, die letzte Gelegenheit, *irgend etwas mit nach Hause zu nehmen.* Woran sollte man sonst die Erinnerungen festmachen? Der letzte Ort von all den anderen Orten der Welt.

In einer zusammengefallenen Spirale aus sich überschneidenden Kreisen lagen Armbänder aus Knochen. Die aus Elefantenhaar lagen im Muster der Olympischen Ringe. Es gab Brieföffner aus Elfenbein und kleine Bilder von Palmen, Hütten und Tänzern auf schwarzem Papier. Der Händler hockte da wie ein beinloser Bettler, der nicht anders sitzen kann, in einer Haltung, die – in Städten wie der, die irgendwo hinter dem Flughafen liegen mußte – ein Kennzeichen des professionellen Straßenverkäufers geworden war, genau wie das Aktenköfferchen das Zeichen des internationalen Geschäftsmanns war, der sein Bier an der Bar trank. Der Händler fiel ihr lästig, weil er sie drängte, etwas zu kaufen. Sich weigern hieß die Rollenverteilung umstoßen. Er war da, um Armbänder aus »Elfenbein« und »afrikanische« Kunst zu verkaufen; sie – die für ihn in das Gebäude Gesperrten – waren dorthin geschafft worden, um zu kaufen. Er hatte ein Recht darauf, zornig zu sein. Aber sie schüttelte den Kopf, schüttelte den Kopf auch, als er seine wenigen deutschen und französischen Worte ausprobierte *(billig, bon marché)*, als ob es nur darum ginge, das richtige Stichwort zu finden, um sie dazu zu bringen, die ihr zugewiesene Rolle zu spielen. Er schien ihr zu drohen, in seiner eigenen Sprache schließlich, den Kopf mit dem weißen Fez zwischen den hervorstehenden Knien. Aber sie sah schon wieder auf den Glaskasten voll tropischer Schmetterlinge unter dem Bild des Präsidenten. Das Bild war neu und lebendig, ein in dem wenige Monate zurückliegenden Putsch erfolgreicher General, in voller Galauniform, prächtig wie der schwarze der drei Könige aus dem Morgenland. Die Schmetterlinge, Überbleibsel einer kolonialen Tierpräpariergesellschaft, begannen, in grauen Krumen und gazeartigen Fragmenten von ihren Nadeln abzufallen. Aber einer war so groß wie eine Fledermaus und sein Farbenschmuck so strahlend wie der des Generals: Es gab etwas in Erde und Luft, es gab etwas da draußen – was auch immer »da draußen« bedeutete – trieb es Natur und Kultur, einander nachzuahmen . . .?

Ob es möglich war, einen großen Schmetterling mitzunehmen? Nicht als Andenken; ihn einfach mitzunehmen.

Aber sie hatte natürlich das Schweizer Messer und die Flaschen. Die Plastikkarte. Die würde sie noch einmal an Bord bringen. Wenn die Plastikkarte einmal abgegeben war, konnte man nirgends mehr hingehen als über das Rollfeld und die Gangway in den Bauch des Flugzeugs, gab es keine Rückkehr hinter die Stewardess mit ihrer Kappe aus Leopardenfell, hinter die Barriere zurück. Das war nicht erlaubt; gegen die Vorschriften. Die Plastikkarte würde sie ins Flugzeug schicken, das Flugzeug am Ende der Reise landen, das Schweizer Messer im Austausch gegen einen Kuß übergeben werden, die Flaschen im Austausch gegen eine Umarmung – sie wehrte den Souvenirverkäufer (er hatte sich tatsächlich von den Knien erhoben und kam ihr nach, mit seinen Bildern winkend) mit einem Kopfschütteln ab, nein danke, nein danke. Aber er gab nicht auf, und sie mußte weggehen, noch einmal die heiße, enge Runde laufen, die von den Füßen der Leute, den hochgestellten Stühlen und Tischen, dem in kleinen Stapeln aufgehäuften Handgepäck vorgezeichnet war. Der Konsul schwenkte das kleine Mädchen in den roten Stiefeln an den Händen herum. Halb weinte es, halb lachte es, schrie, es wolle heruntergelassen werden, aber die größere Ausgabe des gleichen Modells, die Mutter, lachte so, daß sie ihre kleinen Brüste für den Konsul zittern ließ und jedem mitteilte, wie wunderbar so ein vornehmer Herr mit Kindern umging.

Ein sandiges Knistern und dann in sorgfältigem Englisch mit afrikanischem Akzent der Aufruf zum Abflug. Eine Art konzertiertes Füßescharren setzte ein wie ein aufsteigender Seufzer: endlich! Die rotgestiefelte Mutter sagte zu ihrem Kind, es sei dumm, zu weinen, der Konsul sammelte ihre Sachen, die Frau wickelte den orangefarbenen Faden für ihre Handarbeit schnell auf eine Spule, die Schläfer wachten auf, und die Biertrinker warfen ihr letztes ausländisches Kleingeld auf die Theke. Keine Schlange mehr vor der Damentoilette, aber die Frau in der beigen Hose wußte, daß bis zum zweiten Aufruf noch reichlich Zeit war. Sie ging hinein, und zwischen den zerknüllten Papierhandtüchern und dem verschütteten Puder lud sie noch einmal alles ab. Der Reihe nach drehte sie alle Seifenspender herum, bis sie einen gefunden hatte, der nicht leer war; sie wusch die Hände gründlich mit heißem und dann mit kaltem Wasser und drückte die nassen Handflächen unter ihrem Haar gegen den Nacken. Sie ging zu einem der Spiegel, betrachtete einen Augenblick, was sie dort sah, und zog dann unter den Alkoholflaschen, dem Schweizer Messer und den Ausweispapieren die Haarbürste hervor. Sie war voller Haar; ein Filz von toten Haaren hing zwischen den Borsten, so daß sie nicht mehr durch das lebende Haar durchkamen. Sie strich mit den Fingern langsam durch die Borsten und beobachtete eine junge Inderin vor einem Spiegel, die sich schnell und gewandt zurechtmachte. Die Inderin kämmte das glatte, schwarze Haar zurück, das nach westlicher Mode geschnitten war und bis auf die Schultern fiel, schminkte ihre Augen, schüttelte die beringten Hände trocken, anstatt Papierhandtücher zu benutzen, versprühte mit gerecktem Hals französisches Parfüm und ordnete den grünsilbernen Sari neu, der eine kleine Rolle lavendelgrauen Fleisches zwischen Taille und Choli freiließ.

Letzter Aufruf für alle Passagiere

Das Haar aus der Bürste war farblos, verfilzt und mit Staubflocken bedeckt. Um den Zeigefinger gewickelt (wie der orangefarbene Faden für die Ohren des Spaniels) wurde es ein faseriger Schlot, staubig und obszön. Sie wollte nicht, daß das indische Mädchen es sah, und versteckte es auf dem Weg zum Abfalleimer in der Hand. Aber die Inderin nahm nur sich selber wahr und betrachtete ihr Spiegelbild noch abschätzend, als sie sich umdrehte und hinausrauschte.

Die Bürste fuhr jetzt leicht durch das lebende Haar. Wieder und wieder, bis es glatt war und fiel, als hätte es eine

Erinnerung, als wäre es ein Tuch, das in einer ganz bestimmten Weise gefaltet und gebügelt war, entlang der Linien, die von kundigen Händen in einer anderen Hemisphäre gezogen worden waren. Eine Nachzüglerin stürzte auf eine Toilette, betätigte die Wasserspülung und eilte hinaus, die Plastikkarte in der Hand.

Die Frau in der beigen Hose hatte Lippenstift aufgelegt und säuberte mit einer Nagelfeile ihre Fingernägel. Ihre Tasche war ordentlich gepackt. Sie legte eine Münze für die Toilettenfrau, die nicht da war, auf die bereitgestellte Untertasse, wie ein Opfer für irgendeinen niederen Hausgott.

Die afrikanische Stimme drängte jetzt alle Passagiere, sofort zum Ausgang B zu gehen. Die Stimme hatte Schwierigkeiten mit dem l und sprach es mehr wie ein r aus; eine angenehme, überzeugende Stimme, die jeden nur um eines bat, nämlich die Bordkarte bereitzuhalten, Verzögerungen zu vermeiden, nicht zu drängen.

Sie betrat eine Toilette, als »Westliche Standard-Toilette« ausgezeichnet, die sich automatisch verriegelte, wenn die Tür sich schloß, eine patentierte Vorrichtung, die Ungestörtheit garantierte; einen Penny brauchte man nicht. Sie hatte Mantel und Tasche bei sich und stellte die Tasche, den Mantel gefaltet obendrauf, auf die sauberste Stelle des Fußbodens. Sie dachte und erinnerte sich, schon oft dasselbe gedacht zu haben wie jetzt: Nicht viel Zeit, ich muß mich beeilen. Genau dafür war die Plastikkarte da – Sicherheit, nicht zurückgelassen zu werden, nie. Sie hatte die Karte jetzt, weil sie keine passende Tasche hatte, in den Blusenkragen gesteckt; sie fühlte sich kühl und unbiegsam wie eine Waffel an, als sie sie hineinsteckte, nahm aber schnell ihre Körperwärme an. Eine ordentliche Seele, entschlossen, westliche Normen aufrechtzuerhalten, hatte den Deckel zugeklappt, und sie setzte sich wie auf eine Bank – die Hitze und das Gewicht all der Utensilien, die sie herumgeschleppt hatte, erschöpften sie plötzlich. Sie hätte gern eine Zigarette geraucht; dafür war keine Zeit mehr. Aber das Verlangen danach löste einen tiefen Seufzer in ihr aus, und sie nahm die Packung vorsichtig aus ihrer Manteltasche, ohne das Arrangement auf dem Fußboden durcheinanderzubringen.

Alle Passagiere, die den Abflug verzögerten, wurden dringend gebeten, sofort zum Ausgang B zu kommen. Manche Worte gingen beim Weg über die hallende Sprechanlage verloren, und manchmal konnte man nur die Wiederholung klar verstehen: Ausgang B – die Hauptsache, von der jeglicher grammatischer Zusammenhang abfallen konnte, ohne die Mitteilung unverständlich zu machen. Ausgang B. Wenn man daran dachte, wenn man Ausgang B kannte, dann besaß man den Schlüssel zur Beherrschung der gesamten Prozedur. Ausgang B war das Gegenteil des offenen Sesams; er würde einen, war man einmal sicher durchgegangen, im Bekannten, Vertrauten, Unausweichlichen festhalten, abgeschirmt von Höhlen voller Schatten und Schätze.

Sofort. Ausgang B. Ausgang B.

An der veränderten Atmosphäre draußen vor dieser und den weiteren Türen dahinter konnte sie spüren, daß die Halle sich nun leerte. Humpelnd unter ihrer Last zogen sie – die Petit Point, das Kind mit den roten Stiefeln – zum Ausgang, wo das Mädchen mit der Kappe aus Leopardenfell ihre glänzenden Karten einsammelte.

Sie nahm ihre heraus. Sie sah sich in der Zelle um, wie sich jemand nach einem Platz für eine Vase mit Blumen umsieht oder für einen Zettel, der nicht wegfliegen darf. Die Karte ließ sich nicht hinunterspülen; Plastik löst sich nicht in Wasser. Wie ihr nebenbei schon vorher aufgefallen war, ließ sie sich auch nicht einfach zerreißen. Sie war überhaupt nicht aufgeregt; sie suchte einfach etwas, wo sie die Karte loswerden konnte, auf der Stelle. Sie hörte die Stimme (war da ein Anflug von beleidigter Verlegenheit in dem l, das wie ein gerolltes r klang), die den Passagier, der Flug soundso aufhielt, bat . . . Sie bemerkte zum ersten Mal das winzige

Fenster gerade über dem Wasserkasten, das sich vom unteren Rand an nach außen aufklappen ließ. Sie stellte sich auf den Toilettendeckel, versuchte, hinauszusehen, und brachte es gerade fertig, die glänzende Karte wie einen Brief durch den Schlitz zu werfen.

Ausgang B, bot die Stimme an, *Ausgang B.* Aber um durch Ausgang B zu gehen, mußte man eine Karte haben, ohne Karte hatte Ausgang B keinen Platz in der Prozedur. Durch das kleine Fenster konnte sie von da oben gar nichts sehen, obwohl sie sich angestrengt verrenkte; es gab keine Möglichkeit festzustellen, wohin die Karte gefallen war. Aber als sie halb hinab sprang, halb kletterte, geriet durch den veränderten Gesichtswinkel für eine Sekunde so etwas wie ein Kopf in ihr Blickfeld – oben im Himmel die Krone einer riesigen unordentlichen Palme, die vielleicht zwischen Gebäuden wuchs oder über Hütten und schlammigen oder staubigen Straßen, wo es Esel, Fahrräder und barfüßige Menschen gab. Nur eine Sekunde lang sah sie das, aber ganz klar, sie sah sogar, daß es eine alte Palme war, deren Wedel sich aneinander rieben und schärften. Und eine Krähe – sie war sicher – sie hatte den schwarzen Flügelschlag einer dort heimischen Krähe gesehen.

Sie setzte sich wieder. Die Zigarette hatte um sich herum einen braunen Kranz auf dem Wasserkasten hinterlassen. Was in der Ecke lag und von ihr für einen Dattelkern gehalten worden war, war eine tote Küchenschabe. Sie schnipste den ausgebrannten Zigarettenstummel danach. Absätze klapperten in den Vorraum, eine afrikanische Stimme sagte: Wer ist da? Bitte, sind Sie hier? Sie hielt nicht den Atem an, versuchte nicht, sich besonders ruhig zu verhalten. Es war keiner da. An allen Toilettentüren wurde der Reihe nach gerappelt. Danach eine gespannte Pause, als ob die Besitzerin der Absätze nicht recht wisse, was sie jetzt tun sollte. Dann entfernte sich das Absatzklappern, und die Tür zur Damentoilette schlug mit dem dumpfen Geräusch von hereingepreßter Luft zu.

Die Schübe von Betriebsamkeit draußen erreichten sie, wo sie saß, nur gedämpft. Die stillen Phasen wurden länger. Bald würde die gelegentliche Betriebsamkeit ganz aufhören; mittlerweile mußten die Düsentriebwerke Feuer speien, die Sitzgurte geschlossen und die Zigaretten ausgelöscht sein, obwohl die Klimaanlage hier am Boden noch nicht richtig arbeitete, und sie würden geduldig schwitzen. Sie konnten ja nicht ewig warten, wenn sie so nah am Ziel waren. Das Flugzeug würde wie ein riesiger Kinderwagen anfangen zu rollen, es würde wenden, blinken und erbeben vor geballter Kraft.

Start. Es war absolut still und ruhig in der Zelle. Sie dachte an den großen Schmetterling; an den General mit seiner wunderschönen Zeichnung aus Litzen und Orden. Start. So also sah der Ort aus: Krähen in alten staubigen Palmen, Krähen, die das Aas aus den Gossen pickten, beinlose Bettler, die in einer unbekannten Sprache drohten. Nicht Ausgang B, sondern ein anderes Tor. Angenommen, sie kletterte aus diesem Fenster, würden die sie nach ihren Papieren fragen und sie in eine andere Zelle stecken, wie es dem General gerade gefiel? Der General hatte keinen Grund, irgend jemandem zu trauen, der nicht Ausgang B nahm. Überhaupt kein Geräusch mehr jetzt. Die Toiletten waren ihrem eigenen inneren Rumpeln überlassen; im Wasserkasten gluckerte es ab und zu. Endlich war sie ganz sicher, daß Flug soundso seinen Kurs genommen hatte; weg war. Sie zündete sich noch eine Zigarette an. Sie dachte nicht darüber nach, was sie jetzt tun sollte, überhaupt nicht; wenn sie dazu Neigung verspürt hätte, dann säße sie nicht da, wo auch immer sie jetzt saß.

Der Schmetterling war zweifelsohne ausgestorben, und der General hätte etwas gegen Ausländer, die Erklärungen (alles läßt sich erklären) formulierten sich von selbst, in ihrer Abwesenheit, wenn das Flugzeug seinen Bestimmungsort erreichte. Der zollfreie Alkohol ließ sich ganz einfach in die Toilette kippen, aber dann blieb noch das Problem mit dem

Schweizer Taschenmesser. Und dennoch – hinter dem verbotenen Korridor: Gras, Bougainvillea, wie Rosen am Spalier hochgezogen, der flüchtige Blick auf eine Straße!

Mein Luftschloß
Von Geno Hartlaub

Jeden Nachmittag, wenn ich aus dem Büro heimkomme, baue ich an meinem Luftschloß. Ich setze mich an den Zeichentisch, um Einzelheiten zu entwerfen: hier einen Erker, dort ein Balkongeländer, Fensterrahmenornamente, dorische, jonische und korinthische Säulen. Jedes Stockwerk ist in einem anderen Kunststil gehalten: Antike im Erdgeschoß, romanische Fensterwölbungen im ersten Stockwerk, im zweiten Spitzbögen, gotisches Flamboyant, dann folgen Renaissancesalons mit schweren Eichenmöbeln und goldenen Mäanderdekorationen. Im ausgebauten Mansardendach haben die Decken und Wände Barock- und Rokoko-Fresken. Ganz oben, zwischen zwei Dachluken, habe ich mir einen Jugendstilsalon eingerichtet: lindgrüner Schleiflack, Pastelltöne.

Morgens, gleich nach dem Erwachen, habe ich kühne Einfälle. Ich sitze an meinem Reißbrett und stelle Berechnungen an. Ich sehe das Ganze vor mir, es zerfällt nicht mehr in Einzelteile. Ich kann logisch denken, die Statik des Gebäudes stimmt. Ich erfreue mich an originellen Konstruktionen und Entwürfen, während ich nachmittags, müde von der Büroarbeit, wie ein braver Handwerker an einem Ornament herumhämmere, ohne auch nur einen Augenblick an die Gesamtkomposition zu denken. In den frühen Morgenstunden halte ich mich meistens im Dachgeschoß unter barocken Wolkenhimmeln auf, wo ich reine Höhenluft zu atmen glaube. Es gibt jedoch immer wieder Tage, an denen mir mein Luftschloß wie ein Monstrum vorkommt, das ich bis in die Grundfesten hinein zerstören müßte, um noch einmal von vorn zu beginnen.

Sonntag ist Bautag. Von morgens bis zur Abenddämmerung bin ich mit Reparaturen und mit der Ausführung neuer Teilbauten beschäftigt. In den frühen Morgenstunden klettere ich – wie gewöhnlich – ins Dachgeschoß. Je mehr der Tag fortschreitet, um so tiefer steige ich hinunter. Wenn es zu dämmern anfängt, bin ich im Gartensaal mit seinen antiken Dekorationen und Marmorstatuen um den Grottenbrunnen angelangt. Die Skulpturen stellen Meeresgötter und Nymphen dar, in den Springbrunnen mit seinen muschelförmigen Kaskadenschalen sind Wasserspiele eingebaut. Den ganzen Tag über bin ich heiter gestimmt. Manchmal überrasche ich mich dabei, wie ich vor mich hinpfeife. Mittags gebe ich mich mit einem Schluck Bier und einem Frühstücksbrot zufrieden, wie es Maurer und Poliere auf einer Baustelle tun. Am Montagmorgen kommt es vor, daß ich den Wecker überhöre. Ich muß mich beeilen, um noch rechtzeitig ins Büro zu kommen. Auf mein immer noch unvollendetes Werk werfe ich nur einen flüchtigen Blick. Im fahlen Frühlicht kommen mir die Gebäude reizlos und schäbig vor. In dem Bürohochhaus, in dem ich als Buchhalterin beschäftigt bin, haben sie seit einiger Zeit auch für Angestellte Stechuhren aufgestellt; jede Minute Verspätung wird registriert und dem Personalchef gemeldet.

Während der Arbeitszeit verschwende ich kaum einen Gedanken an mein Luftschloß daheim. Wenn ich doch einmal einen Einfall habe, was man an einem Erker, an den Balkonen und Türmen verbessern könnte, mache ich gleich einen Fehler bei der Buchhaltung, zu dessen Korrektur ich Stunden brauche. Es kommt vor, daß ich die Rechenmaschine falsch programmiere. Meine Additionen, Subtraktionen, Multiplikationen und Divisionen stimmen nicht mehr. Vor kurzem hat mich mein Vorgesetzter dabei ertappt, wie ich auf einem Notizzettel Grundrisse und architektonische Querschnitte zeichnete.

»Darf ich fragen, was das mit ihrer Arbeit zu tun hat?« wollte er wissen. »Freizeitbeschäftigungen gehören nicht ins Büro.« Seit diesem Zwischenfall kommt er häufiger an meinem Schreibtisch vorbei, um mich zu kontrollieren. Auch die Kolleginnen schauen mir ab und zu über die Schulter, um zu sehen, was ich während der Arbeitszeit treibe. Ist eine von ihnen von der Direktion als Spitzel angestellt? Heute bin ich in das Büro meines Vorgesetzten gerufen worden. Dieser Chef ist ein noch junger Mann, der Sohn des Firmenbesitzers.

»Dies ist eine Verwarnung«, sagte der Sohn des Chefs. »Wenn Ihre Leistungen sich nicht bessern, werden Sie bei nächster Gelegenheit gekündigt werden.«

Als ich nach dieser Verwarnung nach Hause kam, fühlte ich mich fiebrig und heiß. Ich ging ins Bett, knipste das Licht aus und versuchte vergeblich zu schlafen. Der Arzt, der mich am Tag darauf untersuchte, stellte eine Virusgrippe fest. Er schrieb mir ein Attest für mehrere Wochen aus. Jetzt hätte ich Zeit genug gehabt, an meinem Luftschloß weiterzubauen, aber mir fehlte es an Lust und Kraft. Stundenlang dämmerte ich, im Bett liegend, vor mich hin. Ich vermied es, die Zwischentür zu öffnen, aus Angst, das Schloß in seinem Rohzustand zu sehen. Ich zeichnete keine Entwürfe mehr. Ab und zu machte ich die Augen zu und versuchte, mir ein neues Schloß vorzustellen. Das Gebäude war einfacher, einheitlicher im Stil, ohne überflüssigen Zierat. Der Garten um das Schloß herum war weniger parkartig gepflegt, er ging hinter der großen Wiese in einen frühlingshaft grünenden Wald über.

In der Woche meiner Genesung fing ich an, ein kleines Modell des neuen Schlosses aus Holz, das ich mit einer Laubsäge bearbeitete, zu basteln. Mein Zimmer glich einer Werkstatt. Die Fenster des Häuschens beklebte ich mit Klarsichtfolie, für die Dachterrasse benutzte ich ausgediente Aktendeckel aus dem Büro. Ornamente zeichnete ich mit bunten Fettstiften ein. In die Räume des Erdgeschosses verlegte ich Leitungsdrähte, ich brachte bunte Glühlämpchen an. Die Beleuchtung in meinem Puppenhaus funktionierte.

Im Büro fand ich meinen Schreibtisch von einer Nachfolgerin besetzt. Hatte man mir während meiner Krankheit gekündigt? Alle Mädchen trugen weiße Kittel, so daß ich sie nur schwer voneinander unterscheiden konnte. In der Kantine gab es keinen Platz mehr für mich. Ich traf ein paar alte Bekannte, einen Boten, der früher die Aktennotizen von einem Büro ins andere gebracht hatte, zwei Lehrlinge, die mir zuflüsterten, wir hätten jetzt einen neuen Chef; der Sohn des Firmeninhabers sei zu weiterer Ausbildung ins Ausland versetzt worden.

Am frühen Nachmittag meldete ich mich im Büro des neuen Vorgesetzten. Hinter dem Schreibtisch saß ein Riese, der sich bemühte, mit seinen Pranken, zwischen die er einen altmodischen Federhalter geklemmt hatte, eine Notiz zu machen. Der athletisch gebaute Mann hatte die Ärmel seines Hemdes hochgekrempelt. Er schwitzte vor Anstrengung, sein Gesicht war übersät von Sommersprossen. Er hatte rötliches, kurz geschorenes Haar. Während der Feinarbeit des Schreibens fuhr er sich mit der Zunge über die ausgetrockneten Lippen. Endlich hob er seine wasserblauen Augen zu mir auf. Sein Blick kam mir kindlich gutmütig vor, dann jedoch entdeckte ich einen tückischen Zug in den Lidwinkeln.

»Was kann ich für Sie tun?« fragte der Riese. Er blinzelte, offenbar war er kurzsichtig und brauchte eine Brille, um die Menschen zu erkennen, die vor seinem Schreibtisch standen. Er fingerte seine Weste ab, die sich über dem hervortretenden Bauch wölbte, um nach seiner Brille zu suchen.

»Ich bin hier angestellt«, sagte ich. »Ich war krankgeschrieben.«

»Name?« fragte der Riese.

»Marie Therese Schmidt«, sagte ich. Er blätterte mit

seinen dicken Fingern in einer Kartothek, zog eine Karte hervor, auf der mein Name mit einigen Anmerkungen stand.

»Wir haben umgestellt«, sagte der neue Chef. »Arbeitsplätze sind eingespart worden, auch der Ihrige.« Seine breite Nase mit den witternden Nüstern fiel mir auf. Er sah aus, als würde er im nächsten Augenblick rufen: Ich wittere Menschenfleisch. Er legte den Kopf schief, sah mich aus seinen tückischen Augenwinkeln an und sagte: »Allerliebst.«

Ich erschrak, ich hatte davon gehört, daß solche Riesen wie der neue Chef eine Schwäche für zierlich gewachsene Mädchen haben.

»Ein Püppchen«, sagte er. »Schlafaugen und lange Wimpern.« Ich verließ sein Büro. Als ich wenig später mit dem Aufzug ins Erdgeschoß fuhr, begegnete ich dem neuen Chef.

»Draußen regnet es in Strömen«, sagte er. »Ich werde Sie im Wagen mitnehmen. Wohnen Sie weit weg von hier?«

»Nur ein paar Schritte«, log ich, »ich gehe immer zu Fuß.« Ich hatte Angst, er würde mir vor meiner Haustür den Vorschlag machen, mit mir nach oben zu kommen, um eine Tasse Kaffee zu trinken. Noch mehr als vor seinen Zudringlichkeiten fürchtete ich mich davor, daß der Riese mein Puppenhaus und die Unordnung in meinem zur Werkstatt umgewandelten Zimmer sehen könnte.

Die Haustür stand offen. Der neue Chef wartete meine Aufforderung oder Ablehnung nicht ab. Ohne ein Wort der Erklärung stieg er vor mir die Treppe meiner Wohnung hinauf. Seine riesigen Stiefel fielen mir auf, an deren Sohlen eingetrockneter Schmutz klebte, so als sei er am Morgen, bevor er das Büro betreten hatte, durch Sumpfgelände gegangen. Mit solchen Siebenmeilenstiefeln, dachte ich, kann er ein Mädchen wie mich zertreten. Auf dem kleinen Flur meiner Wohnung blieb ich stehen. Der Riese mußte den Rücken krümmen und den Kopf zwischen die Schultern einziehen, um nicht an die Deckenlampe zu stoßen. Er öffnete die Tür zum Wohnzimmer, blickte sich in der Werkstatt um, entdeckte das Puppenhaus.

»Allerliebst«, sagte er. »Wohnt hier ein Kind?«

»Das Kind bin ich«, sagte ich. Der Riese fuhr sich mit der Zunge über die spröden dicken Lippen. Er blickte auf meine Brüste, die sich kaum unter dem Stoff der Bluse hervorwölbten.

»Noch nicht erwachsen«, stellte er fest. »Dem kann abgeholfen werden.«

Voller Angst, er könne durch irgendwelche magischen Kräfte das unsichtbare Luftschloß entdecken, führte ich ihn ins Schlafkabinett. Er schnupperte die Luft, die auch hier nach Klebstoff und Gummi roch. Das Bett war noch ungemacht, ich war in der Frühe eilig aufgebrochen. Beim Anblick der zerwühlten Kissen und der herabhängenden Decke sagte mein Gast: »Wir werden dich jetzt erwachsen machen.« Er setzte sich aufs Bett und fing an, an seinen schmutzigen Stiefeln zu zerren. Es fiel ihm schwer, sie auszuziehen, er wollte meine Hilfe in Anspruch nehmen. Ich schüttelte den Kopf und verschränkte die Hände auf dem Rücken. Er zerrte mich auf die Bettkante, er nestelte am Reißverschluß meines Rockes herum, ohne Erfolg.

»Mach es selbst«, befahl er. »Ich bin ungeschickt.« Ich versuchte vergeblich, mich von ihm loszumachen. »Ich hoffe«, sagte er, »du hast schon andere Männer vor mir gehabt. Ich bin nämlich nicht gern der erste, aber dafür der beste.« Seine Bemerkung gefiel ihm so gut, daß er in Gelächter ausbrach.

»Meine Zeit ist begrenzt«, sagte er auf einmal böse. »Spielereien kann ich mir nicht leisten.« Mit festem Griff umschlang er meine Taille. »Federgewicht«, stellte er fest. Es gelang mir, bis zur Zwischentür zu fliehen, die das Schlafkabinett vom Wohnzimmer trennt. Er näherte sich lautlos auf Strümpfen, der rechte hatte an der großen Zehe ein Loch. Er hob mich vom Boden auf, trug mich zum Bett zurück und warf mich auf die Decke. Ich blieb in der

Stellung liegen, die ich im Fall angenommen hatte: ausgestreckte Arme und Beine, zur Seite gewandter Kopf. »Jetzt werden wir sehen, ob du eine Puppe bist oder aus Fleisch und Blut«, rief er. Umständlich zog er seine Jacke aus, hängte sie über die Stuhllehne und krempelte die Ärmel seines Hemdes auf, das er anbehielt. Er atmete schwer. Als er sich auf mich wälzte, wurde ich steif und starr vor Angst. Ich dachte, er könne mich mit seinem Gewicht erdrücken. Auf einmal ließ er mich los, setzte sich wieder auf die Bettkante und stemmte die Füße auf den Boden. Es fiel mir auf, daß er am ganzen Körper unbehaart war. Ich hatte das Licht ausknipsen wollen, doch er legte Wert auf gute Beleuchtung. Ich blickte auf seinen breiten Rücken, der auf einmal zu zucken anfing.

»So geht es nicht«, sagte er, »du mußt schon mithelfen.« Er drehte sich zu mir um, hob das Hemd hoch und zeigte mir seinen vorgewölbten Bauch. Wider Willen entdeckte ich, daß der Riese ein winziges Glied hatte, das seit seiner Knabenzeit nicht mehr gewachsen zu sein schien.

»Ich hab' mir nie viel aus Frauen gemacht«, gestand er. »Ich esse lieber. Mein Appetit ist ungeheuer. Ich habe einen großen Magen. Ich schmecke mit den Augen voraus, wenn etwas Eßbares in meiner Nähe ist: Delikatessen, Gänseleber, Austern, Hummer, Kaviar. Ich esse den ganzen Tag über, muß ständig verdauen. Das macht mich träge.«

Wahrscheinlich, dachte ich, ist er impotent, um so besser, dann kann er mir nicht wehtun. Er starrte mich an, wie ich, ein Knie angezogen, den Kopf schiefgelegt, nackt auf meinem Bett saß. Er knipste das Licht aus, stürzte sich auf mich, zwang mich die Beine zu spreizen und drang in mich ein. Er schwitzte, als leiste er Schwerarbeit. Eine Weile mühte er sich vergeblich ab. Diesmal war ich es, die das Licht am Nachttisch anmachte. Sein Gesicht war so rot geworden, daß sich die Sommersprossen kaum mehr von der Haut abhoben. Er hielt die Hand flach gegen die Brust gepreßt.

»Mein Herz«, stöhnte er. Dann suchte er seine im Schlafkabinett verstreuten Kleidungsstücke zusammen. Dabei stierte er mich aus vorgewölbten, rot umränderten Augen an. »Zieh dich an«, rief er, »ich kann keine nackten Puppen sehen, ohne Lust zu kriegen, ihnen den Hals umzudrehen.« Ich war vor Schrecken wie gelähmt, es gelang mir nur mit Mühe, meinen Morgenrock überzustreifen. Er öffnete die Zwischentür und ging ins Wohnzimmer, das in eine Werkstatt verwandelt war. Er hob das Puppenhaus mit beiden Händen in die Höhe, hielt es über den Kopf und warf es mit seiner ganzen Kraft zu Boden, wo es in seine Bestandteile aus Holz, Gips und Metall zerfiel. Nur noch das Drahtgerüst war übriggeblieben. Ich bückte mich, um die Reste vom Boden aufzusammeln. Er zerrte mich am Arm hoch.

»Du brauchst es nicht mehr«, sagte er, »wirf es auf den Müll, wo es hingehört.«

Er bekam einen Wutanfall, stampfte auf den Boden auf, ruderte mit den Armen. Hinter ihm ragte mein Luftschloß auf. Wenigstens das, dachte ich, kann er mir nicht rauben. Er schlug in die Luft, als kämpfe er gegen einen unsichtbaren Gegner an. Jeder seiner Schläge traf mein Schloß, das lautlos in sich zusammensank. Dächer und Erker, Giebel und Säulen, Mauern, Fenster und Türen zerfielen vor meinen Augen in Staub. Das Ganze glich einem Erdbeben ohne Getöse. Die Stille, die uns umgab, wurde durch mein Schluchzen unterbrochen.

»Sie haben mein Luftschloß zerstört«, rief ich. »Ich werde es nie wieder aufbauen können.«

»Verrückt«, sagte der Riese. »Ich hab' es gleich geahnt, als ich deine Augen sah. Du gehörst in die Klapsmühle.« Wieder brach er in Gelächter aus. Er ging zur Wohnungstür. Er trat fest mit seinen Siebenmeilenstiefeln auf, als verlasse er die Szene als Sieger.

Er war schon im Treppenhaus, in dessen gläserne Kuppel ein Echo eingebaut ist.

»Ich ziehe die Kündigung zurück«, rief er. »Morgen früh um acht sehen wir uns wieder im Büro.« Ich glaubte, jedes seiner Worte doppelt zu hören.

In dieser Nacht schlief ich kaum vor Angst, ich könne den Wecker überhören. Fünf Minuten vor acht betrat ich das Büro. Die anderen Mädchen waren noch nicht da. Der neue Chef saß schon hinter seinem Schreibtisch. Er hatte die Jacke über die Stuhllehne gehängt und die Ärmel des Hemdes aufgekrempelt. Als ich eintrat, hob er den Kopf. Er schnupperte mit seinen geweiteten Nasenflügeln in die Luft. Er blickte mich an und fragte, ob ich schlecht geschlafen habe. Ich nickte, er fuhr fort, in seinen Akten zu blättern.

Fünf Minuten nach acht erschien er im Großraumbüro und verkündete den Mädchen in den weißen Kitteln: »Der Posten der Bürovorsteherin ist frei. Fräulein Schmidt wird ihn ab heute übernehmen.«

Die Rückeroberung

Von Franz Hohler

Eines Tages, als ich an meinem Schreibtisch saß und zum Fenster hinausschaute, sah ich, daß sich auf der Fernsehantenne des gegenüberliegenden Hauses ein Adler niedergelassen hatte. Ich muß dazu sagen, daß ich in Zürich wohne und daß Adler bei uns nur in den Alpen vorkommen, am nächsten von hier vielleicht in den Bergen von Glarus, etwa fünfzig Kilometer von der Stadt entfernt. Trotzdem war ich sicher, daß dies ein Adler war, seine erstaunliche Größe, die herausfordernde Haltung des Kopfes wiesen mich an jenen ausgestopften Vitrinenvogel im Schulhaus meiner Jugend zurück, an dem wir auf dem Weg zur Turnhalle immer vorbeigehen mußten und der auf einem Kartontäfelchen mit »Steinadler« angeschrieben war. Es war für mich ganz klar, daß da drüben auf der Antenne des Nachbarhauses ein Steinadler saß. Vielleicht, dachte ich, ist er aus dem Zoo entkommen oder aus einer Volière, aber dann fiel mir ein, daß ja diesen Tieren meist die Flügel gestutzt werden, so daß sie nur noch ein paar armselige Hüpfer machen können. Und wenn er sich verirrt hat, dachte ich weiter, das kann doch einem Tier auch einmal passieren, doch ich hatte sofort das Gefühl, daß das dem Tier dort drüben nicht passieren konnte. Auch daß es sich einfach auf eines der Häuser setzte, kam mir merkwürdig vor. Vorher lebten wir einige Jahre auf dem Land, und da ärgerte ich mich immer, daß die Mäusebussarde, die ich hoch oben schweben sah, nie in unsern Garten kamen, um die Mäuse zu fressen, und ich hörte dann, daß Raubvögel die

Nähe der Häuser scheuten; auch die Stange, die ich ihnen weit vom Haus weg hingestellt hatte, verschmähten sie, während Jahren hatte sich kein einziges Mal einer heruntergewagt, und nun saß auf dem gegenüberliegenden Dach, inmitten von andern Dächern, ein Steinadler und schaute, den Kopf leicht schräg, auf die Straße hinunter, wo ihn noch niemand bemerkt zu haben schien.

Ich beschloß, meine Frau zu rufen, und ging einen Stock tiefer in die Familienwohnung, aber als wir zurückkamen, war der Adler verschwunden. Hoch über dem Hotel International, das von meinem Fenster aus sichtbar ist, glaubte ich ihn kreisen zu sehen, aber meine Frau hatte recht, wenn sie sagte, das könne ebensogut ein Bussard sein oder sogar eine Möwe.

Als er ein paar Wochen später zurückkam, war ein zweiter Adler mit ihm, und zusammen begannen sie nun auf dem Nachbarhaus ein Nest zu bauen, zwischen dem Antennensockel und dem Kamin, an welchen sich eine kleine Kuppel anschließt, an der geborgensten Stelle des Daches. Die Nachbarn, die nicht wußten, wie sie sich verhalten sollten, ließen sie vorerst gewähren, und innert kurzer Zeit war ein Horst entstanden, in dem nun dauernd einer der beiden Adler saß, während der andere Jagd auf Mäuse, Eichhörnchen und kleine Katzen machte.

Natürlich erregten die Vögel ziemliches Aufsehen, um so mehr, als sie nicht die einzigen blieben. Aus der ganzen Stadt trafen Meldungen von neu angelegten Adlernestern ein, der ornithologische Verein erstellte ein Verzeichnis, das er laufend nachführte, die Biologen beschäftigten sich mit der plötzlichen Veränderung in den Gewohnheiten dieser seltenen Tiere und fanden keine Erklärung dafür. So schnell, sagten sie, wechsle in der Tierwelt normalerweise kein Lebewesen seine angestammte Umgebung. Die Leute wurden ermahnt, für ihre kleineren Haustiere gut Sorge zu tragen, Hunde wenn möglich an die Leine zu nehmen und Meerschweinchen und Kaninchen nicht in offenen Gehegen herumlaufen zu lassen. Im übrigen beschloß man aber von Seiten der Stadtbehörden, die Adler zu tolerieren, da es sich zeigte, daß sie sich nicht zuletzt auch von Ratten ernährten, von denen es in unserer Stadt mehr als genug gibt.

Schon hatte man sich daran gewöhnt, daß auf der Straße plötzlich ein Adler neben einem zu Boden gehen konnte, um eine streunende Katze zu Tode zu beißen, als ein neuer Vorfall die Leute beunruhigte.

An einer Ampel am Bellevue, das ist einer der verkehrsreichsten Plätze Zürichs, wurde eines Morgens ein Hirschgeweih gefunden. Dieses Hirschgeweih, da war kaum ein Zweifel möglich, war in derselben Nacht abgestoßen worden, und es war nicht irgendein Hirschgeweih, sondern eines mit vierundzwanzig Enden. Eine Nachfrage bei den schweizerischen Wildhütern ergab, daß der größte bekannte Hirsch im Bann Beverin lebte und ein Zweiundzwanzigender war. Der Bann Beverin liegt im Kanton Graubünden, und die Hirsche gehören bei uns zu den Tieren, die sich im Lauf dieses Jahrhunderts fast gänzlich aus dem Mittelland zurückgezogen haben. Da aber niemand diesen Hirsch beim Abstoßen beobachtet hatte und er auch in den nächsten Tagen und Wochen nirgends gesehen wurde, weder in der Stadt selbst noch in den paar Wäldern der Umgebung, nahm man zuletzt an, das Geweih sei von jemandem dort hingelegt worden, der es kurz zuvor irgendwo in den Bergen gefunden haben mußte und offenbar nicht über dessen hohen Wert im Bilde war.

Deshalb rechnete auch niemand mit dem, was etwa drei Monate später, an einem der ersten Sommertage geschah. Ein Morgenspaziergänger rief um vier Uhr früh bei der Polizei an, in der Parkanlage beim Bürkliplatz hielten sich eine Anzahl Hirsche auf und versperrten die Fußwege. Zwei ausrückende Polizisten fanden diese Angabe bestätigt und lösten einen Großalarm aus, denn sie sahen, daß sich nicht nur einzelne Hirsche zwischen den Büschen bewegten, sondern daß es sich um eine ganze Herde handeln mußte, deren genaue Größe schwer auszumachen war, sie konnte aber ohne weiteres in die Hunderte gehen. Die Parkanlage wird auf der einen Seite durch das Seeufer begrenzt, auf der anderen durch zwei breite Straßen, und so entschloß sich die Polizei nach Rücksprache mit dem Zoodirektor, den Park abzusperren, um dann die Tiere einzeln einzufangen oder abzuschießen. In aller Eile wurden große Rollen elektrischer Drähte herbeigeschafft, wie man sie zum Einzäunen von Kuhweiden braucht, und als gegen sieben Uhr der Morgenverkehr anzurollen begann, war die gesamte Parkanlage mehrfach mit geladenen Drähten vor den Hirschen gesichert, welche in größter Ruhe, mit gleichmäßig mampfendem Geräusch Rasen, Blumenbeete und Bäume abfraßen. Während man sich das weitere Vorgehen überlegte, stieß gegenüber vom Kongreßhaus ein riesiges Tier mit seinem Geweih die Drähte hoch und zerriß sie mit einem Ruck, ohne dabei den geringsten Schaden zu nehmen. Dieses Tier war der Vierundzwanzigender, der nun an der Spitze der ganzen Herde auf die Straße hinaustrabte, dem Bellevue entgegen.

Niemand wußte, wie man diesen Hirschen beikommen konnte. Scharfschützen waren aufgeboten, Wildhüter und Jagdaufseher kamen dazu, aber inmitten der dichtbelebten Straßen war an ein Abschießen gar nicht zu denken, und die Herde hielt sich nur an dichtbelebte Straßen, sie überquerte, von Fahrzeugen der Polizei gefolgt, das Bellevue und ging nachher gemächlich den Limmatquai hinab. Die Verwirrung war groß. Die Tramwagen stauten sich, ohne daß sich die Passagiere getrauten, auszusteigen, die Automobilisten versuchten, ihre Wagen auf das Trottoir zu steuern, einige ließen angesichts der nahenden Herde ihr Auto mitten auf der Straße stehen und flüchteten in einen Hauseingang, andere kurbelten ihre Scheiben hoch und blieben sitzen, sie verschwanden in den Tieren wie ein Stein in den Fluten. Eine eigenartige Stille begleitete den ganzen Zug. Überall wurden die Motoren abgeschaltet, und man hörte nur das

Schleifen und Scharren der vielen hundert Hufe auf dem Asphalt, ab und zu splitterte eine Scheibe, oder Autokarosserien wurden angekratzt, doch die Leute verhielten sich mucksmäuschenstill. Polizisten eilten zu Fuß der Herde voraus und versuchten die Leute vorzuwarnen, vom Einsatz von Lautsprechern sah man nach dem Rat des Zoodirektors ab, um durch den Lärm keine Panik unter den Hirschen zu verursachen, denn ein Durchbrechen der Herde war das, was man am meisten fürchtete. Die Erwartung, daß sich die Hirsche wieder einen Weg aus der Stadt heraus suchen würden, um in irgendeinen der umliegenden Wälder zu gelangen, erwies sich als falsch, die Route, welche die Tiere wählten, sah viel eher nach einer Stadtbesichtigung aus. Beim Central bogen sie abrupt nach rechts ins Niederdorf ein, welches sie beim Predigerplatz wieder verließen, um sich, nachdem sie das wenige Grün beim Pfauen abgefressen hatten, erneut nach rechts zu wenden, die Rämistraße hinunter, zum zweitenmal das Bellevue zu überqueren und sich dann nicht dem Uetliberg zuzubewegen, wie alle hofften, sondern bei den Stadthausanlagen nach rechts in die Bahnhofstraße einzuschwenken. Am Paradeplatz verriegelten die Großbanken ihre Portale, die Bijoutiers und Pelzhändler ließen die Rolläden über ihre Türen rasseln und blickten angstvoll aus den Schaufenstern auf die braunen Leiber, die sich unaufhaltsam vorbeidrängten und die Straße in ihrer ganzen Breite ausfüllten. Bereits hatte man mit der Abschrankung der Bahnhofunterführungen begonnen und das große Sperrgitter des Hauptbahnhofs gezogen, als die Herde beim Modissa-Haus überraschend nach rechts abbog, der Rudolf-Brun-Brücke zu. Wenig später – die ersten Tiere waren gerade unter der Brücke bei der Hauptwache durch – setzte ein Platzregen von großer Stärke ein, der die Herde mit einemmal zum Stehen brachte.

Der Vierundzwanzigender, welcher ständig die Spitze der Herde innehielt, hob den Kopf in die Höhe, schaute sich um und strebte dann in leichtem Trab dem Parkhaus Urania zu, wohin ihm alle andern Tiere folgten. Das war eine unerwartet günstige Entwicklung. Sobald die Hirsche drinnen waren, wurden Ein- und Ausfahrt der Parkgarage mit Lastwagen verbarrikadiert, so daß die Herde gefangen war.

Der Entscheid, zu schießen, wurde sehr rasch getroffen. Über die Lautsprecheranlage wurden die gerade im Parkhaus befindlichen Leute aufgefordert, unbedingt in ihren Wagen zu bleiben und sich vom Ein- und Ausgangstor fernzuhalten, etwas, das übrigens den gegen außen dringenden Schreien nach, nicht allen gelang, und nun postierte man schräg gegenüber der Ein- und Ausfahrt mehrere Polizeisoldaten mit Maschinengewehren, die durch die besten Scharfschützen des städtischen Korps verstärkt wurden. Man wartete das Ende des Regens ab, dann fuhren die Lastwagen von den Toren weg, und eine Knallbombe wurde ins Parkhaus hineingeworfen. Die Detonation tat ihre Wirkung. Mit einem mächtigen Sprung setzte der Vierundzwanzigender aus dem dritten Stock des offenen Rundaufgangs hinaus, und die ganze Herde folgte ihm in so kurzer Zeit, daß es den sofort ihren Standort wechselnden Scharfschützen nur gelang, den einen oder anderen Hirsch abzuschießen, aber ein Maschinengewehreinsatz kam wegen der in die Schußlinie geratenden Häuser am Lindenhof nicht in Frage. Eine einzige Hirschkuh verirrte sich in den unteren Ausgang und wurde von einer zornigen Garbe erfaßt, zugleich mit der Tanksäule, so daß sich das Blut des erledigten Tieres mit dem auslaufenden Öl zu einer rotbraunen Lache vereinigte.

Wie nach einem Plan löste sich nun aber die Herde auf und zog in Grüppchen von drei oder zwei Hirschen durch die ganze Stadt, viele Hirsche waren auch allein unterwegs. Die Bilanz dieses Morgens war nicht gut. Erschossen worden waren nur elf Tiere, die Gesamtzahl schätzte man auf mindestens dreißigmal soviel; zudem waren vier Personen im Parkhaus verletzt worden, eine davon, eine Frau, welche von den Hirschen zertrampelt worden war, lebensgefährlich.

Da die Hirsche die Stadt nicht mehr verließen oder, wenn sie es einmal taten, nach kurzer Zeit wieder zurückkehrten, wurde nun eine Spezialeinheit der Polizei zur Hirschbekämpfung gebildet. Das war eine äußerst heikle Aufgabe, vor allem weil der Gebrauch der Schußwaffe selten ohne Gefährdung von Menschen möglich war. Man schickte deshalb einige Männer nach Amerika, wo sie von Cowboys im Lassowerfen ausgebildet wurden. Aber auch ihnen gelang es nicht, die Hirsche aus der Stadt zu vertreiben. Man gewöhnte sich einfach an das Bild eines durch eine Einbahnstraße preschenden Hirsches, der zu Pferd von einem lassoschwingenden Polizisten verfolgt wurde.

Das hat auch etwas Schönes, gewiß, und auf eine Art ist es eine Bereicherung des Stadtlebens, aber irgendwie ist mit diesen Tieren auch der Schrecken wieder eingezogen. Das Schreien einer Katze zum Beispiel, die sich gegen den tödlichen Zugriff eines Adlers wehrt, ist fast nicht auszuhalten. Wer an einem Herbstmorgen von den tiefen und unnachgiebigen Brunstrufen der Hirsche aus dem Schlaf gerissen wird, welche von den Häuserfronten wie von Felswänden widerhallen, der bleibt wach für diesen Tag, und wo immer in der Stadt zwei Hirsche aufeinander losstürzen und sich mit krachenden Geweihen ineinander verkeilen, ist die Straße augenblicklich leer.

Jedenfalls hielten sich Adler und Hirsche bis zum Herbst, und als der Winter kam, blieben sie erst recht, sie zogen sogar neue Gäste nach sich.

Beim Hirsch, der an einem nebligen Vormittag in der Mitte des Hardturmstadions gefunden wurde und von dem außer Haut und Knochen nur noch die blutigen Innereien dalagen und den Schnee ringsum rot färbten, dachte man zuerst, er sei von Hunden angefallen worden, aber als der Kantonstierarzt die Spuren sah, wurde er unsicher und ließ einige Biologen kommen. Gemeinsam studierten sie nun den Schauplatz und gaben dann ihren Bescheid bekannt. Diese Spur, sagte der Kantonstierarzt, während das Biologenteam hinter ihm düster zu Boden blickte, stammt vom Wolf, und wir haben es hier nicht mit einem einzelnen Wolf zu tun, sondern mit einem ganzen Rudel.

Es dauerte eine Weile, bis zum erstenmal ein Wolf gesehen wurde, lange Zeit traf man immer nur ihre Spuren an. Offenbar hatten sie es auf die Hirsche abgesehen, denn der Hirsch vom Hardturmstadion blieb nicht der einzige, etwa alle zwei bis drei Tage fand man irgendwo in der Stadt ein ähnlich zugerichtetes Tier. Die ersten, die dann die Wölfe zu Gesicht bekamen, waren die Kinder aus der Schulklasse meines achtjährigen Buben. Als sie an einem Morgen in der Turnstunde am Waldrand des Käferbergs schlittelten, waren die Wölfe plötzlich da und stürzten sich auf den hintersten der Gruppe, den Sohn eines Jugoslawen. Er habe nur einmal geschrien, sagte die Lehrerin, die vor Entsetzen außer sich war, scheinbar hatten ihm die Wölfe gleich die Halsschlagader durchgebissen. Als die Polizei eintraf, konnte sie nur noch der Blutspur folgen, die zur Nähe des Waldweihers führte. Dort lag das, was die Wölfe von Ilja übriggelassen hatten, die Wölfe selber aber waren verschwunden und konnten auch von den eingesetzten Hunden nicht aufgetrieben werden, ihre Fährte verlor sich beim Friedhof Nordheim.

Von nun an herrschte in Zürich der Ausnahmezustand. Nicht, daß er ausgerufen worden wäre, aber er war da. Die Schulen begannen zusammen mit den Eltern den Schulweg der Kinder so zu organisieren, daß immer gruppenweise in Begleitung von Erwachsenen gegangen wurde, den wehrpflichtigen Männern wurde auch gestattet, mit entsichertem Sturmgewehr die Kindergruppen zu begleiten. Mein Sohn war zutiefst verstört durch das Ereignis, das seine Klasse getroffen hatte, er beruhigte sich erst etwas, als ich ihm ein großes Pfadfindermesser kaufte, das ich ihm bislang verweigert hatte, weil es mir zu gefährlich schien. Dieses Messer gürtete er sich nun immer um, wenn er mit den andern Kindern zur Schule ging, wo übrigens eine Stellvertreterin unterrichtete, denn die Lehrerin hatte einen solchen Schock erlitten, daß sie wochenlang vor keine Klasse mehr treten konnte.

Die Behörden unternahmen jetzt große Anstrengungen, um dieses sonderbare Geschehen in den Griff zu bekommen. Daß jedes Jahr ein bis zwei Dutzend Kinder unter den Autos starben, daran hatte man sich gewöhnt, das war eben ein möglicher Tod in der Stadt, aber daß Kinder von Wölfen zerrissen werden, das sollte nicht vorkommen, nicht in einer Stadt wie Zürich. Die Bevölkerung wurde aufgefordert, Vorschläge zu machen, die von einem Krisenstab geprüft wurden, man gab für Inhaber eines Jagdpatents sämtliche Wölfe zum Abschuß frei und auch die Adler und Hirsche, denn man hatte eingesehen, daß diese Erscheinungen alle zusammenhingen, man appellierte zugleich an die Schützen, nur dann zu schießen, wenn mit Sicherheit kein Menschenleben gefährdet wurde. Daraufhin besserte sich die Situation etwas. In kurzer Zeit wurden mehr Tiere erlegt, als die Spezialeinheiten bisher zur Strecke gebracht hatten, und auch was man nicht zu hoffen gewagt hatte, trat ziemlich rasch ein. Es gelang nämlich, das Wolfsrudel in eine Falle zu locken. Man hatte einen verwundeten Hirsch in eine Sackgasse im Friesenbergquartier gestellt, wo man ihn mit genügend Futter zurückhalten konnte, und tatsächlich erschien gegen Morgen das ganze Rudel Wölfe und machte sich über ihn her, so daß die Maschinengewehrschützen, die der Straße entlang in den oberen Stockwerken der Reihenhäuser Stellung bezogen hatten, die Tiere ohne Mühe erschießen konnten, dreiunddreißig Wölfe waren es, die innerhalb einer knappen Minute mit aufgerissenen Schnauzen am Boden lagen. Zürich atmete auf, der Forstbeamte, der diese Idee gehabt hatte, erhielt Hunderte von Telegrammen und Anrufen mit Gratulationen, am Abend war die Stadt in festlicher Stimmung, es gab Freinacht, und in vielen Restaurants wurde gratis Bier ausgeschenkt.

Am andern Morgen mußte der Flughafen gesperrt werden, weil auf der Kreuzung zwischen der Start- und der Landepiste ein halb aufgefressener Hirsch lag. Die Untersuchung der Spuren ergab: Es waren Wölfe.

Von da an begann man sich langsam darauf einzurichten, daß man diese Tiere möglicherweise nicht loswerden konnte, sondern irgendwie mit ihnen leben mußte. Wo sie herkamen, wußte man nicht, sie wurden nirgends vermißt, und es wurde auch keine andere Stadt von ihnen heimgesucht, weder in der Schweiz noch sonstwo in Europa, Zürich war ganz allein betroffen, und niemand wußte warum.

Der erste Bär tauchte gegen das Frühjahr auf. Er lief durch die Bahnhofunterführung, welcher man den Namen Shopville gegeben hat, kippte alle Abfallkübel mit einem Prankenschlag um und durchschnupperte sie nach Eßbarem. Die Leute flohen die Rolltreppen hoch oder drückten sich in die Eingänge der Geschäfte, und der Bär bediente sich ausgiebig an den Auslagen eines großen Comestiblesladens. Ein Angehöriger des Bahnhofbetriebsschutzes erschoß ihn von hinten, während er nach einer Melone griff. Fast erstaunt sackte das Tier zu Boden und überrollte sich einmal, bevor es auf dem Bauch liegenblieb wie ein Bettvorleger.

Kurz danach hörte man, daß ein Bär im Engetunnel den Verkehr zum Stehen gebracht hatte und sich nachher sielaufwärts davongemacht habe. So mußten wir uns, nachdem der letzte Bär vor mindestens siebzig Jahren im Engadin gejagt wurde, wieder mit dem Leben der Bären beschäftigen und uns darauf gefaßt machen, mitten in der Stadt einen anzutreffen. Sie waren weniger gefährlich als die Wölfe, traten auch nie in Rudeln auf, sondern trotteten meist als Einzelgänger durch die Straßen. Trotzdem war Vorsicht geboten, vor allem mit kleinen Kindern, und auch die Bären wurden sofort zum Abschuß freigegeben. Auszurotten waren sie aber ebenfalls nicht.

Ihr Erscheinen wurde im ganzen recht gelassen hingenommen, eine eigentliche Panik ging erst durch die Stadtbevölkerung, als auf dem Stauffacher ein älterer Mann beim Griff in einen Zeitungsständer von einer Kreuzotter in die Hand gebissen wurde und trotz sofortiger Behandlung am gleichen Tag starb. In derselben Woche kam es mehrmals vor, daß aus den Schließfächern am Bahnhof Giftschlangen hervorschossen und Leute zu beißen versuchten, die ihr Gepäck herausnehmen wollten. Aus dem Industriequartier hörte man von einer Italienerin, welche beim Öffnen des Brotbehälters eine Viper vorgefunden habe und beim Versuch, diese mit der Bratenschaufel zu töten, von ihr gebissen worden sei. Fast jedermann begann nun unters Bett zu schauen, bevor er schlafen ging, wir schlugen auch immer zuerst die Bettdecke ganz auf, weil wir die Warnung gehört hatten, daß Schlangen warme Plätzchen bevorzugten. Im Kindergarten meines fünfjährigen Buben wurde eine Würfelnatter in der Spieltruhe gefunden, die vom Abwart sofort totgeschlagen wurde. Es stellte sich zwar nachher heraus, daß sie nicht giftig gewesen wäre, aber wir überlegten uns nun doch zum erstenmal, ob wir die Kinder nicht zu meinem Bruder nach Olten bringen sollten. Viele Eltern nahmen ihre Kinder aus der Schule und brachten sie woanders hin, es zogen auch etliche Familien ganz weg, die Wohnungen in den umliegenden Städten wurden knapper, als sie schon waren, und außerordentlich belegt waren bereits im April die Zeltplätze des ganzen Mittellandes.

Wir entschlossen uns dennoch zu bleiben, ich hörte zu dieser Zeit, daß der in der Schweiz bisher noch nie gesichtete Schlangenadler aufgetaucht sei, ein Raubvogel, der sich ausschließlich von Schlangen ernährt, und hoffte, daß er für einen Rückgang dieser neuen Bedrohung sorgen würde. Davon war aber nichts zu spüren, und es zeigte sich, daß bereits eine weitere Bedrohung über der Stadt lag, gegen die man noch machtloser war. Sie sah zuerst harmlos, fast erfreulich aus, aber bald wurde klar, daß gerade sie das eigentliche Ende bedeuten konnte.

Diese Bedrohung ging von den Pflanzen aus, und zwar vor

allem von zwei Arten. Die erste Art war der Efeu, der plötzlich unheimlich schnell zu wachsen anfing. In einer einzigen Nacht konnte er aus einem Garten bis in die Straßenmitte vordringen, und wenn er am Morgen geschnitten wurde, war er am Abend schon wieder an den Trottoirrändern. Mit äußerster Mühe konnte zunächst durch tägliche Pflege verhindert werden, daß er sich auch an Glas- und Betonbauten festkrallte, die Verwaltungsgebäude der großen Firmen, die Hotels, die Banken, die Warenhäuser, alle mußten Leute einstellen, die nichts anderes zu tun hatten, als den ganzen Tag Efeu zu schneiden, und im Gefolge des Efeus vermehrten sich auch die andern schlingenden Pflanzen, weißer Knöterich, Clematis, Glyzinien und andere Zierparasiten begannen sich mit dem Efeu zu vermischen und nahmen gemeinsam den Kampf gegen Straßen, Häuser und Unterführungen auf.

Gleichzeitig entwickelte sich eine zweite Art von Pflanzen zu nie gesehener Größe, und zwar war das alles, was sonst im Sumpf gedeiht, ich weiß nicht, ob Sie Eselshuf kennen, man sagt auch Pestwurz, diese etwas fleischige Pflanze mit den riesigen Blättern, die sonst in den Bergen entlang von Bächen oder in feuchten Runsen anzutreffen ist, diese Eselshufe sprossen plötzlich aus jedem Rasen, und die Blätter wurden so groß, daß sie ein parkiertes Auto zuzudecken vermochten, Schachtelhalme erreichten Höhen von Birken, und Farne beugten sich von einer Straßenseite auf die andere, aber so, daß man ohne weiteres noch unten durchgehen konnte. Diese Pflanzen waren bei all ihrer Biegsamkeit so stark, daß sie den anderen Pflanzen die Substanz wegzehrten, und in kurzer Zeit verdorrten standhafte Bäume und fingen an, bei Windstößen umzuknicken, so daß heute die Einwohner bei jedem Wetterwechsel in den Häusern bleiben. Wir gehen überhaupt nur noch hinaus, wenn es sein muß, denn man kann sich denken, daß diese Vegetation für Wölfe, Schlangen, Bären und Hirsche förderlicher ist als für den Menschen, und jetzt, da schon viele Straßen stillgelegt sind, weil sie vollständig überwachsen sind und sich die Leute mit Brotmessern und Gerteln einen Pfad heraussäbeln müssen, kann man sich auch viel weniger darauf verlassen, noch gerettet zu werden, wenn man von einem wilden Tier angefallen wird. Deshalb beginnen wir immer mehr, uns selbst zu helfen und auf eigene Faust zu leben, es dauert oft tagelang, bis man wieder etwas von den Behörden vernimmt oder auf eine Polizeistreife trifft. Gleichzeitig mit einem neuen Gefühl für Nachbarschaft, das entsteht, weil alle dringend aufeinander angewiesen sind, entsteht eine neue Form von Räuberei und Freibeutertum, weil kaum noch eine übergeordnete Organisation für ein zuverlässiges Lebensgefühl sorgen kann. Die Leute beginnen sich zu mißtrauen, und es kommt vor, daß Menschen, die sich in einem fremden Quartier durch einen Efeupfad kämpfen, von Begleitern eines Kinderzuges abgeschossen werden.

Jetzt geht es gegen den Herbst zu, und niemand weiß, wie es weitergehen soll. Von den wenigen Zügen, die auf den mittleren Geleisen des Hauptbahnhofs noch verkehren können, sind die abfahrenden stets vollbesetzt, die Gepäckwagen quellen von Koffern und zugeschnürten Säcken über, während mit den einfahrenden Zügen kaum noch jemand ankommt. An den Autobahnen werden nur noch die Zufahrten freigehalten, die zur Stadt hinausführen, die Einfahrten sind längstens unter metertiefem Grün begraben.

Allgemein erhofft man sich mit dem Verwelken der Pflanzen einen Rückgang ihres Wachstums und plant eine große Abholzungs- und Ausrottungsaktion, an deren Erfolg ich aber zweifle. Von Anfang an erwiesen sich die in fast nicht mehr verantwortbaren Mengen eingesetzten Herbizide als wirkungslos, Efeu bleibt auch im Winter grün, und bereits ist festzustellen, daß der Stengel der Schachtelhalme nicht mehr weich und knickbar ist, sondern mehr und mehr den Charakter einer Baumrinde annimmt. Überhaupt ist fraglich, wie sich der Winter anlassen wird. Schon der vergangene brachte ungewöhnlich große Schneemassen, und mein Heizöltank ist nur noch zu einem Viertel gefüllt, weil der Tankwagen auf unserer Straße nicht mehr durchkommt, jedenfalls habe ich unseren Birnbaum, der neben einem Riesenfarn zusammenstürzte, zersägt und bin bereit, die kalten Tage mit der Familie in meinem Arbeitszimmer zu verbringen, wo der einzige Holzofen des Hauses steht.

Wenn ich zum Fenster dieses Arbeitszimmers hinausschaue, sehe ich zwischen den Spitzen der Schachtelhalme hindurch immer noch die Steinadler auf dem Nachbardach abfliegen und ankommen und ihren arg krähenden Jungen irgendein noch halb zuckendes Fleischstück zerkleinern und in die Schnäbel drücken, während das Hotel International wie ein gewaltiger alter Baumstrunk am Horizont steht, gänzlich von Efeu umklammert, aus dem sich blau und weiß Clematis- und Knöterichblüten herausheben, neuerdings sind auch Kapuzinerchen dazugekommen, deren gelbe und rote Blüten man schon bis in den zehnten Stock hinauf verfolgen kann.

Es ist auch ruhig geworden vor meinem Fenster, die Baustelle für den neuen Migros-Markt ist verlassen, der Kranarm bewegt sich wie eine Riesenblume im Wind, die Trams haben ihren Betrieb abgebrochen, die nächste noch befahrbare Autostraße liegt beim Hallenbad draußen, das Haus gegenüber ist leer, und ich sitze da und denke darüber nach, ob es jetzt noch einen Sinn hat, die Stadt zu verlassen, oder ob das alles nur der Anfang von etwas ist, das sich von hieraus uneindämmbar ausbreiten wird.

Hansaplast
Von P. C. Jersild

Frau Patterson war eine kleine alte Frau, die in der Straße meiner Kindheit wohnte. In ihrer Jugend war sie in die USA emigriert und dann als Rentnerin nach Schweden zurückgekehrt. Ihre Haare waren dünn und weiß, und sie selber war nicht dicker oder größer als ein Collie, der auf den Hinterbeinen steht. Mir fällt ein Collie ein, weil im Nachbarhaus von Frau Patterson ein Collie wohnte, der mich daran hinderte, zum Milchladen zu gehen. Wenn Frau Patterson zum Kaufmann ging, trug sie Sandalen, die sie in der Kinderabteilung gekauft haben mußte. Das Einkaufsnetz mit den beiden leeren Lagerbierflaschen stieß oft auf den Boden.

Es hatte auch einen Herrn Patterson gegeben, aber er war irgendwann um 1945 herum gestorben. Jedenfalls war sie am Ende der vierziger Jahre Witwe. Sie trug eine randlose Brille, und ihre Stimmbänder waren nach all den Jahren in Minneapolis ausgeleiert wie alte Wäscheleinen. Sie sprach genauso kehlig wie meine Großmutter, die 1896 von Dänemark nach Schweden gekommen ist.

In den ersten Jahren nach dem Tod ihres Mannes gab es nichts Auffallendes an Frau Patterson. Sie huschte mit ihren Flaschen zum Kaufmann – es waren nie mehr als zwei auf einmal –, und wir Jungen grüßten sie, wenn wir Zeit dazu hatten. Wir pflegten genau vor ihrem Gartentor Schrubberhockey zu spielen, aber es hat deswegen nie Ärger mit ihr gegeben. Um 1948 herum war ich schon groß genug, um abends manchmal bis zehn oder elf draußen zu sein. Sie wohnte in einem winzigen Haus mit zwei Zimmern, und in einem der Fenster war immer Licht, wie spät man auch vorbeiging. Ich glaube, einmal war es sogar schon nach zwölf, als ich auf dem Heimweg in Erwartung einer Strafpredigt dort vorbeikam.

Eine alte Frau, die nicht schlafen kann oder die Angst vor der Dunkelheit hat – was ist schon dabei? Es ist tragischer, als man glaubt, wenn man dreizehn Jahre alt ist. Es gibt Menschen, die nicht einzuschlafen wagen, weil sie fürchten, von den verknäulten Laken erwürgt zu werden. Frau Patterson hatte jedoch einen ausgezeichneten Schlaf. Sie stand vormittags nie vor elf auf.

1948 fand sie es an der Zeit, Kontakt aufzunehmen – damals kannten wir uns seit mindestens zehn Jahren vom Sehen. Es war Anfang Juni, und ich schlenderte an ihrem Haus vorbei. Wie üblich war ich zum Platzen voll von Tatendrang, jedoch ohne eine Möglichkeit, ihn auszuleben. Sie öffnete ihr Fenster und fragte mich, ob ich ihr nicht helfen könne, die Fenster von außen zu putzen. Sie mochte nicht auf Leitern klettern.

Dieser Wunsch war für mich ziemlich schockierend. Alle sogenannten nützlichen Arbeiten waren mir nämlich aus tiefstem Herzen verhaßt: Ich weigerte mich, einkaufen zu gehen, weigerte mich, mein Bett zu machen, die Garage auszufegen, den Rasen zu mähen, gewaschene Laken glatt zu ziehen, und was es noch so gab. Geizig sparte ich meine Kräfte und wartete auf . . . auf . . . Wenn es etwas gab, weswegen ich ein besonders schlechtes Gewissen hatte und was ich daher mehr als alles andere haßte, war es das Fensterputzen. Meine Mutter war zu bedauern – ihr wurde schon schwindlig, wenn sie auf einem ganz gewöhnlichen Küchenhocker stand.

Ohne einen Moment zu zögern, sprang ich über Frau Pattersons niedriges Eisentor und stellte mich unter ihr Fenster. Sie reichte mir nacheinander einen Lappen, das Putzmittel, altes Zeitungspapier zum Blankreiben und schließlich eine hölzerne Stehleiter. Ich hätte nicht gedacht, daß sie es schaffen würde, die Leiter an den Topfblumen vorbeizubugsieren, aber es ging wie geschmiert. Ängstlich warf ich einen Blick auf die Straße zu unserem Haus hinauf. Wenn meine Mutter mich so sähe!

Frau Patterson putzte an der Innenseite, ich an der Außenseite. Wir rieben im Kreis herum, manchmal auf derselben Stelle, manchmal in verschiedene Richtungen auseinanderschwebend wie ein Paar beim Eiskunstlauf. Ihr kleines Kindergesicht war gelb und verschrumpelt, und die Nase platt, obwohl sie sie nicht gegen die Scheibe drückte. Den Steg der Brille, der über der Nasenwurzel lag, hatte sie mit Hansaplast umwickelt – damals nahm man einfach für alles Hansaplast. Wenn sie lächelte, sah ihr Zahnfleisch nicht ganz echt aus, es war fast orangefarben. Sie hatte Sporen an ihren mageren Ellbogen.

Ich versuchte natürlich, durchs Fenster zu spähen; ich war noch nie in ihrem Haus gewesen. Es war kaum etwas zu erkennen. Die Tapeten waren sehr dunkel, und außerdem stand sie selber im Weg. Ich wollte ihr nicht zu nahe kommen. Es reichte, wenn sich unsere Hände berührten. Was hatte ich da drin erwartet? Getrocknete Indianerskalps? Repetiergewehre? Eingerahmte Farbfotos von amerikanischen Nationalparks? Ende der vierziger Jahre war ich einer der treuesten Leser des »National Geographic Magazine«.

Als wir mit dem Fensterputzen fertig waren, bat sie mich, Wattestreifen zum Abdichten an die Fensterrahmen zu nageln. Ich hatte mich schon zu weit eingelassen, um jetzt noch einen Rückzieher machen zu können. Es war eine teuflische Arbeit. Sie besaß nur einen Hammer, und der wog zwei Kilo. Ich nagelte die Reißzwecken statt dessen mit einem Mörser aus rosa Stein fest. Es war der gleiche marmorierte Stein, aus dem in den Anzeigen von »Parker« im »National Geographic Magazine« die Federhalterständer gemacht waren, also war mir doch ein bißchen feierlich zumute. Die Arbeit zog sich bis zum Nachmittag hin, und ich kam zu spät zum Essen nach Hause, was seit Jahr und Tag nicht vorgekommen war. Lohn bekam ich keinen dafür, weder ein Ein-Kronen-Stück noch einen Apfel noch eine Flasche Limo. Nichts. Sie wußte mich zu nehmen.

Ungefähr eine Woche später sahen wir uns wieder. Es regnete, und ich stapfte mit einem großen Regenschirm zwischen den Pfützen durch. Wie an allen anderen Tagen hatte ich das sichere Gefühl, daß in dieser Gegend etwas ganz Wichtiges passieren würde. Ich war schon auf dem Heimweg und tröstete mich mit allerlei zusammengebastelten Erklärungen, wie ein Adventist, der feststellen muß, daß der Erlöser trotz aller untrüglicher Zeichen auch an diesem bedeutungsvollen, auserwählten Tag nicht auf die Erde herabgestiegen ist.

Sie klopfte mit einem Fingerhut an die Scheibe, als ich vorbeikam. Ich blieb stehen und bedauerte, daß es auf ihre frisch geputzten Fenster regnete. Sie fragte, ob ich ihr wieder einen Gefallen tun könne. Ich war sofort zu allem bereit: den Rasen mähen, den Kiesweg harken, Briketts schleppen . . . Aber ich wollte zum Mittagessen nach Hause, schon seit zwei Stunden war ich hungrig. Und ich hatte bereits genug Lebenserfahrung, um zu wissen, daß ich meinen Magen nicht um ein wartendes Mittagessen betrügen konnte. Daher bat ich sie um eine Frist von einer halben Stunde und rannte nach Hause, zu Kalbssülze und roten Beeten. Oder gab es Lungenhaschee?

Um Viertel nach zwölf stand ich auf ihrer Treppe und klingelte. Der Regen platschte auf den Zement, und es war so kalt, daß ich meinen Atem wie Zigarettenrauch in die Luft blasen konnte. Niemand zu Hause? Ich zählte bis fünfzig und klingelte noch einmal. Kein Lebenszeichen. War sie wieder mit ihren ewigen leeren Flaschen zum Kaufmann gegangen? Wenn sie täglich ihre zwei Flaschen Lagerbier einkaufte, wollte sie sie stets in eine Tüte gepackt haben, die dann im Schutz der Theke diskret ins Einkaufsnetz gelegt wurde. Ich rannte die dreihundert Meter zum Milchladen, aber sie war nicht da. Ich lief wieder zurück und drückte zweimal kräftig auf die Klingel, ohne dazwischen bis fünfzig zu zählen. Auch diesmal ohne Erfolg. Ich war so enttäuscht, daß ich trotz des Regens die zehn Kilometer bis in die Stockholmer Innenstadt radelte und bei Wentzels, einem Geschäft für Modellflugzeuge, Balsaholz für eine Krone sechzig kaufte.

Zwei Tage später lud sie mich wieder zu sich ein. Es war ein klarer, stürmischer Tag. Der Sturm hatte einen Zweig von dem großen Holzapfelbaum vor unserem Eßzimmerfenster abgebrochen. Der Zweig war voll unreifer Früchte in der Größe von Preiselbeeren. Frau Pattersons Reihenhaus hatte genau den gleichen Grundriß wie unseres: Diele und Küche nach Norden, die »gute Stube« und das Schlafzimmer nach Süden. Viele Jahre davor hatte meine Mutter gesagt, es gebe ein Gesetz, daß Küchenfenster immer nach Norden gehen müssen, damit die Nahrungsmittel nicht in der Sonne verderben. Also, jedenfalls lud Frau Patterson mich in ihr Haus ein. Sie hatte doppelte Portieren hinter der Eingangstür. Es muffelte. Es roch nicht nach etwas Bestimmtem, nicht nach Unsauberkeit. Aber es muffelte. Jedes Haus hat seinen eigenen Geruch, aber hier roch es ganz und gar nicht wie bei uns zu Hause.

Diesmal sollte ich Frau Patterson helfen, die Fenster an der Innenseite mit breiten, braunen Papierstreifen abzudichten. Wir schnippelten und klebten mindestens eine Stunde lang. Sie sagte, es ziehe durch die Ritzen, und hielt ein Streichholz unter eins der Fenster – ich sah sofort, daß sie recht hatte. Ziemlich zaghaft wandte ich ein, es sei ein ungewöhnlich stürmischer Tag. Doch sie erwiderte, das sei nicht nur heute so. Ständig gebe es Durchzug. Und deshalb hatte sie, wie sie mir zeigte, die Lüftungsklappe in der Küche mit Hansaplast zugeklebt. Vielleicht kam der Geruch im Haus nur von abgestandenem Essensdunst.

Ich folgte ihr durch die Zimmer. Sie hatte eine Kerze

angezündet und machte zwei Schritte, blieb stehen, um zu kontrollieren, ob die Kerzenflamme möglicherweise von der senkrechten Linie abwich, machte noch ein paar Schritte, blieb wieder stehen und blinzelte in die Flamme. Wir waren uns absolut einig, daß es an tausend Stellen zog. Ich konnte mich nicht entschließen, sie zu fragen, warum sie mich vor zwei Tagen nicht hereingelassen hatte. Aus Amerika hatte sie auch kaum was im Haus. Vielleicht hatten sie und ihr Mann nur Bargeld von dort mitgebracht. Die anderen Jungen behaupteten, die alte Patterson hätte massenhaft Moneten in der Matratze, aber ich konnte selbst sehen, daß sie sehr bescheiden lebte. Trotz des vermuteten Essensdunstes habe ich mich manchmal gefragt, ob die zwei Flaschen Lagerbier nicht die einzige Nahrung waren, die sie täglich zu sich nahm. Obwohl ich erst dreizehn war, hätte ich sie auf ausgestreckten Armen hochheben können wie ein Schwergewichtler.

Kurz darauf wurde sie krank. Ein Krankenwagen kam und holte sie ab. Ich habe es nicht selbst gesehen, sondern erfuhr es erst später aus zweiter Hand. Eines Tages klingelte ich einfach bei ihr, und das kam mir wie ein Verstoß gegen die Regeln vor. Bisher hatte sie ja immer selbst die Initiative ergriffen. Ich klingelte mehrmals und dachte: Jetzt ist die Alte bestimmt wieder zum Kaufmann geflitzt, um sich ihre Flaschen in die Tüte schmuggeln zu lassen, unter dem unterdrückten Gekicher der übrigen Kunden. Da erschien der Nachbar auf seiner Treppe. Er war Sprenger und aus unbekannten Gründen ziemlich viel zu Hause. Ich hatte Angst vor ihm. Er sagte, ich solle mich zum Teufel scheren. Von ihm erfuhr ich jedoch nicht, daß Frau Patterson im Krankenhaus lag. Das hörte meine Mutter im Milchladen.

Monate vergingen, es wurde Herbst. Ich ging in die Schule. Meine Gedanken kreisten immer seltener um sie, aber ich hoffte jedenfalls, daß im Krankenhaus nicht zuviel Durchzug herrschte. Es gab so viel anderes, was meine Energie in Anspruch nahm. Was denn? Ich lief ständig in dem Glauben herum, ich sei von lauter nicht ausgezahlten Gewinnen umgeben, und es gelte nur, die richtige Lottozahl anzukreuzen. Nein, das ist eine viel zu idyllische Beschreibung. Es war eine verdammt harte Zeit! Wie es eben ist, wenn man gerade lernt, die ganz schweren Fragen zu formulieren, aber noch nicht eingesehen hat, daß man sich mit den Antworten Zeit lassen muß. Gibt es ein Leben nach dem Tod?

Ich ging viel spazieren. Am liebsten mochte ich pechschwarze Abende, an denen es stürmte und regnete. Jeden Abend machte ich einen Rundgang von einer Stunde. Teils um eine Zigarette zu rauchen, denn zu Hause herrschte Rauchverbot; teils, um an einem Haus vorbeizugehen, in dem ein Mädchen wohnte, in das ich sehr verliebt war. Wenn durch den Spalt unter der blauen Jalousie in ihrem Zimmer Licht schimmerte, war der Abend gerettet. Dann wußte ich, daß sie mit keinem anderen aus war.

Doch eines Abends war Frau Pattersons Fenster plötzlich wieder erleuchtet. Es muß schon November gewesen sein. Sollte ich einfach klingeln und fragen, wie es ihr ging? Aber ich wollte sie nicht erschrecken, und deshalb wartete ich bis zum nächsten Nachmittag. Es war ein Samstag. Sie hatte sich nicht verändert, höchstens daß sie sich vielleicht ein wenig langsamer bewegte. Ich erkundigte mich nach ihrem Befinden, und sie antwortete mit einem kurzen »Danke, gut«. Damit war diese Frage erledigt.

Sie schien bei meinem Besuch aufzublühen. Sie zeigte mir, daß man die Wattestreifen entfernt und das Hansaplast von der Lüftungsklappe in der Küche abgerissen hatte. Wer hatte bei ihr aufgeräumt? Die Sozialfürsorge? Während ihrer Krankheit hatte ich von irgend jemandem erfahren, daß das amerikanische Geld schon längst aufgebraucht war. Wir verziehen jedenfalls beide der Putzfrau und fingen sofort an, die Ritzen wieder abzudichten. Diesmal ließ sie mich auf den Herd steigen und Wattebäusche in das Gitter vor dem Lüftungsschacht stecken. Die Wand war dort ziemlich fettig, und das Hansaplast haftete nicht besonders. Mit dem Lüftungsschacht in der Speisekammer machten wir es genauso. Dabei konnte ich feststellen, daß die Speisekammer ziemlich leer war: eine Kaffeedose, eine Tüte Zwieback, eine Menge alter verbeulter und zerkratzter Töpfe und außerdem – feierlich ganz für sich auf ein Regalbrett gestellt – zwei Flaschen Lagerbier, die eine leer und die andere kaum angebrochen. Im Hals der letzteren Flasche steckte ein Wattebausch.

Intuitiv hatte ich den Bedarf an Dichtungsmaterial vorausgeahnt und einen Klumpen grüner, verstaubter Knetmasse mitgebracht, der vor vielen Jahren ein Elch gewesen war. Diesen Elch hatte ich als Achtjähriger geknetet, und er hatte die Begeisterung meiner Tanten geweckt. Doch mit der Zeit war die Oberfläche blank geworden, und das Tier war zusammengesackt, als leide es an einer rätselhaften Knochenerweichung. Die Knete stopften wir in die Schlüssellöcher, außer in das der Wohnungstür, die sie abzuschließen pflegte, wenn sie zum Kaufmann ging.

Es gab noch andere Lüftungsschächte im Haus, deren Klappen man mit einer Kugelkette verschließen konnte. Ich stopfte Seidenpapier hinter die Klappen und drückte sie zu, um so das Papier als Dichtung festzuklemmen. Im Keller fand ich alte Verdunkelungsplatten aus dem Krieg. Mit Hilfe dieser Hartfaserplatten klemmte ich viele Lagen Zeitungspapier hinter die Kellerfenster. Als alles fertig war – es hatte mehrere Stunden gedauert –, forderte ich sie auf, die Probe mit der Kerzenflamme zu machen. Aber ich merkte, daß sie viel zu erschöpft war, und so mußte ich mich statt dessen bemühen, sie von der Kerzenprobe abzuhalten. Sie war sehr hartnäckig, aber der Aufenthalt im Krankenhaus hatte ihr zugesetzt.

Sie legte sich auf ihr hohes Bett mit dem roten Samtüberwurf. Das Bett war so weich, daß sie trotz ihres geringen Gewichts einsank. Ich erschrak, als sie die Augen schloß: Es sah so aus, als liege sie in einem Sarg. Nicht in einem armseligen schwedischen, sondern in einem üppig schwellenden, gediegenen amerikanischen Sarg.

Zum erstenmal redeten wir miteinander, sonst hatten wir immer nur gearbeitet. Sie redete, und ich hörte zu, verhext von ihrem nasalen, schleppenden schwedisch-amerikanischen Akzent. Sie sprach von den Straßenbahnen in Minneapolis. Ihr Mann war in dieser Stadt achtunddreißig Jahre lang Straßenbahnfahrer gewesen. In Minneapolis gab es keine festen Haltestellen wie in Schweden. Ich war verblüfft, und mir wurde sofort klar, wie blöd es bei uns in Schweden war. Nein, in Minneapolis hält die Straßenbahn an jeder Straßenecke. Jeder hat das Recht, an jeder beliebigen Straßenecke längs der Linie die Hand zu heben, um mitgenommen zu werden. Ich hing meinen Träumen nach: Vor meinem inneren Auge wurde die Straßenbahn in Minneapolis zu einer Postkutsche auf Schienen, die mit Buchstaben und Ornamenten in Gold und Braun bemalt war. Beladen mit Pappkoffern, Säcken, Decken, Körben und Trinkwasserbehältern . . . das alles mit Stricken zusammengebunden und fest verschnürt wie ein Korsett. Und auf dem Dach sitzen Männer mit krummen Rücken und kurzen Gewehren.

War sie gestorben? Nein, sie war nur eingeschlafen. Ich zog ihr die Sandalen aus. Die Brille wagte ich nicht anzurühren. Warum trieb sie unsere Abdichtungsarbeit fast bis zum Wahnwitz? Auch diesmal konnte ich ihr diese Frage nicht stellen. Übrigens war meine Großmutter ebenfalls sehr empfindlich gegen Durchzug.

In den Weihnachtsferien arbeitete ich seit einigen Jahren gewöhnlich in einem Blumenladen. Gleich nachdem wir unsere Zeugnisse bekommen hatten, fand ich mich dort ein, dick vermummt, von der Mütze mit Ohrenschützern bis zu den Reitstiefeln meines Bruders, die noch nie ein Pferd gesehen hatten – aber das ist eine andere Geschichte. Der Blumenladen gehörte einem Geschwisterpaar. Der Bruder war oft unrasiert, und wenn keine Kunden im Laden waren, sang er: »Immer schön im Takt / tanzte Gunvor splitternackt.«

Mein erster Auftrag in diesen Weihnachtsferien gehörte zu den angenehmen: Ich sollte mit der Straßenbahn zur Kungsgatan fahren. Über dem Kino »Palladium« befand sich ein kleines Atelier, in dem einige Frauen saßen und Kranzbänder beschrifteten. Unter der Decke waren die Bänder zum Trocknen an Wäscheleinen aufgehängt: weiße, violette, hellblaue und blau-gelbe. Man mußte sie sehr behutsam über den Arm legen wie einen frisch gebügelten Anzug. Es war ziemlich blöd, mit »Ein letzter Gruß« über dem Arm in der Straßenbahn zu sitzen – aber es war besser, als mit einem Lieferrad weit draußen in Bromma herumzufahren.

Was war mit Frau Patterson? Sie lag schon wieder im Krankenhaus. War eine übereifrige Putzfrau im Haus gewesen und hatte die Dichtungen entfernt? Es tat mir leid, daß es Frau Patterson schlecht ging, aber zugleich nahm ich es als ein Naturgesetz hin: Wer alt ist, wird krank. Es ist mir immer als Mysterium erschienen, daß die Körpermaschinerie trotz allem noch so lange funktioniert.

Zwei Tage vor Weihnachten ging die Hektik erst richtig los. Der Blumenladen hatte eine günstige Lage am Rand des vornehmen Stockholmer Villenvororts Södra Ängby. Bis in die späte Nacht saßen Nisse und Margit – hieß sie wirklich so? – und machten Blumenkörbe zurecht: mit Moos, versilberten Kiefernzapfen, knospenden Hyazinthen, Tulpen auf der Zwiebel, kleinen Fliegenpilzen aus Preßpappe, Seidenbändern, Weidenkätzchen und Baumwollschnee. Ich trat in die Pedale, daß die Reitstiefel nur so knirschten. Wieviel bekam ich bezahlt? Wenn ich sage, dreißig Öre pro Ablieferung, tippe ich vielleicht völlig daneben. Aber das spielt keine Rolle, denn den Löwenanteil machte das Trinkgeld aus. Am Tag vor Weihnachten verdiente ich zweiundzwanzig Kronen, da gaben sogar die Dienstmädchen Trinkgeld. Stocksauer war ich dagegen, wenn jemand in die Küche lief und mit einem Lebkuchenschwein zurückkam. Diese Schweine habe ich stets beim Hinausgehen in den Briefkasten geworfen – daß ihr's nur wißt, falls sich jemand in all diesen Jahren gewundert haben sollte.

Mit den Firmenkörben für die ohnehin schon reichen Leute in Södra Ängby machten wir vielleicht das größte Geschäft. Ein weiteres lukratives Objekt war das Krankenhaus Beckomberga. Es wäre ungerecht zu behaupten, die Patienten einer psychiatrischen Klinik würden von ihrer Verwandtschaft vergessen. Zu Weihnachten lief ich immer mit zehn, vielleicht fünfzehn Blumensträußen im Arm durch die Treppenhäuser von Beckomberga. Für mich war es ein Glück, daß fast nie einer der großen, unhandlichen Weihnachtskörbe hierher geschickt wurde. Ich flitzte von der »Großen Männerstation« zur »Kleinen Frauenstation«, weiter zur »Halboffenen Männerstation« und hinunter zur »Geschlossenen Frauenstation«. Dabei hatte ich ständig panische Angst und bekam nie ein Trinkgeld. Stets machte jemand vom Personal die Tür auf. Man mußte auf die Klingel neben der eisenbeschlagenen Tür drücken. Nach einer Weile hörte man einen Schlüsselbund klappern, und eine Tante in Weiß öffnete die Tür zwanzig Zentimeter weit. Ich wollte nichts sehen – mir hätten schon zehn Zentimeter gereicht. Dicker waren die Blumensträuße meist sowieso nicht.

Am Morgen des Weihnachtstages 1948 fuhren wir zuerst zum Krankenhaus. Wir – das heißt Nisse und ich – waren mit dem Auto unterwegs. Dies war der einzige Tag im Jahr, an dem wir das Auto nahmen. Es gab kein Lieferrad, das am Weihnachtstag ausgereicht hätte. Wir passierten das Krankenhaustor und fuhren auf den blaßrosa Gebäudekomplex zu. Er hatte dieselbe Farbe wie Griesbrei mit Himbeersaft verrührt. Wir hatten es natürlich viel zu eilig, um auf den Aufzug zu warten. Für die erste Station hatten wir einen ganzen Haufen Blumensträuße. Um Arbeit zu sparen, hatte Margit alles zusammen in eine große Tüte gesteckt und

»Station 36« draufgeschrieben. Ich drückte auf die Klingel, und die Tür wurde weit aufgemacht. Dahinter war ein Aufenthaltsraum mit einem Weihnachtsbaum ohne Kerzen, einem Harmonium und einer Reihe von dunkel gebeizten Stühlen.

»Du möchtest bestimmt ein Glas Saft?« sagte die Schwester. »Heute ist schließlich Weihnachten.«

Ich hätte nein sagen sollen. Nisse wartete unten im Wagen und rauchte die Kippe bis auf die Fingerspitzen runter. Aber die Krankenschwester hatte eine Art, mich aufzufordern, es war eine solche Entschiedenheit in ihrer Stimme, daß ich einfach hinter ihr hertrabte. Ich bekam ein großes Glas hellroten Saft aus einer Nirostakanne. Auf dem Rückweg begegnete ich ihr. Ich begegnete Frau Patterson.

Es sah so aus, als hätte sie den blaukarierten Kittel zweimal um ihren dünnen Hundekörper gewickelt. An den Füßen hatte sie nicht ihre gewöhnlichen Sandalen, sondern braune Filzpantoffeln. Und in der Hand hielt sie eine schwarze Krücke mit Gummifuß. Das machte mich wütend – Frau Patterson braucht euren blöden Krückstock nicht! Man muß gelenkig wie ein Affe sein, um auf den Herd zu klettern, sich unter die Abzugshaube zu winden und den Lüftungsschacht mit Hansaplast zu überkleben.

Sie sah mich kalt an, machte kehrt und huschte, ohne sich auf den Krückstock zu stützen, nach rechts in ein Zimmer hinein. Warum waren ihre Augen so abweisend gewesen?

Ich glaube, ich wartete bis Mitte Januar, bevor ich meine Mutter fragte, ob sie wüßte, was mit Frau Patterson passiert sei? Natürlich wußte sie das. Frau Patterson sei schon wieder in Beckomberga eingeliefert worden. Schon wieder? Nun ja, darüber brauche man sich doch nicht zu wundern, Beckomberga sei ja schließlich auch ein »Krankenhaus«. Auch über die Diagnose wußte meine Mutter Bescheid: Es handele sich um eine verwirrte alte Dame mit sonderbaren Ideen. Wenn man einen so dünnen kleinen Körper habe, könne es einem nicht gut tun, täglich zwei Flaschen Lagerbier zu trinken.

Außerdem habe Frau Patterson schon vor dem Krieg zu einer Nachbarin gesagt: Wenn man vierzig Jahre lang in Amerika gelebt hat, ist Schweden nicht mehr das, was man bei der Heimkehr erwartet hat. Warum kann man einem fast Vierzehnjährigen nicht mit klaren Worten sagen, daß auch Leute in der nächsten Nachbarschaft geisteskrank werden können?

In diesen Weihnachtsferien war ich zum letzten Mal im Blumenladen. Danach kam ich aufs Gymnasium und sollte mich, wie es hieß, in den Ferien ausruhen. Mit dem Krankenhaus Beckomberga hatte ich bis 1964 nichts mehr zu tun. In jenem Jahr machten wir eine Untersuchung über den weiteren Krankheitsverlauf und die Wiedereingliederung behandelter schizophrener Patienten. Unter anderem sahen wir das Krankenblattarchiv von Beckomberga durch. Medizinische Forschung ist selten heroisch oder romantisch, und diese Arbeit war es ganz bestimmt nicht. Ich verbrachte viele heiße, lange Tage damit, in staubigen, zerfallenden Aktenstößen herumzustöbern. Einige der ältesten Krankengeschichten waren so umfangreich, daß sie mit Schnüren zusammengebunden werden mußten.

Vor dem Fenster schien die Sonne auf das grüne Vorstadtkino. Es waren keine Patienten zu sehen – nur ein Hausmeister mit nacktem Oberkörper, der auf einem motorisierten Rasenmäher saß. Meine Augen brennen. Das kommt nicht von unermüdlicher, nächtelanger Forschungsarbeit, sondern von einer leichten Allergie gegen Staub. Wir interessierten uns für folgende Diagnosen: Schizophrenie, schizoide Psychose, Hebephrenie, Katatonie, Paraphrenie, Dementia praecox, Dementia simplex, Schizophrenia simplex sowie schizoide Verwirrung oder entsprechende Zustände. In diesem Netz fingen wir 220 schon längst entlassene Patienten.

War auch Frau Patterson in unserem Material? Welche Entsprechung hatte die laienhafte Diagnose meiner Mutter in den erschreckenden, abweisenden lateinischen Begriffen? Bei meinen Kontakten mit Frau Patterson hatte sie wirklich keine tiefgreifenden Wahnvorstellungen erkennen lassen. Allerdings nahm man damals die meisten Dinge als natürlich und selbstverständlich hin. Aber ihre Schüchternheit, ihre Angst vor Durchzug, das Licht, das die ganze Nacht über brannte? Ich ließ alles stehen und liegen und begann unter »Paranoia«, Verfolgungswahn, zu suchen. Aber da war sie nicht. Ich brauchte den halben Nachmittag, bis ich sie unter der Rubrik »Dementia senilis« fand.

War sie wirklich so senil gewesen? Ich schlug die Krankenakte mit den überdimensionierten Bögen auf. Ja, das war tatsächlich Frau Patterson: Geboren am 3. Mai 1879 in Eskilstuna. 1898 in die Vereinigten Staaten emigriert. Witwe eines ehemaligen Straßenbahnschaffners. Zum ersten Mal in der Mittsommernacht 1948 auf Ersuchen der Polizei eingeliefert, nachdem sie versucht hatte, sich mit Leuchtgas das Leben zu nehmen. Der Geruch in ihrem Haus war also kein Essensdunst gewesen. Zum zweiten Mal am 21. 11. desselben Jahres eingeliefert. Grund: »Suizidversuch (Leuchtgas)«. Welche Stelle hatten wir beim Abdichten übersehen?! Und was war mein Fehler gewesen: daß ich ihr nicht geholfen hatte, gründlich genug abzudichten? Oder daß ich ihr überhaupt geholfen hatte?

Auf der Flucht

von Gert Jonke

Entgegen der Schwierigkeit, in einer derart fortgeschrittenen Nacht ein noch geöffnetes Hotel zu finden, begegnete Burgmüller am Rande des Stadtparks einer erleuchteten Wirtschaft, aus deren Fenstern der Gesang der Betrunkenen tönte. Er trat ein und drückte als erstes, ohne sein Begehren um Quartier überhaupt vorzubringen, der Wirtin ein sogenanntes Trinkgeld in deren bereitwillig verschämt versteckt entgegengehaltene Hand, wonach diese, sobald sie die letzten der trostlos heulenden Trinker auf die Gasse hinausgeschoben und das Gasthaus abgesperrt hatte, ihn in den ersten Stock des Gebäudes hinaufgeleitete in ein zwar nicht sehr gepflegtes, aber insoweit bequemes Zimmer, als der Raum über eine eigene Dusche verfügte, welche die Benutzung des allgemeinen, meist stockwerkszugehörigen Waschraumes erübrigte, der abgesehen davon, daß er häufig dann, wenn gerade benötigt, meist anderweitig verfügt zu sein pflegt oder überhaupt abgesperrt ist, weil man dem Gast permanent die Verfügung durch einen in der Regel imaginären anderen Gast solcherart vortäuschen will, um dadurch entweder die ansonst regelmäßig anfallende Reinigung zu umgehen, indem die Benutzung des Raumes einfach verhindert wird, oder aber der vielleicht völlig dreckverwahrloste Zustand der sanitären Anlage aufgrund einer so gut wie nie stattfindenden Säuberung etwa wegen mangelnden Personals verschleiert wird.

Als sie in den Raum einleitend ihn hineinführte, das

Inventar in allen Einzelheiten ihm sofort genauestens zu erklären die nötigen Worte keinesfalls fehlen ließ und sofort danach auch gleich den Geldbetrag für die gesamte noch folgende Nacht voraus einzukassieren verlangte, zögerte Burgmüller keine Sekunde, ihrem Wunsch sofort entgegenkommend neuerlich die Börse zu öffnen, um ihr die Summe in die vorgehaltene Hand hineinzuzählen in der Hoffnung, darauf bald gleich von ihr in Ruhe gelassen zu sein, aber nein, sie ließ ihn jetzt durchaus noch nicht in Ruhe, sondern war sich für ihr ihm vielleicht merkwürdiges Betragen in solcher Hinsicht zu entschuldigen versucht, indem sie erläuterte, dergleichen müsse man verstehn, denn wo sie ihm jetzt schon den Betrag für die folgende Nacht einkassiere, habe sie darauf dann später um so weniger Anlaß zu ihrerseitiger Furcht, er könne plötzlich mitten in der Nacht, womöglich ohne gezahlt zu haben, verschwinden, und zwar durchs Fenster, das sei ebenerdig und im ersten Stock sehr einfach, diesbezügliches ihr durch leidvolle Erfahrung zu häufig genug schon bewiesen, wie man ihr viel zu eilfertig vorschüssiges Vertrauen zu mißbrauchen immer schon verstanden, weshalb sie für ebenerdige und erststöckige Zimmer in letzter Zeit grundsätzlich auf der Vorauszahlung der jeweilig anfallenden Nacht bestünde, und zwar beharrlich, wie er wissen solle, ausnahmslos, erklärte sie ganz strikt, denn wenn Sie mir jetzt dann trotzdem durchs Fenster hinausverschwinden, bereitet mir das keinen Kummer mehr, wissen Sie.

Fühlen Sie, fragte sie, das Geld einsteckend, jetzt nachdem Sie gezahlt haben, nicht auch sich selbst viel freier, als wenn Sie noch nicht bezahlt hätten? Sie sind doch nun auch viel unabhängiger, denn jetzt können Sie von mir aus sofort wieder verschwinden, wenn Sie wollen auch durchs Fenster, wenn's unbedingt sein muß, sagte sie und drückte ihm ihre große Freude darüber aus, ihm nicht noch einmal unnötigerweise begegnen zu müssen. Und falls Sie nicht gleich schlafen können, verursachen Sie bitte keinen vermeidbaren Lärm, gehen Sie auf keinen Fall nervös im Zimmer auf und ab, auch wenn Sie keine Ruhe finden können, denn das Knarren der Dielen insbesondere im ersten Stock ist im gesamten restlichen Gebäude unüberhörbar; sie erwähnte ein unnötig heftiges Krachen, welches, einmal in Bewegung geraten, sobald nicht mehr aufhöre, sondern häufig selbsttätig weiter oft noch stundenlang anhalte, und wie man das einmal in Unruhe geratene Gebälk dieser Wirtschaft wieder zur Ruhe bringen solle, habe leider auch sie noch keine allgemein endgültige Lösung finden können; diesbezügliche Beschwerden seitens der anderen Gäste wünsche ich morgen nicht entgegenzunehmen, verstehn Sie, bleiben Sie in jedem Fall am besten ganz ruhig liegen, erklärte sie weiter, auch wenn Sie nicht schlafen können! Vielleicht fällt Ihnen eine Beschäftigung ein, der Sie auch gefälligst unauffällig im Bett liegend nachkommen können, welche einen angenehm ausgleichenden Einfluß auf Sie ausübt, bis Sie eingeschlafen sind!

Burgmüller wäre sofort, nachdem er im Bett versunken, aufgrund der Überlastung vergangener Stunden hinweggeschlafen gewesen, wären nicht aus dem Nebenzimmer durch die wahrscheinlich dünne Wand, an der das Bett stand, Geräusche zu ihm herübergedrungen, und zwar zunächst ein tiefes Aufseufzen oder auch Aufschluchzen, und dann auch eine Art Keuchen oder ein keuchendes Stöhnen, regelmäßig auf- und niederbebend, dann auch begleitet von einer Art Rasseln wahrscheinlich eines in federnde Schwingungen aufgeschaukelten Matratzeneinsatzes des vermutlich nur durch die dünne Wand von ihm getrennten Nachbarzimmerbettes, das vermutlich an derselben Wand im Nebenzimmer stand, so genau teilte das alles ihm unüberhörbar sich mit, jetzt auch deutlich vermischt mit einem im geraden Rhythmus immer heftiger aufjubelnden Wehklagen insistierend herbeigerüttelt. So war man also, dachte sich Burgmüller über die ihm nun eindeutig zuzuordnen möglichen

Geräusche, im Zimmer daneben durchaus die Nacht nicht allein zu überwinden gezwungen, sondern einander gegenseitig großzügig unterstützender Hilfe offensichtlich gewiß. Nicht, daß er seinen Zimmernachbarn die hörbare Zweisamkeit mißgönnt hätte, doch wurde er dadurch, am Einschlafen verhindert, neuerlich von seiner Erinnerung darauf hingewiesen, wie derart alleingelassen verfolgt er doch war; von wem denn eigentlich und auf was hinauf?

Um sich gegen die Fortsetzung aller dieser Gedanken zu schützen, begann er, so intensiv ihm die Vorstellungskraft erlaubte, an *sie,* jene ungewöhnliche Frau sich wieder zu erinnern, wahrscheinlich die ungewöhnlichste Frau, welche im Leben vor einigen Tagen so kurz nur ihm überhaupt je begegnet, ja, so dachte er einfach ganz fest nun an *sie;* ausgeruht würde er morgen die Suche nach ihr beginnen; jetzt aber versuchte er, *sie* neben sich herbeizudenken, so gut es ging und ganz überrascht, in welchem Ausmaß dies möglich geworden, wünschte er sich nun wieder ihre Arme um seine Schultern verschränkt, ihren Körper vorsichtig an seinen gelehnt, und dann auch ihre Lippen plötzlich wieder so überraschend sein Gesicht umspielend einzusperren, aus dem Mund ihm die gleich darauffolgend verschwiegenen Worte herauszuklauben, ja, und auch das schien Burgmüller so angedeutet lückenlos gelungen, und angenehm überrascht, wie ruhig er auf einmal zu werden imstande, indem er sich dieses intensive Bild von *ihr* zusammensetzte, führte ihn die Vorstellung noch weiter an *sie* heran, jetzt ganz verschlungen in diesem so übersichtlich finsteren geborgen bodenlosen Schacht, zu welchem ihm das Zimmer inzwischen geworden mit *ihr,* deren weiche Haut an seiner entlang weitergleitend vorüberwischend gedacht war, während im Nebenzimmer das Aufkeuchen im gleichmäßig beschleunigten Takt noch entgegenjubelnder herüberbrach und Burgmüller sich dachte, vielleicht tönt der Klang *ihrer* Sehnsucht nach mir ganz ähnlich so genau fast ausgezählt, ja, und wie sicher jetzt auf einmal ihr ihn glücklich weich umhüllend in sich hineinbergender Schoß um sein aufgestelltes Glied sich so fest als möglich herumgebunden haben konnte! Dann glaubte er, ihre Stimme über sich hinweggleiten zu hören aus dem Hals der Zimmerfinsternis heraus ihm behutsam pochend an die Schläfen geworfen, war das aus dem Nebenzimmer das Stöhnen im Keuchtakt, das beinah die Wand schon zum Zittern brachte, ja, dachte er wieder, vielleicht klingt auch der Rhythmus *ihrer* Sehnsucht nach mir ganz und gar so ähnlich euphorisch verzweifelt, und anders wollte er sich das gar nicht mehr denken.

So war Burgmüller in seiner Vorstellung vorangetastet so weit schon in sie eingedrungen gewesen und sehnte sich, nach einem zum Aufatmen atemberaubenden Sturz durch den Mittelpunkt des Planeten hindurch, endlich von *ihr* aufgefangen zu werden in einem antipodischen Land, und dann empfand er seinen Körper erschöpft in einem erleichternd grenzlosen im Hochgebirge gelegenen offenen Meer auftauchen, dessen Ufer ihm nicht einmal entferntest zu erreichen nötig war. Wie lange schon hatte er davon geträumt, aufzuwachen endlich auf der Rückkehr in jene Stadt, in welcher er vorher noch niemals gewesen war. So empfand er die unmittelbare Vergangenheit als eine lange hinter ihm liegende Zukunft, und was er noch vor sich zu haben vermutete, erschien ihm ganz als eine erst aus weiter Ferne ihm entgegenkommende zukünftige Vergangenheit ganz vernünftig verrückt mitten in seiner Vorstellung, so weich aufgelöst von dieser derart stark erlebten Bewußtlosigkeit, welche man gemeinsam einander entgegenzubringen so oft als möglich sich sehnt und von welcher Burgmüller zumindest eine Zeitlang erfaßt worden war: allein, ja, leider wieder allein. Auch aus dem Nebenzimmer das Klagen war schon lange abgedämpft von getrennter Finsternis verschluckt worden vorsichtig schon verstummt in ruhend wehmütig beglückt die letzten Seufzer fortgehauchten Stimmenspuren nur mehr.

Er erwachte von einem unübersichtlich vielstimmig wild

durch die Stirne ihm zischenden Rauschen unterm Schädeldach, ganz so, als hätten sämtliche Sperlinge des nahen Parkes seinen Kopf sich als Schlafbaum ausgesucht in dieser Nacht und erhoben sich nun aus dem Haar heraus aufwärts in den bewölkten Plafond des Zimmers hinein.

Aus der Dusche sank zunächst nur ätzender Dampf, dann auch eine rotbraun tropfende, verrostete, zähe Flüssigkeit und endlich weißlich chlorverschleiert trübes Warmwasser.

Als er hinaus auf den Gang trat, sah er vorm Eingang des Nebenzimmers ein vermutlich aus dem Zimmer vor die Tür geschobenes Bett, in welchem bei flüchtigem Hinblick unter einem grau angeschmutzten Laken etwas vermutlich darunter verborgen ihm verdeckt anmutete, was ihn zunächst verwunderte, warum das Bett vorm Zimmer heraußen und nicht im Zimmer, fragte er sich, was aber dann nicht weiter beunruhigend wirkte, kein Wunder, reparaturbedürftig abholbereit für den Handwerker, sagte er sich, während er die Treppe abwärts Richtung Gaststube wollte, wobei ihm aber von der herauf entgegenkommenden Wirtin der Weg abgeschnitten wurde.

Denken Sie nur! rief sie, die Hände überm Kopf zusammenschlagend herumgefuchtelt, als sie zum Bett vorm Nebenzimmer trat, was in der vergangenen Nacht einen halben Meter nur von Ihnen entfernt durch eine dünne Wand getrennt so tragisch in Ihrer unmittelbaren Nähe sich abgespielt hat, denken Sie nur, gestorben in dieser vergangen Nacht neben Ihnen, hier sehn Sie! Und als sie das Laken abdeckend ihm zur Einsicht hob, sah Burgmüller das uralte Gesicht einer toten Frau.

Verstorben in dieser Nacht so nahe Ihnen benachbart, diese arme alte Frau, haben Sie denn gar nichts davon bemerken können, fragte sie, und ob er denn nicht irgendwas wenigstens hören habe können, vielleicht ganz leise nur, sagte sie.

Nein, erwiderte Burgmüller und versuchte, das Zittern seiner Stimme zu beherrschen, er habe nichts hören können, gar nichts, leider ganz tief geschlafen wie übrigens lange nicht mehr, beinah bewußtlos.

So sei man durch die dünnsten Wände voneinander oft nur getrennt, sagte sie weiter, und dennoch so rettungslos durchaus der einander entgegengebrachten Hilflosigkeit schonungslos untereinander lächerlich ausgeliefert! Gestorben, nachdem sie heuer nun schon beinah das zwanzigste Jahr in diesem Zimmer im Gasthaus eingemietet gewesen wäre, aber es sollte ihr dieses Jubiläum noch zu begehn wohl nicht mehr vergönnt gewesen sein, nachdem sie, nun vor über neunzehn Jahren, als sie von ihrem Mann zuvor noch aus der bis dahin gemeinsamen Wohnung hinausgeprügelt, in dieses Gasthaus regelrecht hereingeprügelt worden, in ihr Zimmer heraufgesiedelt war, welches sie dann in der darauffolgenden Zeit so gut wie fast nie mehr verlassen hatte und wo sie schon in ein paar Tagen ihr zwanzigjähriges Aufenthaltsjubiläum mit allen zusammen noch feiern hätte können, hätte sie denn nicht die paar Tage bis zum Fest noch sich gedulden können mit dem Tod, aber nein, stur wie sie schon immer gewesen, weshalb sie von ihrem Mann vermutlich auch in dieses Haus herbeigeprügelt worden war, mußte sie sterben vergangene Nacht absichtlich aus purer Bosheit, um ihr, der Wirtin, die sie schon alles dafür eingekauft und vorbereitet, und auch allen anderen im Gasthaus das schon herbeigefreute Jubiläumsfest im allerletzten Moment noch zu versauen, und jetzt warte sie, die Wirtin, nur noch auf das Eintreffen der Leute von der Prosektur, wo blieben denn die, die sollten doch längst schon den Körper der Verstorbenen abgeholt haben, um in wissenschaftlicher Forschung ihn demnächst schon zu zerschneiden, denn Geld für ein ordentliches Begräbnis sei natürlich keines vorhanden, und alles ihr eventuell noch verwandt Gewesene im Verlauf vergangener Jahre vor ihr noch hinweggestorben, doch immer noch könne sie es nicht fassen, sagte sie weiter, einen halben Meter neben Ihnen stirbt sie weg vergangene Nacht, und Sie haben wirklich gar nichts davon bemerkt, vielleicht wäre noch etwas zu helfen möglich gewesen, ist Ihnen denn die ganze Nacht kein Geräusch in Ihr Zimmer hinübergedrungen, ist Ihnen denn gar nichts vernehmbar, hörbar geworden nebenan, und so sei man eben nebeneinander hervegetierend lediglich der einander entgegengebrachten gegenseitigsten Hilflosigkeit so schonungslos hautnah ausgeliefert, oder haben Sie vielleicht doch was Verdächtiges hören können, so denken Sie nach, bitte?!

Nein, erwiderte Burgmüller und versuchte betroffen zu vergessen, wie echt und wirklichkeitsnah die alte Frau mit den Geräuschen ihres eintretenden Todes ihm seine Sehnsucht durch ihr Sterben »leihweise« dargestellt hatte, und wie oft wohl mag das Bild glücklicher Erfüllung, ohne daß es bekannt wird, von der Darstellung eines Ablebens ausgeborgt sein, nein, sagte Burgmüller nochmal, nichts, tatsächlich nichts, woran er sich noch erinnere, bedauerlicherweise habe er lediglich so tief wie schon lang nicht mehr, wie gesagt beinah bewußtlos geschlafen . . .

Ob er, fragte sie darauf, jetzt vielleicht bald das Frühstück einzunehmen sich hinunterbequeme, dann würde sie in der Küche dahingehend Bescheid geben, den kalten Kaffee, welchen man ihm freundlicherweise bis jetzt in den so weit schon gediehenen Vormittag hinein aufgehoben, eine Gefälligkeit übrigens, die ihm keineswegs täglich entgegengebracht zu werden beabsichtigt sei, und gefälligst merke er sich das hinkünftig, den Kaffee jetzt, wie gesagt, aufzuwärmen werde sie den Auftrag erteilen.

Auf direktestem Weg entfernte sich Burgmüller frühstücklos dieser weiteren Umgebung nicht eine Sekunde später als nötig bald schon abgewandt, so rasch er vermochte durchs Wirtschaftstor hindurch, auf die lärmenden Gassen der Stadt möglichst weit hinweg fort.

Der Wille zur Macht

Von Tommaso Landolfi

Der Wille zur Macht bringt selbstverständlich jeden in Versuchung . . . zumindest den, der schwach ist (wer's nicht ist, braucht nicht erst sein zu wollen, was er bereits ist); doppelte Versuchung demnach für die kleinen Intellektuellen, die nicht nur an und für sich schwach sind, sondern zurückgezogen in ihrer Höhle hausen und ihre Verachtung jeder Begierde nach eitlem Erdenruhm demonstrativ äußern oder gar mit Ehrlichkeit die durch ihn zwangsläufig verursachten Gewalttätigkeiten verabscheuen und die, mit einem Wort, eben kleine Intellektuelle sind.

Ich gehöre selber zu ihnen; und, fortfahrend, behaupte ich aus sicherem Wissen, daß es schließlich nicht unbedingt notwendig, ja, sogar ebenso müßig wie widerlich ist, seinesgleichen zu schikanieren, um sich eine Illusion von Macht aufzubauen . . . Zur Sache: Wurde die Zauberwirkung eines im rechten Augenblick geschlürften Gläschens Anis eigentlich schon genügend in Betracht gezogen? Ein rechter Augenblick, der in den frühen Morgenstunden liegt, wenn Magen und Verstand leer, wenn wir noch nicht bis über die Ohren im Schlamassel von menschlichen Beziehungen, von Schicklichkeit und Anstand stecken.

Bitte sehr: ich trinke besagtes Gläschen, und die ungezählten Hemmungen, die meinem Dasein seinen freien Lauf verwehren, fallen wie durch Zauberei, und ich fühle mich bärenstark, selbstbewußt, zuversichtlich; fühle mich als Shakespeare und fühle mich als Dante, um es mit einem Filmhelden zu sagen; und im besonderen . . .

Ich bin genötigt (meine wenigen Freunde wissen es inzwischen), mir den Morgenkaffee im Schweiße meines Angesichts zu verdienen, darin und leider nicht in der Sünde Adam nach dem Sündenfall gleich. Die Leute hier, man sollte es kaum für möglich halten, schlafen nur immer und verkürzen sich ihr Leben; stehen in aller Gemächlickeit auf, und die Sonne muß schon hoch am Himmel sein, ehe man das Rattern der jeweiligen Rolläden vernimmt; aus welchem Grunde ich krampfhaft nach irgendeinem Kaffeewirt suchen muß, der aus purer Schlaflosigkeit und Güte den fröstelnden Lkw-Fahrern, den lustigen Jägersleuten und uns gewissensgeplagtem Intellektuellengesindel sein Lokal öffnet. Doch, um der Wahrheit willen, dort in der großen Straße gibt es einen halbwegs Pünktlichen; es handelt sich also darum, gegebenenfalls zu ihm zu gehen und mehr als einen Kilometer Weges zu laufen; ist man jedoch zu ihm gegangen und hat seine Dienstleistung in Anspruch genommen, dann können, wie ich bereits sagte, Unheil oder auch Trübsinn sich in Unordnung zurückziehen. Vor allem kann, muß das bekannte und verdammte Frustrationsgefühl weichen.

Zu erwähntem Orte führt nach einigen krummen Gäßchen eine lange gerade Straße. Nun brauchte man nur mein Verhalten nebst Gangart diese Straße entlang zu beobachten, um sich darüber im klaren zu sein, was ich hier des weiteren noch anführen werde; trotzdem will ich, da es mich zu rascher Erklärung drängt, einen einfachen Vergleich, wenn auch in Antiphrase anstellen. Kurz und gut, auf mich trifft das Gegenteil dessen zu, wovon in dem bekannten Bericht die Rede ist, der in jedem Schulbuch steht und den jeder auswendig kann. ». . . In Unordnung und ohne Hoffnung gehen sie die Straßen wieder hinauf, die sie mit stolzer Sicherheit hinabgegangen waren«: während doch ich, umgekehrt, in Unordnung und ohne Hoffnung hinabgehe, um dann mit stolzer Sicherheit wieder hinaufzugehen. Oder, noch deutlicher: ich schleppe mich auf dem Hinweg dahin, hinke, streiche die Hauswände entlang wie ein frustrierter Hund (was, schon wieder frustriert? wetten, daß heutzutage sogar die Hunde frustriert sind), ziehe meinen Kopf in den Schal; auf dem Rückweg . . . auf dem Rückweg gehört die Straße mir, und in der Tat durchlaufe ich sie mit erhobenem Kopf, reiße meinen Mantel über der Brust weit auf, knalle die Absätze aufs Pflaster, blicke selbstgefällig auf die verschlafenen Häuser, die in rascher Abfolge zur Rechten und Linken zurückweichen . . . Ach, wer sind denn diese armen, da drinnen zusammengekauerten Geschöpfe? Ich könnte sie in meine Faust nehmen, sie meinem Willen gefügig machen! Könnte, wenn mir danach wäre; aber mir ist nicht danach, und gutherzig gehe ich vorüber, ohne jemandem ein Leid zuzufügen . . .

Wem, meint ihr wohl, gebührt das Verdienst all dessen (so von Verdienst die Rede sein kann)? Ich wiederhole: einem simplen, winzigen und an und für sich harmlosen Gläschen Anis.

Seit einiger Zeit jedoch bestreitet mir jemand den triumphalen Rückweg. Ich folge vom einen Ende der Straße her einer bestimmten Route, einer bestimmten Ideallinie mitten auf der Fahrbahn, auf der es um diese Zeit keinen Verkehr gibt: Und vorwitzig betritt dort unten dieser jemand das andere Ende und kommt geradewegs auf derselben Leitlinie daher. Wir bewegen uns also aufeinander zu und würden gar zusammenprallen, gäbe ich ihm nicht im letzten Augenblick mit einem knappen Ausweichen den Weg frei.

Ich halte ihn für einen Obsthändler (Leute, die früh aufstehen), der seinen Laden öffnen will. Schön, soll er ihn meinetwegen öffnen und seine bescheidene Tätigkeit aufnehmen; nur frage ich mich, was es ihn kosten würde, seinen Weg einen Meter nach hüben oder drüben zu verlegen oder auch den Gehsteig wie alle gewöhnlichen Sterblichen zu benutzen. Kann er denn gar nicht begreifen, daß er mich in eine schreckliche Verlegenheit bringt? Mir, von des Gläschens Anis Gnaden, wenn nicht gar durch Willen der Nation Herrscher über Geschöpfe und Geschehnisse, mir soll ein Obsthändler in die Quere kommen, mich vom Weg abbringen: Wo bleibt da meine Autorität?

Er grüßt mich auch noch, der Erbärmliche, der Anmaßende; kaum bin ich beiseite getreten – gerade noch rechtzeitig, um einen Zusammenstoß zu vermeiden –, hebt er seinen bis dahin auf die Brust gesenkten Kopf und äußert, als ob überhaupt nichts geschehen sei: »Guten Tag, Herr Professor«; und mir bleibt im Augenblick keine andere Erwiderung als: »Guten Tag, mein Lieber, guten Tag.« Doch um wieviel Herablassung auch immer ich mich bei dieser Antwort bemühe, ich fühle mich doch geschmälert ... »Herr Professor!« was heißt Professor? In dieser frühreifen Stunde bin ich nicht ein oder der Professor (schließlich ein imaginärer Titel), sondern ich bin Ich mit einem ganz anderen Vlies.

Er fordert mich demnach heraus: Versperrt mir den Weg, nennt mich unangebrachterweise »Herr Professor«, und, um gleich alles zu sagen, ich glaubte, auf seinem Schafsgesicht ein Aufleuchten von Ironie oder, schlimmer noch, von Sarkasmus zu entdecken. Sicherlich etwa in dem Sinn: »Du wirst schon Professor sein, ja, sogar (meinetwegen) Herr der Welt, wie man in bestimmten Science-Fiction-Filmen den Herrn des Mondes zeigt, aber, siehst du, mir gehst du doch aus dem Weg!«

Nun, das Schöne und Absurde dabei ist, daß er irgendwie recht hat: Ich gehe ihm in der Tat aus dem Weg, ich bin ihm bis jetzt allemal aus dem Weg gegangen, ungeachtet meiner anderen Selbsteinschätzung, die von den Umständen meinem Geiste eingegeben wurde. Ich grüble über eine Möglichkeit, es nicht zu tun, versuche mir auszumalen, was geschehen würde, ginge ich unerbittlich und stocksteif weiter, ohne seine Anwesenheit, seine Existenz zu beachten; aber dann trete ich doch rechtzeitig beiseite ... Würden wir tatsächlich zusammenstoßen? Oder würde am

Ende er nachgeben? Ich kann es nicht wissen, da ja ich bis jetzt ausgewichen bin.

Oder ist da noch etwas anderes? Du meine Güte, mir kam sogar der Gedanke, daß auch er seine Gläschen Anis zu sich nimmt, daß er gerade eines gekippt hat, wenn unsere morgendlichen Vorgefechte einsetzen, daß seine Neigungen sich von den meinen nicht sonderlich unterscheiden und schließlich sein erworbener Hochmut ein Hemmnis nur schlecht vertragen könnte. Das wäre nun freilich das Unangenehmste und Heikelste: zwei Typen, die, gleichgültig durch welchen Zufall, von ein und demselben Willen zur Macht beseelt sind! Unser Konflikt würde, wenngleich auf untergeordneter Ebene, die großen internationalen Konflikte nachzeichnen; wäre womöglich, gütiger Himmel, ein unlösbarer Konflikt . . .

Bis ich mir eines schönen Tages, das heißt eines schönen Nachts, genau gesagt, in der heutigen noch nicht abgelaufenen Nacht gesagt habe: »Mein lieber Obstverkäufer, jetzt sollst du mich nicht mehr länger verarschen« (grobe, doch wirksame Sprache, tunlichst, obwohl zumeist unangebracht, sich selber gegenüber zu gebrauchen)! Mit anderen Worten, ich faßte den festen und unverrückbaren Entschluß, meinem Widersacher den Weg nicht mehr freizugeben. In meiner auf diese so schwerwiegende Entscheidung hin natürlich allsogleich sich einstellenden Schlaflosigkeit wiederholte ich mir an die hundert Male: »Ich verlasse das Haus, trinke in aller Ruhe meinen Kaffee und das übrige und gehe dann wieder zurück, selbstverständlich die gewohnte Strecke; und wer auch immer mir in den Weg tritt, soll für mich sozusagen Luft sein, soll von mir einfach nicht beachtet werden. Soll er sich's überlegen, der Obsthändler, ob er als braver Hammel das trügerische Gesetz von der Undurchdringbarkeit der Körper akzeptiert, und verschwinde er aus meinem Blickfeld. Eines steht jedenfalls fest: Wie auch immer er sich verhält, ich gebe ihm den Weg nicht frei!«

Jetzt braucht der tollkühne Plan nur noch durchgeführt zu werden. Der Morgen nähert sich, bald befinde ich mich vor versammeltem Volke und kann erfahren, wer ich in Wirklichkeit bin und was ich gelte ... Wird das Gläschen Anis hinreichen (vielleicht trinke ich heute morgen sogar zwei), mich vor schuldhaften Nachgiebigkeiten zu bewahren? Ich hoffe es von ganzem Herzen. Warum aber geben mir eine Feigheit, viele Feigheiten den Rat: »Laß doch. Wer zwingt dich eigentlich dazu? Du brauchst doch nur etwas früher oder etwas später aus dem Haus zu gehen, dann bekommst du denjenigen, den du deinen Widersacher nennst, gar nicht erst zu sehen?«

Nein! Ich muß diese hinterhältigen Stimmen zum Verstummen bringen: Genau in dieser ungewissen und unheilschwangeren Stunde, auf dieser Straße und auf dieser fiktiven, von mir auf dem Rückweg begangenen Linie hat sich mein Schicksal zu entscheiden ... Doch kann ich mich selber nicht daran hindern, mir da capo unsere Begegnung oder unseren Zusammenprall vorzustellen ... Was wird geschehen? Werden wir wie zwei Böcke mit den Hörnern zusammenstoßen, oder wird er es für angemessen halten, nachzugeben und beiseite zu treten, oder werden wir, Sieg des gesunden Menschenverstandes, einvernehmlich alle beide ausweichen? Oder, mein Gott, werde schon wieder ich allein es sein, der es tut? Wenn dies zutrifft, das heißt, wenn mir nicht einmal ein, zwei Gläschen Anis helfen, worauf kann ich dann überhaupt noch meine Hoffnung setzen?

Doch da fällt mir etwas ein: Einen ähnlichen Zustand gibt es schon in jener Dostojewski-Geschichte. Ist es also im Himmel beschlossen, daß ich aus der harten Prüfung, zu der ich mich anschicke, als Besiegter hervorzugehen habe, so bleibt mir doch immerhin noch dieses Trostgeschenk. Wohl könnte ich, wie ich meine, als Besiegter, Feigling, Untermensch dastehen müssen: doch mitten im raren und kostbaren Klima der großen Literatur und im Genuß sämtlicher von ihr gelieferten Rechtfertigungen. O ja, eine

Niederlage kann sich als annehmbar und sogar süß herausstellen, sofern sie von der Literatur sanktioniert ist.

Die Stunde ist gekommen. Ich gehe. Und behaupte auch nicht, kein bißchen Herzklopfen zu haben. Wir werden ja sehen.

Die Brille
Von Lao She

Obwohl Song Xiushen Student der Naturwissenschaften war, scherte er sich im täglichen Leben wenig um wissenschaftliche Erkenntnisse. Er schien zu glauben, die Schmeißfliegen in den Restaurants seien allesamt desinfiziert, denn wenn er seine Nudeln mit Sesampaste aß, rührte er keinen Finger, um das Gewimmel vor seinen Augen zu verscheuchen. Er war kurzsichtig und verfügte auch über eine entsprechende Brille, die er aber außerhalb des Unterrichts nicht trug, hieß es doch: Je länger man Brille trägt, desto schlechter werden die Augen. Da er das glaubte, setzte er sie nicht auf. Wenn er zum Beispiel spazierenging oder eine Sportveranstaltung besuchte, hielt er die Brille in der Hand. Und er nahm dabei sogar in Kauf, daß er überhaupt nichts sah und ihm regelmäßig schwindlig wurde.

Er war gerade unterwegs zur Schule. Er hielt sich dicht an der Mauer, um mit niemandem zusammenzustoßen, aber manchmal trat er einem Hund auf die Pfoten. Diesmal hatte er das Brillenetui in zwei dicke Wissenschaftsjournale eingewickelt. Er wußte genau, daß diese Methode nicht die sicherste war, und blieb deshalb alle paar Meter stehen, um nachzufühlen. Er wußte nicht, wie er ohne Brille dem Unterricht hätte beiwohnen sollen. Die Anschaffung einer neuen Brille hätte vermutlich seinen finanziellen Bankrott bedeutet. Zunächst hatte er das Etui in eine der Taschen stecken wollen, aber die waren allesamt voll: Notizheft, Taschentuch, Federhalter, Radiergummi, zwei kleine

Fläschchen und ein altes Brötchen beanspruchten ihren Platz. Also mußte er die Brille eben so tragen, und mit etwas Vorsicht würde es schon gehen. Außerdem war sie in der Schachtel, so daß es zu hören sein würde, wenn sie auf den Boden fiele.

Als er um die Ecke bog, traf er einen Mitschüler, der ihn begrüßte, und natürlich konnte er den Gruß nicht gut unerwidert lassen. Er blieb also stehen und unterhielt sich eine Weile mit ihm. Ein Wagen kam, und instinktiv wich er nach links aus. Eigentlich wäre das gar nicht nötig gewesen, aber mit seinen schlechten Augen mußte er ganz besonders vorsichtig sein und hielt die Nase gegen die Wand gedrückt. Nachdem der Wagen vorüber und der Freund gegangen war, beschleunigte er seinen Schritt, um sich nicht zu verspäten.

Am Schultor angekommen, fühlte er nach: Das Brillenetui war weg! Auf seine Stirn trat der Schweiß. Er wischte ihn ab und machte kehrt, um zu suchen. Natürlich keine Spur von einer Brille. An der Ecke standen immer noch mehrere Rikschas. Er fragte die Fahrer, aber keiner hatte etwas gesehen. Anscheinend waren sie auch alle kurzsichtig. Er kehrte wieder um und suchte am Schultor, machte sich dabei aber nur die Hände schmutzig. Song war zutiefst niedergeschlagen. Er zog das trockene Brötchen hervor und warf es wütend gegen das Schultor. Wären seine Taschen bloß nicht voller Krimskrams gewesen, hätte er bloß nicht diesen widerlichen Mitschüler getroffen, wäre er bloß nicht diesem lebensgefährlichen Wagen ausgewichen . . . Lauter Zufälle! Und jeder dieser Zufälle ließ ihn seine Ohnmacht stärker empfinden. Sicherlich hatte einer von den Rikscha-Kulis die Brille aufgehoben; jetzt stierte er vor sich hin und rückte sie nicht heraus. Was für eine Welt! Da ging er nun Tag für Tag diesen Weg, und wenn er etwas verlor, ließen die es in die eigene Tasche wandern, ohne auch nur einen Ton zu sagen! Was konnte jemand mit einer solchen Brille für Kurzsichtige anfangen?

Als Song Xiushen sich gegen die Wand gedrückt hatte, war das Brillenetui zu Boden gefallen. Der Rikscha-Kuli Wang Si hatte es bemerkt und zunächst etwas sagen wollen; als er jedoch entdeckte, daß es sich gerade um den Burschen handelte, der das ganze Jahr die Mauer entlangschlich, ohne jemals eine Rikscha zu nehmen, schluckte er die Worte wieder herunter, die ihm schon auf der Zunge gelegen hatten. Im Vorübergehen hob er das Etui auf und steckte es in die Tasche.

Vor den anderen Fahrern konnte er es nicht gut näher betrachten, aber unwillkürlich war ihm froh ums Herz geworden, und mit einem behaglichen Lächeln saß er auf seiner Rikscha.

Dann sah er Song Xiushen zurückkommen, die Stirn schweißbedeckt, ein rechtes Bild des Jammers. Eigentlich wollte er die Brille zurückgeben, aber nachdem alle anderen erklärt hatten, daß keiner sie gesehen habe, würde er sich in ein reichlich schlechtes Licht rücken, wenn er sich nun selber bezichtigte und das einmal Gegessene wieder ausspuckte. Zudem würde er die Brille für nichts und wieder nichts zurückerstatten, denn mit einer Belohnung war kaum zu rechnen. Die Brille wäre er los, und dann würde er sich noch die Sticheleien der Kollegen anhören müssen: »Eh, Sachen aufklauben, ohne ein Sterbenswörtchen zu sagen! Du glaubst wohl, wir nehmen sie dir weg?« »Eh, aufklauben und um ein paar gute Worte wieder hergeben, wenn das nicht echt großzügig ist!« Dann lieber vorgeben, man hätte nichts gesehen. Gefunden war eben gefunden. Das geschah dem Kerl schon recht; in jedem Fall hatten es Studenten besser als Rikscha-Kulis.

Nachdem Song Xiushen gegangen war, nahm Wang Si seine Rikscha auf und murmelte, seine Verlegenheit überspielend: »Wozu hier die Zeit vertrödeln, ich werd's ein bißchen weiter östlich versuchen.« Innerlich aber sagte er sich: »Auch wenn ich heute nichts einnehme, es wäre doch gelacht, wenn ich ein Etui mit Brille nicht für einen Yuan oder etwas drunter losschlagen könnte!« Kaum hatte er einen Ort erreicht, an dem er sich ungestört fühlen konnte, setzte er die Rikscha ab und zog das Etui hervor.

Ein reichlich abgegriffenes Etui! Selbst wenn er Streichhölzer dafür eintauschte, würde er kaum mehr als eine kleine Schachtel dafür kriegen. Der Bezug war völlig abgewetzt. Eine schöne Bescherung! Fettverschmiert. Das war wohl Feigensaft, was da noch klebte. Er öffnete das Etui. Das Gestell allerdings war nicht schlecht: schön stabil und schön dunkel. Wang Si konnte nämlich diese dünnen, filigranartigen Gestelle nicht ausstehen. Wenn er jemanden mit so einem biegsamen Drahtding sah, machte er sich gar nicht erst die Mühe, seine Rikscha anzubieten. Er schnippte mit den Fingern gegen die Bügel. Metall war das anscheinend nicht, aber auch kein Holz – vielleicht Schildpatt! Sein Herz machte einen Satz.

Die Brille war unglaublich dreckig. Außen zierten die Linsen dichte Ringe, mit Schmutz verklebt, der zu den Rändern immer dicker wurde. Unter der Brille klemmte noch ein halbes Streichholz, das er anzündete und dann fortwarf. Dann holte er einen blauen, durchlöcherten Lappen aus dem Kasten seiner Rikscha, hauchte die Brille zweimal an und begann, mit dem Lappen zu reiben. Das mußte er viermal wiederholen, bevor die Brille einigermaßen aussah. Noch ein bißchen Spucke, dann war sie völlig blank. Er wollte sie aufsetzen, aber das ging nicht. Der Rahmen war zu eng, er kriegte sie nicht auf die Nase. Song Xiushen hatte ja auch einen kleinen Kopf. »Wenn ich sie nicht loswerde, kann ich sie nicht mal selber zu meinem Vergnügen tragen!« Natürlich war Wang Si ein wenig enttäuscht. Aber dann fiel ihm ein, daß ein Rikscha-Fahrer mit Brille nun auch nicht gerade das Wahre war. Und außerdem: Warum sollte er sie denn nicht verhökern können?

Unterwegs entdeckte er einen Trödelstand. »He, ich habe dir was zu verkaufen!«

»Kein Interesse.« Der Inhaber des Standes, ein Halunke mit roter Nase und gelben Augen, hatte nicht einmal aufgeblickt. Und das, obwohl er da eine ganze Menge Brillen hatte, auch solche mit altmodisch verzierten Etuis.

Wang Si war nicht auf Streit aus, nicht einmal ein »Verfluchter Grobian!« brachte er heraus.

Wieder traf er einen fliegenden Händler mit Körben an einer Tragestange. »He, ich verkauf dir das hier! Schildpatt-gestell!«

»Nie im Leben so'n Schildpatt gesehen!« Der Korbträger warf einen Blick darauf. »Sag schon wieviel!«

»Sag du, wieviel du rausrücken willst!« Wang Si hielt ihm die Brille hin.

»Zwanzig Kupferstücke.«

»Was?« Wang Si zog die Brille zurück.

»Das ist kein Pappenstiel. Fensterglas geht gut. Gebrauchte Brillen für Weitsichtige auch. Die hier ist für Kurzsichtige. Das Gestell ist aus Plastik. Wenn ich sie mit mir rumtrage, kann es kaputtgehen. Und dann hab ich die ganzen Dukaten zum Fenster rausgeworfen.«

Wang Si war plötzlich ernüchtert, aber er dachte nicht daran zu verkaufen. Zwanzig Kupferstücke? Hätte er das gleich gewußt, hätte er sie der Blindschleiche zurückgegeben. Er nahm von dem Handel Abstand und entschloß sich, die Brille am folgenden Tag dem vormaligen Besitzer zurückzubringen.

Am nächsten Morgen parkte Wang Si seine Rikscha an der bewußten Kurve. Die Schulglocke läutete, aber noch keine Spur von der kurzsichtigen Blindschleiche. Als kurz nach zehn immer noch nichts zu sehen war, beförderte er einen Fahrgast und versuchte gegen zwölf erneut sein Glück. Die Schüler kamen aus dem Gebäude, nur die Blindschleiche tauchte nicht auf.

Song Xiushen war gar nicht erst zur Schule gegangen.

Als er ohne Brille in die Klasse kam, tanzten die Zeichen

an der Tafel vor seinen Augen, obschon er sich ganz nach vorne gesetzt hatte. Je undeutlicher das Tafelbild wurde, desto mehr strengte er die Augen an, und nach Ende der ersten Stunde dröhnte sein Kopf vor Schmerzen. Er wurde immer nervöser. In der zweiten Stunde hatte er Mathematik. Seine Augen klebten förmlich am Papier, aber nach zwei, drei Aufgaben konnte er nicht mehr, seine Stirn glühte. Nichts an ihm schien wie vorher zu sein. Für gewöhnlich war Mathematik sein Lieblingsfach, aber wenn er jetzt diese Ziffern sah, raste sein Puls. Zu all den auswendig gelernten Formeln gesellten sich in seinem Kopf ganz andere Dinge wie Brillen, Autos und Rikscha-Kulis. Die Formeln vermischten sich mit dem Ärger und ließen ihm sein Lieblingsfach plötzlich lästig und verdrießlich erscheinen. Er konnte nicht mehr stillsitzen, er wäre am liebsten irgendwo hingelaufen, wo ihn niemand hören konnte, und hätte laut geschrien, um sich Luft zu machen. Dinge, an die er sonst nur ungern dachte, wie etwa Weltanschauung, waren jetzt über ihn hereingebrochen. Wozu wollte einer eine alte Brille aufheben? Andererseits wieder war es verständlich, denn angesichts der wirtschaftlichen Bedrängnis war jedes Stück Feuerholz ein Geschenk des Himmels. Er war dem Rikscha-Kuli nicht böse. Aber trotz dieser Überlegungen schmerzte ihn letztlich sein Verlust. Heute war der Unterricht für die Katz. Morgen würde er natürlich weiter Kopfschmerzen haben. Eine neue Brille konnte er sich nicht leisten. Zu Beginn des Semesters hatte er von daheim nur ungefähr siebzig Yuan mitgebracht, und wovon er in den nächsten zwei Monaten sein Essen bezahlen sollte, stand noch keineswegs fest. Zu Hause hatten sie eine gute Ernte gehabt, aber sie wurden ihr Getreide nicht los. Er mußte an den Vater und an den älteren Bruder denken, die sich Tag für Tag abrackerten und dann doch nichts verkaufen konnten. Normalerweise hätte er gar keine Zeit gehabt, an solche Dinge zu denken, er hätte auch gar nicht daran denken wollen. Nun aber hatten die mathematischen Formeln anscheinend für diese Überlegungen ein wenig Platz gemacht. Er fand keine Lösung, zum ersten Mal spürte er, daß die Gleichungen des Lebens nicht aufgingen; alles, was irgendwie als Anhaltspunkt dienen konnte, schien mit der Brille verloren zu sein. Die Welt schwamm vor seinen Augen. Er wollte das Studium nicht aufgeben, wußte aber auch nicht, wie er weiterstudieren sollte.

Die Stunde wollte kein Ende nehmen. Die Glocke, die das Ende des Mathematikunterrichtes anzeigte, schien anders zu läuten als sonst, hatte irgendwie einen besonderen Klang, der sie aufrief, hinaus ins Freie zu laufen und alles hinauszuschreien. Er verließ das Klassenzimmer, und sein Ärger trieb ihn zum Schultor hinaus. Er dachte nicht daran, zur dritten Stunde zu gehen, und er entschuldigte sich auch nicht. Ihm kam es nicht einmal in den Sinn, daß es noch eine dritte Stunde gab oder daß man sich hätte entschuldigen müssen.

Er drückte sich an der Mauer entlang und dachte an gar nichts mehr, obschon es dann wieder den Anschein hatte, als ob er nachdächte. An der Biegung fiel ihm die Brille ein. Einige Rikscha-Kulis standen herum und schwatzten, und er spielte mit dem Gedanken, erneut hinzugehen und nachzufragen. Dann aber ging er gesenkten Kopfes an ihnen vorbei.

Am nächsten Tag kam er nicht zur Schule.

Wang Si wartete nicht mehr auf den Kurzsichtigen. Den ganzen Tag schweiften seine Gedanken immer wieder zu dem Kasten, in dem das abgewetzte Brillenetui lag. Er wußte selber nicht, warum er immer daran denken mußte.

Gerade wollte er die Rikscha aufnehmen, als der kleine Zhao erschien. Die Familie Zhao hatte einen Gemischtwarenladen, aber er brachte kein sonderliches Interesse dafür auf. Sein Vater hatte lange die Hoffnung gehegt, er würde sich etwas um den Laden kümmern, aber wenn er ihn zur

Arbeit anhielt, machte sich der kleine Zhao regelmäßig an die Kasse; er konnte sich auf den Jungen eben weniger verlassen als auf einen Angestellten. Immer, wenn der Vater des kleinen Zhao sich auf einen Bittgang begab oder im Tempel Weihrauch verbrannte, trug er unweigerlich eine blitzende Brille, eine von der Art, wie man sie für acht Groschen bei den kleinen Händlern kaufen konnte. Die Geschäftsführer und Besitzer der großen Läden trugen alle blitzende Brillen, um im Theater oder auf dem Jahrmarkt ihren Status zu unterstreichen. Da konnten natürlich auch die Geschäftsführer der kleineren Läden nicht zurückstehen.

Nicht daß der kleine Zhao seinem Vater eine tödliche Krankheit wünschte; wenn dieser jedoch stürbe, hätte er nicht viel Aufhebens darum gemacht. Für den Fall seines plötzlichen Ablebens hatte er allerdings absolut kein Mittel parat, seiner neuen Würde als hauptamtlicher Geschäftsführer Ausdruck zu verleihen, außer sich allenfalls auch solch eine blitzende Brille aufzusetzen. Der Wert einer Brille für acht Groschen bemaß sich schließlich nicht nur in diesem Betrag. Dahinter stand die ganze Kompetenz des Geschäftsführers, mit einer Brille trug man stets das Wahrzeichen von Modernität und Weltgewandtheit in der Tasche.

Er war oft mit Wang Si und den anderen Rikscha-Fahrern zusammen. Immer, wenn er aus dem kleinen Laden ein paar Yuan hatte mitgehen lassen, würfelten sie, und manchmal besuchten sie auch gemeinsam eines der Bordelle. Alle Rikscha-Kulis riefen ihn den »kleinen Zhao«, erst wenn die Aufregung beim Spiel sein Gesicht rot färbte, nannten sie ihn den »jungen Geschäftsführer«, und war er dermaßen in Rage, begann er auch selber, sich als Mann von Rang zu fühlen. Gewöhnlich hatte er keine Launen und benahm sich Wang Si und seinen Freunden gegenüber sehr natürlich.

»Ein Spielchen gefällig, Jungs?« Der kleine Zhao ließ sie die abgegriffenen roten Groschen in seiner Hand sehen.

Dann zog er eine Zigarette hervor und fing an zu paffen. Wang Si bekam einen Teil der Rauchwolke mit und sog ihn genüßlich ein. Alle hockten sich hinter eine Rikscha.

Nach kurzer Zeit hatten Wang Sis Kupferstücke sämtlich den Besitzer gewechselt. Die Adern auf seiner Stirn schwollen an; er wollte sich nicht geschlagen geben und ein wenig zurückholen: »He, Rotauge, leih mir ein paar Kupferne!«

Rotauge hatte alles gesetzt, was er hatte, und fünfmal gespielt. Nun stand er mit leeren Händen da und würdigte ihn nicht einmal einer Antwort. Seine verkniffenen roten Augen starrten nur noch auf die Würfel.

Wang Si war ratlos. Wut stieg in ihm hoch. Er sah sich um, ob irgendwo ein Polizist in der Nähe war. Zwar gehörte er selber zu den Gelackmeierten, aber im Falle einer Festnahme würde auch er wohl kaum ungeschoren davonkommen.

Der siegreiche kleine Zhao fragte alle, ob sie noch weiter spielen wollten. Alle zeigten sich interessiert, nur sollte er ihnen mit Kapital aushelfen. Aber die Hände des kleinen Zhao waren voller Erde, Kupferstücke und Groschen sämtlich in seine Tasche gewandert.

»Nur keine faulen Tricks! Wer spielen will, soll sich Geld besorgen!«

Alle beeilten sich, ihn »junger Geschäftsführer« zu nennen. Li Liu kam vorbei, der geröstete Süßkartoffeln verkaufte. »Für jeden eine auf Rechnung von Geschäftsführer Zhao!« Der kleine Zhao wollte seine Kumpane großzügig bewirten.

»Das hört sich schon besser an, kleiner Zhao!« Alle umringten den Händler. Auch Wang Si griff zu und schlang, tief den Atem einsaugend, die heißen Kartoffeln herunter.

Als er aufgegessen hatte, kam ihm eine Idee: »Kleiner Zhao, ich hab' was für dich.« Aus dem Kasten kramte er die Brille hervor. »Die Schachtel sieht nach nichts aus, aber was drinnen ist, wird dir gefallen!«

Kaum sah der kleine Zhao die Brille, meldete sich auch schon der Geschäftsführer in ihm. Er warf die übrige Süßkartoffel weg, was ihm die streunenden Hunde dankten. Fürwahr eine prächtige Brille, noch besser als die seines Vaters! Er probierte sie auf, aber die Sache hatte einen Haken: »Die ist für Kurzsichtige. Wenn ich sie aufsetze, verschwimmt mir alles vor Augen!«

»Du mußt dich daran gewöhnen«, sagte Wang Si mit einem Lächeln.

»Daran gewöhnen? Muß ich erst kurzsichtig werden, um sie aufsetzen zu können?« Der kleine Zhao hielt solch ein Opfer für übertrieben, aber er war nun einmal in die Brille vernarrt. Er versuchte, ein paar Schritte zu gehen. Dann nahm er sie ab und sah die anderen an. Alle waren sich darin einig, daß ihm die Brille großartig stand, Wang Si allen voran:

»Die macht richtig was her!«

»Aber wenn mir doch alles verschwimmt!« Der kleine Zhao war allerdings nicht bereit, die Brille aus den Händen zu geben.

»Du mußt dich daran gewöhnen!«

Wang Si fiel nichts ein, das ihm passender erschienen wäre.

Der kleine Zhao setzte die Brille wieder auf und sah zum Himmel auf. »Unmöglich, mir verschwimmt immer noch alles!«

»Nimm sie ruhig, nimm nur.« Wang Si gab sich jovial.

»Ich schenk' sie dir, ich kann sie nicht brauchen. Nimm sie ruhig, in zwei Jahren lassen deine Augen nach, dann ist sie genau richtig.«

»Du schenkst sie mir?« hakte der kleine Zhao ein. »Wirklich? Aber ein neues Etui wird noch hübsch einige Groschen kosten.«

»Ich schenk sie dir wirklich. Ich kann sie nicht brauchen. Und wenn ich sie verkaufe, krieg ich auch nur einen Yuan oder etwas drunter dafür.«

Wang Si zeigte sich von seiner umgänglichsten Seite.

»Laß mich mal eben zählen!« Der kleine Zhao zog seine Groschen hervor und bezahlte Li Liu die Süßkartoffeln. »Noch sechs Groschen, Scheißdreck, ich hab' nur zwei Groschen gewonnen!«

»Du hast ja noch die Kupferstücke«, erinnerte ihn einer.

»Die machen höchstens einen guten Groschen aus.« Da der kleine Zhao sie aber nicht hervorholte, schenkte keiner seinen Worten allzuviel Glauben.

In Wahrheit aber bekümmerte den kleinen Zhao der geringe Gewinn überhaupt nicht. Für gewöhnlich verlor er nämlich beim Würfeln. Nun war es nicht weiter schlimm, ein paar Groschen zu verlieren, aber es war schon etwas blamabel, vor allen als Dummkopf dazustehen. Heute endlich hatte er seinen Ruf wieder aufpoliert; selbst wenn er nur drei Groschen gewonnen hatte – vielleicht war es auch etwas mehr –, bedeuteten diese Kupfermünzen ihm doch weitaus mehr.

»Wang Si, ich will nichts umsonst von dir. Siehst du, hier sind sechs Groschen. Drei für dich, drei für mich, ist das nicht ein Geschäft?«

Wang Si hatte keinesfalls mit drei Groschen gerechnet, aber da sich der kleine Zhao so aufgeschlossen zeigte, konnte es nichts schaden, noch etwas weiter zu bohren: »Zeig doch noch mal die Kupferstücke, schließlich hast du sie gewonnen!«

»Nichts da! Das sind meine Glückspfennige, die trage ich lieber in der Tasche. Morgen mache ich wieder ein Spielchen mit euch.« Der kleine Zhao wähnte sich in einer Glückssträhne und rechnete fest damit, morgen erneut zu gewinnen.

»Also gut, drei Groschen für so eine gute Brille!«

Wang Si nahm das Geld und steckte es in den kleinen Beutel unter seinem Hemd.

»War nicht zunächst von einem Geschenk die Rede? Dieser gerissene Bursche!«

»Gut, schon gut! Freundschaft wiegt mehr, lassen wir es darauf beruhen!«

Der kleine Zhao legte die Brille in das Etui und machte sich auf den Weg. »Also dann bis morgen!« Nach wenigen Schritten öffnete er die Schachtel erneut. Nachdem er sich vergewissert hatte, daß ihm die Rikscha-Fahrer nicht nachsahen, setzte er die Brille wieder auf. Vor seinen Augen verschwamm die Welt. Aber er wollte sie nicht gleich wieder absetzen – er mußte sich nur daran gewöhnen. Wang Si hatte wohl recht. Schließlich wäre es traurig, eine Brille zu haben und sie nicht aufzusetzen. Und überdies mußten alle Geschäftsführer Brille tragen. Eine Brille, eine Armbanduhr, dann noch ein goldener Schneidezahn: es wäre doch gelacht, wenn die kleine Feng aus Nangangzi dann nicht auf ihn flöge!

In der Kurve vernahm er ein wildes Hupen. Da er nichts erkennen konnte, wußte er nicht, in welche Richtung er ausweichen mußte. Hastig wollte er die Brille abnehmen . . .

Während der folgenden Tage waren in der Umgebung der Schule weder der kurzsichtige Student, der sich die Wand entlangdrückte, noch der kleine Zhao oder Wang Si zu sehen. »Wang Si treibt sich in letzter Zeit mit seiner Rikscha immer in der Südstadt herum«, berichtete Li Liu den anderen.

Der große Spaziergang
Von Clarice Lispector

Sie war eine dürre alte Frau, sanft und hartnäckig, die nicht zu verstehen schien, daß sie allein auf der Welt stand. Ihre Augen tränten unentwegt, die Hände ruhten auf dem schwarzen, matten Kleid; altes Dokument ihres Lebens. In dem schon hartgewordenen Stoff fanden sich kleine Brotkrumen, mit Speichel verklebt, der in Erinnerung an die Wiege jetzt wieder herunterfiel. Dort war ein gelblicher Fleck, von einem Ei, das sie vor zwei Wochen gegessen hatte. Und die Spuren von den Orten, wo sie schlief. Sie fand immer eine Schlafgelegenheit, mal in diesem, mal in jenem Haus. Wenn man sie nach ihrem Namen fragte, sagte sie mit einer von Schwäche und jahrzehntelanger guter Erziehung geläuterten Stimme:

»Mocinha. Mädchen.«

Die Leute lächelten. Erfreut fügte sie hinzu:

»Mein Name, der eigentliche Name ist Margarida.«

Der Körper war klein, dunkel, obwohl sie groß und hell gewesen war. Sie hatte Vater, Mutter, Mann und zwei Kinder gehabt. Alle waren sie nach und nach gestorben. Nur sie war übriggeblieben mit den schmutzigen und erwartungsvollen Augen, die beinahe ganz von einem dünnen weißen Schleier überzogen waren. Wenn man ihr ein Almosen gab, gab man ihr wenig, denn sie war klein und brauchte wirklich nicht viel zu essen. Wenn man ihr ein Bett zum Schlafen gab, war es schmal und hart, denn Margarida hatte nach und nach an Umfang verloren. Sie bedankte sich auch nicht übermäßig: Sie lächelte und wiegte den Kopf.

Sie schlief jetzt, man wußte auch nicht mehr warum, im hintersten Zimmer eines großen Hauses, an einer breiten Straße voller Bäume im eleganten Stadtteil Botafogo. Die Familie fand Mocinha lustig, die meiste Zeit vergaß man sie aber. Es handelte sich ja auch wirklich um eine geheimnisvolle Alte. Sie stand am frühen Morgen auf, richtete ihr Zwergenbett her und verschwand in Windeseile, als ob das Haus in Flammen stünde. Niemand wußte, wo sie herumlief. Eines Tages fragte eines der Mädchen im Hause sie, was sie so tue. Sie antwortete mit einem liebenswürdigen Lächeln:

»Spazieren gehen.«

Sie fanden es lustig, daß eine alte Frau, die von Almosen lebte, spazieren ging. Aber es stimmte. Mocinha war in Maranhão geboren, wo sie auch immer gelebt hatte. Erst vor kurzem war sie nach Rio gekommen, mit einer gutherzigen Dame, die sie in einem Altersheim unterbringen wollte, aber nachher war es nicht möglich gewesen: Die Senhora reiste nach Minas und ließ Mocinha ein wenig Geld, damit sie in Rio zurechtkäme. Und die Alte ging spazieren, um die Stadt kennenzulernen. Es genügte überdies, daß sich jemand auf eine Bank setzte, auf einem großen Platz, und schon sah er Rio de Janeiro.

Ihr Leben verlief ohne Probleme, bis die Familie aus dem Haus in Botafogo eines Tages erstaunt feststellte, daß sie schon ganz lange im Haus lebte, und fand, daß es eigentlich des Guten zuviel sei. Irgendwie hatten sie recht. Alle waren dort stets sehr geschäftig, manchmal fanden Hochzeiten, Feste, Verlobungen, Besuche statt. Und wenn sie eilig an der Alten vorbeikamen, waren sie überrascht, als würden sie unterbrochen und mit einem leichten Schulterklopfen angesprochen: »Hör mal!« Besonders eines der Mädchen im Haus fühlte sich gereizt und unbehaglich, die Alte regte sie grundlos auf. Vor allem das ständige Lächeln, auch wenn das Mädchen begriff, daß es nur ein harmlos geöffneter Mund war. Vielleicht sprach aus Zeitmangel niemand über die Angelegenheit. Als es aber jemandem einfiel, daß man sie nach Petropolis schicken könne, ins Haus der deutschen Schwägerin, gab es eine lebhaftere Zustimmung, als sie eine alte Frau sonst hervorrufen könnte.

Als dann der Sohn des Hauses einmal mit der Freundin und den beiden Schwestern für ein Wochenende nach Petropolis fuhr, nahm er die Alte im Auto mit.

Warum schlief Mocinha nicht in der Nacht davor? Die Vorstellung einer Reise ließ das Herz im steif gewordenen Körper unregelmäßig schlagen und den trockenen Rost abbröckeln, so als habe sie eine große Pille ohne Wasser geschluckt. In gewissen Augenblicken bekam sie keine Luft. Sie verbrachte die Nacht mit Reden, manchmal mit lautem. Die Aufregung über den versprochenen Ausflug und das veränderte Leben machten ihr plötzlich einige Vorstellungen deutlich. Sie erinnerte sich an Dinge, von denen sie vor ein paar Tagen noch geschworen hätte, daß sie nie existiert hatten. Angefangen mit dem überfahrenen Sohn, gestorben unter einer Straßenbahn in Maranhão – hätte er den Verkehr von Rio de Janeiro erlebt, wäre er sicher hier umgekommen. Sie erinnerte sich an die Haare des Sohnes, an seine Kleidung. Sie erinnerte sich an die Tasse, die Maria Rosa zerbrochen und wie sie mit Maria Rosa geschimpft hatte. Wenn sie gewußt hätte, daß die Tochter bei der Geburt sterben würde, hätte sie natürlich nicht schimpfen müssen. Und sie erinnerte sich an ihren Mann. Sie konnte sich an ihren Mann nur in Hemdsärmeln erinnern. Aber das war unmöglich, sie wußte genau, daß er in der vorgeschriebenen Uniform zum Dienst ging und im Anzug zu Festen, abgesehen davon, daß er zur Beerdigung des Sohnes und der Tochter auf keinen Fall in Hemdsärmeln gegangen sein konnte. Die Suche nach dem Jackett des Mannes ermüdete die Alte noch mehr, und sie wälzte sich im Bett hin und her. Plötzlich merkte sie, daß das Bett hart war.

»Was für ein hartes Bett«, sagte sie ganz laut mitten in der Nacht.

Sie war überall empfindlich geworden. Teile des Körpers, die ihr schon lange nicht mehr bewußt waren, forderten jetzt ihre Aufmerksamkeit. Und auf einmal – was für ein gräßlicher Hunger! Wie von Sinnen stand sie auf, knotete das kleine Bündel los, zog ein Stückchen Brot mit ranziger Butter hervor, das sie seit zwei Tagen heimlich aufbewahrte. Sie aß das Brot wie eine Maus, scheuerte sich dabei bis aufs Blut die Stellen auf, wo nur Zahnfleisch war. Mit dem Essen wurde sie zusehends lebendiger. Es gelang ihr, wenn auch nur flüchtig, den Ehemann zu sehen, wie er sich verabschiedete und zur Arbeit ging. Erst als die Erinnerung verblaßte, merkte sie, daß sie vergessen hatte darauf zu achten, ob er in Hemdsärmeln war oder nicht. Sie legte sich wieder hin und kratzte sich wie wild. Den Rest der Nacht verbrachte sie mit diesem Spiel, einen Augenblick lang zu sehen und nachher nicht noch mehr sehen zu können. Am frühen Morgen schlief sie ein.

Und zum erstenmal mußte man sie wecken. Noch im Dunkeln kam das Mädchen sie rufen, mit einem Tuch um den Kopf und dem Koffer schon in der Hand. Mocinha bat unverhofft um ein paar Augenblicke, um sich die Haare zu kämmen. Die zittrigen Hände hielten den zerbrochenen Kamm. Sie kämmte sich, sie kämmte sich. Sie war nie die Frau gewesen, die spazieren ging, ohne sich vorher die Haare gut zu kämmen.

Als sie endlich zum Auto kam, staunten der Junge und die Mädchen über ihre fröhliche Miene und ihren schnellen Schritt. »Sie ist gesünder als ich«, scherzte der Junge. Die Schwester dachte: »Und ich hatte sogar Mitleid mit ihr!«

Mocinha setzte sich ans Fenster, ein wenig eingeengt von den beiden Schwestern, die es sich auf der gleichen Sitzbank bequem gemacht hatten. Sie sprach kein Wort, lächelte. Als das Auto aber startete und zurücksetzte, fühlte sie einen Schmerz in der Brust. Nicht nur aus Freude, es war ein Stich im Herzen. Der Junge wandte sich nach hinten:

»Dir wird doch nicht schlecht, nicht wahr, Oma!«

Die Mädchen lachten, besonders die vorn saß und von Zeit zu Zeit ihren Kopf an die Schulter des Jungen lehnte. Die Alte wollte aus Höflichkeit antworten, konnte es aber nicht. Sie wollte lächeln, es gelang ihr nicht. Sie schaute alle an, mit tränenden Augen, aber die anderen wußten bereits, daß es kein Weinen war. Etwas in ihrem Gesicht dämpfte die Fröhlichkeit der Schwester ein wenig und verlieh ihr einen verhärteten Ausdruck.

Die Reise war wunderschön.

Die Mädchen waren zufrieden. Mocinha fing von neuem an zu lächeln. Und wenn ihr Herz auch heftig schlug, es ging doch alles besser. Sie kamen an einem Friedhof vorbei, sie kamen an einem Lagerschuppen vorbei, Baum, zwei Frauen, ein Soldat, Katze! Buchstaben – alles von der Geschwindigkeit verschluckt.

Als Mocinha wach wurde, wußte sie nicht mehr, wo sie sich befand. Die Straße war schon taghell: Sie war schmal und gefährlich. Der Mund der Alten brannte, Füße und Hände fühlten sich eiskalt an, wie abgetrennt vom übrigen Körper. Die Mädchen redeten, die von vorn lehnte ihren Kopf an die Schulter des Jungen. Ständig fielen die Päckchen herunter.

Da begann Mocinhas Kopf zu arbeiten. Der Mann erschien im Jackett vor ihr – ich hab's, ich hab's! Das Jackett hing die ganze Zeit über dem Bügel. Sie erinnerte sich an den Namen der Freundin von Maria Rosa, jener, die gegenüber wohnte: Elvira, und Elviras Mutter war sogar ein Krüppel. Die Erinnerungen entlockten ihr fast einen Schrei. Da bewegte sie die Lippen und sagte leise einige Worte.

Die Mädchen redeten.

»Ah, vielen Dank, so ein Geschenk will ich nicht!«

Mocinha begriff nun wirklich nichts mehr. Was tat sie im Auto? Wie hatte sie ihren Mann kennengelernt und wo? Wie konnte es sein, daß die Mutter von Maria Rosa und Rafael, ihre eigene Mutter, bei diesen Leuten im Auto saß? Kurz darauf hatte sie sich wieder daran gewöhnt.

Der Junge sagte zu seinen Schwestern:

»Ich finde es besser, nicht vor der Tür zu halten, um Scherereien zu vermeiden. Sie steigt aus, wir zeigen ihr, wo es ist, sie geht allein und richtet aus, daß sie bleiben soll.« Eins der Mädchen wurde verlegen: Es fürchtete, daß der Bruder mit dem für Männer typischen Unverstand zu offen sprechen würde. Sie besuchten den Bruder in Petropolis nicht mehr, und erst recht nicht die Schwägerin.

»Oh ja«, unterbrach sie rechtzeitig, bevor er zu viel redete. »Hör zu, Mocinha, du gehst durch dieses Sträßchen und kannst dich nicht vertun: In dem roten Backsteinhaus, du fragst nach Arnaldo, meinem Bruder, hast du gehört? Arnaldo. Du sagst, daß du nicht mehr zu Hause bleiben kannst, sag, daß im Haus von Arnaldo Platz ist und du sogar ein wenig auf den Kleinen aufpassen kannst, hörst du . . .«

Mocinha stieg aus dem Auto und blieb noch eine Weile stehen, aber sie stand wie benommen. Der frische Wind wehte ihren Rock durch die Beine.

Arnaldo war nicht da. Mocinha trat in das kleine Zimmer, wo die Dame des Hauses, ein Staubtuch um den Kopf gebunden, Kaffee trank. Ein blonder Junge – sicher der, auf den Mocinha achten sollte – saß vor einem Teller mit Tomaten und Zwiebeln und aß schläfrig, während seine weißen und sommersprossigen Beine unter dem Tisch schaukelten. Die Deutsche füllte seinen Teller mit Haferbrei, legte ihm Toast mit Butter auf den Tisch. Die Fliegen summten. Mocinha fühlte sich schwach. Wenn sie ein wenig heißen Kaffee tränke, würde die Kälte im Körper vielleicht vergehen.

Die Deutsche prüfte sie von Zeit zu Zeit schweigsam: Sie glaubte diese Geschichte mit der Empfehlung von der Schwägerin nicht, auch wenn »von denen« alles zu erwarten war. Aber vielleicht hatte die Alte von jemandem die Adresse gehört, möglicherweise sogar in einer Straßenbahn, zufällig, das kam ja manchmal vor, es genügte schon, die Zeitung aufzuschlagen, um zu sehen, was sich so tat. Und die

Geschichte war auch gar nicht gut erzählt, und die Alte hatte so einen wissenden Blick, sie hielt nicht einmal ihr Lächeln zurück. Das Beste wäre, sie nicht allein im Zimmer zu lassen, mit dem Schrank voll neuen Geschirrs.

»Ich muß zuerst Kaffee trinken«, sagte sie zu ihr. »Wenn mein Mann kommt, werden wir sehen, was sich tun läßt.«

Mocinha verstand nicht genau, denn sie sprach wie eine Ausländerin. Aber sie verstand, daß sie sitzen bleiben sollte. Der Geruch des Kaffees war verlockend, ein Schwindel verdunkelte das ganze Zimmer. Die Lippen brannten trocken und das Herz klopfte wie selbständig. Kaffee, Kaffee, sie schaute lächelnd und mit tränenden Augen. Zu ihren Füßen biß der Hund sich ins eigene Bein, knurrte. Das Dienstmädchen, auch halb fremdländisch, groß gewachsen, mit einem schlanken Hals und großem Busen, das Dienstmächen brachte einen Teller mit weichem und weißem Käse. Wortlos strich die Mutter ziemlich viel Käse auf den Toast und schob ihn dem Jungen hin. Der Kleine aß alles auf, mit vollem Bauch griff er nach einem Zahnstocher und stand auf:

»Mama, hundert Cruzeiros.«

»Nein, wozu?«

»Schokolade.«

»Nein, erst morgen ist Sonntag.«

Ein kleines Licht ging Mocinha auf: Sonntag? Was machte sie am Sonntagvorabend in diesem Haus? Sie könnte es nie sagen. Lieber würde sie auf diesen kleinen Jungen aufpassen. Blonde Kinder hatten ihr immer gut gefallen: Jedes blonde Kind ähnelte dem Jesuskind. Was tat sie in diesem Haus? Man schickte sie aufs Geratewohl von hier nach dort, aber sie würde alles erzählen, sie würden schon sehen. Sie lächelte beschämt: Nichts würde sie erzählen, denn was sie jetzt wollte, war Kaffee.

Die Dame des Hauses rief nach drinnen, und das teilnahmslose Dienstmädchen brachte einen tiefen Teller mit dunklem Brei. Ausländer essen viel am Vormittag, das hatte Mocinha schon in Maranhão erlebt. Die Dame des Hauses mit ihrem Gesicht, das nicht zu Scherzen aufgelegt war, denn ein Gringo in Petropolis war ebenso ernst wie in Maranhão, die Dame des Hauses gab einen Löffel weißen Käse hinzu, machte ihn mit der Gabel klein und vermengte den Brei. Um die Wahrheit zu sagen, ein für Gringos typischer Schweinefraß. Dann fing sie zu essen an, versunken, mit dem gleichen gelangweilten Blick wie die Gringos in Maranhão. Mocinha schaute. Der Hund knurrte die Flöhe an.

Endlich erschien Arnaldo, bei strahlender Sonne, die Gläser glitzerten. Er war nicht blond. Er sprach leise mit seiner Frau, und nach langem Hin und Her teilte er Mocinha fest und seltsam mit:

»Nein, das geht nicht, hier ist kein Platz, nein.«

Und da die Alte nicht protestierte und weiter vor sich hinlächelte, sprach er mit gehobener Stimme:

»Hier ist kein Platz, hast du gehört?«

Aber Mocinha blieb sitzen. Arnaldo versuchte eine Handbewegung. Er schaute die beiden Frauen im Raum an und fühlte verschwommen die Komik des Kontrastes. Die Ehefrau glatt und rot. Und ein wenig weiter die zerknitterte und dunkle Alte, mit einer Reihe trockener Hautfalten, die auf die Schulter hingen. Angesichts des verschlagenen Lächelns der Alten wurde er ungeduldig:

»Und jetzt habe ich viel zu tun. Ich gebe dir Geld, und du fährst mit dem Zug nach Rio zurück, hast du gehört? Du gehst wieder zu meiner Mutter, kommst an und sagst: Arnaldos Haus ist kein Altersheim, hörst du? Hier ist kein Platz. Sag ihr das: Arnaldos Haus ist kein Altersheim, hörst du?«

Mocinha nahm das Geld und ging zur Tür. Als Arnaldo sich schon zu Tisch setzen wollte, kam Mocinha noch einmal zurück: »Danke. Gott stehe Ihnen bei.«

Auf der Straße dachte sie wieder an Maria Rosa, Rafael, den Mann. Sie spürte nicht die geringste Wehmut. Aber sie erinnerte sich. Sie ging zur Straße und entfernte sich immer weiter vom Bahnhof. Sie lächelte, als wenn sie mit jemandem scherzte: Anstatt gleich umzukehren, ging sie noch ein wenig spazieren. Ein Mann kam vorbei. Auf einmal wurde eine ganz merkwürdige und völlig belanglose Sache deutlich: als sie noch eine junge Frau war, die Männer. Sie konnte sich kein genaues Bild von den Männern machen, aber sie sah sich selber in hellen Blusen und mit langen Haaren. Der Durst kam wieder, verbrannte ihr die Kehle. Die Sonne stach, funkelte auf jedem weißen Kieselstein. Die Straße in Petropolis war sehr schön.

An dem kleinen Brunnen aus schwarzem, nassem Stein, mitten auf der Straße, füllte eine Negerin ohne Schuhe eine Büchse mit Wasser.

Mocinha blieb stehen, spähte. Dann sah sie, wie die Schwarze die Hände zu einer Muschel zusammenlegte und trank.

Als die Straße wieder leer war, trat Mocinha wie aus einem Versteck schnell heraus und näherte sich verstohlen dem Brunnen. Die Wasserfäden liefen ihr eiskalt bis zum Ellenbogen in den Ärmel hinein, kleine Tropfen hingen glitzernd im Haar. Nun ohne Durst ging sie, erstaunt, mit weitgeöffneten Augen weiter spazieren und achtete auf die heftigen Bewegungen des schweren Wassers in ihrem Magen, das kleine Reflexe wie Lichter im restlichen Körper aufblitzen ließ.

Die Straße stieg steil an. Die Straße war schöner als die von Rio de Janeiro, und sie stieg steil an. Mocinha setzte sich auf einen Stein neben einen Baum, um den Blick zu genießen. Der Himmel war ganz hoch, ohne eine Wolke. Und es gab viele Vögel, die aus dem Abgrund bis zur Straße flogen. Die von der Sonne weiße Straße breitete sich über einen grünen Abgrund aus. Da legte die Alte, weil sie müde war, den Kopf an den Stamm des Baumes und starb.

Mein albanisches Wunder

Von Erich Loest

Wir holperten in einem Jeep, oder hieß das hochbeinige Ding Landrover, auf einem Ziegenpfad an der Küste entlang. Staub wolkte und legte sich auf Steppengras. Der Fahrer und der Parteisekretär des Distrikts trugen ihre knallschwarzen Locken militärisch kurz. Ehe sie lachten, spuckten sie die Zigarettenstummel in den Wind. Die Dolmetscherin stammte aus Jena. Ich wußte nicht genau, ob sie meine Geliebte war. Wenn sie sich zu intensiv mit den beiden unterhielt, paßte mir das freilich nicht. Ich sagte: »Bring ihnen mal bei, Renate, daß die ersten Hotels hier stehen könnten.« Im Rückspiegel sah ich, daß ich das kleine Hardy-Krüger-Schmollmündchen hatte, von dem keiner wußte, was von ihm zu halten war. Bißchen unberechenbar war ich schon.

Walter Ulbricht hatte mich runtergeschickt. Vorher hatte es Krach gegeben mit Paul Fröhlich in Leipzig, billige Provinzargumente, ich hatte gesagt: Entweder ihr räumt mir Spielraum ein wie Ardenne, eurem Superphysiker auf dem Weißen Hirsch in Dresden, am Ende rechne ich ab, Nationalpreis oder Zuchthaus, aber vorher soll mir keiner reinquatschen, nicht jeden Monat einen Zwischenbericht an irgendwelche kleinkarierten Buchhalter, oder ihr sucht euch sonstjemanden. Ulbricht hatte mir erstaunt zugehört, und Lotte neben ihm mußte wohl begriffen haben, was in mir steckte, sozialistisches Dynamit. Es ging um den Etat, ich sagte: »Im ersten Jahr zweihundert Millionen. Wenn's läuft, fünfhundert, dann kann ich runtergehen, und im dritten Jahr klimpert das erste bescheidene Einkommen. In zehn Jahren bin ich rentabel.« Das war der Augenblick, als Lotte sagte: »Genosse, wann werden Sie Frauenausschüsse auf breitester Basis entfalten?«

Das war Vergangenheit, ich legte den Arm um Renates Schultern; wie war Renate, ich hatte mich noch nicht entschieden. Aber so wichtig war das nicht, ich mußte sagen: »Bring den Jungen bei, wo das erste Hotel zu stehen hat, hierher, dieser Strand und die Berge dahinter, wir müssen unseren Leuten ein Gefühl vermitteln: wie Usedom oder Rügen, bloß südlicher, du darfst meine Sachsen nicht erschrecken, die steigen aus der Maschine und brauchen ihre Bockwurst, nun red' nicht dazwischen, du weißt genau, wie ich's meine.« Landrover, ein Strand, aufsteigend, Wolken wie nackte Lämmer. Ohne Ulbricht wäre in dieser Story nichts gegangen, das erkannte ich jetzt an. Ich stand am Fenster und schaute den Dohlen zu, die ihre Nester bauten. Jedes Frühjahr war das so, ich sah sie in den Essentöpfen ihre struppigen Behausungen montieren, immer mit Geschrei und Gekrächz, manchmal konnten sie, einen Ast quer im Schnabel, kaum die Höhe gewinnen. Schwerlastdohlen. Oder Krähen. Da war dieses Pärchen, ich erkannte es an der Körperhaltung, wenn die beiden ihren Zweig in eine Lücke stopften, manchmal dachte ich: Junge, schaffst du das, oder stürzt du ab? Da stand ich und pendelte wieder meine sieben Schritte und drehte an derselben Stelle und sah die Dohlen und dachte: Renate oder Walter Ulbricht, wo spinnst du deine Geschichte weiter, also wieder mal am Anfang, und den Anfang dachte ich mir so.

Ministerrat. Oder Hauptausschuß Urlaubsbetreuung der Gewerkschaften. Oder am besten bei Ulbricht im Zentralkomitee. Ich schritt ans Pult. Absolut klar: Wenn ich damals nur die kleine Variante angestrebt hätte, stiege ich nicht aus dem Landrover, spähte nicht die Küste hinauf, langte nicht in die Schachtel, die mir der Distriktssekretär hinhielt. Unheimlich schwarzes Zeug rauchten sie hier unten. War ein Jammer, aber etwas, das einem natürlichen Hafen ähnlich sah, hatte ich nicht entdeckt, wir würden eine Mole schütten müssen, um das Zeugs aus Rostock anzulanden, Zement und Baustahl und Barackenteile zuerst. Die Mole war Sache der Albaner, vielleicht ihrer Armee. Das erklärte ich Renate und zeigte hinunter auf den Strand. Die Mole konnten wir auch brauchen, wenn alles fertig war, hier legten die Urlauberschiffe an. Eine Belegung flog zurück nach Berlin, die andere stieg ein zur Kreuzfahrt durchs Mittelmeer, rund um Spanien, Biskaya, Kanal, Pendelverkehr von Rostock nach – da fiel mir ein, daß ich noch keinen Namen für mein Wunder hatte. Vielleicht nach dem nächsten Dorf benennen, aber ich wußte außer Tirana und Durazzo keine albanischen Ortsnamen. Und fragen konnte ich niemanden und nicht nachschlagen. Warum nicht Sonnenküste. Vorläufig so banal wie möglich »Projekt Sonnenküste«. Ich stand zwischen Ulbricht und Hager an einem Modell – Hager hatte auch gefeuert werden sollen, so hatte ich mir das mit meinen Freunden ausgemalt nach dem XX. Parteitag der KPdSU, als wir radikal spannen und überall rumerzählten, wie wir uns eine Partei- und Staatserneuerung vorstellten, und deshalb saßen wir nun im Knast – also Hager stand neben mir, ich zeigte auf die weißen Klötzchen: die Hotels. Die Mole. Weiter hinten das Dorf für die Albaner, die bei mir arbeiteten. »Bloß nicht alles in Beton«, sagte ich. »Hier werden ausschließlich Albaner wohnen. Die hole ich mir aus den Dörfern und schule sie in Rostock. Oder Leipzig, Dresden. Kleine Cafés, Hammelbratstuben im heimischen Stil. Da rede ich meinem albanischen Architekturberater überhaupt nicht rein.«

Lotte sagte: »Genosse, hast du an die kombinierten Kindereinrichtungen im Sinne Makarenkos gedacht?« Und Walter sagte: »Nu, ich denge, das is eine gude Sache, jo!«

Die Mole, die Armee hatte von den Bergen her eine Schmalspurbahn gebaut, auf ihr rollten Loren, vorn wurden die Brocken ins Meer gekippt. Wir wohnten in Zelten, ich hatte an die zwanzig Mann 'runtergeholt, Bauingenieure, Landvermesser. Ich mußte Druck machen, daß es mit dem Bau des Flugplatzes ernst wurde, was hieß Flugplatz, eine schlichte Piste brauchte ich, mehr nicht. Ein Flughafengebäude baute ich vielleicht überhaupt nicht oder zuletzt und ganz klein. Jeden Tag eine Maschine von und nach Berlin. Oder einmal in der Woche von Leipzig und Dresden. Vielleicht die Hotels so anlegen, daß gerade eine Flugzeugladung hineinpaßte, an die hundertfünfzig Betten. Das war rationell, ich konnte . . .

Rumsrums im Schloß: »Freistunde!« Ich trat auf den Gang, der Kumpel aus der Nebenzelle ging gerade die Treppe hinunter, ich hielt den vorgeschriebenen Abstand. Sah: ein Pappkärtchen mit einer schwarzen Zwei an Zelle 17, die war gestern noch leer gewesen. Bei mir hing eine rote Eins, das hieß, ein Mann in Einzelhaft. In der Freistunde waren wir acht, heute bloß sieben, der Pfarrer aus Biesdorf fehlte, krank oder was? Blickwendung zum Posten hinauf, manche ruckten den Schädel wie auf dem Kasernenhof, ich guckte mal gerade hoch, stellte mich an meinen Platz, einer meldete, Herr Hauptwachtmeister, siem Straffang zur Freistun antreten. Rechts üüm, iiim Gleichschritt.

Wir rechteckten ums Volleyballfeld, dort würde ich wieder spielen, wenn ich aus der Einzelhaft 'raus war. Jetzt kein Gedanke an Albanien. Freiübungen in sechzehn Zeiten. Und eins, und zwo. Kindergeschrei von der Schule nebenan. Das fehlte mir in den Ferien. Einrückn! Meldung. Kopfwenden. Im Abstand die Treppe hoch, Einschluß. Eine halbe Stunde saß ich auf der Bank, die Unterarme aufgestützt. Allmählich kam ich wieder auf Albanien. Ich wußte nicht, wie's angefangen hatte, jetzt trieb ich das jeden Tag stundenlang. Ich war der Chef, sonst hätte es mich nicht gereizt. Eine ungeheure Aufgabe. Eines war klar, Albanien mußte Nutzen haben wie die DDR, wir waren keine Kolonialisten neuen Typs, sondern leisteten im gleichen Maße Entwicklungshilfe, wie wir unsern beengten Sonnensuchern ein südliches Paradies boten. Die erste Flugzeugladung mit Albanern, die Hälfte Jungen, die Hälfte Mädchen, hob in Tirana ab und setzte in Leipzig auf. Erstmal deutsch lernen im Intensivkursus, nach Neigungen fragen: Wir brauchten Köche, Serviererinnen, Sekretärinnen, Dolmetscher, was brauchten wir denn nicht, wir brauchten Bäcker und Fleischer und Friseure. Ich kannte aus der Zeit vor dem Knast ein paar Leute aus dem Herder-Institut, mit denen saß ich am Tisch. Eine enorme völkerverbindende Aufgabe, sagte ich, das ist Sozialismus, wie ich mir ihn vorstelle. Jetzt gähnt da unten leerer schöner Strand mit fünf Kilometern Hügelland, mickrige Hütten, Schafe, Sumpf. Dahinter die schwarzen Berge, und oben liegt Schnee. In zehn Jahren steht dort eine Hotelstadt mit einer Kapazität von . . . Ich sah mich auf der Mole, das blaue Wasser klatschte an die Quader. Soldaten mit nackten Oberkörpern stampften die Kiesdecke fest. Ich hatte dem Major gesagt: Wenn ihr das bis Donnerstag schafft, liefere ich eurer Einheit drei Radios.

Ich wußte nicht, ob er erwartete, daß ich ihn persönlich bestach, Balkan, grübelte ich, wer weiß, wie das hier zugeht, aber solche Sachen führst du nicht erst ein. Ich sah mich an der Mole, braungebrannt, zäh, fünfunddreißig war ich, das beste Alter für einen operativen Posten. Führende japanische Manager waren so alt. Das Schiff kroch pünktlich über die Kimm, die Adria plätscherte, die Sonne knallte, den Soldaten rann der Schweiß über die Rücken. Das Schiff machte fest. Kräne schwangen Kisten und Säcke aus dem Bauch, Baumaschinen, Moniereisen, Lastautos. Mein Dolmetscher hieß wahrscheinlich Iskander, hoffentlich war das ein albanischer Name. An Renate hatte ich seit Tagen nicht mehr gedacht.

Kurz vor dem Mittagessen fiel mir mit einem Schlag ein, daß wir überhaupt kein Kraftwerk hatten. Total vergessen. Verschlampt. Mensch, ärgerte ich mich, was bist du für ein Spinner, bildest Kellner weitsichtig aus, und jetzt, da du Bier und Schweinehälften aus der Heimat kühlen willst, hast du keinen Strom, willst morgen die Grube für das erste Hotel ausschachten lassen, und womit drehst du die Mischer?

Gemüseeintopf. Ich aß Brot dazu. Der Eintopf war nicht so schlecht, daß er mich mißmutig gemacht, und längst nicht so gut, daß ich stundenlang über ihn gejauchzt hätte. Während ich die Schüssel ausspülte, kam ich auf Hemingway und fand, daß ich eine derartige Geschichte am besten im Hemingway-Stil erlebte. Ich sagte mir alle Titel her, die mir einfielen, die Romane und Francis Macomber und Der Schnee auf dem Kilimandscharo und Der Kämpfer und Die Killer und alle Nick-Geschichten, wo gewaltige Forellen geangelt werden. Ich sah mich wieder an der Mole, Iskander saß im Landrover, ich hatte keineswegs ein Hardy-Krüger-Mündchen, als ich die Kraftwerkpanne ausbügeln wollte, meine Lippen waren vielmehr messerschmal, ich trug ein Khakihemd und kurze Hosen und meine ausgelatschten Sandalen von daheim und formulierte sofort, daß das ganze eine Erzscheiße sei. Jetzt konnte nur einer helfen, der Major, und da ich immer mehr reinrutschte in den harten Stil, knurrte ich zu Iskander: »Wenn du den Mehschter nicht in zehn Minuten auftreibst, Junge, hast du morgen 'nen neuen Chef. Und ich schreib dir 'ne Karte aus Bautzen, siehste klar?« Iskander sah natürlich nicht klar, bellte aber: »Ei, Ei, Sör!«

Nun bestach ich den Major doch, weil er andere bestechen mußte. Die ganze Satansscheiße kostete mich ein Förderband, Glaswolle und eine komplette Toiletteneinrichtung für die Datsche des Majors. Wir waren Männer, die die Welt kannten, am Ende stießen wir an mit Raki, diesem fürchterlichen Schnaps, den sie da unten aus Pflaumenkernen brennen, an den ich mich gewöhnt hatte wie an Faßbrause. Fünf Aggregate, betrieben mit Dieselöl. Mein Kopf war fürs erste aus der Schlinge raus.

Das Kraftwerk kaufte ich in Österreich. Es war ein unglaublich aufreibendes Geschäft, und ich hatte vollauf damit zu tun, bis ich gegen fünf am Nachmittag die Zeitung kriegte. Erst wollte ich einen Teil des Geldes damit kompensieren, daß ich österreichische Urlauber anheuerte zu Vorzugspreisen, aber rechtzeitig fiel mir ein, daß es ausgesprochen beschissen wäre, wenn es an meiner Sonnenküste Gäste aus zwei Währungsbereichen gäbe. Die Österreicher an gesonderten Tischen mit besserer Verpflegung, die konnten Westzeitungen kaufen und unsere nicht, nee! Wenn ich damit erst einmal anfing, war Neckermann nicht weit. Mein Sonnenstrand war sauber, politisch klar, ohne Doppelbödigkeit. Also bezahlte ich zum Teil in bar, zum Teil mit Strümpfen aus dem Erzgebirge und mit Briketts; mit Heinrich Rau handelte ich das alles im Ministerrat aus. Rau hätte nicht gefeuert werden sollen. Er blickte traurig, und am Ende mahnte er bloß: »Nächstes mal denkste eher dran.« Im Vorzimmer hockte Neptun, Raus Persönlicher Schutz, sein PS, der ihn nie aus den Augen lassen durfte. Neptun saß jetzt bei uns, er hatte wohl geklaut. Aber in meiner großen Geschichte wachte er noch in Raus Vorzimmer, die Kanone im Schulterhalfter, ich nickte ihm im Hinausgehen zu: Noch mal Schwein gehabt! Und Neptun sagte wie stets im Knast: »Nischt zu roochn?«

Ich wußte, als die Zeitung kam, daß ich mit dem Kraftwerk längst nicht zu Rande war, damit hatte ich sicherlich einen Abend und einen Vormittag zu tun. Ölkraftwerk am Strand, die Tanker legten vor der Haustür an. Riesenschornstein, umweltfreundlich. Heizwerk dabei, auch für die Albanersiedlung. Mit so 'nem Kraftwerk krempelte ich die ganze Landschaft um. Sozialismus plus Elektrifizierung ist Kommunismus. Ogottogott.

»Neues Deutschland«, zusammengerollt, rutschte durch den Spion, der Kalfaktor schob, ich zog sachte, blätterte auf und las. Im Eichmann-Prozeß war nun endlich Globkes Name genannt worden, Kaul hatte das fertiggebracht. Ich hatte seit Tagen den Eindruck, daß unsere Leute gierten, Adenauer eins auszuwischen, was mußte sich der Idiot auch einen Staatssekretär wie Globke leisten. »Der perfekte

Polizeistaat«, das war natürlich Westdeutschland. Eine Zweiundsechzigjährige war in die DDR gereist, bei der Rückkehr hatte die Polizei sie festgenommen. »Man nahm ihr die Fingerabdrücke ab, und sie mußte sich nackt ausziehen. Acht Stunden wurde sie in Kronach vernommen. Grund der hochnotpeinlichen Untersuchung: Die Frau hatte einzelne Druckschriften aus der DDR bei sich.« Die arme, arme Frau, da kamen mir ja die Tränen! Der Westberliner Bürgermeister machte den Redakteuren des »ND« auch keine rechte Freude. »Willy Brandt steigerte die Revanchehetze und provokatorische Agententätigkeit. Als echter Ostlandreiter und Strauß-Gefreiter protegierte er die Treffen revanchistischer Organisationen in der Frontstadt. Schon drei Tage nach den Wahlen lag er wieder mit der CDU und den Konzernen im gleichen Bett.« Siehe da, Kennedy wollte sich mit Chruschtschow in Wien treffen. Sollten mal schnell machen, Abrüstung und großer Weltfrieden lagen in der Luft, natürlich mit gewaltiger Amnestie als Folge. Ich konnte mir denken, wie die Kumpel jetzt in den Brigaden redeten: Zu Weihnachten sind wir alle zu Hause! Weiter in der Zeitung: In Albinshof bei Anklam waren die Bauern tüchtig, vergnügt, klug und fleißig, fütterten prima Schweine und waren rundum glücklich im Sozialismus. Das Urlauberschiff »Fritz Heckert« war nach 1700 Seemeilen langer Jungfernfahrt wieder im Hafen von Wismar eingelaufen. Na bitte, in zehn Jahren besaß die DDR zwanzig Urlauberschiffe, und fünf davon kreuzten ständig runter zu meinem albanischen Wunder.

Das Abendbrot, gespannt war ich trotz alledem. Ein Pfund Brot wie immer, im Rhythmus Butter–Schmalz–Margarine war Margarine dran, im Rhythmus Leberwurst–Blutwurst–Jagdwurst mußte Blutwurst kommen, die mir die liebste war, weil kräftig mit Majoran gewürzt; wenn ich nicht Wurst schmeckte, dann wenigstens Majoran. Ich horchte hinaus, das Ausgeben dauerte länger als sonst, ein vorzügliches Zeichen, und siehe da, in meiner Schüssel neben dem

Kleckschen Margarine und dem Scheibchen Blutwurst lag ein Bückling, ein mittelschwerer Kerl, der Duft schlug mir in die Nase, ich dachte: Dreimal Bückling hintereinander wäre drückender Beweis für unmittelbar bevorstehende Amnestie. Nun brauchten bloß noch zwei zu folgen. Ich verspeiste die Herrgottsgabe und dachte dabei an nichts als an sie, kein Gedanke flog etwa weg zu meinem Kraftwerk; ich zerlegte sie achtsam vom Rücken her, darin war ich Meister, kaum ein Grätchen blieb im Fleisch, die Haut schabte ich, bis sie knisterte wie Stroh. Vierhundert Kalorien, schätzte ich, leichtverdauliches Eiweiß die Menge. Der Tag war gelaufen, ein guter Tag, wahrhaftig.

Ich begann meinen Abendspaziergang in dem beruhigenden Gefühl: Mein Projekt war moralisch, sozialistisch. Es gab keine Beschissenen dabei, keine Ausgebeuteten. Kein Westtourist konnte auf einen Osttouristen 'runterspucken, bei mir am Sonnenstrand gab es weder einen Regierungsbereich mit Zaun drum und Posten davor noch ein Gästehaus des ZK oder sowas. Gleiche Preise, gleiche Bedingungen. Das beschloß ich abermals, nachdem ich nach der Postenablösung ein wenig auf dem Arsch lag. Na-sehn-Se! hatte Wache, der riß sich kein Bein aus und mir keins ab. Also Beteiligung der Albaner von Anfang an, die DDR mietete das Gelände auf zwanzig Jahre, dann fiel es an Albanien zurück. Wir zahlten anständige Gehälter, so viel wie in einem Monat bei mir verdienten sie sonst in zwei Jahren. Einen Spitznamen gaben sie mir, welchen? Ich hätte gern gewußt, wie sie mich nannten, meine lieben Albies, mich, ihren Wohltäter. Ich wohnte im Zelt, während das erste Hotel montiert wurde, war überall und nirgends, in kurzen Hosen und Sandalen, meinen Landrover kannte jeder. Allmählich brauchte ich keinen Dolmetscher mehr. Abends stand ich am Ziehbrunnen im Zentrum des Dorfes, die Sonne sank, ein paar Leute brachten ihre Wünsche vor, Beschwerden waren es kaum. Einen kannte ich, er war in Leipzig als Kranführer ausgebildet worden. Wir redeten leise, albanisch natürlich, ein Mißverständnis, wir lachten. Inzwischen hatte ich mich an die teuflisch schwarzen Zigaretten gewöhnt. Ist ja ganz gut, was ihr da anbaut, sagte ich, aber für meine sechstausend Urlauber brauche ich Gemüse jede Menge, nicht nur Frühkartoffeln und Tabak. Ein Gemüsekombinat mußte her, das war's. Dabei sah ich das Kraftwerk immer noch nicht richtig. Rumsrums im Schloß: »Was denn mit Ihn los! Hamse Liegeerlaubnis?«

»Zelle fünfzehn belegt mit eim Strafgefang, es meldet . . .«

»Warum Se liegn!«

Mir war ein wenig taumlig, vielleicht war ich eingeschlafen.

»Nur mit Liegeerlaubnis! Se sin doch nu lange genug hier!«

»Jawohl, Herr Hauptwachtmeister!«

»Na sehn Se!« Rumsrums.

Da ging ich wieder auf und ab, es war bestimmt gleich sieben, Einschluß und Nachtruhe, auch wenn die Sonne schien. Mein Dichterkollege Kuba fiel mir ein, der nach dem 17. Juni 53 über die Ausgangssperre gedichtet hatte, Berlins Bauarbeiter dürften nun wie gute Kinder schlafen gehen, während die Sowjetarmee wachte. Auch wir waren gute Kinder, die Volkspolizei wachte über unseren Schlaf. Wir waren brav und quengelten nicht, noch ein Stündchen aufbleiben und etwa das Sandmännchen sehen zu dürfen, wir packten unsere Klamotten zu Blöcken auf den Schemel, Mütze und Schüssel und Löffel obenauf, so stellten wir sie, die Schuhe davor, auf den Gang, meldeten ab in Hemd und Unterhose und machten uns auf den Strohsack. Dort konnte ich noch ein bißchen spinnen. Der Mond ging über Albaniens Bergen auf und warf sein Licht wie bei Caspar David Friedrich über die Hügel und meine Baugrube und die Baracken und die Mole, der Wind war ablandig und hatte das Wasser zurückgedrückt, es roch nach Tang und Muscheln. Draußen lagen Fischerboote, meine Leute hatten sich an Tintenfisch in Öl gewöhnt. Iskander fragte mich, ob ich am Sonntag mit dem Distriktssekretär zur Rebhuhnjagd gehen wollte. Ich sagte, aus Jagd machte ich mir nichts. Dann bummelten wir hinüber zur Küchenbaracke II, dort wurde albanisch gekocht, meist für die Armee, aber auch meine Spezialisten gingen immer öfter hin. Ich kriegte meinen ersten Raki, gratis. Hinter dem Herd hingen Hammel- und Ziegenhälften, die dort trockneten und garten, ich ließ mir ein Pfund abschneiden und aß dazu Maisbrei mit den Pfoten. Es war eine gute, fette Mahlzeit, die einem Mann Kraft gab. Wer so aß und so satt war, konnte reden wie die Leute bei Hemingway.

Am nächsten Morgen kniete ich mich mit aller Energie ins Kraftwerksprojekt. Die Dohlen bauten ihre Nester; im Haus, das hörte ich am Schließen und Türenschlagen, lief die Freistunde auf Touren, ich focht einen Streit mit meinem österreichischen Lieferanten aus. Zum dritten Mal war ich nun schon in Wien. Ich war sauer auf die Österreicher, die mich hinhielten, um die Lieferfristen gab es Stunk. Eine Tafel, ein Dutzend Glatzköpfe dran, ich ließ meinen Justitiar reden, während in mir die Wut stieg. Ich wurde wirklich wütend, die Dohlen lenkten mich nicht ab, nicht das Näherkommen des Schließens, ich dachte: Schmetterst ihnen diesen Brocken hin: Meine Herren, wenn Sie nicht liefern können, sagen Sie's gleich! Mit Siemens hatte ich telefoniert, die waren teurer, aber schneller, und im Grunde genommen blieb mir keine Wahl.

Ein paar Zellen vor mir hörte das Schließen auf, wer weiß, was wieder los war. Das hätte mich an anderen Tagen in Braß gebracht, aber diesmal hatte ich blödsinnige Wut auf die Österreicher, die Penner, vergaß die Freistunde, spielte Siemens gegen die Österreicher aus und die Österreicher gegen Siemens, aber es konnte natürlich auch sein, daß die beiden unter einer Decke steckten und sich gegenseitig hochschaukelten, unter Kapitalisten war ja jede Sauerei möglich. Zwischendurch beschlich mich die Idee, ob wohl

Gefahr bestand oder in zwei, drei Jahren bestehen könnte, mir rutschten die Dinge durcheinander, ein Gedankenspiel wie mein albanisches Wunder drängte sich vor, wurde übermächtig, Realität und Traum kippten um, ich bildete mir wirklich ein, der große südliche Planer zu sein, und der Knast schien mir als Spinnerei, Schizophrenie. Mittlere Stufen waren denkbar, vielleicht glitt ich so ab: Die Siemens-Leute hatten mich schwer übers Ohr gehauen, jemand hatte Dollar-Bündel in meinen Schreibtisch praktiziert: Siebeneinhalb Jahre Zuchthaus wegen Devisenvergehen, Betrug, Unterschlagung? Ich bedachte auch: Seltsam, du spielst dich in unumschränkte Macht hinein, und gerade unkontrollierte Macht hat dich in die Bredouille gebracht. Du träumst dich in die Rolle des gottähnlichen Wohltäters, aber halten sich nicht alle Diktatoren für Glücksbringer? Welcher Alleinherrscher denkt schon: Was bin ich für ein Schwein? Zugegeben, in deiner Geschichte krümmst du keinem ein Haar, aber die Praxis ist anders. Phantasierst du dich nach ganz oben, weil du ganz unten bist? Das wäre zu verstehen, aber moralisch erste Wahl wäre es trotzdem nicht. Mußt wohl auch das Träumen noch lernen. Die nächste Geschichte spinnst du gefälligst ein paar Nummern kleiner.

Trotzdem weiter: Abends saß ich in einem typischen Wiener Speiselokal – ich kannte ein Plüschhotel in Budapest, das legte ich nach Wien – der alte Stöckicht aus Pfeifers Weinstuben bediente mich, und gegen Mittag, es war wirklich keine Freistunde gewesen, kam mir die Idee, wie es wohl weiterginge unten an der Sonnenküste, wenn ich in Wien ermordet würde. Raubüberfall. Der österreichische Konzern versuchte mich zu erpressen. Ein Schuß im Bad, ich rutschte an der Kachelwand zusammen. Überführung des Katafalks nach Berlin. Heinrich Rau an meinem Grab, Neptun, die Pistole im Schulterhalfter, einen Schritt dahinter. Unersetzlicher Verlust. Immer in vorderster Front. Taufen wir sein Lebenswerk auf den Namen Erich-Loest-Strand.

Nudelsuppe, Mensch war die klebrig. Das Kraftwerk stellte ich fünf Kilometer südlich an den Strand. Schornstein, eiserne Brücke ins Meer hinaus für die Tanker, die von Mittelost kamen, es war ein kurzer Weg für sie. Ich formulierte: Blitzende Tanks, das war festgefrorener journalistischer Ausdruck. Ich flog von Berlin runter, das wievielte mal bloß, in meinem Team hatte ich einen Abwasserspezialisten aus Leuna, einen holländischen Blumenkohlzüchter und drei ungarische Weinbauern. Wir blickten beim Eindrehen auf die blitzenden Tanks und den Kraftwerksblock, die Rollbahn zu den Hotels, die ersten vier standen nun schon. Mich überkam ein Gefühl von Heimat, ich hatte prima Freunde unter den Albis. Iskander studierte in Leipzig, mit dem hatte ich so meine Pläne. Die Sonne stand tief über dem Meer, draußen lagen Fischerboote malerisch mit spitzen Segeln. Wenn bei Capri – vielleicht war's nach Capri gar nicht weit.

An meinem albanischen Wunder bastelte ich vier Monate. Es war eines der drei gigantischen Projekte, die ich in Bautzen bewältigte, von dem Dutzend kleineren nicht zu reden. Nach zehn Jahren war im Grunde genommen alles fertig, Sonnenküste war *das* Urlauberparadies für die DDR und eine Quelle des Wohlstands und ein Kern der Industrialisierung für Albanien. Flugzeuge flogen, Schiffe kreuzten, zufriedene Urlauber bedeckten mit ihren Körpern die Strände, zufriedene Köche kochten albanisch und deutsch, Rebhänge grünten, zufriedene Kühe in sauberen Ställen lieferten Butter und Käse, mein Werk war rentabel, bloß wäre mir lieber gewesen, ich hätte nicht so viele Delegationen aus Japan, Bulgarien, Spanien und sonstwoher führen müssen. Die wollten natürlich wissen, wie man sowas macht.

Es waren vier erträgliche Monate, ich dachte mich weit weg oder holte die Weite zu mir herein. Ich pendelte ein paar hundert Kilometer zwischen Fenster und Tür, registrierte vierzig mal den Zyklus Butter–Schmalz–Margarine, der Frühling ging in den Sommer über; in dieser Zeit durchlebte ich meine fünfzehn Jahre Sonnenküste. Ich war Generaldirektor bis zuletzt. Ein Hotel nach dem anderen gab ich in die Hände der Albis, die meisten hatten von der Pike auf gedient; eine Direktorin hatte im ersten Flugzeug gesessen, das Jungen und Mädchen aus den Dörfern ringsum ans Herder-Institut gebracht hatte. Heute sprach sie sechs Sprachen perfekt.

Da wurde Herbert zu mir in die Zelle gelegt, ein dünner Bursche knapp unter dreißig, er galt als aufsässig, übernervös. Nach fünf Monaten Einzelhaft freut sich jeder auf ein Gesicht und ein Wort. Er richtete sich mit seinen Habseligkeiten ein, wir redeten immerzu und nach dem Einschluß die halbe Nacht, so war es stets nach einer Verlegung. Reichlich wirr war seine Story: Acht Jahre wegen Grenzverletzung mit Waffenanwendung; in dem Wald, in dem er den Durchbruch versucht hatte, waren Schüsse gefallen, eine Pistole war gefunden worden. »Aber doch nicht von mir«, sagte Herbert, und weil es dunkel war, konnte ich nicht sehen, ob er grinste. »*Ich* weiß doch nicht, wer geschossen hat. *Ich* hab' keine Pistole gehabt.«

Ich fragte: »Fingerabdrücke?«

»Bin doch nicht blöd.« Und wieder konnte ich nicht sehen, ob er grinste.

Wir redeten drei Tage lang, ich erzählte ungefähr, warum ich im Knast war. Kennste den? Den? Wo steckt der? In den ersten Gesprächspausen besann ich mich, daß ich ja mit meinem albanischen Wunder noch nicht fertig war. Immer quatschen kann man, wenn man zu zweit auf Zelle ist, nun auch nicht.

Also das Ende: Nach fünfzehn Jahren stand die Sonnenküste mit allem Zubehör; kaum ein Bewohner der DDR, der dort noch nicht seine Ferien verbracht hatte. Nach und nach hatte ich immer mehr Funktionen in die Hände der Albies gelegt, der letzte Deutsche war ich. Eines Tages übergab ich meinen Posten als Generaldirektor. Es war eine ergreifende, schlichte Feier auf dem Dachgarten eines

Hotels, Reden wurden gehalten, Toasts ausgebracht. Ich bekam einen albanischen Orden – nicht, daß ich mir was draus gemacht hätte, aber ohne Orden ging sowas nicht ab. Enver Hodschas Stellvertreter steckte mir den Brocken an. Fünfzehn Jahre, ein enormes Stück Leben. Iskander war Schafhirt gewesen, jetzt übergab ich ihm die Schlüssel zum Tresor des Generaldirektors. Wir umarmten uns. Zum Lachen war's keinem von beiden. Ich trat vor an die Brüstung, ein Glas Sekt in den Händen, er stammte aus der Kelterei hinter den ersten Hügeln. Ich schaute hinunter auf den dunklen Strand und das Meer, auf die Lichterkette der Promenade und die Hotels und die Bungalowsiedlung. Der Wind wehte Musik und Gesang herauf, Lichter gleisten, und über allem stand ein überwältigender südlicher Mond.

Eine Woche später bekamen Herbert und ich Arbeit in einer Brigade, ich war wieder unter Kumpeln, und alles wurde ganz anders. Immerhin hatte ich mit meinem albanischen Wunder vier Monate totgedacht.

Einmal in dieser Zeit wurde ich in der Grünen Minna quer durch die Stadt transportiert, um geröntgt zu werden. Die Hände waren dabei fürsorglich verwahrt. Gegen Handschellen kam mein Wunder freilich nicht an, und ich versuchte es nicht erst.

Der Gaukler hat den Teller geraubt

Von Nagib Mahfuz

Es ist an der Zeit, daß du dich nützlich machst«, sagte meine Mutter und steckte ihre Hand in die Tasche. »Hier hast du einen Piaster, geh Bohnen holen! Spiel unterwegs nicht und nimm dich in acht vor den Autos!«

Ich nahm den Teller, zog meine Clogs an und ging los, ein Lied summend. Beim Bohnenverkäufer herrschte Gedränge. Ich wartete, bis ich eine Lücke fand und zum marmornen Tresen vorschlüpfen konnte.

»Bohnen für einen Piaster!« rief ich schrill.

»Bohnen? Bohnen mit Öl? Mit zerlassener Butter?« fragte er rasch.

Ich wußte keine Antwort, worauf er mich anherrschte: »Mach anderen Platz!«

Ich zog mich beschämt zurück und ging bedrückt heim.

»Mit leerem Teller kehrst du zurück«, schrie mich meine Mutter an. »Hast du die Bohnen verschüttet oder den Piaster verloren, mißratener Bengel?«

»Bohnen? Bohnen mit Öl? Mit zerlassener Butter? Das hast du mir nicht gesagt!« protestierte ich.

»Was ißt du jeden Morgen?«

»Ich weiß es nicht . .. «

»Taugenichts! Sag ihm ›Bohnen mit Öl‹.«

Ich ging wieder zurück und verlangte: »Bohnen mit Öl für einen Piaster!«

Ungeduldig runzelte der Bohnenverkäufer die Stirn. »Leinöl, Nußöl, Olivenöl?«

Ich wurde blaß und brachte kein Wort über die Lippen.

»Mach anderen Platz!«

Wütend lief ich zu meiner Mutter. Sie staunte: »Du kommst zurück, wie du gegangen bist! Ohne Bohnen und ohne Öl!«

»Leinöl, Nußöl, Olivenöl! Warum hast du mir das nicht gesagt?«

»Bohnen mit Öl heißt immer Bohnen mit Leinöl.«

»Woher sollte ich das wissen?«

»Du bist ein Taugenichts, und er ist ein schwieriger Mann. Sag ihm ›Bohnen mit Leinöl‹!«

Ich lief eilig zurück, und noch mehrere Meter vor dem Laden schrie ich: »Bohnen mit Leinöl!«

Ich stand vor der Marmorplatte, an die ich mit meinem Kopf reichte, keuchte und wiederholte triumphierend: »Bohnen mit Leinöl!«

Er tauchte die Kelle in den Kessel und sagte:

»Leg den Piaster auf die Platte!«

Ich steckte die Hand in die Tasche und fand keinen Piaster, kehrte meine Tasche um, fand aber nichts. Er zog die Kelle leer aus dem Kessel und sagte abweisend: »Du hast den Piaster verloren. Auf dich ist kein Verlaß!«

»Ich habe ihn nicht verloren!« Ich suchte unter meinen Füßen und um mich herum. »Er ist die ganze Zeit in meiner Tasche gewesen.«

»Mach anderen Platz und störe nicht!«

Ich ging mit dem leeren Teller zurück. Meine Mutter war außer sich: »Dummer Junge!«

»Der Piaster!«

»Was ist damit?«

»Er war nicht mehr in meiner Tasche.«

»Hast du damit Süßigkeiten gekauft?«

»Nein!«

»Schwörst du auf den Koran, daß du nichts damit gekauft hast?«

»Ich schwöre es.«

»Hast du ein Loch in der Tasche?«

»Nein.«

»Vielleicht hast du ihn dem Verkäufer schon beim ersten oder zweitenmal gegeben?«

»Möglich!«

»Du weißt aber auch gar nichts!«

»Ich bin hungrig!«

Sie schlug die Hände zusammen. »Nun gut, ich gebe dir einen zweiten Piaster, aber ich nehme ihn aus deiner Sparbüchse. Kommst du mit einem leeren Teller, schlag ich dir den Schädel ein!«

Ich rannte los und träumte von einem köstlichen Frühstück. An der Ecke zur Gasse des Bohnenverkäufers sah ich einen Kreis von Jungen und Kindern und hörte ein freudiges Jauchzen. Meine Füße wurden schwer, es zog mich zu ihnen. Mindestens einen Blick sollte man darauf werfen. Ich mischte mich unter die Menge, da richtete ein Gaukler seine Blicke auf mich. Eine merkwürdige Freude überkam mich. Ich war wie gebannt. Mit allen Sinnen verfolgte ich die Kunststücke mit den Eiern und den Kaninchen, mit den Stricken und den Schlangen. Als der Mann in meine Nähe kam, um Geld einzusammeln, zog ich mich flüsternd zurück: »Ich habe kein Geld!« Er aber fiel wild über mich her, und nur mit Mühe konnte ich entkommen. Ich rannte los, den Schmerz seines Schlages im Rücken, aber ich war sehr glücklich.

»Bohnen mit Leinöl für einen Piaster!« verlangte ich beim Bohnenverkäufer.

Er aber starrte mich an, ohne sich zu rühren. Als ich meinen Wunsch wiederholte, sagte er zornig: »Gib den Teller her!«

Den Teller! Wo war der Teller? War er mir beim Rennen aus der Hand gefallen? Hatte mir der Gaukler den Teller geraubt?

»Du bist ein Junge ohne Hirn!«

Ich kehrte um und suchte unterwegs den verlorenen Teller. Der Platz, an dem der Gaukler seine Kunststücke vorgeführt hatte, war leer. Doch der Lärm der Kinder brachte mich in eine nahe Gasse zu ihm. Ich schlich um den Kreis herum. Als er mich erblickte, drohte er laut: »Bezahl oder verschwinde!«

»Den Teller«, rief ich verzweifelt.

»Welchen Teller, Teufelssohn?«

»Gib mir den Teller zurück!«

»Verschwinde, oder ich mach dich zu Schlangenfraß!«

Er hatte den Teller gestohlen. Aber aus Angst entfernte ich mich und weinte vor Verdruß. Fragte ein Passant nach dem Grund, so gab ich zur Antwort, daß der Gaukler den Teller gestohlen habe. Aus meinem Kummer erwachte ich durch eine Stimme, die einladend rief: »Kommt alle her und schaut hinein!« Ich wandte mich um und sah einen Guckkasten aufgestellt. Zu Dutzenden strömten die Kinder hin, sie nahmen der Reihe nach Platz vor den Schaugläsern, während der Mann in verlockendem Ton die Bilder beschrieb. »Ihr seht den tapferen Ritter und die Schönste der Frauen ›Zainat al Banat‹.«

Ich trocknete meine Tränen und betrachtete neugierig den Guckkasten. Ich vergaß den Gaukler und den Teller. Ich konnte der Versuchung nicht länger widerstehen, bezahlte den Piaster und stellte mich neben einem Mädchen vor die Schaugläser. Vor unseren Augen liefen Bilderfolgen bezaubernder Geschichten ab.

Als ich zur Welt zurückfand, hatte ich den Piaster und den Teller verloren, und von dem Gaukler war keine Spur mehr zu sehen. Aber mich kümmerte dieser Verlust nicht, so sehr war ich erfüllt von den Bildern der Ritterlichkeit, der Liebe und des Kampfes.

Ich vergaß meinen Hunger und sogar die Strafe, die mir zu Hause drohte. Ich trat einige Schritte zurück, um mich an eine alte Mauer aus vergangenen Zeiten zu lehnen, hinter der einst die Schatzkammer und der Sitz des Kadis gewesen waren, und überließ mich meinen Träumen. Lange träumte ich von ritterlichen Taten, von der Schönen »Zainat al Banat« und vom Ghul. Ich sprach laut und fuchtelte bedeutungsvoll mit der Hand. Mit der imaginären Lanze zustoßend, rief ich: »Möge sie dich ins Herz treffen, Ghul!«

»Und er hob ›Zainat al Banat‹ hinter sich aufs Pferd«, fuhr eine zarte Stimme fort.

Ich blickte nach rechts und sah das junge Mädchen, das neben mir vor dem Guckkasten gestanden hatte. Sie trug ein schmutziges Kleid, farbige Clogs und spielte mit ihrem langen Zopf. In der einen Hand hielt sie weiße und rote Liebesperlen, die man »Damenflöhe« nennt und an denen sie genüßlich lutschte. Wir sahen uns an, sie gefiel mir sehr.

»Wollen wir uns nicht ein Weilchen hinsetzen«, sagte ich zu ihr. Sie schien ohne Vorbehalte, so daß ich sie am Arm nahm, und wir gingen durch die Pforte der alten Mauer und setzten uns auf die Stufe einer Treppe, die nirgendwohin führte. Die Treppe ging einige Stufen hinauf und endete in einer Plattform, hinter der der blaue Himmel und die Minarette schimmerten. Ich ergriff ihre Hand, aber wir blieben stumm und wußten nicht, was wir sagen sollten. Ich wurde von neuen, fremden, vagen Regungen befallen. Als ich mit meinem Gesicht nahe an das ihre kam, spürte ich den natürlichen Geruch ihres Haars mit einem erdigen Duft vermischt und ihre Atemzüge mit dem würzigen Wohlgeruch der süßen Liebesperlen. Ich küßte ihre Lippen, schluckte meinen Speichel und kostete den süßen Geschmack der »Damenflöhe«. Ich legte meinen Arm um sie, ohne daß sie ein Wort sagte, und küßte sie auf Wangen und Lippen. Ihre Lippen wurden ruhig, als ich sie küßte, dann lutschten sie wieder an ihren süßen Perlchen. Schließlich entschloß sie sich aufzustehen.

»Setz dich!« Ich griff erschrocken ihren Arm.

»Ich gehe«, sagte sie schlicht.

»Wohin?« fragte ich unruhig.

»Zu der Hebamme Umm Ali.« Sie zeigte auf ein Haus mit einem kleinen Bügelladen.

»Warum?«

»Um ihr zu sagen, sie soll schnell kommen.«

»Warum?«

»Meine Mutter schreit vor Schmerzen zu Hause. Sie trug mir auf, zu der Hebamme Umm Ali zu gehen. Sie soll schnell kommen.«

»Und kommst du danach hierher zurück?«

Sie bejahte mit einem Kopfnicken und ging. Die Erwähnung ihrer Mutter erinnerte mich an meine Mutter. Es wurde mir schwer ums Herz. Ich verließ die alte Treppe und kehrte heim. Ich weinte laut, auf bewährte Weise, um mich der drohenden Strafen zu erwehren und in der Erwartung, daß meine Mutter erschiene, aber sie erschien nicht. Ich lief von der Küche ins Schlafzimmer, aber meine Mutter war spurlos verschwunden. Wo war die Mutter hingegangen? Wann würde sie wiederkommen? Es störte mich, daß ich allein im leeren Haus war. Da kam mir ein guter Einfall. Aus der Küche nahm ich einen Teller und aus meiner Sparbüchse einen Piaster und ging sogleich zum Bohnenverkäufer. Ich fand ihn schlafend auf einer Bank vor dem Laden, das Gesicht mit dem Arm bedeckt. Die Bohnenkessel waren verschwunden, die Ölflaschen wieder auf die Regale gestellt und die Marmorplatte blank gewaschen.

»Onkel!« flüsterte ich und trat näher. Da ich nichts als sein Schnarchen vernahm, berührte ich seine Schulter. Er hob erschrocken seinen Arm hoch und sah mich mit rotgeränderten Augen an.

»Onkel!«

Er erkannte mich und fragte barsch: »Was willst du?«

»Bohnen mit Leinöl für einen Piaster!«

»He!«

»Ich habe den Piaster und den Teller.«

»Du bist wahnsinnig«, schrie er mir ins Gesicht. »Verschwinde, oder ich schlage dir den Schädel ein!«

Als ich mich nicht rührte, stieß er mich mit solcher Kraft

fort, daß ich auf den Rücken zu Boden stürzte. Ich erhob mich schmerzerfüllt und kämpfte gegen das Schluchzen an, das meinen Mund verzerrte. Mit der einen Hand umklammerte ich den Teller und mit der anderen den Piaster. Ich warf einen wütenden Blick auf den Bohnenverkäufer. Ich dachte an die Heimkehr mit zerschlagenen Hoffnungen, aber die Träume von den wagemutigen heroischen Taten vertrieben diesen Gedanken. Ich faßte einen schnellen und festen Entschluß. Mit der ganzen Kraft meines Armes zielte ich mit dem Teller auf den Mann. Der Teller flog in die Luft und traf ihn am Kopf. Ich rannte weg, ohne ein bestimmtes Ziel. Ich war überzeugt, daß ich ihn getötet hatte wie der Ritter den Ghul. Erst als ich in die Nähe der alten Mauer kam, hörte ich auf zu rennen. Keuchend blickte ich zurück, aber ich wurde nicht verfolgt. Ich blieb stehen, um Atem zu holen. Der zweite Teller war auch verlorengegangen, was sollte ich nun tun, fragte ich mich. Etwas warnte mich davor, unmittelbar nach Hause zu gehen. Alsbald überließ ich mich einer Woge der Gleichgültigkeit, die mich trug, wohin sie wollte. Eine Tracht Prügel, nicht mehr und nicht weniger, wartete auf mich bei meiner Heimkehr, aber daran brauchte ich jetzt nicht zu denken. Ich hatte nun den Piaster in der Hand und konnte mir einen nicht geringen Genuß verschaffen. Ich beschloß, mein Vergehen zu vergessen. Aber wo war der Gaukler, wo war der Guckkasten? Ich suchte sie hier und dort ohne Erfolg.

Müde geworden von der vergeblichen Suche, begab ich mich zu der alten Treppe und dachte an die Verabredung. Ich wartete auf das Mädchen und stellte mir unser Zusammentreffen vor. Ich sehnte mich nach einem neuen Kuß mit dem Duft der süßen Liebesperlen. Ich gestand mir ein, daß das Mädchen mir neue, bisher unbekannte Empfindungen gewährt hatte. Während ich wartete und träumte, vernahm ich ein Flüstern im Hintergrund. Vorsichtig stieg ich die Treppe hinauf und kroch bei der letzten Stufe auf dem Bauch, um nach unten zu sehen, ohne bemerkt zu werden.

Ich sah die von der hohen Mauer umgebene Ruine, das letzte, was von der Schatzkammer und dem Sitz des obersten Kadis übriggeblieben war. Unmittelbar unter der Treppe saßen ein Mann und eine Frau. Von ihnen kam das Flüstern. Er sah wie ein Landstreicher aus, sie war eine Zigeunerin, eine von den Ziegenhirtinnen. Eine innere Stimme flüsterte mir zu, daß sie zu einer ähnlichen Verabredung zusammengekommen waren wie die, die mich hierher geführt hatte. So sprach es aus ihren Augen, Blicken und Lippen, aber sie waren unermeßlich erfahren in den ungewöhnlichen Dingen, die sie taten. Meine Blicke hefteten sich an sie, mit Neugier, Erstaunen und Genuß, aber zugleich mit einer gewissen Unruhe. Zum Schluß saßen sie nebeneinander. Keiner kümmerte sich mehr um den anderen. Nach einer etwas längeren Pause sagte der Mann: »Das Geld!«

»Du hast niemals genug!« entgegnete sie ärgerlich.

»Du bist verrückt!« sagte er, indem er auf den Boden spuckte.

»Du bist ein Dieb!«

Er schlug sie hart mit seinem Handrücken. Und sie nahm eine Handvoll Erde und warf sie ihm ins Gesicht. Mit einem düsteren Blick stürzte er sich auf sie und grub seine Finger in ihre Kehle. Es begann ein unerbittlicher, höllischer Kampf. Vergeblich sammelte sie ihre ganze Kraft, um ihren Hals aus der Umklammerung zu befreien. Ihre Stimme versagte, ihre Augen quollen hervor, ihre Füße stießen in die Luft. Ich starrte hin, erschrocken und stumm, bis ich ein dünnes Blutfädchen aus ihrer Nase rinnen sah. Ein Schrei entfuhr meinem Mund. Bevor der Mann seinen Kopf heben konnte, kroch ich zurück. In Sprüngen rannte ich die Treppe hinunter. Wie ein Wahnsinniger rannte ich los, wohin auch immer die Füße mich tragen wollten. Erst als mir der Atem ausging, hielt ich inne. Ich keuchte, unfähig meine Umgebung wahrzunehmen. Als ich mich erholte, fand ich mich unter einem hohen Gewölbe, auf einer Wegkreuzung. Niemals vorher hatte ich diese Gegend betreten, und ich hatte keine Vorstellung, wo unser Viertel lag. Auf beiden Seiten des Gewölbes hockten blinde Bettler. Menschen durchquerten es in alle Richtungen, ohne sich um etwas zu kümmern. Voller Furcht begriff ich, daß ich meinen Weg verloren hatte. Unendliche Hindernisse lauerten auf mich, bis ich meinen Weg würde gefunden haben. Sollte ich mich an einen der Vorübergehenden wenden und um Rat bitten? Aber was würde dann sein, führte mich das Unglück zu einem Mann wie dem Bohnenverkäufer oder dem Landstreicher von der Ruine? Könnte nicht ein Wunder geschehen, so daß ich meine Mutter kommen sähe und ihr mit Freude entgegenliefe? Oder sollte ich versuchen, meinen Weg allein zu finden, mich verirren, bis ich eine Spur fände, die mich auf meinen Weg brächte?

Ich sagte mir, ich müsse mich entscheiden, schnell und ohne Zaudern, denn der Tag ging zur Neige, und bald würde sich die Dunkelheit niedersenken.

Der kaiserliche Bote
Von Slawomir Mrożek

Einst war ich kaiserlicher Bote. Ein bedeutenderes Amt, als jemand meinen mag, der nicht weiß, wie dieses Kaiserreich war. Groß? Ja, ohne Frage. Damals maß man den Raum noch nicht anders als durch die Zeit, die Zeit aber durch das Wandern. Niemand wußte genau, wie lang man vom einen bis zum anderen Ende des Kaiserreichs zu wandern hatte. Niemand wanderte so, denn ein solches Erfordernis bestand nicht; jeder lebte an seinem Ort. Niemand verband durch Schritte die Enden des Kaiserreichs, daher verband sie auch niemand durch den Gedanken, sie später durch Schritte zu verbinden. Vielleicht einzig und allein der Kaiser oder einer seiner Ratgeber. Wenn ja, dann ließ er es beim Gedanken bewenden. Jene Enden selbst waren übrigens nicht allzu deutlich; auch das »Von–bis« konnte also nicht deutlich sein. Deutlichkeit durchsättigte am stärksten die Mitte, die Hauptstadt, und verdünnte sich mit zunehmender Entfernung von dieser Mitte; die Randgebiete versanken in bereits totaler Undeutlichkeit. Irgendwo zwischen der Hauptstadt und den Randgebieten lag jedenfalls die Grenze zwischen Deutlichkeit und Undeutlichkeit, eine unsichtbare Kreislinie (der Mittelpunkt des Kreises befand sich in der Hauptstadt), aber diese Grenze wurde von niemandem gesucht oder gefunden.

Wir Boten waren die einzigen, die wanderten. Nicht aus Laune, sondern aus eben jenem Grund, der den Landmann zum Landmann und den Krieger zum Krieger macht. Launen waren in unserem Kaiserreich nicht verboten, denn sie waren unbekannt. Nur wir, die Boten, sahen im Laufe des Lebens mehr als eine einzige Provinz, sahen bald die Hauptstadt, bald die Provinz. Nur wir wußten, was es bedeutet, länger als einen Tag lang die gleiche Richtung zu gehen. Daher unsere Besonderheit und die Natur dieser Besonderheit; wie etwa der Krieger das Kriegshandwerk als seine Besonderheit hat, und der Landmann die Bestellung des Ackers. Eines vermischte sich nie mit dem anderen, und niemand vermochte auch nur zu denken, daß es sich vermischen könnte. Immer wanderten wir jedoch geradewegs vom Randgebiet zur Hauptstadt oder umgekehrt, immer in Speichenrichtung, nie im Bogen oder auf einer Geraden abseits vom Mittelpunkt. Aus der Provinz in die Hauptstadt brachten wir Nachrichten, aus der Hauptstadt in die Provinz Befehle. Nachrichten von Provinz zu Provinz zu tragen, wäre unnatürlich gewesen, so, als sagte das Bein zum Arm, daß es der Kopf sei. Und Befehle aus der Provinz in die Hauptstadt zu tragen, das war überhaupt undenkbar.

Um gleich beim eben erwähnten Bein zu bleiben: Wir wanderten also, aber ohne die eigenen Beine zu gebrauchen. Auf unseren Beinen gingen wir nur außerhalb des Dienstes, das heißt innerhalb einer Ansiedlung, das heißt wenn wir nicht wanderten. Aber dann waren wir auch keine Boten. Erst wenn uns eine Nachricht oder ein Befehl anvertraut wurde, dann wurden wir zu kaiserlichen Boten. Nachrichten sind für den Kaiser bestimmt; Befehle gehen vom Kaiser aus; beiderlei Dinge sind kaiserlich. Daher gebührt es sich nicht, daß sie den Boden berühren wie Dinge, die nicht kaiserlich sind. Deshalb durften wir nicht mehr die eigenen Beine gebrauchen, sobald wir zu Boten wurden, wohl aber ein Beförderungsmittel.

Im Kaiserreich vermochten wir zwar Bauwerke aus so großen Steinblöcken zu errichten, daß die späteren Erforscher unserer Geschichte nicht enträtseln konnten, wie wir das angestellt haben – aber wir kannten die Erfindung des Rades nicht. Mithin kannten wir auch keine Fahrzeuge,

Wagen, Kutschen. Überdies tauchten Pferde bei uns erst auf, als kein Kaiserreich mehr vorhanden war: als die Eroberer sie aus Übersee mitgebracht hatten. Andere Tiere lieferten uns Fleisch und Leder, aber keines der Tiere zog oder trug. Nur Menschen zogen und trugen.

Kaum zum Boten geworden, bekam jeder Bote einen Menschen und bestieg ihn. Dieser Mensch trug den Boten bis in die Hauptstadt. Von diesem Menschen stieg der Bote nur, wenn er Station machte, also die Fortbewegung unterbrach, was naturgemäß die Tätigkeit und somit auch die Würde des Boten stillegte. Nur dann war demnach das Absitzen gestattet, aber sonst nie.

Einmal erhielt ich den Auftrag, eine Nachricht von ungewöhnlichem Gewicht in die Hauptstadt zu befördern. Eroberer waren im Grenzland des Kaiserreichs aufgetaucht, noch dazu Eroberer nie zuvor gesehener Art, mit zwiefacher Haut: Die eine war bleich, fast weiß, und weich; die zweite stählern und hieb- und stichfest. Das war noch nicht alles: Sie bestiegen große Tiere (die wir, wie bereits erwähnt, nicht kannten) und töteten auf Distanz mit Hilfe von Feuer, Knall und Rauch. Davon galt es den Kaiser unverzüglich in Kenntnis zu setzen.

Ich bestieg meinen Menschen, und wir brachen auf. Bei uns gibt es keine Ebenen, sondern nur Anhöhen, fast schon in der Größe von Gebirgen, und Täler, die diesen Anhöhen entsprechen. Der Mensch ging gleichmäßig bergauf und bergab; solch gleichmäßiger und ausdauernder Gang war eine Eigenschaft aller den Boten zugeteilter Leute, und eben deshalb wurden solche Leute den Boten zugeteilt. Wir redeten nicht miteinander, denn ich trug die Nachricht, die kaiserliche Sache, er aber trug nur mich, und dies von unten, ohne meinen Kopf zu berühren, worin die kaiserliche Sache aufbewahrt war. Reden durften wir nur beim Stationmachen, aber dann hatten wir einander nichts zu sagen. Die zum Botentragen bestimmten Leute waren stark und ausdauernd; das Reden aber, obzwar in manchen Fällen zulässig, oblag ihnen nicht und wurde auch nicht von ihnen verlangt.

Die Wanderung verlief also wie alle Wanderungen und unterschied sich von anderen nur durch die Dringlichkeit der Nachricht, die ich im Kopf trug. Doch wer mich auch immer inmitten der Berge und Täler erblickt hätte – er hätte diesen Unterschied nicht bemerkt. Denn was der Bote im Kopf hat, das ist nicht sichtbar, und hierin besteht die Seltsamkeit dieses Körperteils. Von außen unveränderlich, veränderlich innen. Von außen bei allen gleich, innen bei jedem anders.

Berge und Täler waren gewaltig und ich unendlich klein gegen sie, doch wer auch immer geschaut hätte – er hätte vor allem mich erblickt und nicht die Berge und Täler, denn sie waren unbewegt, ich aber bewegte mich fort. Ihre gewaltige Unbeweglichkeit diente meiner Bewegung, obwohl ich klein war. Am dritten Tag, einen Hang hinabsteigend, knickte der Mensch unter mir ein, fiel fast aufs Knie, hätte mich um ein Haar abgeworfen, richtete sich jedoch auf und ging gleichmäßig wie zuvor. Nach einer Weile begann er zu hinken, anfangs unbeträchtlich, dann immer stärker. Bei Sonnenuntergang stieg ich vom Rücken des Menschen; nun erst konnte ich fragen, was passiert war. Sein Bein war in ein Erdloch geraten, war nun bläulich und geschwollen – aber nach der Nacht-Ruhe zweifellos wieder gesund! Während er mir dies versicherte, hatte er Tränen der Beschämung in den Augen. Mensch war er, indem er ein reitbarer Renner war; als geminderter Renner war er also ein geminderter Mensch, was ihn mit Recht beschämte.

Bei Sonnenaufgang bestieg ich ihn wieder, und der nächste Reisetag begann. Bis Mittag ging mein Mensch so flott wie immer, obzwar ich fühlte, daß es ihn Mühe kostete. Am Nachmittag ließ er zuweilen nach; freilich beschleunigte er gleich wieder, doch ließ er immer öfter nach und beschleunigte immer seltener. Der Schweiß strömte ihm über die Schultern, und schließlich hörte ich ein Stöhnen zwischen seinen zusammengebissenen Zähnen hervordringen. Nicht weit trug er mich an diesem Tag.

Und wieder ein Nachtlager. Zum sternklaren Himmel aufblickend, begann ich zu denken, vermittels des Kopfes. Seltsam war dieses Gefühl. Gewöhnlich denken die Boten nicht. Sie selber bewegen sich, aber was sie im Kopf haben, das muß während ihrer Reise unbewegt bleiben, vom Anfang der Reise bis zum Ende. Was ihnen am Anfang in den Kopf gesetzt wird, das muß ihm am Ende unverändert entnommen werden, unangetastet von ihrem eigenen Denken. So geht es gewöhnlich. Aber gewöhnlich treten keine außergewöhnlichen Vorfälle ein.

Ich dachte: Wenn ich so langsam wandere wie jetzt, dann erreiche ich die Hauptstadt so spät wie noch nie. Selbst wenn ich eine Nachricht von gewöhnlichem Gewicht mittrüge, sollte ich sie nicht so lange tragen. Ich aber trage eine Nachricht von so außergewöhnlichem Gewicht, daß das Schicksal des Kaiserreichs von ihrer zeitgerechten Zustellung abhängt!

Lang spannte sich dann irgend etwas in meinem Kopf; denn der einzige Gedanke, den es als nächstes zu denken galt, war undenkbar. Mangels anderer Auswege dachte ich ihn dennoch; es ist dieser:

Wenn ich auf meinen eigenen Beinen weiterginge, dann brächte ich die Nachricht viel früher ans Ziel als beim Weiterritt auf dem verletzten Renner. Freilich hatte noch nie ein kaiserlicher Bote solches getan, er durfte es nicht, sogar denken durfte er nicht daran. Aber noch kein kaiserlicher Bote hatte eine so dringende Nachricht getragen wie ich.

Bei Sonnenaufgang ließ ich meinen Menschen zurück. Er war untröstlich, denn wenn er kein Renner mehr war, dann war er überhaupt nichts mehr. Doch ich achtete nicht auf seine Bitten, auf die Versprechungen, er werde mich rasch und ausdauernd tragen; um ihm nicht zu glauben, brauchte ich nur auf sein Bein zu schauen. Neben einem Felsblock sitzend und weinend, das Bein im Knöchel dicker als im Knie, so blieb er zurück. Was war sein Kummer gegen meinen Kummer, und was war mein Kummer gegen das Schicksal des Kaiserreichs!

Ich erreichte die Hauptstadt rasch und ohne Hindernisse. Die Hauptstadt lag auf einer Insel mitten in einem See. Am Ufer innehaltend, sah ich die ganze Stadt, mit allen Pyramiden und Heiligtümern. Zum ersten Mal betrachtete ich ein Heiligtum aus eigener Augenhöhe und nicht vom hohen Renner herab. Doch ich bemerkte keinen Unterschied.

Die Wachen auf dem Damm ließen mich durch, obwohl ich angab, ich sei ein kaiserlicher Bote zu Fuß. Gerade deshalb hielten sie mich nämlich für wahnsinnig. Als einen Wahnsinnigen überstellte man mich in den Palast; dort wurde ich erkannt und konnte meine Nachricht zur Kenntnis bringen, nebst der Erklärung, wieso ich zu Fuß eingetroffen war. Danach wurde ich unverzüglich ins Verlies geworfen.

Die Ratgeber des Kaisers versammelten sich zu einer Sonderberatung. Noch nie in der Geschichte des Kaiserreichs hatte ein Bote so Wichtiges zur Kenntnis gebracht; aber durch die Art des Einbringens, die mich als Boten ungültig machte, hatte ich bewirkt, daß die Kenntnis gleichsam nicht rechtskräftig war. Deshalb galt es zunächst zu entscheiden, ob die solcherart beschaffte Kenntnis überhaupt zur Kenntnis zu nehmen, geschweige denn in Betracht zu ziehen sei. Hinzu kam, daß ich ein seit ewigen Zeiten gültiges Gesetz gebrochen und somit die Ordnung des Kaiserreichs angetastet hatte; und da sich das Kaiserreich auf eben diese Ordnung gründete, blieb unklar, wer es stärker bedrohte: ich oder die Eroberer, deren Ankunft ich zur Kenntnis gebracht hatte. Versteht sich: Um auf diese Frage zu antworten, galt es vorher das zur Kenntnis Gebrachte zur Kenntnis zu nehmen, aber gerade zu diesem Schritt konnte sich der Kronrat vorerst nicht entschließen.

Jedoch – so führte das älteste Ratsmitglied aus – sogar wenn man nicht zur Kenntnis nahm, was ich mitbrachte, war ich jedenfalls gefährlich. Von erster, wenn nicht einziger Wichtigkeit und Tragweite war demnach die Aufgabe, mich so abschreckend zu bestrafen, daß ähnliche Verbrechen nie wieder vorkommen konnten, zum Heil und zur künftigen Sicherheit des Kaiserreichs.

Nach einmütiger Festlegung auf Obiges (und nach Ausgabe von Befehlen zur Vorbereitung angemessener Foltern für mich) blieb weiterhin die Frage offen: zur Kenntnis nehmen oder nicht? Nehmen – das bedeutete, in mir einen Boten zu sehen, aber einen nicht rechtmäßigen. Nichtnehmen – das hieß die Gefahr mißachten. Nach langer Debatte wurde beschlossen, Kenntnis zu nehmen, obwohl diese auf verbrecherische Art vermittelt worden war. Durch Kenntnisnahme von der unrechtmäßig beschafften Kenntnis beteiligte sich der Kronrat am Unrecht, er machte sich schuldig, aber in geringerem Grade als ich. Ich war der Hochverräter, und mir gebührte das Hochgericht: der Tod auf der Folter. Dem Kronrat gebührte eine geringere Strafe. Also wurde festgelegt, der Kronrat werde Kenntnis nehmen und sich dann sofort selber auspeitschen.

Frisch ausgepeitscht, nahmen die Ratsmitglieder die Beratung wieder auf. Strafe tilgt die Schuld und versetzt die Bestraften in den Zustand der Unschuld zurück. Jedoch das gute Gewissen gestattete ihnen zwar, sich mit dem Gegenstand zu befassen, bot aber keine Hilfe bei der Erörterung des Gegenstandes, es beantwortete nämlich die Frage nicht, was nach der Kenntnisnahme mit der genommenen Kenntnis anzufangen sei.

Die Kraft unseres Kaiserreichs war die Majestät der kaiserlichen Person. Wohl hatten wir Krieger, aber sie waren nicht die Quelle der kaiserlichen Kraft; nein, die kaiserliche Kraft war die Quelle der ihrigen. Unsere Krieger waren für ihre Tapferkeit bekannt, aber tapfer waren sie nur deshalb, weil das Göttliche sie beseelte, das vom Kaiser ausströmt, von der göttlichen Wesenheit. Sie, seine Wesenheit, war die Quelle aller Energien; und alles, was im Kaiserreich geschah, ging aus ihr hervor und wandte sich ihr wieder zu. Vom Kaiser und zum Kaiser – dies ist der Sinn des Daseins, den die Philosophen anderer Zeiten und anderer Völker vergeblich suchen.

Nur der Kaiser konnte Krieger gegen die Eroberer entsenden. Doch um dies zu tun, mußte er von den Eroberern Kenntnis haben. Kenntnis von den Eroberern hatte der Kronrat genommen – und dies durch Peitschenhiebe bestraft –, aber konnte sie dem Kaiser vermittelt werden? Durch meine Schuld war sie befleckt, sie war nun des Kaisers unwürdig. Konnte der Kaiser eine geschändete Nachricht empfangen? Dem Kaiser eine entheiligte Nachricht zu übermitteln – beleidigte dies nicht seine Göttlichkeit und rüttelte am Grundsatz des Kaisertums selbst? Was ist gefährlicher: Gefahr von außen oder inneres Rütteln am Grundsatz des Kaisertums?

Da sprach das älteste Ratsmitglied: Gesetzt, wir machen uns der Entweihung schuldig und übermitteln dem Kaiser die geschändete Nachricht; der Kaiser entsendet dann Truppen gegen den Eroberer, doch Entweihung bleibt Entweihung. Was sagt uns diese Nachricht schon Großes über die Eroberer? Daß sie in den Randgebieten aufgetaucht sind. Das bedeutet noch lange nicht, daß sie die Hauptstadt anzugreifen wagen. Die Angst vor der Macht unseres Kaiserreichs hält sie zurück, diese Macht aber geht aus des Kaisers Göttlichkeit hervor. Versündigen wir uns selber an dieser Göttlichkeit, so mindern wir die Macht des Kaiserreichs und locken die Eroberer an. Denn ehren wir selber den Kaiser nicht, schrecken wir selber nicht vor der Entweihung zurück, dann können wir nicht erwarten, daß die Eroberer davor zurückschrecken. Wir selber weisen ihnen den Weg.

»Es ist also die beste Art der Verteidigung«, so endigte der Älteste, »uns am Kaiser nicht zu versündigen.« So sprach er, mit der Stimme des ganzen Volkes, mit der Stimme des ganzen Kronrats, und so lautete auch dessen letztliche Entscheidung.

Zugleich seine letzte. Es muß seltsam erscheinen, daß ich, der zum Tod verurteilt war, gegenwärtig diese Geschichte erzähle. Die Erklärung ist zugleich das Ende der Geschichte. Eines Tages, es war in der Nacht, aber das wußte ich anfangs nicht, da ich im Verlies Nacht und Tag nicht auseinanderhielt – da wurde ich aus dem Gefängnis losgelassen. Nicht mir zuliebe hatten die Eroberer mein Gefängnis zertrümmert, sie wußten gar nichts von meinem Dasein und erst recht nichts von meiner Person. Sie zertrümmerten alles, was auf der Hauptstadt-Insel erbaut war; also ließen sie auch das Gefängnis nicht aus. Obwohl Nacht herrschte, traf mich grelles Licht: das Licht einer Feuersbrunst. Die ganze Hauptstadt brannte, und die Flammen spiegelten sich rot in den Harnischen der Eroberer.

Stark geblendet, wurde ich ins Gedränge ehemaliger Hauptstadtbewohner gestoßen, die das einleitende Gemetzel überlebt hatten und nun, auf dem Hauptplatz zusammengetrieben, ihr weiteres Schicksal erwarteten. Seile verbanden sie, jeder war mit jedem verknüpft. Auch ich wurde am nächsten Nebenmann festgebunden, dann nahm der Zug der Sklaven seinen Weg über den Damm in die Knechtschaft, das prächtige Flammenmeer hinter sich zurücklassend. An den Glanz schon ein wenig gewöhnt und vom Feuer abgewandt, sah ich erst jetzt: mein Nebenmann war der Kaiser.

Logierbericht eines Nachtwächters
Von V. S. Naipaul

21. November 22.30 C. A. Cavander übernimmt Wachtdienst im Hotel C . . . Alles in Ordnung.

Cesar Alwyn Cavander

7.00 C. A. Cavander übergibt Wachtdienst im Hotel C . . . an Mr. Vignales. Keine Eintragung.

Cesar Alwyn Cavander

22. *November* 22.30 C. A. Cavander übernimmt Wachtdienst im Hotel C . . . Keine Eintragung.

Cesar Alwyn Cavander

7.00 C. A. Cavander übergibt Wachtdienst im Hotel C . . . an Mr. Vignales. Alles in Ordnung.

Cesar Alwyn Cavander

Dies ist das dritte Mal, daß ich C. A. Cavander, Nachtwächter, im Dienst schlafend angetroffen habe. Um 0.45 letzte Nacht fand ich ihn fest eingeschlafen in einem Schaukelstuhl im Foyer. Nachtwächter Cavander wurde deshalb entlassen.

Nachtwächter Hillyard! Dieses Buch wird in Zukunft als ein Logierbericht des Nachtwächters geführt werden. Ich erwarte einen detaillierten Bericht über alles, was sich nachts im Hotel zuträgt. Seien Sie durch das Beispiel des bisherigen Nachtwächters Cavander gewarnt.

W. A. G. Inskip, Manager

Mr. Manager, Bemerkungen zur Kenntnis genommen. Machen Sie sich mal keine Sorge, was mich angeht Sir.

Charles Ethelbert Hillyard

23. November 23.00 Nachtwächter Hillyard übernimmt Wachtdienst im Hotel C ... mit einer Taschenlampe 2 Kühlschrankschlüssel und Zimmerschlüssel 1, 3, 6, 10 und 13, auch 25 Kartongs Carib-Bier und 7 Kartongs Heineken und 2 Kartongs amerikanische Zigaretten. Bierkartongs nich aufgemacht, alles in Ordnung, keine Eintragung.

Charles Ethelbert Hillyard

7.00 Nachtwächter Hillyard übergibt Wachtdienst im Hotel C ... an Mr. Vignales mit einer Taschenlampe 2 Kühlschrankschlüssel und Zimmerschlüssel 1, 3, 6, 10 und 13, 32 Kartongs Bier. Bar nich aufgemacht, alles in Ordnung, keine Eintragung.

Charles Ethelbert Hillyard

Nachtwächter Hillyard! Heute morgen hat sich Mr. Wills bei mir wütend darüber beschwert, daß Sie ihm gestern nacht den Zutritt zur Bar verwehrt haben. Ich frage mich, ob Sie sich eigentlich darüber im klaren sind, was der Zweck dieses Hotels ist. In Zukunft ist allen Hotelgästen, wann immer sie wünschen, der Zutritt zur Bar zu gestatten. Ihre Pflicht besteht einfach darin, aufzuschreiben, was sie sich nehmen. Das ist einer der Gründe, warum das Hotel eine gewisse Anzahl von Kartons mit Bier bereitstellt. (Bitte beachten Sie die Schreibweise dieses Wortes!)

W. A. G. Inskip

Mr. Manager, Bemerkungen verstanden. Entschuldigung, aber ich hatte keine Schangs Bildung zu kriegen Sir.

Chas. Ethelbert Hillyard

24. November 23.00 Nw. Hillyard übernimmt Wachtdienst mit einer Taschenl. 1 Barschlüssel 2 Kühlschrankschlüssel

32 Kartons Bier, alle nicht aufgemacht. Um Mitternacht Bar zu und der Barkeeper weg läßt Mr. Wills und noch andere in der Bar. Sie gehen um 1.00. Mr. Wills hat 16 Carib-Bier gefunden. Mr. Wilson 8, Mr. Percy 8. Um 2.00 kommt Mr. Wills wieder in die Bar und er nimmt 4 Carib und ein bischen Brot. Er schneidet sich in die Hand, wie er das Brot schneiden will. Also haben Sie bitte keine Sorge wegen den Flecken im Teppich Sir. Um 6.00 kommt Mr. Wills wieder von wegen ein bischen Sodawasser. Es gibt keins also er nimmt dafür ein Ginger Ale. Sir, Sie sehen ich setze mir vor meine Arbeit gut zu tun Sir. Ich versteh nich wie Nachtwächter Cavander bei dieser Arbeit einschlafen hat können Sir.

Chas. Ethelbert Hillyard

Sie wissen anscheinend die Uhrzeit immer ganz genau, und die Gäste haben die Gewohnheit, die Bar nur zu vollen Stunden zu betreten. Sie notieren freundlicherweise die exakte Uhrzeit! Die Uhr aus der Küche steht auf der Fensterbank neben den Schaltern. Sie können diese Uhr benutzen, aber Sie müssen Sie jeden Morgen vor Verlassen des Dienstes wieder dorthin ZURÜCKSTELLEN!

W. A. G. Inskip

Verstanden.

Chas. Ethelbert Hillyard

25. November Um Mitternacht Bar zu und um 12.23 der Barkeeper weg läßt Mr. Wills und andere in der Bar. Mr. Owen trinkt 5 Flaschen Carib. Mr. Wilson 6 Flaschen Heineken. Mr. Wills 18 Carib. Sie gehen um 2.52. Nichts Besonders. Mr. Wills war besinnungslos. Ich versteh nich wie einer so viel trinken kann, achzehn Flaschen und ein einziger Mann, so eine Arbeit kann ja jeden zum Adventist des 7. Tags machen, und noch ein Mann kommt in die Bar von dem ich nich weiß wie er heißt. Ich höre die nennen ihn Paul, der hilft mir weil die andern können nich viel tun und wir tragen Mr. Wills rauf in sein Zimmer und ziehen ihm die Stiefel aus und machen seine anderen Kleider ein bischen auf und dann gehen wir. Ich weiß nich Sir ob die noch mehr trinken wie ich weg war, an der Pepsicolatafel is nichts angeschrieben aber sie trinken immer noch. Sieht aus wie wenn sie zurückgekommen sind und trinken noch ein bischen. Aber für Mr. Wills brauche ich eine extra Hilfe Sir.

Mr. Manager, die Uhr ist kaputt, ich finde sie kaputt wie ich aus dem Zimmer von Mr. Wills wieder komme Sir. Sie steht auf 3.19 Sir.

Chas. E. Hillyard

Gestern nacht wurden mehr als 2 Pfund Kalbfleisch aus dem Kühlschrank entwendet, und ein Kuchen, der noch in der Vitrine lag, wurde angeschnitten. Es ist Ihre Aufgabe, Nachtwächter Hillyard, diese Dinge im Auge zu behalten! Ich fühle mich verpflichtet, Ihnen mitzuteilen, daß ich außerdem die Polizei gebeten habe, alle Angestellten beim Verlassen des Hotels zu kontrollieren, damit Vorkommnisse dieser Art zukünftig unterbunden werden.

W. A. G. Inskip

Mr. Manager, ich versteh nich wieso die Leute immer sofort Dienern die Schuld geben. Wegen dem Kuchen, die Vitriene ist nachts zu und ich habe keinen Schlüssel nich Sir, alles sicher wo mich angeht Sir.

Chas. Hillyard

26. November Um Mitternacht Bar zu und Barkeeper geht. Mr. Wills kommt nich. Ich höre er ist heute abend auf dem amerikanischen Stützpunkt. Alles ruhig, nichts Besonders.

Mr. Manager, ich habe eine Bitte. Bitte sagen Sie dem Barkeeper das er mir Bescheid sagt Sir wenn ein weiblicher Gast im Hotel ist Sir.

C. E. Hillyard

Heute morgen habe ich durch den Bericht eines Gastes erfahren, daß während der Nacht Schreie im Hotel gehört wurden. Sie schreiben ›Alles ruhig‹. Erklären Sie das freundlicherweise schriftlich!

W. A. G. Inskip

Erklärung bitte hier:

ERKLÄRUNG: Nich lang nach Mitternacht klingelt das Telefon und eine Frau fragt nach Mr. Jimminez. Ich will ihr sagen wo er ist aber sie sagt sie kann nich richtig verstehen. Fümfzehn Minuten später kommt sie in einem Auto an, sie sieht aus wie wenn sie hat Ärger und kann nich schlafen und ich geh rauf ihn rufen. Die Tür ist nich zu, ich gehe rein und fasse an seinen Fuß und rufe ihn ganz leise und er springt auf und fängt mit schreien an. Wie er zu sich kommt sagt er er hat Alptraum und dann kommt er runter und geht mit der Frau weg. War nich nötig aufzuschreiben.

Mr. Manager, ich bitte Sie noch mal, bitte sagen Sie dem Barkeeper das er mir Bescheid sagt Sir wenn ein weiblicher Gast im Hotel ist.

C. Hillyard

27. November Um 1.00 Bar zu. Mr. Wills und ein Amerikaner trinken 19 Carib. Um 2.30 kommt einer von Polizei und fragt nach Mr. Wills. Er sagt der Amerikaner sagt er ist um 200 Dollar und 0 Cent bestolen er hat zuletzt mit Mr. Wills und anderen im C . . . getrunken. Mr. Wills und die Polizei wollen die Bar öffnen und durch suchen, ich sage denen ich kann nich einfach die Bar für sie aufmachen, die Polizei muß mit dem Manager kommen. Dann sagt der Amerikaner es ist nur ein Witz, er macht nur einen Witz und sie versuchen die Polizei zum lachen zu bringen, aber die Polizei macht ein Gesicht wie ich auch ein Gefühl habe. Dann lacht Mr. Wills und er fährt in einem Mietauto weg weil er selbst nich mehr fahren kann, und der Amerikaner wartet draußen und sie fallen alle zwei hin, wie sie in das

Auto einsteigen und Mr. Wills sagt, immer wenn du Geld brauchst kannst du einfach zu meiner Bank kommen Kumpel. Die Polizei geht ganz allein weg.

C. Hillyard

Nachtwächter Hillyard! ›War nich nötig aufzuschreiben‹!! Sie haben nicht zu entscheiden, was in diesem Logierbericht erwähnt werden muß. Seit wann sind Sie Eigentümer des Hotels und bestimmen, was der Erwähnung bedarf? Hätte der Gast es nicht erzählt, hätte ich nie erfahren, daß man während der Nacht im Hotel Schreie gehört hat. Wollen Sie mir auch freundlicherweise mitteilen, wer Mr. Jimminez ist? Und welches Zimmer er bewohnte oder bewohnt? Und mit welcher Berechtigung? Ich persönlich habe Ihnen gesagt, daß die Namen aller Hotelgäste auf der Tafel neben den Lichtschaltern stehen. Wenn Sie Mr. Jimminez' Namen auf dieser Tafel finden oder mir sonst eine Information über ihn geben könnten, wäre ich Ihnen sehr dankbar. Die Dame, nach der Sie fragen, ist Mrs. Roscoe, Zimmer 12, wie Sie sehr wohl wissen. Es ist Ihre Pflicht, darauf zu achten, daß Gäste nicht von ungebetenen Besuchern belästigt werden. Sie dürfen solchen Leuten keine Informationen über Gäste geben. Ich würde es begrüßen, wenn Sie in Zukunft derartige Besucher direkt zu mir schickten.

W. A. G. Inskip

Sir, das ist was ich Sie schon zweimal frage. Ich versteh nich was das für Arbeit ist. Ich denke immer Nachtwächterarbeit ist ruhige Arbeit und ich mische mich nich gern in Sachen von weißen Leuten. Aber der Herr bewont auch Zimmer 12, wohin ich gehe ihn rufen. Ich denke nich nötig aufschreiben weil mich nichts angeht Sir.

C. E. H.

28. November Um Mitternacht Bar zu und Barkeeper geht um 12.20. Mr. Wills und andere bleiben und sie gehen alle um 1.25. Mr. Wills 8 Carib. Mr. Wilson 12. Mr. Percy 8. Und der Mann den sie Paul nennen 12. Mrs. Roscoe kommt um 12.33 zu den Herrn, 4 Gin, jeder nennt sie Minnie aus Trinidad und dann fangen sie an und singen das Lied und noch ein paar andere. Nichts Besonderes. Danach leises Singen und Gitarrespielen in Zimmer 12. Um 2.17 kommt ein Mann rein und fragt darf er telefonieren und wie er telefoniert, kommen ungefähr 7 Männer rein und wollen ihn verprügeln, also legt er auf und alle laufen sie weg. Um 3.00 merke ich das Schloß ist nicht vor der Vitriene. Ich kucke rein, kein Kuchen, aber das Schloß ist von Anfang an nich davor gewesen Sir. Mr. Wills kommt um 6.00 wieder runter und sucht seinen Nachtisch, er kuckt in den Kühlschrank und sieht keinen. Er nimmt sich ein Stück Ananas. Eine Schüssel steht zugedeckt im Kühlschrank aber es ist nichts drin. Mr. Wills stellt sie raus. Die Katze springt drauf, sie fällt runter und ist kaputt. Birne in Garage brennt nicht.

C. E. H.

Unterzeichnen Sie gefälligst mit Ihrem Namen am Ende Ihres Berichts! Sie haben sich angewöhnt, zu schreiben ›Nichts Besonderes‹. Bitte passen Sie auf und denken Sie nach, bevor Sie so eine Behauptung aufstellen. Ich möchte wissen, was Sie mit ›Nichts Besonderes‹ meinen. Wie ich erfahren habe – von Ihnen natürlich nicht –, stattet jetzt die Polizei dem Hotel nachts gewöhnlich einen Besuch ab. Ich wäre Ihnen sehr dankbar, wenn Sie Zeit dafür fänden, die Zeit dieser Besuche zu notieren.

W. A. G. Inskip

Sir, nichts Besonderes heißt einfach was Besonderes gibts nich. Ich versteh nich, nichts was ich schreibe gefällt Ihnen. Ich versteh nich was für Arbeit Nachtwächterarbeit wird seit wenn Leute ein Kembridsch Zeugnis haben müssen für Nachtwächterarbeit. Ich habe keine Bildung nich und deshalb denken alle sie können mich beleidigen.

Charles Ethelbert Hillyard

29. November Um Mitternacht Bar zu und um 12.15 der Barkeeper weg läßt Mr. Wills und Mrs. Roscoe und andere in der Bar. Mr. Wills und Mrs. Roscoe gehen um 12.30 und sie lassen Mr. Wilson und den Mann den sie Paul nennen in der Bar und alle gehen um 1.00. Um zwanzig Minuten vor 2 kommen Mr. Wills und seine Freunde wieder und sie gehen wieder um 5 vor 3. Um 3.45 kommt Mr. Wills zurück und holt Brot und Milch und Oliven und Kirschen und fragt auch nach Muskatnüsse, ich sag wir haben keine, er trinkt 2 Carib und geht nach zehn Minuten. Er nimmt auch die Tasche von Mrs. Roscoe mit. Das ganze zu trinken außer den 2 Carib bezahlt der Mann den sie Paul nennen. Ich versteh nich Sir, ich tu so eine Arbeit nich gern, sie stellen besser einen Nachtbarkeeper an. Um 5.30 kommen Mrs. Roscoe und der Mann den sie Paul nennen wieder in die Bar, sie zanken sich und Mr. Paul sagt, du kotzt mich an und Mrs. Roscoe sagt, ich muß schon lange kotzen. Und dann kotzt sie den ganzen Fußboden voll und sagt, ich hab die verdammte Milch nich gewollt. Ich mache sauber wie Mr. Wills runter kommt und nach Sodawasser fragt. Wir müssen ein bischen mehr Soda für Mr. Wills einkaufen aber ich brauche extra Hilfe für Mr. Wills Paul und die anderen Sir.

Die Polizei kommt um 2, um 3.48 und 4.52. Sie sitzen lange Zeit in der Bar. Im Hinterhof schießt es 2mal. Ein Detektiv stellt Fragen. Ich versteh nich Sir, ich glaube es ist besser für mich wieder irgend eine andere Arbeit zu kriegen. Um 3 höre ich wie einer schreit Diebe und ich sehe einen Mann wie der aus der Hintertür raus rennt, und Mr. London, Zimmer 9, sagt es fehlen ihm 80 Cent und eine Packung Zigaretten die auf dem Nachtisch waren. Ich versteh nich, wann eigentlich schlafen die Leute hier.

Chas. Ethelbert Hillyard

Nachtwächter Hillyard! Es wurde bedeutend mehr als 80 Cent gestohlen. In Wirklichkeit wurde in der Nacht in mehrere Räume, inklusive mein eigener, eingebrochen. Sie sind hier angestellt, um solche Vorkommnisse zu verhindern. Ihr Interesse an der Moral unserer Gäste scheint Ihre Aufmerksamkeit von Ihren Pflichten abzulenken. Sparen Sie sich Ihre Predigten für Ihre religiösen Freiluftveranstaltungen. Mr. Pick, Zimmer 7, berichtet, daß Sie ihn trotz seiner dringlichen und wiederholten Bitten nicht um 5 geweckt haben. Er hat sein Flugzeug nach British Guyana verpaßt. Heute morgen wurden keine Zeitungen in die Zimmer geliefert. Ich setze Sie noch einmal davon in Kenntnis, daß die Zeitungen persönlich dem Portier Vignales überreicht werden müssen. Und das Fahrrad des Boten, das Eigentum des Hotels ist, woran ich Sie noch einmal erinnern muß, wurde beschädigt. Was *machen* Sie denn nachts?!

W. A. G. Inskip

Bitte fragen Sie mich nich Sir.

Von wegen dem Fahrrad das beschädicht is; ich hab das Fahrrad an der selben Stelle gelassen wo ich es gesehen hab, nichts ist passiert was es beschädigen konnte. Ich passe immer auf alles Eigentum auf Sir. Ich versteh nich wie Sie denken können ich habe Zeit für Fahrrad fahren. Wegen den Zeitungen Sir, die Polizei und die anderen lesen sie und lassen sie so zerknüllt liegen, ich denke es ist nich nett sie den Gästen zu geben. Ich wecke Mr. Pick, Zimmer 7, um 4.50, um 5, um 5.15 und um 5.30. Er sagt mir, draußen bleiben, er will nich aufstehn und einmal schmeißt er auf mich mit einer Schachtel Streichhölzer und die Streichhölzer liegen überall im ganzen Zimmer. Ich tu immer alles so gut wie ich kann Sir aber Gott ist mein Zeuge ich kenne keine Nachtwächterarbeit wie die, es ist soviel aufzuschreiben, ich habe keine Zeit was anderes zu tun, ich habe nämlich keine vier Hände nich und sechs Augen und ich will extra Hilfe für Mr. Wills und seine Freunde Sir. Ich bin ein armer Mann und Sie können schimpfen auf mich aber Sie dürfen nich schimpfen auf meine Religion Sir, weil Unser Herrgott der sieht alles und er wird Vergeltung üben Sir. Ich versteh nich was für Arbeit und was für Ärger ich hier kriege, alles was ich will ist ein bischen ruhige Nachtarbeit und alles was ich kriege ist Beleidigung.

Chas. E. Hillyard

30. November Um 12.25 Bar zu und um 1.00 der Barkeeper weg läßt Mr. Wills und seine Freunde in der Bar. Mr. Wills nimmt 12 Carib, Mr. Wilson 6, Mr. Percy 14, Mrs. Roscoe 5 Gin. Um 1.30 geht Mrs. Roscoe und es gibt ein bischen Singen und Gitarrespielen in Zimmer 12. Nichts Besonderes. Die Polizei kommt um 1.35 und sitzt lange Zeit in der Bar, trinkt nich, spricht nich, tut gar nichts, außer aufpassen. Um 1.45 kommt der Mann den sie Paul nennen mit Mr. McPherson von der MS Naparoni rein, sie fallen alle zwei andauernd hin und lachen immer wenn was kaputt geht. Und der Mann den sie Paul nennen sagt, gleich ist die Hölle los, sagt Minnie, Malcolm kommt, sein Schiff legt gerade an. Mr. Wills und seine Freunde gehen in alle Richtungen und lassen ein oder zwei Flaschen halb leer liegen, und dann sagt mir der Mann den sie Paul nennen, rauf in Zimmer 12 und sag Minnie Roscoe, Malcolm kommt. Ich versteh nich wie Leute sich so benehmen können, so was kann ja jeden zum Priester machen. Ich sehe das Schloß von der Bartür bricht ab es hängt nur noch an einem kleinen Stück Holz. Und wie ich rauf gehe in Zimmer 12 und sage Mrs. Roscoe, Malcolm kommt, sein Schiff legt gerade an, wird die Frau sofort nüchtern wie wenn sie keine Gitarremusik nich mehr hören will. Und sie fragt mich, wo kann sie sich verstecken und wo kann sie hingehen. Ich versteh nich, ich habe so ein Gefühl der Jüngste Tag ist nahe. Aber sie hört nich zu was ich sage. Sie ist ganz aufgeregt, ein Moment räumt sie das Zimmer auf und nächsten Moment packt sie, und dann läuft sie raus in den Flur und ich kann sie nich halten und sie läuft direkt die Hintertreppe runter in den Anbau. Und dann, um 5 nach 2, immer noch im Flur, seh ich einen starken Mann auf mich zurennen, und er ist stock nüchtern und so wild wie ein Besoffener, und er fragt mich, wo ist sie wo ist sie. Ich frage ihn, ist er ein gebetener Besucher. Er sagt laß mich in Ruhe mit deinem Gequatsch, wo ist sie wo ist sie. Also ich denke an das letzte Mal und Mr. Jimminez und bringe ihn zum Direktorbüro im Anbau. Er hört ein bischen Schlurfen innen im Zimmer von Mr. Inskip und ich erkenne die müde Stimme von Mr. Inskip und die Stimme von Mrs. Roscoe. Und der rote Mann läuft rein und alles was ich höre in den nächsten fünf Minuten ist wumm wumm zack zack bumm und die Frauen kreischen. Ich versteh nich was für Arbeit aus Nachtwächterarbeit wird, ich will was Ruhiges wie die Polizei. Mit der Zeit wird es still und der rote Mann zieht Mrs. Roscoe aus dem Anbau raus und sie nehmen ein Taxi und die Polizei sitzt ruhig in der Bar. Dann kommen Mr. Percy und die anderen jeder allein wieder in die Bar und sie sprechen leise und sie trinken nich und sie gehen um 3. Um 3.15 kommt Mr. Wills wieder und er will einen Whisky und 2 Carib. Er fragt nach Ananas oder ein bischen süßes Obst, aber gibts nich.

Um 6.00 kommt Mr. Wills in die Bar und sucht Soda, aber es gibt keins. Wir müssen ein bischen Soda für Mr. Wills einkaufen Sir.

Um 6.30 kommen die Zeitungen und um 7 überreiche ich sie Portier Vignales.

Chas. Hillyard

Mr. Hillyard! Angesichts der unglücklichen Krankheit von Mr. Inskip trage ich vorübergehend die Verantwortung für das Hotel. Ich erwarte, daß Sie weiterhin Ihre nächtlichen Berichte machen, aber ich wäre froh, wenn Sie Ihre Eintragungen so kurz wie möglich hielten.

Robt. Magnus, Stellvertreter des Managers

1. Dezember 22.30 C. E. Hillyard übernimmt Wachtdienst im Hotel C . . . Alles in Ordnung. Mitternacht Bar zu. 2.00

Mr. Wills 2 Carib, 1 Brot 6.00 Mr. Wills 1 Soda 7.00 Nachtwächter Hillyard übergibt Wachtdienst an Mr. Vignales mit einer Taschenlampe, 2 Kühlschrankschlüssel und Zimmerschlüssel 1, 3, 6 und 12. Bar nich aufgemacht, alles in Ordnung, keine Eintragung.

C. E. H.

Normale Liebe

Von Joyce Carol Oates

In der Stadt stelle ich meinen Wagen in einem Parkhaus ab, oben im dritten Stock. Alles ist still. Die Garage ist grau, die Farbe von Beton und Metall. Viele Wagen stehen hier, in der Stille, aber niemand ist zu sehen. Ein leises Unbehagen beschleicht mich, Angst. Ist da jemand? Irgend jemand? Unsere Stadt ist keine sehr große Stadt, nicht gefährlich. Vielleicht ist sie spät in der Nacht gefährlich, für eine Frau allein. Jetzt ist es Nachmittag, Winter, mitten in der Woche, trüb, zu kalt, um jemanden zu belästigen . . . Ich schließe die Wagentür ab, ich stecke die Schlüssel in die Handtasche, ich gehe schnell zum Fahrstuhl und drücke den Knopf für Abwärts.

Der Fahrstuhl braucht lange. Ob er außer Betrieb ist? Warum ist hier niemand? Plötzlich hinter mir ein Geräusch . . . hinter mir ein Mann, er kommt auf mich zu, steckt etwas in die Tasche. Wahrscheinlich Autoschlüssel. Seine Schritte klingen hart auf dem Betonboden. Die Luft ist kalt. Mein Herz fängt an zu klopfen, absurd, ich weiß, es besteht keine Gefahr, und doch spannen sich meine Muskeln wie in Erwartung einer Gefahr, mein ganzer Körper versteift sich, wie um einem Schlag zu begegnen . . . Der Mann wartet mit mir auf den Fahrstuhl. Ich sehe ihn nicht an. Er sieht mich nicht an. Er trägt einen ziemlich guten Mantel, er ist keine Gefahr für mich. Es gibt keine Gefahr in dieser Stadt; die Kälte der Luft an diesem Dezembertag macht alles klar und undramatisch, da ist keine Spannung, nichts. Der Fahrstuhl kommt. Die Tür geht auf. Ich trete hinein, der Mann tritt schnell hinein, einen Augenblick gerate ich in Panik, als würde plötzlich eine Tür aufgehen in mir, ins Nichts, in Schwärze. Der Fahrstuhl bringt uns nach unten. Der Mann sagt nichts, macht keine Bewegung, nimmt seine Hände nicht aus den Taschen, als wäre . . . als wäre das ein Zeichen, wenn er sie herausnähme, und als wagte er nicht, ein Zeichen zu machen. Ich warte, und mein Herz klopft. Ich warte. Der Fahrstuhl hält, die Tür geht auf, eine Frau und Kinder wollen einsteigen, ich gehe schnell hinaus und entkomme . . .

Ich verbringe den Nachmittag mit Einkäufen. Ich werde nicht verfolgt.

Mein Mann
sitzt allein unten, nachdem wir alle ins Bett gegangen sind. Diese Zeit ist ihm heilig, glaube ich. Geheimnisse steigen dann in ihm auf. Wenn ich oben auf der Treppe stehe und sage: »Es ist schon nach zwei«, starrt er zu mir hoch, erschrocken. Er sitzt auf dem Sofa mit einem Aschenbecher neben sich. Er raucht und hängt seinen Gedanken nach. Er sitzt da in einer Art gestörtem Frieden, ein Mann von vierzig, fast einsneunzig, hager, nicht muskulös, ein Stadtmensch mit dunklem Haar, das sich zu lichten beginnt, im Gesicht eingegraben die Anspannung und die Verwirrung der Stadt. Ja, sein Gesicht ist zerfurcht. Warum ist sein Gesicht zerfurcht? Er ist nicht mehr fähig, richtig zu staunen, und doch zeigt sein Gesicht im Licht des frühen Morgens, um zwei Uhr, in dem trüben fahlen Licht unserer Lampe, eine Verwirrung, die stärker sein müßte. Er denkt nach, träumt, eine schreckliche Traurigkeit füllt ihn aus, er sitzt da, allein, und blickt zu mir hoch, erschrocken, wenn ich ans Geländer komme. Die Zeitung liegt draußen hinterm Haus, zusammengefaltet, zum Wegwerfen morgen, die Zeitung mit der Geschichte über das Mädchen, das vermißt wird.

Meine Kinder
können es nicht erwarten, durch die Türen aus dem Haus hinauszukommen, sie können es nicht erwarten, durch sie wieder hereinzukommen. Sie drängen hinaus, in die Freiheit. Dann kommen sie eilig zurückgelaufen. Sie haben Hunger. Die Jungen haben lange, schlaksige Beine. Sie stoßen sich immer an Tischen. Sie verschütten Milch, lassen Teller fallen, ihre Nasen sind seit Wochen wund vom Schnupfen. Sie mögen Hot Dogs und Hamburger. Das Fleisch wird in seltsamen Formen geliefert, was ihnen nie auffällt – mit einem kleinen Stück rosa Darm säuberlich abgebunden oder zu einem verschlungenen Labyrinth aus wurmartigem roten Gewebe zermahlen. Alles ist nur Gewebe. Die Jungen mögen dieses Fleisch sehr. Eine meiner Töchter ist melancholisch und egoistisch, in sich gekehrt und boshaft, dreizehn Jahre alt ... ihre Augen verengen sich bei Dingen, die ich mir nicht vorstellen kann. Sie ist immer woanders mit ihren Gedanken. Sie sieht aus wie ihr Vater, mit dem gleichen verkniffenen, abwägenden Gesicht; ein Lächeln kann ein solches Gesicht verwandeln. Das andere Mädchen ist erst neun, ein gutmütiges Kind, sie liebt uns alle und kann nicht verstehen, warum sich ihr Vater immer mehr von uns entfernt, im Alter von vierzig, ein geheimnisvolles, unaufhaltsames Sich-Entfernen, das wir nicht verstehen können.

Der Supermarkt in meiner Gegend
hat einen Weihnachtsbaum aus glänzender Metallfolie aufgestellt. Ein Rauschgoldengel auf der Spitze bläst Trompete. Der Baum ist hübsch, aber man kann ihn nicht ansehen, die silbernen Zweige reflektieren das Licht und tun den Augen weh. Ein Radio spielt »Jingle Bells«, aber in sehr schnellem Rhythmus, beschleunigt ... Welcher Tag ist heute? Ich kaufe meist alles am Dienstag ein. Aber manchmal geht uns schon am Mittwoch wieder etwas aus, oder ich habe etwas vergessen zu kaufen, und dann gehe ich

nochmal hin. Donnerstags brauche ich dann wieder etwas, meist Milch, und am Freitag lasse ich mir die Haare richten, und der Friseur ist nur einen Häuserblock weiter unten, so daß es keine Mühe macht, schnell noch einmal reinzugehen; es ist ein sehr angenehmes Geschäft. Jetzt spielen sie Weihnachtslieder. Aber die Töne sind undeutlich und verzerrt, weit entfernt, so als wären die Engel, die solche Lieder singen, nicht bei der Sache, als hielten sie über die Schulter Ausschau nach irgendwas anderem. In der Woche ist nicht viel Betrieb im Supermarkt. Manchmal komme ich samstags nochmal, und dann ist es voll, aber dann sitzen auch mehr Mädchen an der Kasse, so daß ich annehme, sie kommen so zurecht. Ich nehme an, sie haben sich das ausgerechnet.

Es ist wichtig, daß ich mir alles genau ansehe. Die meisten Dinge kenne ich – alle diese Dosen und Packungen –, trotzdem sehe ich genau hin, um festzustellen, ob sich irgendwas geändert hat, um festzustellen, ob es irgendwelche besonderen Dinge gibt, die ich brauchen könnte. Ich muß eine Menge Lebensmittel einkaufen. Manchmal sind zwei Einkaufskarren nötig, also muß einer der Jungen mit. Solange er nicht irgendwas umstößt, ist er eine Hilfe. Ich sollte stolz sein auf meinen Sohn, meinen eigenen Sohn, aber ich habe keine Zeit, stolz zu sein auf ihn. Seine Nase läuft, er wischt sie mit dem Handrücken ab . . . mit dem Ärmel . . . »Hier«, sage ich und gebe ihm ein Kleenex. Er nimmt es. Er putzt sich die Nase, als wäre sie plötzlich zerbrechlich.

Aber lieber gehe ich allein einkaufen. Ich nehme mir Zeit mit allem. Ich nehme mir Zeit beim Fleisch, prüfe die einzelnen Stücke. Das Radio spielt jetzt »Let It Snow«. Was meine Ohren nicht hören, sind die Schreie bestürzter Tiere, von Hammerschlägen betäubt, deren Hufe im Schmutz ausgleiten, deren Schultern und Köpfe sich drehen und wenden, um die Hörner, die sie gefangen halten, freizubekommen – Männer haben diese Hörner gepackt! Sie werden in Wagen gepfercht. Die Keulen und Seiten werden tiefgefroren aus Wagen herausgetragen, großen Tiefkühlwagen, so lang, daß sie kaum abbiegen können in unseren altmodischen kleinen Straßen.

Unser Haus
steht in einer Straße, die zum Teil gut, zum Teil weniger gut ist. An der Ecke sind Wohnheime. Wir sind eine College-Stadt, still und ruhig, ein netter Ort zum Leben; erst in den letzten Jahren hat die Kriminalität allmählich zugenommen, aber uns ist nichts geschehen. Die Studenten in den Wohnheimen machen manchmal Schwierigkeiten, aber nur innen in den Häusern; uns haben sie noch nie belästigt. Die Straße hat Schlaglöcher. Ich fahre automatisch um sie herum, nehme sie nicht einmal mehr wahr.

Der Präsident der Universität wohnt ein paar Häuserblocks entfernt, in einem großen, alten Haus.

An den Vormittagen ist es ruhig in unserem Haus. Meine Kinder gehen jetzt alle zur Schule. Das Telefon klingelt plötzlich, und mein Mund wird trocken; ich laufe zum Telefon, ich bin beunruhigt, überlege ... hat jemand die falsche Nummer gewählt? Oder ist es jemand Bekanntes? Ist es jemand, der uns einladen will? Die Person, die mich anruft, besitzt soviel grausame Macht in ihrer Anonymität! Aber das Telefon klingelt doch sicher auch, wenn ich nicht zu Hause bin, und dann, dann bin ich diejenige, die die Macht besitzt, dann steht der Anrufer (wahrscheinlich eine Hausfrau wie ich) bestimmt da und lauscht traurig dem Klingeln eines Telefons in einem leeren Haus, und die paar Minuten Unterhaltung werden ihr versagt. Meine Kinder gehen jetzt alle in die Schule. Sie gehen zu Fuß in die Schule. Wenn das Telefon klingelt in dem leeren Haus, wird alles leer in mir vor Beklemmung, vor Hoffnung. Das Geräusch dringt durch mich hindurch. Wenn niemand anruft, erledige ich die Hausarbeit, Waschen oder Staubsaugen, mache die Betten, räume auf; dann gehe ich einkaufen. Ich arbeite in meinem Haus und denke über das Geheimnis eines Hauses nach, all die Leben, die darin ausgeträumt werden. Meine Kinder haben es eilig, morgens wegzukommen, und eilig, am Nachmittag wieder zurückzukommen. Ich ertappe mich dabei, wie ich von ihnen träume, von ihren drängenden ungeduldigen Gliedern irgendwie in mir drin, die mir Schaden zufügen ... Wollen sie mir Schaden zufügen, meinem Fleisch? Nein. Will mein Mann mir Schaden zufügen? Nein. Das Haus, das ich vor acht Jahren unbedingt haben wollte, ist sehr still am Morgen. Ich gehe durch die Zimmer, knöpfe meinen Mantel zu, mache mich fertig zum Ausgehen und Einkaufen ... ich überlege mir, was ich heute einkaufen muß, Kleidung für eines der Kinder, einen Duschvorhang, um den zerrissenen zu ersetzen, ein Paar von diesen neuen dunklen Strümpfen, vielleicht ein Paar neue Schuhe ... Ich gehe gern einkaufen, ich gehe jeden Tag einkaufen. Ich kann keinen rechten Platz finden für mich in diesem Haus, also gehe ich weg. Ich habe alles selber gekauft für die Zimmer, die Möbel sorgfältig ausgewählt, mir darüber Gedanken gemacht, Zeitschriften wie »Das schöne Heim« studiert. Unser Sofa ist dunkelbraun, unser Teppich hellbeige. Der Kaffeetisch ist groß, aus dunklem Walnußholz, und hat eine moderne ovale Form. Das Zimmer war mir immer als etwas Besonderes erschienen, sogar schön, aber jetzt sieht es ein bißchen abgenutzt und billig aus, ich weiß nicht warum. Ich habe all die Möbel ausgesucht, und mein Mann und ich haben uns wegen der Kosten gestritten, aber gehören diese Möbel nicht einer fremden Familie, hat nicht eine andere Frau sie ausgesucht? Mein Mann hinterläßt hier kein Zeichen seiner selbst. Er räumt alles weg, was zu ihm gehört, so wie es sein Vater getan hat. Nichts von ihm bleibt unten im Haus, er ist Professor an der Universität, und die meisten seiner Bücher sind dort, sein wirkliches Leben findet irgendwo anders statt, nicht hier. In diesem Haus hier ist er unsichtbar.

Ich blicke aus dem Vorderfenster. Gegenüber, auf der

anderen Straßenseite, steht genau so ein Haus wie unseres, aus dunkelroten Ziegelsteinen, zwei Stockwerke hoch, mit einem großen Speicher, wo zwei Jungen ihr Zimmer haben, wie bei uns. Diese Häuser wurden in den vierziger Jahren gebaut. Es kommt mir vor, als bewegte sich etwas hinter dem Fenster jenes Hauses – eine andere Frau, die hinaussieht, nach draußen? Sieht sie mich über die Straße hinweg an?

Die Handtasche
kam durch Zufall in unser Leben. Mein Mann brachte den Wagen weg, um die Bremsen richten zu lassen, und auf dem Rückweg, zu Fuß, ging er über ein unbebautes Grundstück. Ich weiß, wie er geht, allein, und die Kraft seines Gangs hat mich immer beeindruckt – ein Mann mit einem Ziel, mit einer Entschlossenheit, die Frauen bei Männern brauchen. Aber in Wirklichkeit ist er nicht so. Er hatte seinen Trenchcoat an, einen angeschmutzten gelb-braunen Mantel, die Hände tief in den Taschen versenkt. Er ging schnell, den Kopf nach vorn gebeugt wie üblich (woran dachte er? an seine Studenten? an die Rechnung für den Wagen?), den Blick am Boden . . . und dann sah er etwas, aus dem Augenwinkel. So ist es passiert.

Er sah die Handtasche einer Frau. Sie war in das gefrorene Gras geworfen worden, dicht beim Weg, eine schwarze Lackledertasche. Er blieb stehen. Er bückte sich und hob sie auf . . .

Um ihn herum auf dem Feld gefrorene Disteln.

»Das hab ich gefunden«, sagte er zu mir, als er durch die Hintertür hereinkam. Er sah besorgt aus, fast verlegen, so als gäbe ich ihm die Schuld für irgend etwas. In der Handtasche war ein Geldbeutel aus billigem braunen Kunststoff, und darin steckten ein paar Schnappschüsse, ein paar Dollarnoten, Kleingeld, ein Personalausweis. Zerknüllte Papiertaschentücher mit rosa Lippenstift darauf und ein Kamm und ein Lippenstift, ein paar lose Münzen . . . Schlüssel an einer Kette mit einer kleinen Hasenpfote . . .

Linda Slater, 1463 St. Clair. Im Notfall zu benachrichtigen: Herr und Frau Frank Slater, 1463 St. Clair.

Beim Zahnarzt   beim Friseur   beim Einkaufen

Betty hat diesmal drei Löcher. Sie will sich nicht die Zähne putzen. Abends kontrolliere ich ihre Zahnbürste: Manchmal ist sie naß, aber was hat das schon zu bedeuten? Meine Kinder lügen alle.

Die Sprechstundenhilfe ist etwa neunzehn Jahre alt, mit einem großen, unordentlichen Wuschelkopf, gebleicht. Ich blättre schon mal in meinem Scheckbuch und stelle fest, daß ich heute einen Scheck einzutragen vergessen habe . . . was war das für ein Scheck? Ich gerate in Aufruhr, bin beunruhigt, bestürzt. Mein Mann macht nie Fehler beim Scheckbuch oder bei Geld oder überhaupt bei Zahlen, er rechnet alles im Kopf aus, er macht nie einen Fehler. Er verdient nicht viel Geld als Professor, aber er macht niemals Fehler beim Zusammenzählen oder Abziehen seines Geldes.

Draußen im Wartezimmer, während ich auf Betty warte, sehe ich, daß die Zeitung vom Abend vorher noch daliegt. Von weitem lese ich die Schlagzeile über der linken Spalte der Seite: »Mädchen vermißt«. Diese Geschichte haben wir gestern abend gelesen. Linda Slater, 20, wurde als vermißt gemeldet, niemand wußte, wo sie abgeblieben war. Ihre Handtasche wurde am Montag gegen Abend von Dr. Norman York, Geschichtsprofessor an der Universität, gefunden. Er rief ihre Eltern an. Er brachte ihnen die Handtasche. Immer wieder und wieder lese ich seinen Namen – sein Name ist auch mein Name, das ist mein Name in der Zeitung, über einen Mann, der die Handtasche eines Mädchens gefunden hat. Das Mädchen wird jetzt vermißt. Sie ist einssechzig groß, wiegt hundertzehn Pfund, hat dunkelbraune Haare, blaue Augen, ich kann mich nicht erinnern . . .

Ich blättere in einer Illustrierten und sehe mir die Bilder

von festlichen Menüs an. Bald ist Weihnachten. Wir werden Plätzchen backen, die Kinder und ich. Ich werde einen Speisezettel aufstellen, für eine ganze Woche, Essen für die Weihnachtswoche, ich werde im voraus kochen und die Gerichte einfrieren ... und am ersten Weihnachtstag wird es einen großen Schinken geben, denke ich, und keinen Truthahn ... Die Tischgedecke in dem Heft sind wunderschön, Stechpalmen- und Tannenzweige.

Schließlich nehme ich die Zeitung und sehe mir wieder ihr Bild an – Linda Slater, 20, dunkles Haar, fester, etwas starrer, neugieriger Blick, sehr kurze Oberlippe. Ein gestelltes Foto. Wahrscheinlich macht es sie schöner als in Wirklichkeit.

Freitag beim Friseur. Glenda macht mir die Haare. Sie ist ein großes fröhliches Mädchen. Voller Begeisterung wäscht sie meine Haare, massiert meine Kopfhaut. Einmal rutschte sie ab, und ein Finger, oder ein Knöchel, fuhr mir ins Auge. Die Seife brannte, aber ich hab nichts weiter gesagt, Schmerzen machen mir nichts aus, meist lache ich nur verlegen.

Glenda dreht meine Haare auf große Lockenwickler. Vier Stühle stehen vor dem großen Spiegel, noch zwei sind besetzt, von Frauen, denen das Haar aufgesteckt wird. Der Laden ist nicht gerade sauber, aber ganz angenehm. Eine geschwätzige, warme Atmosphäre. Die Mädchen sind freundlich. Glenda hat etwas Starkes, Robustes an sich, ich kann ihren Kaugummi riechen. Ihr Diamantring wirkt viel zu groß, um echt zu sein; ich weiß, daß ihr Mann in der Fabrik arbeitet.

»Sag mal, hast du schon mal ein Thalidomid-Baby gesehen?« fragt Glenda das Mädchen neben ihr.

»Was für ein Baby?«

»Thalidomid. Du weißt doch – diese Schlaftabletten.«

»Ach so. Nein. Wo ist denn eins?«

»Ein Baby ist der gerade nicht mehr, er ist schon ganz schön groß.«

»Und wo?«

»Bei meiner Schwiegermutter in der Straße, bei ihr gegenüber.«

Die Frau neben mir dreht den Kopf. Ich treffe sie oft hier, sie hat ein ausgeblichenes, starres Gesicht, eine Rothaarige mit Sommersprossen. Sie ist ungefähr in meinem Alter, vierzig.

»Bei uns in der Straße wohnt ein Thalidomid-Mädchen.«

»Und wie alt ist die?«

»Zwölf.«

»Dieser Junge, der, von dem ich erzählt habe, der ist ein regelrechtes Ekel. Er ist so an die einsachtzig, geht schon ins College und ist einfach gräßlich. Seine Mutter hat ihn verzogen.«

»Das Mädchen hat kleine Arme, richtig kurze Arme, wie kleine Flossen.«

»*Er* hat auch Flossen. Im Winter hat er immer solche Wolldinger an, wie Fausthandschuhe. Er kann mit diesen Flossen rummachen, als wär'n es Arme.«

»Ist er intelligent?«

»Ein intelligenter Schnösel ist er.«

»Das Mädchen ist ziemlich intelligent, glaub ich. Aber angeben tut sie auch ganz schön; ich hab sie mal gesehen, in einem Geschäft in der Stadt, wie sie sich da aufgespielt hat. Sie und zwei andere Mädchen. Sie gehen so in die siebte Klasse, diese Mädchen, und haben einem jungen Burschen schöne Augen gemacht. Die Flossen von diesem Mädchen sind ganz klein und kurz, nicht größer als die Arme von einem Baby, und dann hat sie mit einem davon einen Verkäufer am Kinn gekitzelt. Es war ein Schuhgeschäft.«

»Was hat sie?«

»Na, sie hat so herumgemacht mit ihm, geflirtet – der Mann ist ganz rot geworden, also komisch war das nicht.«

»Geflirtet? Sie hat geflirtet?«

»Ja, mit diesen kleinen Armen. Sie soll sehr intelligent sein, aber richtiggehend böse.«

»Und er erst. Er ist ein Ekel. In der Schule, da sind die Mädchen einfach verrückt nach ihm, und andauernd rufen sie ihn an, weil er so nett ist, und die Flossen oder sonst was scheinen sie nicht im geringsten zu stören. Aber zu Hause, da muß seine Mutter alles für ihn machen . . . er kann nicht mal allein aufs Klo, glaubt, er wäre Wunder wie gescheit, dabei ist er ständig auf Hilfe angewiesen. Sie haben ihn gefragt, ob er solche künstlichen Arme haben will, aber die wollte er nicht. Er sagte nein. Sie haben versucht, ihn zu überreden, aber er wollte nicht. Daß die sich alle um ihn kümmern, das ist doch nur wegen dieser kurzen Armen . . .«

Im Supermarkt gehe ich noch mal in die Milchabteilung und nehme mir eine Packung Milch, hebe sie hoch, um zu sehen, ob sie unten nicht undicht ist. Sie scheint in Ordnung. Ich kaufe etwas Quark. Einen Wagen habe ich gar nicht erst genommen, aber dann fallen mir noch alle möglichen Dinge ein, die ich brauche, so daß meine Arme immer voller werden, es ist schwierig, alles zu tragen. Ich halte die Sachen fest an mich gedrückt. An der Kasse bemerke ich einen milchig-wässrigen Fleck auf meinem Mantel.

Nasser Schnee
ist hartnäckig, will nicht schmelzen. Er ist grau und schwer geworden. Ich war nicht immer vierzig. Ich kann mich noch erinnern, wie ich in meinem Elternhaus in Indiana vorne durch das große Fenster in den Regen gesehen habe. Ich hatte lange blonde Haare, ich zog mich immer hübsch an, ich wartete, daß etwas geschah mit mir, und es geschah. Einmal ging ich spazieren, allein, als ich bei meiner Großmutter in West Bend zu Besuch war. Ich ging in einen kleinen Park. Ich sah mir die Rosen an, weil man sich so viel Mühe gegeben hatte, sie anzupflanzen; ich blieb stehen und betrachtete eine Sonnenuhr . . . aber die Sonne schien nicht, ich konnte nicht sehen, wie spät es war.

Als ich nach Hause komme, sagt Susan: »Betty ist es schlecht.«

Betty übergibt sich oben im Badezimmer. Während ich bei ihr bin, klingelt das Telefon, eins der Kinder hebt ab. Ich warte, aber niemand ruft mich; es muß ein Anruf für die Kinder sein.

Abendessen
ist immer um sechs. Alle sind fertig zum Essen. Mein Mann ist seit fünf zu Hause, hat sich was zu trinken gemacht, hat die Zeitung überflogen. Sein Name taucht in den Berichten über Linda Slater nicht mehr auf. Ich möchte ihn fragen, was das für ein Gefühl ist für ihn, was er denkt . . . aber sein Schweigen hält mich zurück. Ich nehme ihm dieses Schweigen übel, obwohl er es schon immer an sich hatte, die ganzen zwanzig Jahre, die wir uns kennen.

Er kommt in die Küche, als Susan ihm keine Ruhe läßt. Susan hängt sich an ihn, bedrängt ihn. Sie liebt ihn, und ihre Liebe ist eine Qual für uns alle und für sie selbst, so daß sie in kindlichem Zorn die Stirn runzelt. »Daddy, du hörst ja gar nicht zu!« sagt sie oft und wirft sich dabei herum, als wollte sie sich wehtun; oder sie steht würdevoll auf und verläßt den Tisch, und Norman ruft sie zurück, und sie sagt »nein«, und er macht eine plötzliche Bewegung, wie um seinen Stuhl wegzuschieben und sie zurückzuholen, und sie tut so, als hätte sie Angst, ein bißchen Angst vielleicht, und kommt zurück . . .

Wir sitzen da. Heute abend gibt es Hühnerfrikassee mit Karotten und Erbsen. Es ist kein ungewöhnliches Essen, sie mögen es, sie sind hungrig. Jetzt fangen wir endlich an mit dem Essen, sitzen rund um den großen Küchentisch, jeder auf seinem Platz, wie beim Start zu einer Regatta . . . schwimmen mühsam auf dem Grundelement unseres Lebens dahin, das Liebe heißt. Ist es Liebe? Wir sitzen hier, rund um diesen ganz besonderen Tisch, weil zwei Menschen einander liebten und geheiratet haben. An jenem Tag, an dem ich auf die Sonnenuhr starrte, war ich überzeugt, daß ich nie heiraten würde . . . aber ich hätte mir keine Sorgen zu machen brauchen, genauso wenig wie die meisten anderen Frauen. Es geschah.

Manchmal beuge ich mich über das Waschbecken im Bad, allein, mir ist schlecht, ich umklammre meinen Kopf und denke »Was wird geschehen?« Werde ich mich übergeben? Aber ich übergebe mich nie. Ich bring es einfach nicht rauf und raus aus mir – was immer in mir drin ist. Selbst als ich schwanger war, hatte ich einen gesunden Magen. Die Übelkeit geht vorüber, und mein Kopf ist plötzlich voll von Aktivität, all die Bilder der Sachen, die ich benutzen muß – die bunten Schwämme, die ich in der Küche verwende, den einen nur für das Geschirr und den andern zum Abwischen von Tischen und Schränken, die Laken und Kopfkissenbezüge, die ich zusammenfalten muß, zusammenfalten, immer wieder und wieder, die Betten, die ich machen muß, die kleinen Läufer, die ich geradeziehen muß, die Dosen, die ich mit dem Dosenöffner aufmachen, ausspülen und unter dem Abwasch in den Mülleimer werfen muß. Mein Kopf ist plötzlich erfüllt von Liebe für all diese Sachen. Ich muß hinuntergehen und die Schubläden und den Kühlschrank aufmachen, um bestimmte Packungen und Dosen und Gläser herauszusuchen, die Behältnisse der Liebe. Jeden Tag muß ich das tun. Ich muß hinuntergehen in die Küche und Essen für meine Familie kochen, mit Liebe, ich muß behutsam umgehen mit den zarten Formen der Liebe. Teller, Gabeln, Löffel, Messer, Papierservietten, Gläser ... sie alle gewinnen eine geheimnisvolle Bedeutung auf dem Tisch. Wird einer der Jungen sein Milchglas umstoßen? Macht nichts. Wisch es weg. Norman wird es aufwischen, er kümmert sich um Notfälle, aus Tradition. Alle sitzen da. Ein Freitagabendessen. Verstehen sie eigentlich dieses Bukett der Liebe, das ich vor ihnen ausgebreitet habe? Was genau sehen sie? Wenn beim Hauptgericht die Karotten fehlten, und es wären nur Erbsen darin, mit Pfeffer und Salz und einigen anderen Gewürzen, würde das einen Unterschied machen? Ich hätte Pfefferschoten in die Sahnesoße tun sollen, aber der Rest im Glas war verdorben. In den Salat habe ich zwei Sorten grünen Salat gegeben, Tomaten, Radieschen, Gurkenscheiben, etwas Sellerie und grünen Paprika. Wenn ich den grünen Paprika weggelassen hätte, würden sie das bemerken? Bemerken sie, daß er drin ist? Ich habe aus einem Fertigteig Brötchen gemacht. Alle legen sie die Brötchen auf ihren Teller und tun das Frikassee darüber, außer Susan, die nichts Aufgeweichtes mag; wenn die Brötchen nun nicht da wären? . . . Bobby läßt seine Gabel auf den Boden fallen. Macht nichts, wisch es weg. Das Essen hat begonnen. Das Rennen läuft, es gibt kein Zurück. Mein Mann sagt etwas. Ernst oder lächelnd? Er lächelt. Gut. Mein Mann sagt etwas zu mir über heute abend. »Um wieviel Uhr kommen sie?« Immer fragt er das, wenn jemand zu uns kommt am Abend; sie sind immer für halb neun eingeladen. »Halb neun«, sage ich. Mein Mann ist ein intelligenter Mann, und seine Intelligenz ist freundlich, liebenswürdig; über die Jahre hat er gewisse kleine Aufmerksamkeiten kultiviert, während seine Gedanken von mir forttreiben.

Was kann ich zu ihm sagen?

Am Tisch wird geschwatzt, gekichert, zugelangt, geräuschvoll gegessen. Die Jungen stoßen sich zufällig mit den Ellbogen an, absichtlich. Susan sagt: »Du bist vielleicht ein Ferkel!« Jamie sagt: »Kümmere dich um deine eigenen Sachen!« Susan sagt: »Halt den Mund!« Jamie sagt: »Halt du doch den Mund!« Susan sagt: »Halt du den Mund!« Alle am Tisch essen . . . sie versuchen sich gegenseitig den Rang abzulaufen, haben es eilig, mit dem Essen fertig zu werden und wegzukommen. Susan wird als erste fertig sein. Sie hat alle Erbsen fein säuberlich aussortiert und auf dem Teller liegen lassen. Um mich zu ärgern, oder bekommen ihr die Erbsen wirklich nicht?

Nachdem sie fertig sind, stelle ich die Teller zusammen, die Gabeln, die Löffel, die Messer, die verschmierten Gläser . . . die Soße ist ganz dick, ich hasse es, mit den Fingern dranzukommen, ihre Kälte ist mir widerlich . . . der

Tisch ist naß, jemand hat Soße verschüttet, macht ja nichts; wir haben einen Tisch, dem nichts etwas anhaben kann. Nichts kann ihm etwas anhaben. Ich räume alles ab, lösche das Tischmuster dieses Abends und stelle das Geschirr auf die Anrichte, ein Chaos, stelle es hin und habe plötzlich ein ganz komisches Gefühl . . .

Freunde
kommen, lächeln uns an, ziehen ihre Mäntel aus. Norm mixt die Drinks. Scotch und Wasser. Wir setzen uns. Arnold und Brenda sehen ein bißchen müde aus, oder? Nein, Brenda sieht gut aus. Sie trägt diese neuen Strümpfe, die mit dem nassen Glanz, und ihre Schuhe sehen auch neu aus. Manchmal halten die Leute Brenda für mich und mich für Brenda, obgleich ich hellere Haare habe und größer bin als sie. Es macht mir nichts aus, für jemand anders gehalten zu werden. Wir sind beide Professorenfrauen. Unsere Männer reden miteinander, wir beide reden miteinander. Ich blicke hinüber zu Norman, um zu sehen, ob er immer noch so zerstreut ist, aber ich kann es nicht sagen. Er vermeidet es, den Blicken anderer zu begegnen, eine alte Gewohnheit von ihm. Gegen elf gehe ich in die Küche, und Brenda kommt mit, mit ihrem Glas. Ich hole die Käsescheiben und das Fleisch aus dem Kühlschrank. Ich habe alles vorbereitet und in Folie gewickelt. Ich lege Brot in einen kleinen Korb mit einer Stoffserviette. Ich nehme Pickles und Oliven. Brenda lehnt sich mit dem Bauch gegen die Anrichte und starrt in ihr Glas. »Tut mir leid, daß sich Arnold heute abend so komisch benimmt«, sagt sie. Sie hat Falten am Hals, die zu sehen sind, wenn sie den Kopf nach vorn beugt, wenn sich ihr Kinn gegen die Kehle schiebt. »Er fing mit dem Trinken an, gleich als er von der Uni kam. Er glaubt, sie wollen ihn abschieben . . .«

Wir reden von Brendas Gymnastik im CVJM, von der Übungsstunde, die sie und zehn andere Hausfrauen nehmen. Sie tragen ärmellose Trikots. Sie treffen sich jeden

Mittwoch vormittag. Wir reden von der Frau eines anderen Professors, einer älteren Frau, die nie aus dem Haus geht, die man nie mehr in der Schule oder in der Stadt sieht. Sie hatte eine Operation in diesem Sommer. »Eigentlich ist es doch schon was, wenn sie es schaffen, es einem wegzuoperieren, und man lebt noch«, sagt Brenda. Ihr Gesicht verzieht sich aus Mitgefühl und Bestürzung. »Ich meine, als Frau kann man heutzutage doch so gut wie alles tragen, das merkt doch überhaupt keiner ... Wie soll das jemand merken?«

Niemand würde es merken.

Norm und ich schlafen tief in der Nacht, in den zwei Hälften unseres Bettes. Ich erinnere mich noch genau an die vergangenen Jahre, an jene Monate, in denen ich schwanger war. Aber ich kann mich nicht mehr daran erinnern, wie es dazu kam, daß ich schwanger wurde. Ich weiß noch, wie ich Anfang zwanzig war, eine junge Ehefrau, in erotischer Benommenheit irgendwo ... in einem Zug? ... meine Schenkel verstört in Erinnerung an unsere Liebe, eine unerträgliche Verstörtheit über das, was mein junger Ehemann mit mir getan hatte, immer wieder und wieder, aber das Mädchen in dem Zug ist wie aus einem Film, auf Film, das mir fortgenommen wird, das ich gar nicht bin ... es starrt verträumt aus dem Fenster, berauscht, verzaubert. Ich bin nicht jenes Mädchen.

Ich hab mich nie daran erinnern können, warum ich schwanger war, nicht genau. Es war mir wichtig vorgekommen, es war mir heilig vorgekommen, mich an den genauen Tag zu erinnern, an die genaue Nacht ... aber das hab ich nie gekonnt. Ich hatte keine Zeit. Alles verlor sich. Ich bekam ein Baby, ich erwartete noch eins; ich hatte zwei Babys, und ich erwartete wieder eins; wir mußten packen, ich war schwanger und hatte Angst vor einer Fehlgeburt, wir konnten uns keine Möbelpacker leisten, wir verbrachten den ganzen Tag damit, Geschirr und Bücher einzupakken ... wir fuhren quer durchs Land zu einem College, an dem Norm ein Jahr lang unterrichtete, dann fuhren wir quer durchs Land zurück zu einem anderen College, wo er fünf Jahre lang unterrichtete und glaubte, das Richtige für sich gefunden zu haben, dann kam er zu dem Schluß, daß dieses College nicht gut genug war für ihn, und so kamen wir hierher, vor neun Jahren oder vor zehn, an ein College, das für mich kein bißchen anders ist als die beiden davor, an denen wir waren.

»Als wir herkamen, hörten wir im Radio, daß unten am Fluß Teile eines Frauenkörpers gefunden worden sind«, sagt Brenda und verzieht das Gesicht. »Von Kindern. Ist das nicht schrecklich? Wenn nun eins von unseren Kindern so etwas finden würde! Sie haben gespielt, unten am Fluß . . .«

Sie ist also tot.

Am Samstag
gehe ich mit Betty zum Arzt. Asiatische Grippe. Das bedeutet, daß alle sie kriegen, alle Kinder. Susan geht in ihre Klavierstunde. Die Heizung im Wagen ist kaputt, ich muß es Norman sagen, ich habe Angst, es Norman zu sagen . . . wir haben kein Geld dafür. Ich habe angefangen, Weihnachtsgeschenke zu kaufen. Mein Kopf ist plötzlich ganz benommen von dem Gedanken an Geschenke, Weihnachtsgeschenke, mir wird fast schwindlig, wenn ich daran denke . . . ich bin geblendet wie von einem plötzlichen Lichtstrahl, herrlichem Licht! Vor mir liegen Tage, ausgefüllt mit dem Einkaufen von Geschenken. Und dann die Weihnachtswoche. Ein paar von den Geschenken werde ich bis nach Indiana schicken; es ist wichtig, solche Traditionen aufrecht zu erhalten. Sogar meine alten Onkel, sie schätzen es, wenn man sich an sie erinnert. Jeder schätzt es, wenn man sich an ihn erinnert. Es ist schrecklich, wenn sich keiner an einen erinnert.

. . . ein Braten, Roastbeef. Naturreis. Bratensoße. Brötchen vom Bäcker, knusprige Brötchen und Milchbrötchen . . . Salat . . . Karotten? Keine Karotten. Blumenkohl mit Käsesoße. Cheddar-Käse. Apfelscheiben. Heute abend werde ich Apfelscheiben auf einem weißen Teller anrichten, auf einer weißen Platte, Apfelscheiben, die wie herrliche dunkelrote Räder aussehen . . .

Im Supermarkt ist es voll. Jeder ist in Eile, aber diese Eile ist heiter und freundlich. Von irgendwoher Musik. Der Boden unter mir scheint mitzuschwingen mit dieser Musik, wie der Boden auf einem Schiff, es ist ein angenehmes Gefühl. Ich lasse mich durch die Gänge treiben. Die Dosen in den Regalen ragen weit über meinem Kopf nach oben, in vielen verschiedenen Größen und Farben – ich lege Dosen in den Wagen, ich lege Kartons, Packungen, Flaschen hinein, ich lege Salatköpfe hinein – der Salat ist nicht sehr frisch heute und kostet 39 Cents –, und dann weiter zu der Abteilung mit den Milchprodukten – vier Packungen Milch – ich sehe unten an den Packungen nach, ob sie nicht undicht sind – Flaschen mit Orangensaft, mit einer extra Kerbe, in die eine menschliche Hand paßt! In einer anderen Abteilung sind Dinge fürs Bad. Tabletten, Shampoo, Seife, Deo-Sprays . . . die Tabletten erinnern mich an eine Fernsehwerbung für Schnupfen-Tabletten. Die Kapseln springen innerhalb von zwölf Stunden nach und nach auf, glaube ich. Sie setzen sich in winzigen Teilstücken in die Blutbahn ab. Ich muß an die Zellen meines Körpers denken, mit dem Samen meiner Zukunft darin, unlesbar. Sie tragen den Samen von Krebs in sich, ja, sogar den Tod, die ganz spezielle Art und Weise, auf die ich zugrundegehen und sterben werde, alles unsichtbar verborgen in ihnen, aufbewahrt, um irgendwann, zu einem ganz bestimmten Zeitpunkt, loszugehen. Aber dieser Zeitpunkt ist ein Geheimnis.

In der Papierabteilung liegt ein Stapel Zeitungen, und eine der Schlagzeilen lautet »*Mädchenkörper im Fluß gefunden*«. Wieder das Bild dieses Mädchens, ein schönes Mädchen, das mit seiner kecken Oberlippe, geschminkt und hübsch, direkt in die Kamera blickt, sich seiner selbst sehr sicher. Die Teile eines Körpers wurden entlang des Flusses und im Fluß gefunden, ein Frauenkörper, ein Kopf. Das Gesicht verstümmelt. Ihr Gesicht ist also nicht mehr dasselbe, das Gesicht in der Zeitung ...? Ich starre sie an, und ich fühle Panik in mir, hinten im Kopf, in den Kniekehlen. Was hat diese Bedrohung für mich zu bedeuten? Werde ich zusammenbrechen? Werde ich schreien? Eine gelbliche Zelle in mir droht zu bersten; wie Sperma, so gelb und lebendig.

Ein Mann
im Augenwinkel einer Frau lähmt das gesamte Auge. Eine Frau möchte ihren Körper mit den Fingernägeln aufreißen, strömendes Blut, sie möchte ihr Gesicht zerkratzen, damit kein Mann es anzusehen braucht, sie möchte erledigt sein und in Sicherheit. Aber warum hämmert mein Herz so? Wir sind nicht im Krieg. Doch, irgendwo sind wir im Krieg, Soldaten, irgendwo »im Krieg«, aber wir selber sind nicht im Krieg und sollten daher Frieden haben. Warum habe ich keinen Frieden, mit meinen vierzig Jahren?

Dieser Mann hat ein kränkliches Gesicht, er sieht sehr jung aus. Das Foto ist unscharf. Er ist doch noch ein Junge, seine Augen sind die Augen eines Jungen ... aber er hat nichts Jugendliches an sich, nur etwas Endgültiges. Er ist am Ende von irgend etwas angekommen. Von einem Hotelbesitzer identifiziert, Samstagabend als letzter zusammen mit Linda Slater gesehen; die beiden kamen in ein bestimmtes Motel draußen am Highway, und dort stritten sie sich in einem Zimmer, und dann gingen sie weg ... Worüber haben sie sich gestritten? Warum wird man nie genau wissen, worüber sie sich gestritten haben in jener Nacht?

Man stelle sich die Kraft vor hinter einem Messer, das den Kopf vom Körper trennt, einen so schönen Kopf! Man stelle sich die Ströme von Blut vor, die aus der Kehle stürzen! Am Ende muß Verwirrung geherrscht haben, Wahnsinn, nicht Liebe oder Haß. Die Dinge beschleunigen sich, wenn sie sich einem Ende nähern. Der Junge muß gehetzt gewesen sein, Fehler gemacht haben, er wimmerte vor sich hin, alles wurde immer schneller, wurde verwirrend und verrückt, unfaßbar für ihn ... Um ein Uhr wußte keiner von beiden, weder das Mädchen noch der Junge, was um zwei geschehen würde. Vielleicht wußten sie, daß etwas geschehen würde, irgend etwas Seltsames, aber vielleicht hatten sie etwas derartiges schon einmal gespürt in ihrem Leben, fälschlicherweise, als nichts geschah. Diesmal geschah es.

Mein Mann
läßt die Zeitung fallen. Sein Gesicht ist vor Kummer betäubt und leer; ich beobachte ihn vom dunklen Eßzimmer aus. Aus einem anderen Zimmer dringt der Lärm des Fernsehers, jemand lacht, eine Menge Leute lachen aus dem Gerät. Ich habe keine Zeit für den Kummer meines Mannes. Ich sehe die Verträumtheit in ihm, die lähmende Klarheit einer endgültigen Erkenntnis – ich schrie ihm gern ins Gesicht: »Warum bist du überrascht? Sie mußte sterben wie wir alle!« Aber ich sage nichts. Er kam heute spät heim vom Unterricht und sah aus, als wäre ihm nicht gut. Wenn er die Grippe kriegt wie Betty, muß ich mich um ihn kümmern, als wäre er ein Kind, schlimmer als ein Kind, und ich freue mich plötzlich ... aber nein, nein, das macht mehr Mühe als alles andere, er war schon oft krank wie ein Kind, schlimmer als ein Kind; ich kann mich nicht freuen. Ich bin in Eile, ich kann überhaupt nichts fühlen. Mir wird die Zeit weggenommen, eine Handvoll nach der anderen. Die Leute, die im Fernseher lachen, im anderen Zimmer, lachen im schrecklichen Einklang, wie winzige Menschen mit winzigen Lungen, die mich auslachen. Ich stehe da und beobachte einen Mann, mit dem ich viele Jahre verheiratet bin, und ich kann ihn nie besitzen, meinen Mann. Ich habe zwanzig Jahre lang mit ihm zusammen gelebt, aber ich kann ihn nicht besitzen. Ich kann nie so jung sein wie dieses Mädchen. Mein Kopf und mein Leib sind fest miteinander verbunden. Er wird mich nie so ansehen, wie er sie, ihr Foto, angesehen hat.

Ich muß noch einkaufen vor sechs. Der silberne Weihnachtsbaum sieht aus wie sonst, der Engel sieht aus wie sonst, ich halte mich nicht damit auf, einen Wagen zu nehmen, sondern laufe gleich nach hinten zur Milchabteilung. Ein paar Hausfrauen sind dort, in Eile wie ich. Drei Kinder albern herum, aber es läßt sich nicht sagen, wem sie gehören. Ich nehme mir einen Karton Eier, Güteklasse A, die ich vorher vergessen hatte, und noch ein paar andere Sachen; ich laufe zurück zur Kasse.

Der Parkplatz ist fast leer zu dieser Tageszeit. Rissiges Eis auf der Straße, ein weiß-blauer Container mit der Aufschrift »Heilsarmee Sammelstelle«, am Bordstein mit lautem Motor ein klappriges Auto voller Schüler, Unkraut und Abfälle zwischen Parkplatz und Gehsteig, steifgefroren ... Ich laufe zu meinem Wagen.

Ich werde nicht verfolgt.

Der Lauf durch Prag

Von Ota Pavel

Als die Kommunisten nach dem Krieg eine der führenden Parteien wurden, trat mein Papa sofort bei ihnen ein. Er nahm auch die Mama mit und die Brüder. Nur ich war für solch eine Angelegenheit zu jung. Bezaubert wie viele von der Roten Armee, trat er in diese Partei der Kommunisten direkt vom Kutschbock des behaarten russischen Soldaten aus ein, der ihn mit dem Pferd nach Buštěhrad fuhr. Papa glaubte, daß endlich die Richtigen gekommen waren, die die Menschen nicht in Weiße und Nichtweiße, in Juden und Nichtjuden teilen würden. Wenigstens versprachen das alle in ihren Büchern und Reden, angefangen mit Lenin.

Nach der Rückkehr aus dem KZ ließen es sich die unseren gut gehen. Sie gingen in die Bars Belvedere, Barbarina tanzen. Der Wein floß in Strömen, als ob sie sich für die Jahre des Leidens, der Not, der Verwüstung entschädigen wollten. Zu uns kam damals Arnošt Lustig, er studierte und flanierte mit meinem Bruder Jirka. Lustig tanzte am liebsten mit der Mama, er tanzte prima, wie wenn sich ein Lüftchen übers Parkett erhebt, und Mama tanzte sehr gerne mit ihm, weil mein Papa beim Tanz wie ein Elefant trampelte und schnaubte. Mama war eine Schönheit, und Lustig war in sie ein bißchen verliebt. Einmal kam ein schöner blonder Herr auf sie zu, und Papa nickte, daß Mama mit ihm aufs Parkett gehen könne. Und der Herr machte ihr plaudernd den Hof und sagte ihr mitten im Tanz: »Sie sind so schön«, und ließ die Augen auf ihr.

Mama lachte, welche Frau freute so etwas nicht. Und dann fügte der schöne Herr hinzu: »Es würde mich nur interessieren, was Sie mit dem Juden haben.«

»Drei Kinder«, sagte Mama, tanzte zu Ende und setzte sich wieder neben Papa.

Im Belvedere lernte mein Vater den Amerikaner Johnny kennen. Johnny war schön wie eine Jungfrau, und Pfoten hatte er wie ein Bär. Papa sagte immer, daß sich die tschechischen Mädchen, wenn sie ihn sähen, gleich auszögen, aber ich war erst dreizehn und wußte nicht, was das bedeutet. Heute jedoch weiß ich, daß sie sich hauptsächlich deshalb ausziehen, weil es in Prag wenig Amerikaner gab und Johnny einer von ihnen war. Und er war wirklich ein Freier, flog mit einem Kampfflugzeug gegen die Deutschen, ein paar von ihnen holte er herunter, bevor sie ihn abschossen und aus ihm ein bißchen einen Invaliden machten, der ein wenig auf dem linken Bein hinkte. Aber der Mut blieb ihm, so mancher flüchtete, wenn er mit seinem Willys-Jeep durch Prag fuhr. Außerdem hatte er eine hohe Funktion bei der UNRRY, die den Tschechen helfen wollte, hatte einen Überfluß von Taschen mit Dollars, und meinem Papa widmete er Gallonen Benzin, Tausende amerikanische Zigaretten, Pullover, Kaffee, Konserven und Kaugummi-Päckchen. Papa nahm das als Parteimitglied an, und es störte ihn nicht einmal, daß es von einem Amerikaner kam. Wer anders sollte diese amerikanische Ware nehmen als die Juden, die am meisten gelitten hatten. Johnny war dabei ein wirklich gutmütiger Kerl. Er erzählte, daß er irgendwo im Norden Böhmens Vorfahren hatte und ihm schöne Mietshäuser gehörten und er mit ihnen einmal wirtschaften würde, aber er hatte nie Zeit, sich diese Häuser anschauen zu fahren.

Es näherten sich die Wahlen im Jahr sechsundvierzig, und Papa setzte es sich in den Kopf, daß unsere Familie für den Sieg des Kommunismus etwas tun mußte. Sein Vorschlag bestand darin, am Abend vor den Wahlen durch Prag zu laufen. Wir werden die Nummern der politischen Parteien tragen und voraussagen, wie die Wahlen ausfallen.

Unsere Mama verkündete, daß nur unser Papa sich so einen dummen Vorschlag ausdenken konnte, aber Papa gab nichts auf ihre Reden.

Wenn ich mich heute daran erinnere, muß ich Papa recht geben, das war eigentümlich und schön.

Papa verschwand früh morgens mit der Nachricht, daß er Johnny zum Lauf anschleppen werde, denn so eine Angelegenheit müßte die Armee absichern. Sie kamen spät am Nachmittag, Johnny hatte offenbar nichts davon hören wollen. Aber Papa gelang das. Wir wissen nicht wie, aber es war klar, daß er, wenn er elektrische Staubsauger in Dörfern verkaufen konnte, wo es überhaupt keinen Strom gab, auch Johnny überzeugen konnte. Sie trafen am späten Nachmittag bei uns ein, ich erinnere mich nicht mehr, ob die Sonne schien oder ob es bewölkt war. Ich weiß nur, daß Johnny ein wenig beschwipst war, unterm Volant hatte er eine Flasche Whisky, und er brummte etwas vor sich hin. Ich ging näher an ihn heran und hörte deutlich: »Nieder mit der alten niederträchtigen Welt . . .« Meinem Papa war es also gelungen, ihn vollkommen zu bearbeiten. Während wir uns die Trikots anziehen gingen, trainierte Johnny die Fahrt mit seinem Jeep im Kreis durch die Farska-Straße, einen Fuß auf dem Gas, den anderen auf dem Kotflügel, und rauchte eine Zigarre. Er trug die völlig neue Uniform eines Oberst der amerikanischen Armee, die stand ihm prächtig, ich dachte mir, wenn irgendeine Frau vorbeikäme, zöge sie sich gleich aus. Aber er wartete auf uns.

Wir waren drei Brüder, natürlich lief Papa nicht, das war nichts mehr für ihn, und er hatte schreckliche O-Beine. Für hundert amerikanische Kaugummi von Johnny gewann er noch einen Jungen, damit er den Vierten in diesem Lauf für den Kommunismus abgab. Mama machte uns Nummern an und schimpfte leise auf Papa. Aber Papa brannten die Augen, er war überzeugt, daß er mit diesem Lauf den Sieg des Kommunismus auf ewige Zeiten sicherte. Und er dachte auch, daß dieser Lauf einen großartigen Erfolg haben werde.

Wir gingen hinaus vor das Haus. Wie wir feststellten, hatte Johnny die Flasche Whisky schon ausgetrunken.

Als erster lief Hugo los, er hatte eine schöne Brust, und auf diese Brust hatte ihm Papa selber eine Eins gesteckt, mit welcher Zahl die Kommunisten bei den Wahlen antraten. Als zweiten schickte Papa den Jungen auf den Weg, der für hundert Kaugummi lief. Er gab ihm die Nummer drei, die zweiten werden die Sozialdemokraten sein. Als dritter erhielt Jiři mit der Nummer zwei die Weisung loszulaufen. Er stellte die Volkspartei dar. Mich ließ Papa den Schluß machen. Die Volkssozialisten werden die Vierten. Papa wählte mich absichtlich aus, weil ich am besten lief, und wenn irgend etwas geschähe, könnte ich entwischen. Ich trainierte bei Sparta beim Vater Jandera, ich hatte kräftige Schenkel und einen guten Absprung. Der Vater Jandera sagte mir eine große Zukunft als Sprinter voraus, aber ich hatte nicht den Willen zum Trainieren. Athletik ist eine Rackerei.

Papa ordnete an, daß ich etwas hinken sollte, vielleicht damit ich Abstand von den anderen hatte, vielleicht damit ich zeigte, wie armselig es um die volkssozialistische Partei steht.

Wir liefen vom Strossmayer-Platz zum Ufer und von dort auf den Graben. Das schien mir nicht schlecht. Ich lief fast allein durch Prag, ich war im Mittelpunkt der Aufmerksamkeit, die Kommunisten klatschten, die Volkssozialisten pfiffen ein wenig. Kein Training, keine Rackerei, das war ein besonderer Wettkampf, in dem vor allem Papa die Rangordnung festlegte. Die ersten die Kommunisten, die letzten die Volkssozialisten. Und so ging das die ganze Zeit, nur kein Überholen. In den Fenstern flatterten Fahnen, die Leute waren feiertäglich angezogen und gut gelaunt. Am Schluß hörte ich auf zu hinken, wölbte die Brust und zeigte meine starken Beine, die sich am Pflaster abstießen. Das war ein bißchen berauschend, nur Papa, der hinter mir mit Johnny im Jeep fuhr, rief und erinnerte mich ab und zu:

»Gut! Das ist gut! Nur hink mehr!«

Hinter mir fuhr Johnny, dreimal hab' ich ihn mir angesehen, als ich eine rutschende Socke richtete. Er fuhr im besten amerikanischen Wagen, von dem man sagte, daß er den Zweiten Weltkrieg gewonnen habe. Das war das Modell »WB«, sechzig PS, hatte einen Vierradantrieb und entwickelte schon auf den ersten paar Metern eine phantastische Geschwindigkeit. Jeeps dienten als Minensucher, als Barrikadenzerstörer, als Draisinen und jetzt also zur Sicherung der kommunistischen Wahlen. Der Jeep hatte schön weiß gestrichene Reifen, auf der Haube einen amerikanischen Stern. Er sah aus wie ein sonderbarer grünweißer Fisch mit Guckern. Johnny machte sich gut auf dem Jeep, er rauchte schon die gottweißwievielte Zigarre und brummte etwas, wahrscheinlich das Lied, das die Kumpels in Buštěhrad meinen Papa gelehrt hatten, als er klein war, von der alten niederträchtigen Welt, um die Oma Malvína in Harnisch zu bringen.

Ich weiß nicht, was Papa sich dabei dachte, daß wir über den Wenzelsplatz liefen, wo beim Melantrich die Volkssozialisten den Hauptstand hatten, für die ich eigentlich lief und hinkte, wenn auch auf dem vierten Platz. Wir bogen vom Graben nach oben ein, und schon von weitem sah ich den riesigen Andrang vor dem Melantrich. Als ich näher kam, begann sich in mir das Herz zusammenzuziehen. Und auch die Gasse, in die ich hineinlaufen sollte, wurde kleiner. Ich sah mich nach Papa um, er war meine letzte Hoffnung. Aber ich kannte meinen Papa zu gut, als daß ich dieser Hoffnung getraut hätte. Er hatte einige schlechte Eigenschaften, aber er war kein beschissener Jude, wie man von den Juden manchmal sagte. Er ließ sich von niemandem etwas gefallen, er hatte schon ein paar Burschen verprügelt, die ihn beschimpft oder beleidigt hatten, und er hatte deswegen einige Male vor Gericht gestanden. Der erste Jude auf der Welt war für ihn weder Herr Einstein noch Herr Chaplin, sondern der Boxer Baer, der es Schmeling besorgt hatte. Mein Papa ließ vor dem Krieg in unserer Wohnung einen Ring aufbauen, und wir mußten boxen, ich war damals sieben Jahre alt. Herr Hrabák gab uns Unterricht und vor allem Herr Jenda Heřmánek, der eine silberne Medaille von der Olympiade in Amsterdam hatte. Aber ich ahnte, daß mir die Erfahrungen meiner sieben Jahre jetzt nichts nützen würden. Es gab da eine einzige Möglichkeit. Überhaupt nicht zu laufen. Das tat ich. Die Beine blieben mir von selber stehen. Ich stand, und der Jeep bremste auch. Papa hätte rufen können: »Komm zu uns herauf, Kamerad!« Wo Johnnys Uniform war, sein märchenhafter Wagen mit dem Vierradantrieb, ein richtiger amerikanischer Colt, Papas Fäuste, aber Papa tat das nicht. Er liebte diesen Baer und nicht Herrn Einstein. Er beugte sich aus dem Wagen und befahl mir: »Lauf! Hink!«

Meine Brüder und der Kaugummi-Knabe waren schon verschwunden. Zunächst ging ich, und dann lief ich allmählich in die Gasse vor dem Melantrich hinein. Interessant war, daß bis dahin nur wenige Leute unseren Lauf bemerkt hatten, aber am Wenzelsplatz war das anders. Sie begriffen sofort, um welche Agitation es ging, das waren Intelligente. Sie verstummten nur aus Überraschung, daß ich so viel Mut hatte, mir direkt vor dem Melantrich einen Spaß mit ihnen zu machen. Sie atmeten aus, brüllten auf und warfen sich auf mich. Irgendein Wettkampf auf Strahov war dagegen ein Schmarren. Ich hörte sofort auf zu hinken, wie mir Papa geraten hatte, und begann die Ratschläge von Vater Jandera zur Geltung zu bringen:

»Lauf los!
Heb die Knie hoch!
Schau nicht nach links!
Schau nicht nach rechts!
Hau ab!«

Es war zu spät. Der Kreis wurde enger, und Menschen verstellten die Gassen. Vorne verschwanden meine tapferen Brüder, und hinten blieb der Jeep mit Besatzung. Johnny hupte durchdringend, aber das war alles.

Man konnte nirgends mehr hinfliehen, und so stand ich und wartete. Meine Beine zitterten mir, und hätte mein Herz gekonnt, so wäre es aus dem Körper herausgesprungen und hätte von selber auf dem Pflaster gepocht, damit sie vor Schreck erstarrten. Sie standen schon ganz nahe. Dann beugte sich einer von ihnen vor und riß mir die Nummer ab. Ein zweiter verpaßte mir eine Ohrfeige, daß ich auf die Knie fiel. Sie begannen mich zu schlagen. Als ich mich wegdrückte und wegsprang, sah ich ihre Augen. Das waren Augen von Beamten, Doktoren, Ingenieuren, Kaufleuten, nur der erste, der mich niederschlug, mußte ein Metzger sein, denn das war eine schreckliche Wunde.

Ich kannte diese Augen. Sie schlugen mich für meine späteren halbwahren und beschönigenden Rundfunkreportagen und naiven Erzählungen, sie schlugen mich für Dummheiten und Lumpereien, die wir uns gestatteten, ehe wir morgen siegten. Sie schlugen mich für Verrate und Morde, die wir begehen würden.

Ich habe mir das im voraus gewählt. Sie rissen mir das Trikot herunter, den Trainingsanzug, und ich stand nackt auf dem Wenzelsplatz und bedeckte mir den Schoß. Ich war damals ein hübscher Junge, aber ich war wiederum nicht hübsch genug, um gerade so im Zentrum von Mütterchen Prag zu stehen. Von der Nase und vom Gesicht floß mir über Brust und Schenkel Blut. Dann erschien Johnnys Jeep. Als mich Johnny blutbeschmiert sah, hielt er an, nahm den Colt heraus und kam schön langsam zu mir. Aber er begann nicht zu schießen. Er steckte den Colt ein, nahm mich in die Arme, trug mich zu seinem Jeep, und das Blut befeuchtete seine schöne Uniform. Papa saß auf dem zweiten Sitz, ballte die Fäuste und war wütend.

Dann fuhr Johnny durch Prag wie ein Wahnsinniger. Im

Haus, wo wir wohnten, trug er mich in die Wohnung. Als mich Mama sah, wollte sie zuerst über Papa herfallen, der mit diesem großartigen Einfall gekommen war. Papa floh über die Treppe und schrie, daß er nach dem Doktor liefe. Doktor Ptáček hatte eine große Brille und eine Menge Verbände. Er wusch mich, verklebte mich wie einen Autoreifen und verband mich.

Am nächsten Tag wachte ich erst gegen Abend auf, alles tat mir weh, ich dachte, ich würde sterben. In meinem Zimmer wartete jemand demütig. Durch die Lücken zwischen den Verbänden erblickte ich Papa, er lächelte mich an und hatte am Aufschlag eine rote Nelke. Er sagte etwas, und ich verstand ihn nicht. Ich schüttelte den Kopf, und er beugte sich zu mir und sagte wieder etwas. Er wollte mich irgendwie trösten, vielleicht mir auch etwas geben. Ich sah sein verklärtes Gesicht, und schließlich hörte ich deutlich:

»Wir haben gesiegt.«

Hinter ihm stand Johnny und nickte auch, daß wir gesiegt hätten, und er war sich nicht einmal bewußt, daß er mit diesem Sieg um seine schönen Mietshäuser im Norden kam, die er sich noch nicht einmal angeschaut hatte.

Später erzählte mir Papa, daß er mit dem Abgeordneten Hrubý gesprochen habe und daß sie mich im nächsten Jahr vorzeitig mit siebzehn Jahren in die Kommunistische Partei der Tschechoslowakei aufnehmen würden. Ich lag im Bett, und der Kopf, der geschwollene Hals, der Rücken und das Bein, gegen das man mich getreten hatte und auf dem ich dann tatsächlich lange hinkte auch ohne Papas Anweisungen, taten mir weh. Ich schaute traurig auf Papa und überlegte, ob ich überhaupt noch für Sparta Hockey spielen könne.

Plötzlich zog Johnny gleichsam entschuldigend aus der Tasche das herrlichste Hemd, das ich je gesehen habe. Ein richtiges amerikanisches Offiziers-Khaki-Hemd aus feinem Leinen, und es waren darauf kleine Löwen und Offizierssternchen genäht. Das war etwas zum Liebkosen, das ich neben mich ins Bett legen und mit dem ich spielen mußte wie mit einem kleinen Teddybären oder einer Puppe. Ich wollte einschlafen und mich darauf freuen, dort das Hemd wiederzufinden und aufzuwachen und wieder einzuschlafen in dem Bewußtsein, daß es mir niemand wegnähme.

Dann schlief ich lange als zukünftiges Mitglied der KPČ mit einem amerikanischen Hemd für Paradegelegenheiten, und als ich mich auskuriert hatte, waren die Kommunisten bereits an der Macht, nach der sie sich Jahrzehnte gesehnt hatten, und begannen in diesem Land Ordnung zu schaffen.

Mein Papa bemühte sich auch, daß der Kommunismus den Kapitalismus überhole, so wie Josef Stalin das wollte. Er bemühte sich so gut er konnte, auch wenn ihm eine Reihe von Juden sagten, daß er meschugge sei. Man vertraute ihm nie irgendeine große Funktion an, aber man machte ihn wenigstens zum Vorsitzenden eines gewissen Unterhaltungsausschusses, er lief die Geschäfte ab, den amerikanischen Buick hatte er nicht mehr, und sammelte für die Tombola Gipshirsche, Zwerge und Puppen, die tanzen, wenn man sie aufzieht. Als er mir mit siebzehn Jahren zum Eintritt in die Kommunistische Partei verhalf, tat ich das seinetwegen. Damals war das ergreifend, aber wenn ich mich heute daran erinnere, wird mir bewußt, daß ich wegen der Versammlungen, Tombolas und Freundschaftsdemonstrationen, der Gipshirsche und Zwerge nicht tanzen lernte und viel weniger Mädchen hatte als die übrigen Burschen, was mich noch lange wurmen wird. Den Kommunismus verteidigte er immer.

Sein Hauptargument dafür, daß es mit uns nicht bergab ging und daß wir den Kapitalismus schon noch einholen würden, war, daß man in jedem Laden eine Kaffeemühle ergattern konnte. In intimen Kreisen erzählte er, daß er Kommunist bereits gewesen sei, bevor die kommunistische Partei gegründet wurde. Schon als Junge habe er den armen Jungen vom Gut Dalken gebracht. Auf seiner Flucht vor der

Fremdenlegion habe er analphabetischen spanischen Kommunisten ihre Zeitung vorgelesen, obwohl er nicht spanisch konnte. Im Gefängnis Fernando habe er immer »Avanti popolo« gesungen. Den Fußballern vom SK Kladno habe er das Geländer und den Zaun anstreichen lassen. Auf dem Schiff »Tereza Taja« habe er als Schiffsjunge russische Adelige gefahren, die vor der Oktoberrevolution geflohen waren, und ihnen nur Ölsardinen gegeben. Als sie vor Hitze ohnmächtig wurden, habe er ihnen ihre schönen Oberkörper gewaschen.

Das waren unwiderlegbare Zeugnisse, und wenn auch in dem letzten Fall die Oktoberrevolution und die begrenzte Zahl von Ölsardinen eine gewisse Wahrheit für sich hatten, so schien mir doch die Sache mit dem schönen Busen der Adeligen nicht zu stimmen.

Aber sei dem, wie es sei, Tatsache ist, daß es Papa zu den Kommunisten nicht weit hatte, da er sich häufig unter Landstreichern, Vagabunden und Armen bewegte. Und er hatte vor allem ein freigiebiges Herz.

Als die Kommunisten in Böhmen siegten, sagte ihm sein naher Freund, der Fabrikant Heller:

»Du bist ein Dummkopf. Hilfst ihnen noch.«

Dann fuhr Heller nach England und eröffnete dort eine Pelzfabrik, die der in Böhmen ähnlich war.

Mein Papa trieb keinen Handel mehr wie früher – er ernährte sich so gut er konnte. Es ging uns immer schlechter, aber wichtig war für Papa, daß Freundschaft, Brüderlichkeit und vor allem die Gleichheit der Rassen existierte. Das war mehr wert als alles Geld.

Die Unseren hatten ein Häuschen in der Nähe von Prag.

Ich fuhr einmal zu ihnen, ich sah niemanden. Ich ging nach drinnen, ich hatte Angst, daß ihnen etwas passiert sei. Sie waren im hinteren Zimmerchen. Mama lag auf der Couch in Decken eingehüllt und zur Wand gekehrt, Papa saß in Unterhosen am Tisch und weinte. Die Haare hatte er über die Stirn hängen, und die Tränen tropften ihm auf die Zeitung. Es war das »Rudé právo«, das er gewählt hatte und ohne das er keinen einzigen Tag sein konnte. Ich beugte mich über ihn und nahm ihm die Haare aus der Stirn. Zum ersten und zum letzten Mal im Leben glitt er in meine Arme, wie Kinder das tun. Ich war schon ein Jüngling. Ich hielt ihn und schaute vor seinem Kopf in das »Rudé právo«, wo er mit einem roten Bleistift unterstrichen hatte:

Rudolf Slánský, jüdischer Abstammung,
Bedřich Geminder, jüdischer Abstammung,
Ludvîk Frejka, jüdischer Abstammung,
Bedřich Reicin, jüdischer Abstammung,
Rudolf Margolius, jüdischer Abstammung.

Diese Reihe von Juden setzte sich fort und war mit Tränen befeuchtet. Als er sich beruhigt hatte, schaute er geistesabwesend auf mich, als erkenne er mich nicht, und sagte:

»Wieder bringen sie die Juden um. Schon wieder brauchen sie jemanden, auf den sie es schieben.«

Dann stand er auf und schlug auf das »Rudé právo« und schrie:

»Ich entschuldige Morde. Auch Justizmorde. Auch politische. Aber in diesem kommunistischen ›Rudé právo‹ durfte nicht stehen: ›jüdischer Abstammung‹! Kommunisten unterteilen Menschen in Juden und Nichtjuden!«

Und dann schlug er erneut auf das »Rudé právo«, und das riß, als wäre es aus morschem Winterlaub. Das altertümliche Tischchen mit eingelegten Hirschen fiel auseinander. Er setzte sich und seufzte tief. Wir wußten alle, daß er daran dachte, wie unnütz die Demonstrationen und Fahnen, die Reden von Wahrheit und Gerechtigkeit gewesen waren, wie unnütz das Blut gewesen war, das am Wenzelsplatz von mir tropfte. Er dachte auch daran, daß Johnny damals umsonst mit uns gefahren war, dieser sagenhafte Junge, der sich dann irgendwo in Texas eine Ranch kaufte und Kühe züchtet. Umsonst waren auch die Gipshirsche für die Tombola und die Puppe im rosa Röckchen, die aufgezogen wurde und dann tanzte. Mein Papa stand auf und ging in den Schuppen. Dort zog er die größte Axt zum Holzhacken heraus. Ich hatte Angst vor ihm, ich ging ihm nach. Mama bat mich, ihn zu lassen, sie habe ihn nie so gesehen. Erst nach einem Augenblick riß ich mich von ihr los und lief ihm nach. Ich lief zum Tor, auf das er am 1. Mai immer einen fünfzackigen Stern malte. Heute kratzte er dort zwei große Sterne ein.

Ich stand und zählte die Zacken:

Eine Zacke – zwei – drei – vier – fünf – sechs Zacken ...

Ich trat noch näher, als ob ich meinen eigenen Augen nicht traute. Papa dachte, daß ich diese jüdischen Sterne verwischen wollte, er hob die Axt. Aber ich wollte sie nicht verwischen, ich verstand ihn sehr gut. An diesem Tor hörte er auf, Kommunist zu sein, und wurde wieder Jude. Wir schauten uns an. In den Augen hatte er etwas, was ich bei ihm niemals zuvor gesehen hatte. In diesen Augen war die schreckliche Enttäuschung, Hoffnungslosigkeit und Verzweiflung eines Menschen, der auf einer sicheren Brücke auf die andere Seite des Flusses gehen wollte, und diese Brücke existierte in Wirklichkeit gar nicht. In diesen seinen Augen schaukelten auch Slanský und Margolius am Strick. Ringsumher sangen am frühen Abend die Vögel, und das war wie alte jüdische Psalmen. Er senkte die Axt und setzte sich in Unterhosen auf den Stuhl, der da immer stand für Ankömmlinge, die von der Reise oder vom Leben müde waren. Er wartete, daß sie auch ihn holen kamen. Aber niemand kam ihn holen. Er hatte keine Macht und leitete kein Amt. Er war ein sehr kleiner Herr. Er züchtete zu der Zeit nur noch Kaninchen. Als ich in der Nacht hinausschaute, saß er immer noch auf dem Stuhl. Es fiel gerade ein goldener Stern und war schöner und vielleicht sogar gerechter als alle Sterne auf dieser sonderbaren Erde.

Die Besuche

Von Richard Rive

An dem Abend, als Der Student ausgegangen war, kam Die Frau zum erstenmal. Eigentlich war es kein Besuch, aber mit dem Wort kam er der Sache am nächsten. Er erinnerte sich sehr genau. Erst der Anruf für Den Studenten – irgendein Mädchen –, das Läuten klang jedenfalls jugendlich und unverschämt, dann das Knallen der Vordertür. Das Aufheulen der Maschine und das gequälte Jaulen, als die Honda, schneller werdend, die Auffahrt erklomm.

Er fühlte sich ernsthaft belästigt. Er ging zur Haustür, öffnete sie, spähte aus alter Gewohnheit heraus und schloß die Tür wieder sehr vorsichtig, so als wolle er sich für die Behandlung Des Studenten entschuldigen. Er ging in sein Arbeitszimmer zurück und setzte sich an seinen überfüllten Schreibtisch. Sollte er lesen oder Hefte korrigieren? Er kämpfte sich gerade durch »Hundert Jahre südafrikanische Lyrik in englischer Sprache«. Wie langweilig! Wie überaus langweilig! Sollte er statt dessen die Aufsätze der zehnten Klasse durchsehen? Hefte korrigieren?

Stille senkte sich über die Wohnung. Es war immer so, wenn Der Student ausging und er den Telefonhörer von der Gabel nahm. Stille steigt leise . . . aber erst der Sturm vor der Ruhe. Das Telefon, dann das Aufheulen der verdammten Maschine, dann Friede. Wie langweilig. Wie öde und langweilig. Sollte er statt dessen Aufsätze der zehnten Klasse korrigieren? Hefte korrigieren?

»Liebe Kinder, bitte denkt daran, daß das Wort *can* eine

Fähigkeit ausdrückt, *may* dagegen eine Möglichkeit«. Fähigkeit und Möglichkeit. Können-Fähigkeit. Dürfen-Möglichkeit. Kannfähig, Darfmöglich. Er wiederholte die Wörter, bis sie im Takt klangen. Darfmöglich hörte sich unbeholfen an, er änderte es zu: Kannfähigkeit, Darffähigkeit. Aber das war falsch. Sinn dem Klang geopfert. Vielleicht war das in den höheren Klassen zu gebrauchen! Bei seinen Studenten? Bei Dem Studenten?

Er stand auf. Ihm war unwohl bei der Plattheit seiner Gedanken. Du wirst alt, Mr. Chips. Alt mit fünfundvierzig. Jung mit fünfundvierzig. Er ging in die Küche, um sich Tee zu machen, und drehte den Heißwasserhahn an. Das Glucksen hallte durch die Wohnung. Wie unbewohnt es klang ohne Den Studenten. Wie leer, wenn er nicht da war. Wie leer, wenn er da war. Eine andere Art Leere.

Unmöglich, noch länger mit ihm zu reden. Er war zu ... zu körperlich. Gab mit seiner gewichtigen Figur und seinem Aussehen an. Mädchen, das Telefon und die Honda. Aussehen und Muskeln. Student im Lumpenkleid. Er drehte gedankenvoll den Herd an und setzte Wasser auf. Dürfen, Können, Kannfähigkeit, Darfmöglichkeit.

In diesem Augenblick hörte er das Klopfen an der Tür. Nicht laut, aber man konnte es durch die ganze Wohnung hören. Wer mochte das sein? Er war neugierig, ging aber doch nicht sofort zur Tür. Er machte etwas Lärm in der Küche, um zu zeigen, daß er da war (er wußte, daß man ihn am Eingang hören konnte), bis das Klopfen sich wiederholte. Da hustete er und rief: »Ich komme schon!«

Als er die Tür öffnete, war er überrascht und enttäuscht, die Negerin im Eingang stehen zu sehen.

»Ja?« fragte er leicht irritiert.

Sie sagte nichts, stand nur mit gesenkten Augen da. Er nahm ihre Erscheinung in sich auf. Sie war außergewöhnlich häßlich, wie ein dicker Kloß, vom wabbernden Busen bis zu den geschwollenen Füßen, die über den Schuhen hervorquollen.

»Ja?« wiederholte er, Ungeduld in der Stimme.

Sie sah ihn zum erstenmal an, und er bemerkte an ihr eine Mischung aus Scheu und Aggressivität. Er hätte ihr am liebsten die Tür vor der Nase zugeschlagen, war aber nicht dazu fähig. Er nahm sich zusammen und wurde ganz der Lehrer. (Mensch, Junge, mach den Mund auf: *can* bedeutet Fähigkeit, *may* dagegen Möglichkeit.)

Da sagte sie halb flüsternd: »Ich möchte Essen haben.« Und im Nachhinein: »Bitte«.

Die Art, wie sie dies sagte, ließ ihn näher hinsehen. Obwohl sie flüsterte, war ihr Ton nicht unterwürfig oder bittend. Sie sprach beinahe so, als hätte sie ein Recht, Lebensmittel zu verlangen. Nicht ganz ein Befehl, aber eine Selbstverständlichkeit. Er wollte sie loswerden, aber irgend etwas in ihrem Benehmen machte ihn stutzig. Er konnte ihre Augen nicht sehr gut sehen, aber er spürte, daß sie lachten und sich über ihn lustig machten. Als er genau hinsah, schlug sie sie nieder.

»Essen?« wiederholte er und wußte, wie albern es klang. Sie blieb stumm und sah ihm nicht ins Gesicht.

»Warte hier, ich werde nachsehen.« Er erkannte, daß dies einer Niederlage gleichkam. Aber warum sollte er verloren haben? Es gab doch gar keinen Kampf, oder etwa doch? Er fühlte, daß er von ihr weg mußte. Wenn Der Student doch da wäre. Der könnte die Sache physisch klären. Aber dies war so anders. Er ging in die Küche zurück und starrte eine Zeitlang auf das überkochende Wasser, das auf der Herdplatte zischte. Dann öffnete er den Vorratsschrank und begann eine leere Tragetüte zu füllen. Zucker, Reis, eine Dose Pilze. Es war noch Aprikosenmarmelade übrig, ein Glas eingelegte Gurken, gefüllte Oliven. Was zur Hölle konnte sie mit gefüllten Oliven anfangen? Er öffnete den Eisschrank und holte Käse, Butter und zwei Flaschen Milch heraus. Dann öffnete er den Brotkasten. Er starrte auf die dickbauchige Tüte auf dem Küchentisch.

Er schien Angst zu haben, ihr wieder gegenüber zu

stehen, und wünschte sich, daß sie weg wäre, wenn er wieder zur Tür zurück käme. Er entschied sich, auf Zeit zu spielen und Tee zu machen. Sollte er sie dazu einladen? Er grinste und entschied sich gegen den Tee. Dann nahm er entschlossen die Papiertüte in die Hand. Er würde ihr das Essen geben und ihr sagen, daß sie sich davonscheren solle, verdammt nochmal.

Als er ihr die Vorräte übergab, machte sie einen leichten, altmodischen Knicks. Das war lächerlich, denn er schätzte sie auf höchstens vierzig. Immerhin, das konnte man bei diesen Leuten nie so genau sagen. Oder doch?

»Danke«, sagte sie im gleichen Flüsterton. Dann war sie verschwunden. Er ging in die Küche zurück, erleichtert und, ohne jeden Grund, völlig erschöpft.

Als Die Frau das zweite Mal kam, geschah es fast wie bei ihrem ersten Besuch. Hatte sie ihn »besucht«? Man kommt nicht zu Besuch und bittet um Essen. Der Student war wieder unterwegs (ließ seine Muskeln im Café vor einer albernen Göre aus dem ersten Semester spielen). Er hatte sich geraume Zeit in seinem Arbeitszimmer aufgehalten und in dem Buch über südafrikanische Lyrik gelesen. Es war doch nicht ganz so langweilig, wie er zuerst angenommen hatte.

Roy Campbell: *In einer dunkel düstren Nacht.* Ja, es war eine dunkle und düstere Nacht. Draußen in der Dunkelheit tobte der Nordwestwind. *In einer dunkel düstren Nacht allein . . . ging ich hinaus, mein Haus lag ruhig und verlassen.*

Wie konnte er nur die Lyrik des großen spanischen Mystikers Johannes vom Kreuz an die Rotznasen seiner Abiturientenklasse verschwenden? (Zum Donnerwetter, probiert doch einmal zu fühlen, was der Dichter zu sagen versucht. Spürt die Lebendigkeit!) Aber sie lebten nur für Hondas, Mädchen und Pop-Musik. Das Telefon und lärmende Sänger. Diese Tiere! Diese hirnlosen Insekten!

Er setzte sich, um sich wieder Roy Campbell zu widmen: *In Sicherheit, verkleidet, erklomm ich die geheime Treppe, in*

Dunkelheit . . . Er erkannte das Klopfen sofort und hatte Angst zu öffnen.

Sie stand halb im Schatten der Eingangstür, aber es fiel ihm nicht schwer, die plumpe Figur zu erkennen, die groben Füße, die niedergeschlagenen Augen. Dieses Mal war er entschlossen, sie zuerst sprechen zu lassen. Sie hatte wieder die Papiertüte dabei. Er wollte die Stille nicht brechen. Irgendwie hatte er Angst vor seiner eigenen Stimme. Sie hielt ihm die Tüte hin, ohne etwas zu sagen.

»Was ist diesmal?« fragte er in seiner Schulmeisterstimme. Dann tat ihm sein Ton leid, sein Benehmen war falsch, viel zu aggressiv. Es gab überhaupt keinen Grund zur Aggression.

»Mehr Lebensmittel?« Er hoffte, daß es freundlicher klang.

»Ja, bitte«, sagte sie endlich.

Er ging in die Küche und füllte die Tragetasche halbvoll mit allen Resten, die er finden konnte. Als er zurückkam, fühlte er sich ausgeglichener und hatte sich besser in der Gewalt. Er war zum Sprechen entschlossen.

Ohne ihr die Tüte zu übergeben, fragte er: »Wie heißt du? Wer bist du?«

Sie murmelte etwas, was wie »Edith« klang. Der Nachname war nicht zu verstehen. Er nahm sich auch nicht die Mühe, sie um eine Wiederholung zu bitten.

»Hör mal, Edith, oder wie du auch heißt«, er sprach schneller als gewöhnlich, seine Stimme klang etwas krächzend, »hör mal, du bist eine erwachsene Frau. Du solltest arbeiten, statt so zu betteln. Nimm die Tüte, aber komm nicht noch mal wieder. Verstanden?«

Sie nickte leicht und nahm die Lebensmittel mit dem gleichen altmodischen Knicks in Empfang. Dann war sie verschwunden, genau wie beim erstenmal.

Er ging zurück in sein Arbeitszimmer und ließ sich in einen Stuhl fallen. Er griff zu seinem Buch, aber Roy Campbell interessierte ihn nicht mehr. Edith oder so ähnlich. Warum mußte sie immer zu ihm kommen, verdammt nochmal? Was hatte er ihr getan? Was hatte er für sie getan? Er fühlte sich schuldig, aber ihm fiel kein Grund dafür ein. Er hatte ihr Essen gegeben. Er hatte seine Pflicht getan. Was war seine Pflicht, und warum sollte er sie tun? Wieder das nagende Schuldgefühl. Er mußte ihr klarmachen, daß sie nicht mehr kommen durfte. Er konnte doch nicht laufend Lebensmittel verschenken. Er war schließlich kein Wohlfahrtsunternehmen. Er hoffte inständig, daß Der Student früher nach Hause käme, dann wollte er mit ihm reden. Nein, nicht notwendigerweise über Die Frau. Nur so.

Er saß bis kurz vor Mitternacht im Dunkeln, dann hörte er die Honda Des Studenten die Auffahrt heraufheulen. Er ging schlafen.

Selbst nach ihrem dritten Besuch erzählte er Dem Studenten nichts. Sie sprachen selten zusammen und verkehrten nur miteinander, wenn es unbedingt nötig war. (Der Student war jetzt manchmal zu Hause, denn das Examen rückte näher.) Am Abend ihres dritten Besuches aber war Der Student wieder unterwegs, und er war allein in der Wohnung, obwohl auch er kurz vorm Weggehen war. Er ging jetzt häufiger aus. Er besuchte manchmal zwei Kollegen, die er recht gut kannte, oder seine verheiratete Schwester. Meistens aber saß er in der Öffentlichen Bücherhalle und las, bis geschlossen wurde. Er ging sogar ins Kino, obwohl er es nicht ausstehen konnte. Er schien Angst davor zu haben, allein in der Wohnung zu bleiben. Die Einsamkeit zermürbte ihn. Oder war es das Alleinsein? Er hatte es vorher genossen. Die Stille, seine Bücher, seine Pfeife. Eine Tasse Tee und einen kleinen Cognac, bevor er zu Bett ging. Er konnte die Gleichförmigkeit nicht länger ertragen. Und die Einsamkeit. Zuviel Routine macht müde.

Er hatte seinen Mantel übergezogen und bereitete sich seelisch auf den belebenden Gang zur Bücherei vor. Die dunklen Schatten der Bäume zu beiden Seiten der Allee, der Geruch von Regen.

Er wollte gerade seine Bücher zusammenpacken, als es klopfte. Er sah sich nach möglichen Fluchtwegen um, aber da gab es nur das Badezimmerfenster, und da durchzukriechen wäre dann doch zu absurd gewesen.

Sie stand mit derselben leeren Tragetasche in der Hand im Hauseingang.

»Aber ich habe dir doch gesagt, daß du nicht zurückkommen sollst!« Er versuchte sich zu beherrschen. »Ich habe dir gesagt, du sollst nicht wiederkommen.«

Sie schwieg, die Augen hatte sie wie immer niedergeschlagen. Er krampfte seine Hände um die Bücher, bis er fühlte, wie sich die Buchkanten in seine Handflächen eingruben.

»Verstehst du mich?«

Sie nickte leicht.

»Ich habe dir gesagt, du sollst wegbleiben. Verstehst du? Bleib weg!« Sie stand stumm da und sah ihn nicht an.

»Wenn du wiederkommst, muß ich die Polizei holen. Polizei!« wiederholte er. Sie zuckte zusammen und warf ihm einen flüchtigen Blick zu. Er spürte die Feindseligkeit.

»Polizei!« wiederholte er. »Polizei!«

Es folgte eine Pause, die länger dauerte, als gut war.

»Himmeldonnerwetter«, rief er und warf seine Bücher auf den Tisch, »was zum Teufel soll ich denn jetzt tun?« Er entschloß sich, es noch einmal mit Geduld zu versuchen, und setzte sich erschöpft hin.

»Woher kommst du?«

Sie hielt die Augen gesenkt und antwortete nicht.

»Hör mal«, sagte er enttäuscht, »ich gebe dir zum letzten Mal Essen. Zum letzten Mal. Verstehst du? Du darfst nie wiederkommen. Wenn du wiederkommst, hole ich die Polizei. Dann mußt du ins Gefängnis! Kapiert?«

Sie starrte ihn an, und ihre Augen waren nicht länger niedergeschlagen.

»Gefängnis! Polizei! Gefängnis!«

Plötzlich sah er fast erschreckt, daß sie weinte. Zwei Tränen rollten ihre Wangen herunter, aber ihr Gesicht blieb unbewegt. Die Tränen schienen nicht zu ihr zu gehören. Er fühlte sich wieder schuldig; fühlte, er müsse ihr gut zureden, daß er die Polizei nicht holen werde. Daß er nur so tue als ob. Aber sie dürfe nicht wiederkommen.

Er ging in die Küche, und als er zurückkam, nahm sie die Tüte mit dem gleichen altmodischen Knicks in Empfang. Er sah ihr nach, wie sie die Einfahrt hinunterging. Dann gewahrte er einen anderen dunklen Schatten, der sich zu ihr gesellte. Sie schienen einen Augenblick lang zu reden, aber er war zu weit entfernt, um verstehen zu können, was sie miteinander besprachen. Sie zeigte auf ihn, der er noch im offenen Türeingang stand. Die andere Figur (er konnte nicht ausmachen, ob es ein Mann oder eine Frau war) drehte sich ebenfalls um. Er hörte ihr lautes Gelächter. Übelkeit stieg in ihm auf, und er schloß die Tür.

Sie kam die folgende Woche wieder und in der Woche darauf und jede Woche danach. Nun ging er nur noch zur Tür, nahm ihr die leere Tragetasche ab und füllte sie. Keine Worte wurden gewechselt, nur das Ritual. Der altmodische Knicks, und sie war verschwunden. Er kaufte zusätzlich Lebensmittel und legte sie für sie zurück. Sie kam nicht immer am gleichen Abend, aber sie kam niemals öfter als einmal die Woche. Sie schien zu ahnen, ob Der Student zu Hause war oder nicht.

Obwohl er sie beim Weggehen beobachtete, sah er ihren Gefährten niemals wieder. Er begann schlecht zu schlafen, war in der Schule gereizt und überlegte sich ernsthaft, ob er Dem Studenten nicht kündigen sollte, um dann auch auszuziehen. Es gab niemanden, mit dem er ernsthaft über die Besuche hätte reden können.

Eines Abends erzählte er Dem Studenten davon, aber er machte einen Witz daraus, und beide lachten. Er schien sich einerseits auf ihre Besuche zu freuen, und andererseits fürchtete er sich davor. Er wollte mehr über sie erfahren, ihr folgen, sehen, wie sie lebte. War sie verheiratet? Hatte sie Kinder? Warum mußte sie betteln? Kam sie nur zu ihm?

Aber irgendwie hatte er Angst, er würde etwas herausfinden. Er hätte sie hereinbitten, ihr Tee anbieten und sie dann fragen können. Er hatte Angst vor ihren Antworten.

Dann erschien sie eines Tages nicht. Ihre Lebensmittel blieben im Schrank stehen. Die folgende Woche kam sie auch nicht. Er bewahrte das Essen auf, nur für den Fall . . . Nachdem sie einen Monat nicht aufgetaucht war, entschloß er sich, die Vorräte, die er für sie gekauft hatte, anzubrechen. Mit einem seltsamen Gefühl der Angst öffnete er die Tüten und war erleichtert, als nichts passierte. Es war, als sei eine zentnerschwere Last von seinen Schultern gefallen. Er mußte mit jemandem darüber reden. Mit irgendeiner Person. Der Student war in seinem Zimmer und versuchte vergebens zu arbeiten. So machte er Kaffee und brachte ihn Dem Studenten und blieb im Türeingang stehen, um die Unterhaltung nicht stocken zu lassen.

»Übrigens ist deine Freundin letzte Woche hier aufgetaucht«, sagte Der Student, dem es gar nichts auszumachen schien, gestört zu werden, »du warst aber nicht hier«.

»Ich war weg?« fragte er verstört. Er wollte unbedingt mehr erfahren.

»Ich ging an die Tür, und da stand sie. Was für eine häßliche Kuh!«

»Ja?« Er hoffte, es klang nicht zu besorgt.

»Ich habe gesagt, sie soll machen, daß sie wegkommt, abhaun, hamba!« Zur Erklärung fuchtelte er mit den Armen: »Sie wollte nicht!«

»Was hast du gemacht?« Seine Lippen zitterten.

»Was du gleich hättest tun sollen.«

»Was hätte ich tun sollen?«

»Tja, ich habe sie an ihrem schwarzen Nacken gepackt und sie mit Gewalt die Einfahrt runtergeschleppt. Dann habe ich sie rausgeworfen.«

Er fühlte, wie sich etwas in seiner Brust zusammenzog. Er hatte die Fäuste geballt und hätte Den Studenten am liebsten zusammengeschlagen. Er zitterte am ganzen Leib.

»Sie kommt bestimmt nicht wieder«, beruhigte ihn Der Student.

»Das hättest du nicht tun sollen.« Er versuchte normal zu klingen.

»Und warum nicht, bitte schön?« Der Student blickte ihn verwundert an.

»Das hättest du nicht tun dürfen«, wiederholte er lahm.

»Bist du krank, oder was ist mit dir los?« wollte Der Student wissen.

»Nein, es ist alles in Ordnung. Ich muß nur zurück zu meinen Heften. Muß noch korrigieren.«

Der Student sah ihn seltsam an. Dann klingelte das Telefon.

Er ging in sein Arbeitszimmer zurück und sank an seinen Schreibtisch. Ihm war zum Heulen zumute. Aber keine Tränen kamen. Er hörte, wie Der Student die Haustür zuschlug, dann heulte die Honda auf. Lange nachdem das Motorengeräusch verstummt war, saß er noch unbeweglich an seinem Tisch und starrte in die Dunkelheit.

Ein Held der neuen Zeit

Von Wolfdietrich Schnurre

Eines Morgens kam der Rektor rein, er räusperte sich und fuhr sich mit dem Zeigefinger ein paarmal im Kragen herum, dann preßte er einen Augenblick die Lippen zusammen, und dann sagte er, so, also jetzt wär es soweit, ab sofort würde nicht mehr mit Guten Morgen, sondern nur noch mit Heil Hitler gegrüßt.

Wir hatten allerhand auszusetzen an dieser Bestimmung, vor allem daran, daß man dazu auch noch den rechten Arm hochrecken sollte.

Piepel fragte, als der Rektor raus war, Herrn Krenzke, wie *er* denn die Sache sähe, schließlich wär er doch zahlendes SPD-Mitglied gewesen.

Herr Krenzke spuckte erst den Hustenbonbon, den er in letzter Zeit immer lutschte, ins Taschentuch, dann sagte er heiser: »Die SPD ist verboten.«

Da hatte er recht. Aber wieso man deshalb nicht weiter Guten Morgen sagen konnte, kriegten wir nicht aus ihm raus.

Im Gegenteil, obwohl ihn doch niemand weiter beobachtete, kam er schon am nächsten Morgen mit dem erhobenen rechten Arm in die Klasse.

Ein paar lachten noch, als sie ihn den befohlenen Gruß murmeln hörten.

Aber Herrn Krenzke beschlug plötzlich die Brille, er schnauzte sie an, und ihm schwoll richtig die Stirnader an, als er schrie, jeder würde ab sofort einen Tadel kriegen, der glaubte, über so was auch noch Witze machen zu können.

Eddi meinte nachher in der Pause, man müßt ihn verstehn. »Ich mein, *ihm* fällt's doch wohl noch am schwersten, oder –?«

Piepel sah mit vorgeschobener Unterlippe durch ihn hindurch. »Ach, dann grüßt dein Alter mit'm Deutschen Gruß, wenn er nach Haus kommt –?«

»Das is das Problem nich«, sagte Adam. »Mein Alter is immer noch rot. Aber auf der Arbeitsstelle grüßt er genauso mit Heil wie die alle.«

»Wenn man sich schützt, geht's«, sagte Piepel. »Aber schützt sich der Krenzke vielleicht? Den hat's doch richtig verändert.«

Daran war was Wahres. Wenn man unter »verändern« verstand, daß einer nicht auffallen wollte. Obwohl Herr Krenzke uns eigentlich immer gesagt hatte, das Wichtigste wäre, ohne andren damit zu schaden, die eigne Persönlichkeit zu entwickeln; selbst dann, wenn man damit anecken würde. Aber nun kam's ja wohl darauf an, *wo* man seine Persönlichkeit entwickelte, in der Schule oder zu Hause.

In der Schule jedenfalls hatten so langsam immer weniger Lehrer Lust, noch so zu sein, wie wir sie von früher her kannten. Bestimmt hatte Adam mit dem In-Deckung-Gehn recht; aber irgendwie, fanden wir, hatte das doch mehr mit den andern und nicht mit denen zu tun, die einen sowieso noch von früher her kannten.

»Ich will dir was sagen«, sagte mein Vater zu Hause. »Wenn ich die Wahl hab zwischen Heil Hitler und arbeitslos werden, na, da grüß ich doch lieber.«

»Ans Grüßen«, sagte ich, »haben wir uns ja nu auch gewöhnt. Bloß, was schwierig is, das is: zu begreifen, wieso sich wegen dem Grüßen die Gesinnung verändert.«

Vater blinzelte in seine Malzkaffeetasse rein, die vor ihm stand. »Tut sie das denn?«

»Hör mal«, sagte ich, »der Krenzke, der hat uns neulich sogar gefragt, wieso wir nich in die HJ reingingen, statt uns auf der Straße rumzutreiben.«

»Na, so was läßt sich doch beantworten«, sagte Vater: »Weil mehr los is auf der Straße. Was willste bei so'm Schulungsabend denn schon mitkriegen, hm?«

»Du meinst, *das* hat der Krenzke hörn wollen von uns?«

»Das oder was Ähnliches«, sagte Vater. »Kenn doch den Mann.«

Aber wir kannten Herrn Krenzke auch; sechseinhalb Jahre sogar, schließlich ist er unser Klassenlehrer gewesen. Deswegen war ja auch zum Beispiel überhaupt nicht zu verstehn, was er da mit Piepel angestellt hat.

Wir hatten alle in die Aula gemußt, weil da wieder so eine Rede durch den Lautsprecher kam.

Es war schönes Wetter draußen, durch die bunten Scheiben vorn, auf denen die Namen der früheren Schüler standen, die der Krieg kaputtgemacht hatte, fiel in schrägen Balken das Sonnenlicht rein.

Immer wenn der Dings im Lustgarten da die Stimme anhob und zu brüllen anfing, fing Piepel an, seine Fratzen zu schneiden. Es war eigentlich gar nicht so sehr, daß er Quatsch machen wollte, er hielt nur einfach dieses Brüllen nicht aus. Deshalb waren sie ja auch gar nicht komisch, die Fratzen; lachen jedenfalls konnte man nicht über sie.

Trotzdem hat Herr Krenzke Piepel zum Direktor geschleppt.

»Der is richtig verdutzt gewesen«, sagte Piepel. »Hab ihm nämlich klargemacht, mir hätt die Nase gejuckt. ›Sitzen Sie mal in der Sonne‹, sag ich zu ihm, ›und plötzlich merken Sie, da will so'n Niesen in Ihnen entstehn. Na, da tun Se in so ner Lage doch alles, um's zu verhindern. Ich mein, könnt schließlich sein, paar Blödköppe, die lachen da drüber. Wär doch unangenehm, wär doch das.‹ ›Da haben Sie's,‹ sagt der Rektor zu Krenzke. ›Doch ne plausible Erklärung, Kollege; hab ich nicht recht?‹ Richtig 'n bißchen gezwinkert, der Mann. Hättet ihr den Krenzke jetzt aber mal loslegen hörn solln. ›Darf Sie vielleicht darauf aufmerksam machen‹, krächzt er und kriegt richtig rosa Backen dabei, wo er doch sonst immer wie'n Weißkäse aussieht, ›darf Sie vielleicht drauf aufmerksam machen, daß es sich hier um eine echte, politisch motivierte Störaktion handelt.‹ Der Rektor kuckt 'n Augenblick auf seine Schuhspitzen runter. Ganz still auf einmal im Zimmer. Nur Krenzkes Atem haste gehört. ›Wir sind hier unter uns‹, sagt der Rektor auf einmal und is, Hände auf'm Rücken, ans Fenster getreten. ›Sie sollten Ihre Beschuldigung fallen lassen, Kollege.‹ «

Piepel sah sich erst um, ob auch kein Lehrer in der Nähe wäre. Aber es war keiner auf dem Schulhof zu sehn.

»Wißt ihr, was er da jetz gemacht hat, der Krenzke?« Piepels Stimme zitterte. »Aufgerichtet hat er sich, Brille blankgewischt mit n Daumen und den Rektor angefunkelt, ich sag euch, als wollt er ihm n Loch in den Hinterkopf sengen. ›Ich hab richtig gehört‹, sagt er heiser: ›Sie wollen, ich soll eine so schwerwiegende Provokation übersehn? Herr Rektor, für wen halten Sie mich?‹ Langsam dreht der Rektor vorm Fenster sich um. Direkt n bißchen altgeworden inzwischen, der Mann. ›Gut, gut‹, sagte er leise; ›hab Sie verstanden, Kollege. Werd die entsprechenden Schritte einleiten. Steinhöfel‹, sagt er zu mir, ›richt dich drauf ein: Du mußt die Schule verlassen.‹ «

Adam ballte die Fäuste. »Ich stell den Krenzke zur Rede; das kann er nicht machen.«

»Der kann«, sagte Piepel.

Und richtig; schon am nächsten Tag war Konferenz.

Der einzige, mit dem man noch so reden konnte wie früher, ist der Hausmeister gewesen, Herr Piete. Wir hatten zusammengelegt und ihm eine Kiste Zigarillos spendiert.

»Ich hätt's auch ohne gemacht«, sagte er, als wir uns nach der letzten Stunde auf dem verwilderten Grundstück hinter der Turnhalle trafen. »Also, paßt auf, Jungs.« Er riß einen Grashalm ab und fing an, drauf rumzukauen. »Die Sache is gelaufen. Einstimmig.«

»Wir haben Verräter als Lehrer«, sagte Eddi. »Was sollen die uns noch beibringen jetzt.«

»'ne Menge«, sagte Herr Piete. »Auf der Toilette zum Beispiel, da hat der Herr Krenzke geächzt und geseufzt.«

»Kann er sich ja fein was für kaufen, der Piepel.« Adam schlug wütend einen Diestelkopf nieder.

Was er damit sagen wollte, fragte Eddi Herrn Piete.

»Daß es für'n Feigling gar nich so leicht is, sich in ne Rüstung zu zwängen.« Herr Piete sah uns alle der Reihe nach an. »Jungs, wir sind ne demokratische Schule gewesen. Da will's gelernt sein, sich undemokratisch zu geben. Der Herr Krenzke zum Beispiel, der kapiert's nie. Sonst hätt er nich so übers Ziel rausgeschossen.«

Adam spuckte aus vor Herrn Piete; er heulte. »Ich scheiß auf Ihre Erklärung; könn Se mir glauben!«

Wir sind an dem Nachmittag jedenfalls ziemlich erledigt gewesen.

Ich hätt das alles gern auch mit Vater besprochen, aber immer, wenn ich Herrn Krenzke erwähnte, fing Vater schnell an, von was andrem zu reden.

Bloß nachts –: da erwischt' ich ihn dann; wenn auch im Bett erst.

»Ich weiß«, sagte er in die Dunkelheit rein, »ich weiß alles von ihm.«

»Er is Sozi gewesen wie du«, sagte ich.

Vater sah starr an die Decke. Die Leuchtreklame draußen färbte seine Stirn violett.

»Das hat mit Politik nichts zu tun. Das is n menschliches Problem.

»Menschlich, aha.«

Vater räusperte sich. »Junge, begreif doch: Wir werden alle mal vor ne Entscheidung gestellt.«

»Na und –?« sagte ich. »Wieso muß ich mich dann *gegen* Piepel entscheiden?«

»Mußt du ja gar nicht. Is dir doch freigestellt.« Vater

stützte den Oberkörper auf, hinter ihm war draußen jetzt deutlich die Leuchtschrift von Sarotti zu sehn. »*Frei*«, sagte er. »Hast du gehört?«

»Bin nich taub«, sagte ich.

»Also.« Vater sank wieder zurück.

Am nächsten Morgen passierte was Ungeheueres.

Wir hatten abgemacht, Herrn Krenzkes Hitlergruß nicht zu erwidern, und auf Piepels leere Bank ein Pappschild mit der Aufschrift »Unschuldig abgeschossen« gelegt. Adam war außerdem noch dafür gewesen, bei offener Tür die Internationale zu summen. Aber sein Vorschlag hatte keine Mehrheit gekriegt. Eddi meinte mit Recht, dann wär ja auch jeder andre Lehrer gezwungen gewesen, mal reinzusehn; und wozu unser gutes Pulver für andre verschießen?

Also schwiegen wir jetzt und warteten drauf, daß die Klingel ertönte.

Es war eine merkwürdige Stimmung; alle die schweigenden Jungs, die sich zu Piepels leerer Bank umgedreht hatten, und draußen schien die Sonne und spiegelte sich in den zittrigen Blättern der Pappel, und auf dem Schulhof unten war das Fluchen Herrn Pietes zu hören, der den Papierkorb auskippte; bestimmt wieder alles voll weggeschmissener Stullen gewesen.

Jetzt klingelte es.

Pünktlich wie immer: Die Tür wurde aufgerissen, und Herr Krenzke kam rein. Niemand rührte sich.

Aber auch mit Herrn Krenzke war irgendwas los; wir merkten es alle. Er ging plötzlich so komisch vornübergebeugt, wo er sich sonst doch immer so übertrieben gerade gehalten hatte, und die Brille war wieder mal derart beschlagen, daß man kaum die Augen erkannte.

Er legte umständlich die Aktentasche aufs Pult und murmelte was.

Da begriff ich's auf einmal: Herr Krenzke war ohne den Hitlergruß reingekommen.

Unauffällig sah ich mich um. Die meisten glaubten anscheinend, daß er ihn noch nachholen würde, den Gruß.

Aber Herr Krenzke dachte nicht dran. Er fuhr sich mit dem linken Daumen hinter die Brillengläser und wischte sie blank. Dann fing er an, die Worte an die Tafel zu schreiben, die im Diktat neulich am schwierigsten gewesen waren.

Den rechten Arm schien Herr Krenzke schonen zu wollen. Er hatte schon immer rechts und links schreiben können; heute schrieb er nur links.

Als er mal prüfte, ob wir auch mitschrieben, sah er das Schild auf Piepels Bank liegen. Er ging hin und starrte mit mahlenden Kaumuskeln drauf.

In der hintersten Bankreihe, wo Adam saß, atmete jemand tief ein. Mittendrin brach der Atemzug ab, und jetzt war draußen nur wieder Herr Piete zu hören, der den Schotter harkte um den Papierkorb herum.

»Tja –«, sagte Herr Krenzke. Dann ging er wieder nach vorn.

Plötzlich wußte ich, was los war mit ihm. Es hing mit Piepel zusammen. Herrn Krenzke waren Bedenken gekommen, er wollte was gutzumachen versuchen.

Ich war auf einmal bereit, mich für ihn zu schlagen. Sicher hatte es Piepel in Zukunft nicht leicht; bestimmt war es gar nicht so einfach für ihn, jetzt an einer andern Schule unterzukommen. Aber Herr Krenzke mit seiner Weigerung, uns noch weiterhin den Hitlergruß zu entbieten, setzte doch wohl auch was aufs Spiel. Oder –? Erregt sah ich mich um.

Die meisten hatten's genauso begriffen. Man merkte es daran, wie sie ihn anguckten. Alles Lauern, aller Argwohn in den Blicken war weg.

Nur Adam wollte es nicht wahrhaben. Immer wieder fing er auf dem Schulhof damit an.

»Er hebt nich den Arm hoch, na und –? Geht's Piepel deswegen besser? Wird sein Vater nu vielleicht *nich* verhört?«

»Es geht nich um den nich hochgehobenen Arm«, sagte

ich. »Es geht darum, was der nich hochgehobene Arm Herrn Krenzkes bedeutet.«

»Bruno hat recht«, sagte Eddi. »Ich hab's euch immer gesagt: Niemand is das alles schwerer als dem Krenzke gefallen. Nu kann er nich mehr. Nu beweist er uns, daß man auch aussteigen kann.«

»Aussteigen, wenn einer überfahrn worden is!« Adam zog die Mundwinkel runter. »Soll ich euch sagen, wie ich das finde? Beschissen find ich das.«

»Sollteste zurücknehmen«, sagte ich. »Schließlich kein Pappenstiel, was der Krenzke da macht.«

»Sauhund«, keuchte Adam. »Und bei Piepel haste nich mit der Wimper gezuckt.«

Wir prügelten uns zehn Minuten vielleicht. Die Sache war wichtig, deshalb deckten die andern uns ab.

Leider war ich's, der zu Boden gehn mußte. Gleich fingen die, die auf mich gesetzt hatten, natürlich wieder an unsicher zu werden; sie sagten sich, wenn einer so rangeht wie Adam, dann muß doch was dransein an dem, was er meint.

Doch als Herr Krenzke dann am nächsten Morgen den Arm *wieder* nicht hochreckte und bloß irgendwas murmelte und weiter nur links schrieb, als hätt er sich den rechten Arm durch den Hitlergruß dreckig gemacht und müßt ihn jetzt sozusagen erst aushängen lassen, da waren auch die *letzten* Zweifler bekehrt; außer Adam natürlich.

Adam hatte sich von hinten nach vorne gesetzt. Er saß jetzt in der leergewesenen Bank, in der Piepel gesessen hatte, und sah Herrn Krenzke mit einem Blick an, den er den Piepelgedenkblick getauft hatte, was aber Herrn Krenzke weiter nicht störte, denn dem war ja sowieso meistens die Brille beschlagen.

Wenn eben jetzt bloß nicht noch die Sache mit dem Rektor passiert wär. Es war natürlich von Anfang an klar, er war eigentlich nur wegen Herrn Krenzke gekommen.

Der Rektor hatte die Angewohnheit, Klopfen und Türaufreißen zugleich zu besorgen; man hätt also durchaus noch annehmen können, Herr Krenzke wär zu überrascht gewesen, um den Hitlergruß des Rektors sofort zu erwidern.

Doch nach einer reichlichen halben Minute erwiderte Herr Krenzke ihn immer noch nicht. Und da fing der Rektor nun doch an, ungeduldig zu werden.

»Ich sagte Heil Hitler, Kollege.«

Herr Krenzke räusperte sich; und er mußte wohl auch den Hustenbonbon erst unter die Zunge bugsieren. Er murmelte, na, aber hätt er denn nicht Heil Hitler *gesagt?*

Nicht, daß er wüßte. Der Rektor fuhr sich mit dem Zeigefinger im Kragen herum. Soviel stand fest, angenehm war es ihm nicht, mit Herrn Krenzke vor uns allen so reden zu müssen.

»Sie haben ja noch nicht mal den Arm angehoben!«

Herr Krenzke zog die Unterlippe zwischen die Zähne. Sein blasses Pickelgesicht mit der wirren rotblonden Tolle drüber fing an, sich von den Backen aus rosa zu färben. Er sah jetzt wie ein älterer Schüler aus, der beim Kameradendiebstahl ertappt worden war.

»Aber ich hab Sie doch schon heut Morgen begrüßt!«

»*Kollegial,* Herr Krenzke.« Der Rektor sprach jetzt sehr leise. »Nicht mit dem *Deutschen* Gruß. Übrigens haben den auch schon andre an Ihnen vermißt.«

»Wir nich«, sagte da Eddi. »Wir haben uns hier voll dran gewöhnt. Jungs, hab ich recht!«

Wir nickten heftig. Nur Adam nickte nicht mit; er starrte verkniffen Herrn Krenzke an.

Der schluckte ein paarmal, sein großer Adamsapfel schoß rauf und runter dabei. »Solidarität ist sicher was Feines«, sagte er dann.

Mir gab's einen Stich; das hatte ziemlich ironisch geklungen.

Der Rektor zog die Brauen hoch, bis sie fast an den Haaransatz stießen. Wie er das eben gemeint hätte.

»Intern«, sagte Herr Krenzke.

»Sonst haben Sie mir *nichts* mitzuteilen!«

»Doch«, sagte Herr Krenzke. Er räusperte sich umständlich, er war wieder heiser geworden. »Ich wär Ihnen dankbar, wenn Sie mich von diesem – diesem Deutschen Gruß suspendiern könnten, Herr Rektor.«

Adam vergaß einen Moment lang den Mund zuzumachen.

Der Rektor holte tief Luft. »Ich denke, wir sollten das Thema nach Schulschluß weiter erörtern, Kollege.«

Er hob die Hand zum Hitlergruß, und ein paar von uns rissen die Tür auf und ließen ihn raus.

»Kurze Pause«, sagte Herr Krenzke und tastete nach dem Stuhl hinter sich.

Es war klar, von nun an hatte Herr Krenzke auf der ganzen Linie gesiegt; für uns jedenfalls. Was das Kollegium anginge, erzählte Herr Piete auf dem verwilderten Platz hinter der Turnhalle dann, wo wir uns mit ihm verabredet hatten, da sähe es allerdings anders aus; brenzliger, wenn wir uns darunter was vorstellen könnten.

»Na, aber wieso denn«, sagte Eddi. »Sie sind zwar alle umgekippt, aber's is doch zumindest kein Nazi drunter. Jeder kennt doch da jeden. Da kann man doch n bißchen großzügig sein. Nee –?«

»Absolut.« Herr Piete hörte auf, mit geschlossenen Augen an seinem Zigarillo zu riechen, und steckte es an. »Bloß, was sollen die machen, wenn ne Denunziation kommt?«

»Von wem?« fragte Adam.

»Aus Schülerkreisen«, sagte Herr Piete und paffte.

»Nochmal«, sagte Eddi.

»Wiederhol's ihm«, sagte Herr Piete; »los, mach schon.«

Adam blickte aufgebracht in die Runde. »Wieso grade ich?«

»Rat mal.«

Irgendwas in Adam fing plötzlich an, ihn zu schütteln. »Aber ich hab's doch nur wegen Piepel gemacht!«

»Das Dumme is bloß«, sagte Herr Piete, »daß es dem nichts mehr nützt. Dafür haste dem Herrn Krenzke jetzt aber ganz schön eins verpaßt. Denn den *Lehrern* war's wurscht, ob da einer genug davon hatte, die Flosse zu heben oder nich. Aber jetz, wo die *Schüler* mit drinhängen, kommt man um ne offizielle Untersuchung wahrscheinlich nich rum.«

Adam heulte. Sein Glück; wir hätten uns sonst auf ihn gestürzt.

Herr Piete legte ihm den Arm um die Schulter. »Nu tut mal nich so, als hätt er sonst was begangen. 'n Fehler kann jeder mal machen. Habt eben noch keine Übung im Denunziern. Da kann's schon mal passiern, daß man den Falschen erwischt.«

»Und wenn man ihn warnt?« fragte ich.

Herr Piete blies mir seinen Zigarillorauch ins Gesicht.

»Der Rektor hat ihn vorm ganzen Kollegium gefragt. ›Sagen Sie, Mann‹, sagt er zu ihm, ›was versprechen Sie sich eigentlich davon?‹ Kriegt kaum n Ton raus, der Krenzke. Ob er sich n Hustenbonbon nehmen dürfte. Hat nichts dagegen, der Rektor. ›Also –?‹ fragt er ihn dann. Der Krenzke nuckelt an seinem Bonbon. Er möcht nich unhöflich sein, krächzt er. ›Sind Sie ja gar nicht‹, sagt der Rektor zu ihm. ›Doch‹, sagt Krenzke. ›Verweigre nämlich die Antwort auf Ihre Frage, wenn Sie gestatten.‹ Murmel, murmel untern Kollegen. ›Ruhe, die Herrn!‹ Der Rektor tritt dicht vor ihn hin. Blinzelt nervös, versucht, so leise wie möglich zu sprechen. ›Aber um Gottes willen, lieber Kollege, ich muß doch jetzt Meldung erstatten!‹ «

Herr Piete kaute auf seinem ausgegangenen Zigarillo herum und starrte abwesend mein rechtes Ohrläppchen an; irgendwie schien er den Faden verloren zu haben.

»Und –?« fragte ich. »Aber *darauf* wird er doch wohl was geantwortet haben!«

»Hat er«, nickte Herr Piete. »Und ob. ›Tun Sie, was Sie nicht lassen können‹, hat er zum Rektor gesagt.«

»Der tut's nich.« Eddi versuchte den Grashalm wieder vom Finger zu kriegen, den er sich drumgewickelt hatte. »Is doch n Zentrums-Mann gewesen, der Rex. Da bleibt doch was hängen.«

»Schön *wär's*«, sagte Herr Piete.

Vater hatte an dem Abend ein paar alte Genossen zu Gast. Sie saßen in der Wohnküche beim Skat. Ich dachte mir, fragen kann ja nicht schaden.

»Hört mal n Augenblick auf«, sagte ich.

Vater leckte sich den Bierschaum aus dem Schnurrbart und sah mich zwinkernd an. »Hast ne Fünf im Aufsatz geschrieben, stimmt's?«

»Kommt drauf an«, sagte ich. Dann hab ich ihnen das mit Herrn Krenzke erzählt. Vater war ziemlich unbehaglich zumut. Täte ihm leid, daß ich sie mit meinem Schulkram behelligte, sagte er zu seinen Kollegen.

Die kuckten in ihre Karten.

»Blödes Problem«, sagte Albert.

»Mensch, Mensch«, sagte Karl.

Ottokar schwieg.

»Und du?« fragte ich.

Vater wischte mit der Ärmelkante an der Anrichte rum, er hatte sich da vorhin mit dem Kopf drangelehnt. »Ich seh ne einfache Lösung.«

»Los«, sagte ich.

»Euer Lehrerkollegium is tacko. Die Herrn schnappen sich den Krenzke und reden mit ihm.«

»Kuck mich an«, sagte ich. »Versteh dich so schlecht.«

Vaters Schnurrbartenden zitterten leicht. Er räusperte sich. »Wenn er morgen wieder grüßt, is er doch aus m Schneider.«

Ottokar nickte. »Genau.«

»Feine Idee«, sagte ich.

Trotzdem, das ging mir nicht aus dem Kopf. Ich lag die ganze Nacht wach und überlegte, ob Herr Krenzke sich was vergeben würde, hätt er wieder den rechten Arm hochgereckt. Eigentlich doch nicht; denn daß er nicht einverstanden war, hatte er ja nun wohl genügend bewiesen. Konnte man mutiger sein als mutig?

Eddi, den ich am nächsten Morgen zur Schule abholte, meinte: wahrscheinlich nicht. »Bloß, wir haben genug Idioten in der Klasse, die würden dann denken, man hat den Krenzke kirre gekriegt.«

Da hatte er recht. »Und wenn man's ihnen klarzumachen versuchte?«

»Mann –!« sagte Eddi da plötzlich.

»Was ist los«, fragte ich, denn er war stehngeblieben und auf einmal ganz rot im Gesicht.

»Scheiße, Scheiße, Scheiße«, murmelte Eddi.

Ich zog ihn weiter. »Komm, mach kein' Fez; da hinten kommen die andern.«

Eddi trabte lahm neben mir her. »Haste mal nachgedacht drüber, für *wen* er das macht?«

»Na, für sich«, sagte ich, »für Piepel, genauer. Weil er da was eingesehn hat.«

»Er macht's für uns«, sagte Eddi. »Und deshalb glaubt er auch, es immer weitermachen zu müssen. Denn n Vorbild, das aufhört, n Vorbild zu sein: *is* das noch eins?«

»Mir zu hoch«, sagte ich.

»Mensch, kapier doch: Es muß ihm endlich mal gesagt werden, daß wir ihn verstanden haben, daß wir ihn bewundern. Aber daß er sich jetzt, bloß um unsertwegen bei der Stange zu bleiben, nicht reinreiten darf!«

»Verdammt«, sagte ich.

Es war das erste Mal, daß wir auf dem Weg zur Schule gerannt sind. Denn wir hofften, Herrn Krenzke noch vorm Lehrerzimmer zu kriegen.

Wir hatten uns vielleicht drei Minuten auf dem Gang rumgedrückt, da kam Herr Piete mit einem Stoß Aktenordnern vorbei.

»Haut ab, dicke Luft.«

Irgendwie war's auch in der Klasse zu spüren. Das heißt, vielleicht lag's auch nur daran, daß die vorderste Bank, wo Piepel gesessen hatte, jetzt wieder leer war. Denn Adam wollte seinen guten Willen beweisen und war wieder nach hinten, zu seiner Bank am Fenster gegangen.

Jetzt klingelte es, und sofort war klar, daß sich Herrn Pietes Äußerung auf Herrn Krenzke bezogen hatte. Nämlich, noch nicht *einmal,* seit wir bei ihm Unterricht hatten, war Herr Krenzke vor oder nach dem Klingeln erschienen; immer hatte er es so einzurichten verstanden, daß er mitten im Klingeln die Türe aufriß.

Jetzt war das Klingeln vorbei. Ich kuckte zu Eddi rüber. Der nagte an seiner Unterlippe und bewegte pausenlos den Deckel vom Tintenfaß hin und her.

Auch die andern fingen an unruhig zu werden.

Da waren draußen Schritte zu hören. Die Tür wurde aufgestoßen, und mit einem forschen Heil-Hitler-Gruß kam Lehrer Bödicke rein.

Adam stand auf. »Sie haben sich geirrt. Wir haben jetzt Deutsch bei Herrn Krenzke.«

»Ist richtig, mein Junge.« Lehrer Bödicke stellte die Mappe aufs Pult. »Ich vertret ihn ja auch bloß.«

»Wieso«, fragte ich. »Is er krank?«

»Nein«, sagte Lehrer Bödicke.

»Dann haben Sie ihn also gesehn«, sagte Eddi.

Lehrer Bödicke sagte, daß er uns jetzt eine ganz interessante Geschichte vorlesen wollte.

»Ich sag: Dann haben Sie ihn also heute gesehn«, sagte Eddi, noch etwas lauter.

Lehrer Bödicke wischte sich eine unsichtbare Haarsträhne weg aus der Stirn. »Ja«, sagte er.

»Und –?« fragte ich. »Wo ist er jetz? Doch nich wieder nach Hause gegangen. Oder –?«

Lehrer Bödicke sagte erregt, er wär kein Auskunftsbüro, und wer jetzt noch mal was nicht zum Thema Gehörendes fragte, der bekäm einen Tadel verpaßt.

Eddi stand auf. »Dann mir bitte den ersten: Wo is Herr Krenzke in diesem Moment? Wird er verhört?«

Lehrer Bödicke preßte die Lippen zusammen. »Wie heißt du?« fragte er und schraubte seinen Füllhalter auf.

»Leute!« schrie da Adam vorm Fenster. »Rasch! Kommt mal her!«

Wir stürzten zur Fensterfront rüber.

Unten, über den Schulhof gingen drei Männer zum Ausgang. Zwei hatten Ledermäntel an und breitrandige Filzhüte auf. Der dritte ging zwischen ihnen. Er lief etwas vornübergebeugt und trug eine Windjacke, und in seiner wirren, rotblonden Haartolle glänzte die Sonne. Wir erkannten ihn alle.

»Bruno!« rief da Eddi. »Los, hinterher!«

Ich schubste Lehrer Bödicke, der mich festhalten wollte, den Papierkorb zwischen die Beine und rannte Eddi nach. Die andern folgten.

Ich bin nie gut im Laufen gewesen, aber an dem Morgen hab ich sogar Eddi noch überrundet.

Draußen, vorm Schulhoftor, war, wie immer um diese Zeit, starker Verkehr. Ich brauchte daher erst einen Augenblick, ehe ich das schwarze Auto sah. Es stand dicht am Rinnstein. Sein Motor lief. Einer der beiden Männer im Ledermantel stieg noch mal aus und hob was auf: Herrn Krenzkes Aktentasche. Der Mann warf sie nach hinten ins Auto und setzte sich neben den Fahrer. Dann schlug er die Tür zu, und das Auto fuhr los.

Ich stand da und starrte ihm nach. Ich beneidete Adam; der hätte jetzt sicher geheult.

Es hat dann noch ziemlichen Knatsch in der Schule gegeben. Wir kriegten alle eine Verwarnung. Wenn sich so was noch mal wiederholte, hätten wir mit Verweisung von der Anstalt zu rechnen.

Aber wie Eddi sehr richtig sagte, hätte das ja vorausgesetzt, daß es *noch* einen so mutigen und konsequenten

Lehrer wie Herrn Krenzke im Kollegium gäbe; und davon konnte nun wirklich nicht die Rede sein. Im Gegenteil, alle, die uns jetzt unterrichteten, strengten sich an, die »Methoden Herrn Krenzkes«, wie sie es nannten, runterzuputzen.

Doch da hatten sie Pech.

Denn Eddi hatte sich was Fabelhaftes ausgedacht. Jeden Morgen, wenn das Klingeln zur ersten Stunde einsetzte, erhoben wir uns schweigend und dachten an Herrn Krenzke; und wir setzten uns nicht eher wieder hin, bis die Klingel verstummte. Die Lehrer nervte das sehr, aber sie konnten nichts machen, unsre Gedenkzeit ging ja nicht vom Unterricht ab.

Da kriegte Herr Piete vom Rektor den Befehl, die Klingel kürzer laufen zu lassen. Doch Herr Piete war längst eingeweiht, er sagte, da wäre leider gar nichts zu machen, diese Schulklingeln, die wären alle genormt.

So kam es, daß das Gedenken an Herrn Krenzke langsam auch auf andre Klassen überzugreifen begann, denn natürlich sprach unsre Gedenkviertelminute sich rum, und Herr Krenzke hatte ja nicht nur bei uns unterrichtet.

Doch so richtig zum Helden und Märtyrer ist er eigentlich bei uns erst gereift. Denn je weniger wir über sein jetziges Schicksal erfuhren, desto größer mußten ja die Befürchtungen sein, und je größer die Befürchtungen waren, desto verklärter fing man an Herrn Krenzke zu sehen.

Ehrlich gesagt, mir ging das manchmal schon ein bißchen zu weit; ich hätt es besser gefunden, man hätte sich *so* an Herrn Krenzke erinnert, wie er *tatsächlich* war.

Ich sagte das auch mal Herrn Piete, und da kniff er plötzlich die Augen zusammen und sagte: »Ist das dein Ernst?«

»Flaggen Sie halblang«, sagte ich. »Soll ich vielleicht Witze über ihn machen?«

»Es *ist* aber fast einer«, sagte Herr Piete. Er kam aus dem kleinen Gemüsegarten heraus und band sich die Schürze ab und sah sich argwöhnisch um, ob uns auch von den Schülern auf dem Hof keiner beobachtete. Dann sagte er hastig: »Komm rein.« Er schickte seine Frau aus dem Zimmer, wo sie gerade Staub gewischt hatte, und steckte sich einen Zigarillo an. »Setz dich; dauert noch viereinhalb Minuten, die Pause.«

Es war sehr gemütlich bei ihm. Trotzdem hatte ich irgendwie das Gefühl, es wär angebrachter gewesen, draußen zu bleiben.

Herr Piete schien Gedanken lesen zu können. Er wedelte den Rauch weg vor seinem Gesicht. »Knack schon ne ganze Weile dran rum. Einem von euch *muß* ich's sagen. Schließlich eure Sache, nich meine.«

»Los«, sagte ich. »Nu machen Sie schon.«

»Dann hör zu«, sagte Herr Piete. »Sitz ich da neulich eingeseift beim Frisör und kuck, während der an mir rumschabt, in den Spiegel solange. Geht die Tür auf, und der Krenzke kommt rein. Stammkunde hier anscheinend, denn gleich kommt der Chef angewetzt und puhlt ihn aus seiner Windjacke raus. Ungeheuer geächzt, der Nitschke, dabei. ›Wird immer schlimmer‹, stöhnt er. ›Können sich gar nicht vorstellen, wie einen das schlaucht.‹ Doch, doch, kann er, der Chef. ›Sehn Se mal‹, sagt er, ›ich als Frisör –: na, Mann, ich wär doch aufgeschmissen mit einem Arm. Und nu auch noch rechts!«

Irgendwas drückte mir plötzlich die Luftröhre zu. »Nochmal.«

»Hast richtig gehört.« Herr Piete klopfte einen Augenblick lang abwesend an sein Goldfischaquarium. Dann nahm er den Zigarillo aus dem Mund und streifte mit dem kleinen Finger den Aschenkopf ab.

»'s is nich Protest, sondern Rheumatismus gewesen.«

Nebenan schlug Frau Piete heftig einen Nagel in die Wand. Nein, es war mein Herz.

»Sie meinen, er hätt ihn gar nich hochkriegen *können*, den rechten Arm –?«

»Nich einen Zentimeter«, sagte Herr Piete.« ›Was glauben Sie, was ich für Schmerzen hab‹, ächzt er da beim Frisör; ›im Ellbogen vor allem und im Schultergelenk. Ich denk wirklich manchmal, ich geh ein.‹ ›Na, n Glück bloß‹, sagt der Chef und schiebt ihm den Rasiersessel hin, ›daß Se auch links schreiben können.‹ Krenzke setzt sich, als hätt er n Dutzend Eier unterm Po. ›Training ist alles‹, krächzt er. ›Hab das doch schon öfter gehabt. Allerdings *so* schlimm noch nie.‹ «

»Aber warum hat er denn das nicht dem Rektor gesagt?!«

»Kann ich dir *genau* sagen.« Herr Piete blickte konzentriert auf seine geflickten Filzlatschen runter, als gäb's da sonst was zu sehn: »Um nich n Schuldienst quittiern zu müssen. Denn n einarmiger Lehrer – kannste mir glauben – is ne schwierige Kiste. Und er is *gerne* Lehrer gewesen. Für sein Leben gern.« Herr Piete paffte wieder. »Und das is nich übertrieben.«

Ich schluckte; ich kriegte diesen Messinggeschmack auf einmal nicht runter.

»Aber dann haut's doch auch mit seiner Gesinnung nicht hin!«

Herr Piete hüllte sich in eine Rauchwolke ein. »Jetz kommste an das eigentliche Problem.«

Draußen klingelte es. Durchs Fenster sah man, über Frau Pietes Gemüsegärtchen weg, wie die Schüler zum Haupteingang drängten.

Mir war hundeelend zumut. »Aber Sie meinen doch nich etwa –«

»Doch«, sagte Herr Piete; »genau das: Nachgebräunt wie'n Topfkuchen im Herd. Das *war's* gerade ja, was seine Kollegen so irritiert hat.«

Ich stand auf. Die ganze Zimmereinrichtung stand plötzlich schief.

»Aber wieso is er denn dann abgeholt worden?! Hätt doch denen bloß klarzumachen brauchen, was los is mit ihm!«

Herr Piete brachte mich schlurfend zur Tür. »Schon mal was von Berufsstolz gehört?«

»Nee«, sagte ich.

»Phantastische Sache. Machste die größten Dummheiten mit. Für den Krenzke jedenfalls wars n totales Versagen gewesen, hätt er das mit dem Rheuma im Verhör zugeben müssen.« Herr Piete drückte den Zigarillo in einem Blumentopf aus. »So; das war's. Jetz bin ich's los.«

Er sah blinzelnd raus auf den Hof. »Die Luft is rein. Sollteste zu spät kommen, sag, dir war schlecht; hättst bei mir auf m Sofa gelegen. Käsig genug siehste ja aus.«

»Und vielen Dank«, sagte ich.

»Komm, komm.« Er klopfte mir auf die Schulter. »Sag mir, wie ihr euch entscheidet; daß wir uns abstimmen können.«

Ich verstand ihn nicht gleich; ich fragte, wie er das meinte.

»Liebes Bißchen!« Herr Piete verdrehte die Augen zum Himmel. »Held oder verhinderter Nazi: *Die* Alternative is doch wohl klar.«

»Ach so«, sagte ich. »Ja, ja.«

Nein, ich bin nicht zu spät gekommen; obwohl's gar nicht so einfach war, die Treppen raufzukommen.

Wir hatten Geschichte bei Lehrer Bödicke, der verzögerte sein Erscheinen bei uns immer gerne ein bißchen; es war daher noch ziemlicher Krach in der Klasse.

Ich setzte mich zu Adam.

»Mensch, wie siehst *du* denn aus!« sagte er.

»Schon's Neuste gehört –?« fragte ich: »Der Krenzke hat sich erschossen.«

»Mach kein' Quatsch.«

»Wenn ich's dir sag.«

Adam sprang auf. »Ruhe! Alle mal herhörn! Sie haben den Krenzke erschossen!«

»Nich doch!« schrie ich in den Tumult rein: »Er sich selber!«

»Halt's Maul«, sagte Adam. »Der is doch nich feige!«

Eddi stieg auf die Bank. Er breitete die Arme aus; er

verstand sich besser Ruhe zu verschaffen als Adam; gleich herrschte Stille.

Eddi sagte, er wollte sich hier nicht die Zunge verbrennen, aber es wär doch wohl klar, auf welche Weise jemand Gewisses, den man umgelegt hätte, jetzt in Zukunft *erst recht* weiterlebte. »Nämlich, indem wir sein Andenken nicht nur im Kopf, sondern auch im Herzen bewahrn!«

Es gab ungeheuren Applaus.

Ganz in der Nähe allerdings schluchzte auch einer. Erst dachte ich: Adam.

Nein; diesmal war ich's.

Die Beseitigung
Von Leonardo Sciascia

Wie jeden Abend war er Punkt acht zu Hause; nach der gewohnten Kartenpartie »A perdivinci«, bei der er als Gewinner zweihundert Lire verloren hatte.

Sein Mitspieler in einem der beiden Spielpaare war Nicola Spitale gewesen: As in allen anderen Spielen, insbesondere im »Quaranta«; doch beim »Perdivinci« konnte man die Decke über ihn breiten und das Licht ausknipsen, denn dieses Spiel ließ ihn, wie er sagte, unweigerlich einschlafen: Seine Augen ermüdeten, und er sah mit leerem, verlorenem Blick auf die Karten.

»Es gibt Spiele, die ich nicht mag, die mich anöden; und wenn man mich zum Mitspielen auffordert, lehne ich eben ab. Und er fällt beim ›Perdivinci‹ vor Müdigkeit schier vom Stuhl und spielt wie ein Ochse: Aber er hat noch kein einziges Mal abgelehnt, mitzumachen.« Dies dachte Michele Tricò mit der ganzen in zwei Spielstunden angesammelten Bitterkeit über seinen Freund Nicola; und war noch so mit seinen Gedanken bei der Partie, daß ihm Dunkelheit und Stille zu Hause erst gar nicht auffielen; und daß er, nachdem er in allen anderen Räumen das Licht angemacht hatte, erst in der Küche merkte: Seine Frau war nicht da.

Er rief ihren Namen – Filomena –, und aus dem Schlafzimmer hörte man einen kleinen Aufschlag und ein Rascheln. Er ging hin und hörte unterm Bett wieder das Rascheln. »Hat sie sich denn unters Bett gelegt?« fragte er sich. Er hob einen Zipfel der Zudecke: Zum Vorschein kam die Katze und miaute, verlassen und halbverhungert, wie sie war.

»Wo ist sie nur hingegangen? . . . Ausgerechnet zu dieser Stunde . . . Vielleicht hat man sie zu ihrer Mutter geholt.« Er sah die Schwiegermutter auf dem Totenbett. Es wäre auch an der Zeit gewesen. Alteisen, über fünfundachtzigjährig; und böse und eine giftige Zunge und nichts als Eigensinn und Launen.

»Ich geh hin«, entschied er. Er machte überall das Licht aus, stieg die Treppe hinab und verschloß die Tür zweimal. »Sicher steht mir jetzt eine schlaflose Nacht bevor, das hat mir bei meiner Erkältung gerade noch gefehlt.« Und begab sich zu seiner Schwiegermutter, die am anderen Ende des Dorfes wohnte.

Doch der Alten ging es gut, sie war quicklebendig: Ihre Augen blitzten, ihr Mundwerk funktionierte prompt. Sie öffnete ihm die Haustür vom Balkon aus, gab ihm gar nicht erst die Zeit, die Treppen hinaufzukommen, sondern fragte ihn barsch, was er wolle.

»Ist die Filomena hier?«

»Sie ist nicht hier«, antwortete die Alte; und zum Abschied: »Zieh die Tür gut zu, sie schließt nicht recht.«

»Zu Hause ist sie nicht. Wo kann ich sie finden?« fragte Michele trotzdem noch.

»Sie ist wohl in der Kirche«, sagte die Alte, trat zurück und machte das Licht aus. Michele zog die Tür hinter sich zu, daß es wie ein Donnerschlag krachte. »In der Kirche: Was macht sie um diese Zeit in der Kirche? Was gibt's denn da um neun Uhr abends?«

Die Kirche der heiligen Filomena, zwei Schritt von seinem Haus entfernt: Um zu seiner Schwiegermutter zu kommen, hatte er schon das ganze Dorf durchqueren müssen. Um gar nicht erst davon zu sprechen, wie ihm jedesmal das Blut zu Kopfe stieg, wenn er die Alte sah. »Die bekommt was von mir zu hören: Ich werde ihr alle Lust vertreiben, jemals wieder in die Kirche zu gehen!«

Vor der Kirche standen Leute. »Vielleicht gibt es da eine Feier; oder sie haben etwas Neues eingeführt, eine Abendmesse: Die wissen auch nicht mehr, was sie sich noch alles ausdenken sollen.« Als er näher herankam, bemerkte er eine Anzahl Carabinieri. »Sicher eine große Feier, vielleicht ist der Bischof anwesend.«

»Tricò!« hörte er sich rufen. Es war der Wachtmeister.

»Sie wünschen?« fragte Tricò ärgerlich und war bereit, es mit jedermann, selbst mit dem Wachtmeister zu verderben.

»Wollen auch Sie für die heilige Filomena Revolution machen?« fragte ihn der Wachtmeister mit drohender Ironie.

»Was für eine Revolution? Was für eine heilige Filomena?«

»Wissen Sie denn nichts?« erwiderte der Wachtmeister: ironisch, drohend, ungläubig.

»Überhaupt nichts weiß ich«, sagte Tricò mit so offensichtlicher Unschuld, daß der Wachtmeister ihm glaubte.

»Die Frauen: sie sind in der Kirche«, erklärte der Wachtmeister, »und sie wollen nicht heraus. Sie fürchten, daß man die Statue der heiligen Filomena vom Altar herunterholt: Sie sagen, daß sie sich solange nicht von der Stelle rühren, bis ihnen der Erzpriester geschworen hat, daß die Statue dort bleibt, wo sie ist.«

»Ich begreife: die Geschichte mit der heiligen Filomena. Man redet ja schon eine ganze Weile darüber. Aber warum müssen denn die Pfarrer so etwas tun? Eine Kirche, die der heiligen Filomena geweiht ist, ein Dorf voller Filomenen, ein Fest zu Ehren der heiligen Filomena, das eine ganze Woche dauert, und Jahrmarkt, Fackelzüge, Prozessionen, Ritte, Häuser, die unter den Böllerschüssen erbeben, Honiggebackenes: Und dann kommt plötzlich ein Erlaß, daß es die heilige Filomena nie gegeben hat.«

»Ich bin gekommen, weil ich meine Frau holen will«, sagte er zum Wachtmeister.

»Gehen Sie: wenn Sie's fertigbringen . . . Kämen doch

alle Männer her, um ihre Frauen abzuholen ... Eine verdammt unangenehme Geschichte, lieber Tricò ...« Der Wachtmeister lächelte ihm wie einem Verbündeten freundschaftlich zu. Er war der Meinung gewesen, die Kommunisten hätten etwas mit dem Frauenprotest zu tun: Gerade an dem Morgen hatte er ein Schild entfernen lassen, das nachts unter dem Garibaldi-Denkmal befestigt worden war; da stand in Meßbuch-Lettern rot und schwarz zu lesen: »Martyrologium Romanum: Apud Septembedanos, in Piceno, sanctae Philomenae Virginis«, jede Letter eine Spanne hoch. Das Schöne dabei war, daß er die Tafel wohl gesehen, sie aber für etwas Kirchliches gehalten hatte, für einen Hinweis auf die vierzigstündige Ausstellung des Allerheiligsten oder einen Feldzug gegen das Fluchen: Und den ungewöhnlichen Ort, genau zu Füßen Garibaldis, hatte er für eine List des Erzpriesters gehalten. Doch rief ihn gerade der Erzpriester gegen elf Uhr an und sagte, es sei eine Schande, und er müsse schon die Verbundenheit der Ordnungskräfte mit der Kirche in Zweifel ziehen. Der Wachtmeister gab zu bedenken, daß die Ordnungskräfte vom Feldwebel abwärts kein Latein verstünden und er selber über die heilige Filomena nichts wisse. Das Schild hatte man jedenfalls beseitigt und dessen Urheberschaft, darin waren sich Erzpriester und Wachtmeister einig, den Kommunisten zuerkannt. Aber da nun Tricò, Sekretär der Landarbeitergewerkschaft, ganz offensichtlich von der Angelegenheit nichts wußte, atmete der Wachtmeister erleichtert auf.

Michele betrat die Kirche; mit Schwierigkeiten, denn kaum war er durch die Tür, wurde er wie eine Flunder an die Wand gedrückt. »Herrgott, so viele Frauen gibt's im Dorf?« Und wie wollte er in diesem Tohuwabohu von Frauen und Kindern seine eigene Frau finden? Im übrigen war es in der Kirche fast dunkel: nur wenige brennende Kerzen vor den Altären, dazu die Öllämpchen vor den Stationen des

Kreuzwegs. Ein guter Einfall des Erzpriesters oder des Wachtmeisters, das Licht abzudrehen: Und ein armer Mann, der hergekommen war, um seine Frau zu holen, hätte eigentlich eine Taschenlampe mitbringen müssen. Und als ob das Dunkel noch nicht reichte, gab es da auch noch das Gewimmer der Säuglinge; und einen scharfen Geruch von Schweiß und durchnäßtem Tuch, wie von Bockshornklee. »Ich gehe wieder: ein Bissen in der Wirtschaft und dann nach Hause ins Bett ... Wenn Hunger und Schlaf sie peinigen, wird sie schon kommen: Dann kann sie aber was von mir hören!« Doch der Zorn überkam ihn: daß auch seine Frau, ausgerechnet seine Frau, für die heilige Filomena in den Aufstand trat. Er drängte sich durch und rief: »Macht Platz, Herrgott nochmal!« Ein so skandalerregender Ausruf, daß er ihm allein wegen des ringsum hervorgerufenen Entsetzens Platz und Durchgang verschaffte. Unter den Gesichtern, die sich vor ihm auftaten wie die flüssigen Wände eines Wasserstrudels, erkannte er eines: das seiner Nichte Filomena. Sie hatte ihr Kind an der Brust.

»Wo ist die Filomena?« fragte er sie.

»Weiter vorn, am Chor.«

»Sie hat sich in die erste Reihe plaziert«, dachte er, »genau wie im Theater.« Und sagte zu seiner Nichte: »Bring doch das Kind raus! Merkst du denn nicht, daß es hier erstickt?«

Ein Gemurmel der Entrüstung folgte seinen Worten. Die Nichte rührte sich nicht von der Stelle.

Mühsam drängte er sich nach vorn. Als er die Brüstung vor dem Chor erreicht hatte, lehnte er sich erschöpft daran. Von oben sah die heilige Filomena auf ihn herab: ein Blick, den man gern den Statuen verleiht und der einem folgt, wohin auch immer man sich begibt; doch wohlwollend und sanft: nicht wie beim Gottvater in Monreale, der dich zu Asche werden läßt. »Und jetzt gibt es sie nicht mehr, die heilige Filomena ... Es hat sie nie gegeben.« Mit dieser Überlegung überspielte er das kindliche Gefühl von

Andacht und Ehrfurcht, das in ihm aufsteigen wollte: Er drehte dem Altar den Rücken und musterte die ersten Reihen. Seine Frau sah er nicht, in seinen Pupillen begannen die Gesichter ob des geizigen und unsicheren Lichtscheins zu tanzen: Es gab da einen Luftzug, vielleicht der Strategie des Erzpriesters zu verdanken, und es war, als würden die Flämmchen von einem Augenblick zum andern verlöschen; bei diesem Luftzug zwischen Haut und Kleidung wurde der Schweiß eiskalt.

Plötzlich entdeckte er seine Frau: das Gesicht wie zur Trauer von einem schwarzen Schleier verhüllt, die verängstigten Augen auf ihn gerichtet. »Sie hat gehofft, daß ich sie nicht finde.« In heller Wut, doch nach außen die Ruhe selber, trat er auf sie zu.

»Gehen wir nach Hause«, sagte er.

»Ich kann nicht«, erwiderte Filomena, »wir bleiben solange hier, bis uns der Erzpriester geschworen hat, daß die Heilige auf dem Altar bleibt.«

»Gehen wir nach Hause, sage ich.«

»Ich gehe nicht.«

»Ach so, du gehst nicht«, meinte Michele . . . Sein Ton war eiskalte Drohung, doch in Wirklichkeit wußte er nicht, was er tun sollte: Er hatte sich in eine jener Situationen begeben, in denen es schwerfällt, sich für Drama oder Farce zu entscheiden. Die Auflehnung seiner Frau erschien ihm in seiner Weltsicht wie ein Abgrund; eine Sicht, in der Major German Titow bei seinem Raumflug sich mit Michele Tricò selig traf, der 1929 als Neunzigjähriger gestorben war und von dem er, der Sohnessohn, außer dem Namen auch der Frauen im allgemeinen und der Ehefrauen im besonderen die richtige Einschätzung übernommen hatte, die vom Großvater seit Garibaldis Landung bis zum Konkordat so konsequent in die Tat umgesetzt worden war, daß davon eine leuchtende Erinnerung blieb; in der Familie und im Dorf. Nur zu einem sind sie gut, hatte er den Alten die Frauen beurteilen hören: Und als der Alte nicht mehr imstande gewesen, dieses eine zu tun, und er an seiner Seite gespielt hatte, stets bereit, ihm die Pfeife neu zu stopfen und ein Glas Wasser zu holen, da war ihm noch nicht bekannt, was es mit diesem einen auf sich hatte.

»Ich gehe nicht«, wiederholte Filomena.

»Deine Mutter«, sagte Michele. Ihm war plötzlich eingefallen, daß er einen kleinen Schwindel inszenieren, sich einen Spaß erlauben könnte, um damit die Behandlung durch die Schwiegermutter und die Auflehnung seiner Frau wettzumachen.

»Was ist mit meiner Mutter?« ängstigte sich Filomena.

»Nichts«, sagte Michele und tat verlegen wie einer, der eine traurige Nachricht hat und sie mit aller Behutsamkeit vorbringen will, »nichts von Bedeutung . . .«

»Was ist passiert?« Filomena schrie es beinahe und stand mit einem Ruck auf.

»Ich sage dir doch, nichts von Bedeutung . . . Im Grunde kannst du auch hierbleiben: Der Arzt ist ja da und der Pfarrer . . .«

»Der Arzt, der Pfarrer . . . Dann ist es also ernst?«

»Ein kleiner Anfall, sie hat nur die Sprache verloren«, und er dachte: »Wenn's nur wahr wäre!«

Filomena wandte sich an die Frauen, die neben ihr saßen: »Habt ihr gehört? Meine Mutter hat einen Anfall bekommen, ich muß weg . . .«, durchquerte die Reihe, sagte zu ihrem Mann: »Gehen wir«, drehte sich um zum Altar der heiligen Filomena und machte ein Kreuzzeichen und bat um Vergebung, bevor sie ging. Michele blickte noch einmal auf die Heilige. Das weiße Gewand, den goldenen Gürtel, den grünen Palmzweig in ihrer Hand. »Wie eine Erscheinung aus ›Quo vadis‹.«

Ihr Weggang wurde dadurch erleichtert, daß seine Frau die Fahnenflucht rechtfertigte: »Meine Mutter hat einen Anfall bekommen, ich muß mich beeilen . . .« und daß die Frauen Mitleid hatten und den Weg freigaben. Doch bevor sie zum Ausgang kamen, machte Michele noch Halt, um seine Nichte Filomena wiederum zu ermahnen, die stehend ihr weinendes Kind auf den Armen wiegte und ihm ein Wiegenlied vorsummte. Brutal sagte er: »So wahr es Gott gibt, dieses Kind stirbt dir noch zu Ehren der heiligen Filomena«, womit er ringsum einen Schwall der Entrüstung hervorrief.

»Gottloser Mensch!« rief man ihm zu.

»Gottlos seid ihr, weil ihr euch gegen den Papst stellt!« rief Michele und verschwand hinter seiner Frau durch die Tür. Er war schweißgebadet, und seine Ohren brannten: Vor der Kirche blieb er erst einmal stehen, um Atem zu schöpfen.

»Meinen Glückwunsch«, sagte der Wachtmeister, »Sie haben es geschafft.«

»Geschafft, ja«, erwiderte Michele, »aber dort drinnen ist die Hölle ... Glauben Sie mir, da gibt's nur eine Lösung: sie in ihrem eigenen Saft schmoren zu lassen ...«

»Ja, ja, das denke ich auch ... Aber ich warte noch auf Befehle ... Wir werden sehen ...«

»Alles Gute«, verabschiedete sich Tricò.

»Gehen wir.« Filomena wurde ungeduldig.

»Jetzt kannst du's nicht eilig genug haben«, konstatierte Michele und ging hinter ihr her, als genösse er einen Spaziergang.

»Aber natürlich: meine Mutter ...«

»Warum hast du sie übrigens nicht mitgenommen zu diesem Streik für die heilige Filomena? ... Bei dem Mief hätte sie vielleicht in der Tat einen Anfall bekommen ...«

»Dann stimmt es also gar nicht?«

»Daß sie einen Schlaganfall bekommen hat? ... Natürlich nicht: der Gedanke kam mir eigentlich nur, weil ich sie eben erst gesehen habe und es ihr besser geht als mir.«

»Du wünschst ihr den Tod, der armen Alten: Was hat sie dir denn getan?« meinte Filomena weinerlich.

»Was sie mir getan hat, weißt du fast noch besser als

ich . . . Aber jetzt geht es um etwas anderes: Wir haben darüber zu reden, was du mir heute abend angetan hast . . . Wie kommst du eigentlich dazu, dich an diesem Gezänk zu beteiligen, wo du doch meine Einstellung kennst?«

Sie waren schon zu Hause, und Filomena machte sich, hastiger als sonst, in der Küche zu schaffen, um das Abendessen zu richten.

»Das ist kein Gezänk: Gezänk ist, was du machst . . . Wir sind immer stumm gewesen: Man will uns die Heilige wegnehmen, und so bleiben wir in der Kirche und sehen sie an . . .«

»Dummes Ding, dumm wie eine Kuh . . .«

»Ich weiß, daß die Heilige immer dagewesen ist, daß sie das Dorf beschützt und Wunder gewirkt hat, daß es Messen, daß es Triduen für sie gegeben hat . . .«

»Was hat das schon zu bedeuten! Da hat jemand eine Grabinschrift in den Katakomben gelesen und sie falsch gedeutet: daß unter dem Stein die Gebeine einer Jungfrau mit Namen Filomena wären; das stimmt überhaupt nicht, die Inschrift besagt etwas ganz anderes . . .«

»Das ist unmöglich . . . Und die Wunder? Wie erklärst du dir dann die Wunder?«

»Die können mich . . .« Michele hielt sich die Hand vor den Mund, um den Kraftausdruck zurückzuhalten, den er gerade loslassen wollte. »Reden wir nicht davon, darum geht's nicht: Es geht darum, ob du und jene Unglücksweiber in der Kirche, ob ihr katholisch seid oder nicht.«

»Natürlich sind wir katholisch!«

»Sagt man euch also, daß es die heilige Filomena nicht gibt, daß es sie nie gegeben hat, dann zieht doch den Schwanz ein und geht eurer Wege, ohne nach rechts und links zu schauen . . . Sagt euch der Erzpriester, daß man in die Hölle kommt, wenn man nicht die Christdemokraten wählt, glaubt ihr ihm; sagt er euch, daß es die heilige Filomena nicht gibt, revoltiert ihr . . . Das ist doch ein Benehmen von Verrückten!«

»Du verstehst überhaupt nichts«, erwiderte Filomena.

»Ich verstehe nichts?« brauste Michele auf. »Ich? Aber ich verstehe doch immerhin soviel, daß ich die Sache so auffasse, wie du als gute Katholikin, die du ja sein willst, sie sehen solltest ... Und jetzt von meiner Warte aus betrachtet: Da kann ich dir nur sagen, daß du dumm wie Bohnenstroh bist und daß sogar die Hühner über diese Geschichte lachen müssen ...«

Filomena, die mit vollen Händen Kohl in den Topf mit kochendem Wasser warf, weinte leise vor sich hin, weinte über das Kreuz, solch einen Mann zu haben, der nicht an Gott und nicht an die Heiligen glaubte.

»Weine nur über deine Ignoranz, sie ist schwärzer als der Tod.«

»Die Wunder«, lehnte sich Filomena auf, »da gibt es doch die Wunder: Und die Wunder kann keiner leugnen ...«

»Das ist ja gerade das Schöne an der Geschichte: daß es die Wunder gibt ... Ich weiß noch, wie deine Mutter im Traum die heilige Filomena mit drei Zahlen in der Hand gesehen hatte: Die Alte hat sie gesetzt und die Terne gewonnen. Die heilige Filomena als Beschafferin von Lottozahlen, das war schon lächerlich genug ... Aber da kommt noch Schlimmeres: daß ein Pfarrer, dem die heilige Filomena erschienen war, wegen dieser Erscheinung fast ein Heiliger geworden wäre; ein französischer Pfarrer, ich weiß nicht mehr, wie er heißt ...«

»Merkst du denn nicht, daß es die heilige Filomena gibt?«

»Verflixter Dickschädel! Die heilige Filomena gibt es nicht, dumme Ziege: Das sagt dir der Papst in Person ... Was für ein Interesse soll denn der Papst in diesem Fall haben, dir ein X für ein U vorzumachen: etwa, um einen Aufruhr auszulösen? ... Die heilige Filomena existiert nicht: basta! ... Und das Schönste daran ist, daß dieser französische Pfarrer und deine Mutter und noch viele andere Pfarrer und Frauen sie ebenso gesehen haben, wie ich dich sehe, obwohl es sie nie gegeben hat.«

»Sie existiert«, behauptete Filomena felsenfest.

»Sie existiert nicht, sie hat niemals existiert«, sagte Michele, »und man wird sie vom Altar herunterholen: und für die heilige Filomena eine andere Heilige hinstellen, und du wirst dann genauso Kerzen in die Kirche bringen und Messen lesen lassen und wählen, was dir der Erzpriester vorschlägt ... Und deine Mutter wird wieder eine Terne gewinnen mit den Zahlen, die sie von der neuen Heiligen bekommen hat ... Bis man euch sagen wird, daß sich wieder einmal jemand beim Lesen einer Grabinschrift geirrt hat ...«

Er verließ die Küche und setzte sich an den Eßtisch, wartete darauf, daß Filomena ihm den Kohl und das gekochte Ei bringen würde. Wie allabendlich holte er die Zeitung aus seiner Tasche; faltete sie auseinander. Er hatte es ganz vergessen: Statt dieser sinnlosen Diskussion, denn mit einer Frau diskutieren ist geradeso, als würde man einem Esel den Kopf waschen, hätte er in aller Ruhe seine »Unità« lesen können. Er überflog die Titel: *Von den Observatorien in aller Welt registriert Die neue sowjetische Superbombe in Neu-Semlja gezündet Allgemeine Abrüstung!* »Wenn's nötig ist, dann ist's eben nötig: jetzt wissen sie wenigstens, daß unsere Bombe stärker ist als die ihre.« *Auf dem XXII. Kongreß der KPdSU die Beseitigung Stalins aus dem Mausoleum beschlossen.*

»Die Brille!« rief er. »Bring mir meine Brille!« Filomena brachte ihm eiligst die Brille.

Michele vertiefte sich in die Lektüre. Vor ihm dampfte der Teller mit Kohl. *Fortsetzung Seite 9, Spalte 3.* Er schüttelte aufgeregt die Zeitung, suchte Seite neun und Spalte drei. Da: »sofern ein Verschulden Stalins ... möge es als widersinnig angesehen werden, Stalins Grab im Mausoleum zu belassen ... Es wird über den Antrag abgestimmt. Die Delegierten halten ihren roten Delegiertenausweis in die Höhe. Der Antrag auf Entfernung von Stalins Leichnam wird einstimmig angenommen.«

Michele Tricòs Hand fuhr hoch, feuerte die Zeitung zur Decke hinauf; die Blätter landeten teils auf dem Fußboden, teils auf der Nähmaschine.

»Was ist denn?« fragte Filomena.

Michele versenkte seine Gabel in den Teller mit Kraut. Seine Frau sah ihn an, fürchtete, er würde sich von neuem über die Heilige auslassen.

»Nichts«, sagte Michele, »nichts!«

Der Bebop des Richard Kambala

Von Josef Škvorecký

Sie wissen vielleicht nicht, woher »bop« kommt. Jedesmal, wenn ein Bulle einen Schwarzen mit 'ner Gummiwurst über den Schädel haut, sagt die Gummiwurst: »Bop! Bop! ... Bebop! ... Bop!«
Langston Hughes

Mit Richard Kambala hat es folgendes auf sich; es steht hier als Nekrolog. Ihm bellt ohnedies kein Hund nach, und in die Musikzeitung tun sie nicht einmal eine kleine Notiz, wenn ein Jazzmusiker stirbt.

Noch dazu, wenn er Selbstmord begeht.

Das nämlich ist eher wie eine Bestätigung der Formel, daß es mit kosmopolitischer Musik anfängt, dann über Abwege und *jeunesse dorée* geht und mit Existentialismus und Selbstmord endet.

Na und, ich sag' ja nichts, vielleicht ist diese Formel richtig. Ich behaupte nicht, daß sie falsch ist.

Bloß warum?

Darum, weil es bei allen Dingen einen Anfang und ein Ende gibt. Und das dazwischen –

Tja, mancher kann zwischen diesen zwei Warum leben, und es ist ihm egal, daß ihm darauf niemand antwortet. Kambala gehörte wohl nicht zu diesen Leuten.

Und dies hier ist also der Nekrolog auf ihn.

Ich weiß nicht, wann er geboren wurde, aber wo, und das war in Prag, und sein Papa war Export-Import. Und er hatte entschieden Pech mit seiner Geburt, sie begab sich zu einer ungeeigneten Zeit, wenn sein Papa Export-Import war.

Deshalb ließen sie ihn auch nicht aufs Gymnasium. Klar, die Kadertypen wären auch schöne Vögel, wie Davids Charles sagt, wenn sie nicht ab und zu irgend so ein Millionärssöhnchen am Schlafittchen packten, wenn das versucht, einen Durchschlupf zur höheren Bildung zu finden, oder wenn sie nicht eingriffen, wenn irgendein ehemaliger Häftling eine Stelle bekommen konnte, es sei denn höchstens eine als allermanuellster Arbeiter.

In diesem Fall begannen sie auch zu amtieren und ließen Kambala nicht zu, nötigten dafür aber seinen besten Kameraden Josef Vořech aufs Gymnasium, ein herrliches Exemplar von einem Dorfsimpel, der aus Versehen in Prag wohnte, wo sein Papa Aufpasser auf einem Staatsgut in Jinonicy war. Josef Vořech! Diesen Rothaarigen mit Ohren wie Signale, der von klein auf Kühe und Heu und Kleegeruch liebte und gleich nach der vierten Klasse der Hauptschule ins Ausland wollte. Sie nötigten ihn, aufs Gymnasium zu gehen, er rutschte dort durch wie das Kamel durchs Nadelöhr, und dann, als er wenigstens auf die Landwirtschaftliche Hochschule wollte –

Aber tja, bis heute plagt er sich beim Maschinenbau und sitzt jede Woche am Samstag in der Alfa und glotzt uns mit seinen Wasseraugen an und flennt. Er flennt seit der Zeit, als das mit Kambala passierte. Das war sein bester Kamerad.

So nötigten sie Vořech, weil er schlechte Noten hatte, aber sein Vater Dorfproletarier war. Kambala ließen sie nicht, weil er zu ausgezeichnete Noten hatte und der Sohn eines Kapitalisten war, denn wer weiß, er könnte ja vielleicht etwas werden und dem volksdemokratischen Regime noch schaden.

Und so ging Vořech aufs Gymnasium und Kambala bei Ringhoffer in die Lehre. Beide langweilten sich.

Vořech tanzte verschiedentlich auf dem Gymnasium wie ein Fisch auf dem Trockenen, weitergeschoben von den blöden Genossen Professoren, und Kambala bemühte sich bei Ringhoffer. Er büffelte, rackerte, arbeitete im SČM, spielte im Ensemble auf der Gitarre, brüllte Lieder von Drejsl und ging im Blauhemd zur Arbeit.

Es blieb ihm ja auch nichts anderes übrig, wenn er wollte, was er wollte, nicht?

Und schließlich erreichte er dies: Sie ließen ihn auf die Gewerbeschule.

Da war er siebzehn. Aber sie nahmen ihn. Der Betrieb empfahl ihn, also nahmen sie ihn.

Als er ein Jahr dort war, machte er sich mit uns bekannt. Ein besonderer Fall – er hatte kein Geld für eine Trompete, aber er ergatterte irgendwo ein altes Flügelhorn, und darauf spielte er. Wir machten daraus eine Paradenummer von einem Hotflügelhorn – eine Weltsensation, und er trat zweimal die Woche mit uns in der Bulvárka auf.

Unter einem Pseudonym natürlich.

Sonst, und das ist rührend, lief das weiter mit dem Bauern Vořech aus Jinonicy. Ihre Freundschaft machten die Kadertypen nicht kaputt. Beide gründeten sogar ein Flügelhorn- und Gesangs-Duo, das Sonntag für Sonntag auf Tanzereien in den Dörfern rund um Prag spielte und seufzte.

Einmal hab' ich sie mir angeschaut. Sie würden einfach nicht glauben, daß es sowas ein paar Kilometer von der Bulvárka und vom Trafo geben kann. Es war auf irgendeinem Dörfchen im Bezirk Dobříš, in einer Wirtschaft mit einem dunklen Tanzsaal, an der Tür ein Zettel, äußerst kunstlos mit roter Farbe beschrieben: *Tanzunterhaltung zur Kirmes, es spielt die Kapelle von Herrn Urál, Eintritt 5 Kčs.* Und drinnen war es voll von Bauern wie Vořech, von Mädchen mit Schultern wie aus dem aus Moskau importierten Modejournal, von Rauch und Schnapsausdünstungen, und auf dem altmodischen Podium mit dem geschnitzten Geländer thronten Vořech und Kambala, jeder blies in sein

Flügelhorn, und irgendwelche Opas begleiteten sie auf Klarinette, Geige, Harmonika, Baß und Trommel.

Und alle Augenblicke sangen sie. Mein Gott, weiß Gott, da konnte man losheulen, bei diesen Idiotien, wenn man den blassen und schicken Kambala mit der amerikanischen Zigarette und mit der aristokratischen Visage sah, wie er mit Vořech vor der Kapelle steht, sie sich um den Hals fassen und in jener einmaligen Polka-Tradition singen, wo es überhaupt nicht auf solche Nebensächlichkeiten ankommt wie die Übereinstimmung der Silbenzahl oder der Noten in der Melodie. Sie singen, die Köpfe nebeneinander, ohne Bewegung, nur ihre Lippen öffnen und schließen sich, Vořechs flache Ohren leuchten wie Signale, und aus den blauen Äuglein über den roten Gesichtern fließen treuherzig Tränen. Sie singen, Kambala die führende Stimme mit einem angenehmen, aber polkaartig deformierten Tenor und der breitbeinige, aufgeblähte Vořech, der Kambala nach dem Mittagessen verschlingen könnte, mit einer Kastraten-Fistelstimme die zweite Stimme darüber, und sie zerhacken die langen Silben, daß es eine einzige Freude ist:

Ro – sa – mundee
schenk mir – dein Herzund – sei meiiin . . .

Kambala ging also zur Gewerbeschule, Vořech aufs Gymnasium, später auf die Elfjahreschule, und schließlich wurde er unter großen Anstrengungen aller möglichen anteilnehmenden Kaderleute, blöden Lehrer und informierten Kommissionsvorsitzenden durch die Reifeprüfung gedrückt. Gleich darauf drückte man ihn nach der gleichen Methode durch die Aufnahmeprüfung an der Maschinenbauhochschule, wo er zwar nicht hinwollte, wo sie aber einen Mangel an Hörern hatten. Vořech wünschte, wenn er sich schon all diesen Unannehmlichkeiten des Studiums unterziehen mußte, wenigstens auf die Landwirtschaftliche Hochschule zu gehen, wie ich schon bemerkt habe. Er mußte jedoch selbstverständlich schließlich gehorchen und dorthin gehen, wo ihn die Gesellschaft angeblich am meisten braucht. Wie die Gesellschaft wenigstens meinte. Oder wie man es wenigstens sagte, damit man nicht sagen mußte, daß man es ihm kurzerhand vorschrieb.

Kambala schwamm selbstverständlich mir nichts dir nichts durch die Gewerbeschule, trieb dort mit allem geradezu sein Spiel, und nach der Schule studierte er akademische Lehrbücher. Im Kopf dieses Narren setzte sich nämlich der Gedanke fest, er könne Bauingenieur werden.

Nun ja –

Und sein Papa, Export-Import, arbeitete inzwischen als Magazinverwalter im PAL in Kbely, und dann sperrten sie ihn ein.

Warum, das habe ich nie erfahren. In der Zeitung stand nichts darüber. Kambala wußte es nicht genau. Wahrscheinlich wußte nur der Papa selber Bescheid, oder vielleicht auch der Staatsanwalt – aber was sollen wir uns darüber verbreiten, Sie kennen so etwas ja.

Das heißt nicht, daß ich meine, er hätte nichts angestellt. Sicher hat er was angestellt. Sicher schimpfte er zum Beispiel über die Verhältnisse, wo er doch ehemaliger Export-Import-Mann war. Oder er erzählte einen Witz.

Oder vielleicht stand er mit der feindlichen Spionage in Verbindung oder hatte Eigentum des Volkes gestohlen.

Ich weiß es nicht.

Das alles ist möglich.

Nur geht es im Fall Kambala nicht darum, hier geht es um etwas anderes.

Kambala spielte also mit uns mittwochs und samstags als Lájos Kerdély, der ungarische Gast-Flügelhornist, die Sensation von Budapest und der Welt. Wie das so ist – er war ein ziemlich hübscher Gigolo –, stolperte er in die Falle, die ihm Marcelka Růžičková stellte, die sich auf Plakaten Cella Rossová schrieb und bei verschiedenen Sessions »Riders in the Sky« und »C'est si bon« und verschiedene andere Prager Schlager der frühen poststalinistischen Ära sang. Kambala war in derlei Angelegenheiten bis dahin ein Waisenknabe, und so fraß er ihr aus der Hand.

In der Gewerbeschule hatten sie einen Direktor, der ein ganz besonderer Trottel war. Wirklich: der installierte auf dem Gang ein riesiges Alkoholthermometer und dazu einen Zettel *Thermometer der Liebe zu Josef Wissarionowitsch.* Im Winter mußte er einen Strahler heranstellen.

Mehr muß ich dazu vielleicht nicht sagen.

Und jetzt, im Herbst des Jahres unseres Herren der Jahreszählung 1955, kam vom Schulministerium im Rahmen der sorgfältigen Bemühung um eine umsichtige Auswahl klassenmäßig verläßlicher Kader eine Anordnung, daß Kinder von Bürgern, die für Verbrechen gegen den Staat verurteilt worden waren, unverzüglich von den Fachschulen entlassen, das heißt hinausbefördert werden mußten.

Es könnte einen interessieren, wieso, aus welchen Erwägungen und aus welchem Hirn solche Befehle geboren werden. Nolens volens muß man dabei an den Fall zum Beispiel eines Herrn Doktor Bohadlo erinnern, dieses großen Fortschrittlers vom Pankrác – aber das wissen Sie.

Kurz und gut, dieser Idiot, der an der Gewerbeschule Direktor war, gehorchte, wie es die Gewohnheit aller Idioten ist, augenblicks und auf den Buchstaben. Das heißt, er ging persönlich in die Vier A, wo sie gerade Tschechisch-Stunde hatten, warf Kambala eigenhändig aus der Klasse und begleitete ihn, düster vom Klassenhaß, bis vor das Schulgebäude; gerade daß er ihm noch erlaubte, sich in der Garderobe den Mantel zu holen.

Die Tschechisch-Lehrerin, eine gewisse Milada Kalinová, ein schon einigermaßen ältliches Fräulein, setzte sich dann im Konferenzzimmer für Kambala ein und verwies auf seine ausgezeichneten Leistungen, auf seine Tätigkeit im ČSM und auf etwas, das sie für eine selbstverständliche Tatsache hielt und wovon sie nicht begreifen konnte, daß es sich so einfach nicht verhält: daß nämlich die Kinder nichts für die Sünden der Eltern können.

Es entging ihr, daß sie immer dafür büßen.

Na ja, alte Jungfern sind eben naiv, das ist keine Entdeckung.

Das ließ man ihr auch nicht durch. Die Genossen aus dem Konferenzzimmer beobachteten schon längere Zeit ihre politische Unverläßlichkeit, das heißt der Genosse Direktor beobachtete sie, und das Konferenzzimmer identifizierte sich mit seiner Beobachtung. Sie erhielt eine strenge Rüge.

Später habe ich erfahren, daß sie wegen irgendeiner ähnlichen Affäre, nämlich weil sie für irgendeinen Schüler Partei ergriff, der rund um das ehemalige Thermometer der Liebe unsittliche Verschen anbrachte, aus dem Schuldienst entlassen wurde.

Anscheinend war es nicht schade um sie.

Übrigens galt damals noch das Gesetz von der Verschärfung des Klassenkampfes.

Kambala hat es umgebracht.

Zuerst brach er zusammen, dann raffte er sich zusammen und begann sich vom Flügelhorn zu ernähren. Drei Abende mit uns, die Sonntage und Samstagnachmittage mit Vořech und der Kapelle des Herrn Urál, die Donnerstage auf Jam-Sessions bei Drahňovský im Bebop-Trio, Zusammensetzung Flügelhorn, Fagott, Trommel, Rest Verschiedene. Er hat sich durchgeschlagen, wie's halt ging, und klebte sich an die erwähnte Marcelka wie ein Fliegenfänger.

Er klebte innerlich an ihr.

Er war ein armer Hund, einfach jung und unerfahren.

Denn es ist ja bekannt, daß den Weibern ein Mann imponiert, das heißt ein Mann mit großem M, wenn möglich ein MANN – aber jemand, der an ihnen hängt, voll Zuneigung zu ihnen ist, sie bis zum Wahnsinn liebt und sie schließlich zum Leben braucht, der ödet sie an.

Das ist einfach eine alte Geschichte.

Im Fall Kambala ging's auch so.

Solange er Lájos Kerdély war, die Sensation von Budapest und der Welt, und ein ziemlich fröhlicher und leichtsinniger Gigolo mit einer amerikanischen Zigarette, der gelegentlich um Marcelka seine Wahnsinnstänze aufführte, wenn er mit ihr in einer geeigneten Situation war, ansonsten aber sie ihm nachlaufen ließ, weil er die Maschinenbauhochschule und die Musik und das, was man die Zukunft nennt, im Kopf hatte, konnte sich Marcelka mit Parfüms überschütten, damit er wenigstens an ihr schnüffelte. Als er aber wie Butter in der Tasche zerschmolz und begann, sich bei ihr Verständnis und Begreifen und sozusagen moralische Hilfe in Lebensnöten zu wünschen, na klar, das machte Cellka keinen Spaß, das imponierte ihr nicht.

Was mochte und sollte einem Weib an solchem Benehmen auch imponieren?

Mit einem Wort, Cellka Marcelka machte mit Kambala Schluß. Und er, der unglückliche Trottel, tat natürlich nach all diesen Karambolagen, die ihn in seinem jungen Leben trafen, genau das Falscheste.

Er heulte, bettelte undsoweiter, stellte ihr nach, drängte sich auf, schickte Geschenke.

Marcelka tat sich mit Tony Bantam, dem Heuler aus der Vltava zusammen.

Bantam hieb Kambala einmal auf der Toilette in der Vltava mit einem professionellen linken Kinnhaken den Kopf voran zu Boden.

Und jetzt –

Es kommt nicht mehr viel. Donnerstag war's, wir gingen nach der Schicht mit irgendeiner Clique zur Jam-Session bei Drahňovský. Um Mitternacht humpelte Kambala mit dem Bebop-Trio herbei. Ohne ein Wort stellten sie sich auf das Podium, der Kerl mit dem Fagott befeuchtete die Blätter, der Drummer begann leise gegen die Tschinelle zu klirren, und dann fingen sie an und begannen zu fallen.

Und sie fielen – sie fielen so, daß allen Anwesenden unwohl um den Magen wurde. Und dort gehen also in der Mehrzahl keine Philosophen hin, sondern ausgewählte Gigolos und ihre sehr oberflächlichen Freundinnen. Sie fielen in großen Sekunden und verminderten Quarten und immer von oben nach unten, von oben nach unten, unbeweglich, man richtete den blauen Scheinwerfer auf sie, und die Leute im Café hörten auf, sich zu unterhalten, glotzten nur und lauschten.

Also ich vergesse nicht, wie Kambala herausfiel.

Er stand, gerade und aufgerichtet, das Flügelhorn in den Mund gestopft wie eine Wurst, und spielte mit dem Apparat, es war nicht zu sehen, daß er überhaupt irgendwie Atem holte, nichts. Das Gesicht ohne Ausdruck. Mit den Augen guckte er auf den Rand des Korpus oder wohin eigentlich. Und er spielte – oder weiß Gott, was er da eigentlich machte. Neben ihm knurrte und knurrte und brummte der kleine obskure Junge mit dem Bärtchen und dem Fagott, und hinter ihnen klirrte der gekrümmte De Martini leise gegen die Tschinelle.

Eine irrsinnige Musik.

Existentialismus in ungeschriebenen Noten.

Sie spielten etwas, was weiß ich nicht, niemand wußte das, auch sie nicht, nur Kambala vielleicht, sie spielten das genau siebenunddreißig Minuten ohne Pause.

Dann verdufteten sie.

Noch zehn Minuten applaudierten die Gigolos, aber niemand kehrte zurück, keine Zugabe.

Auf einmal bemächtigte sich meiner eine böse Ahnung, ich stürzte hinaus, aber Kambala war bereits abgehauen.

Ich setzte mich in die Straßenbahn und fuhr zu ihm. Er wohnte in einer Villa in Střešovicý, in einem Dachzimmerchen, das man ihm dort ließ.

Als ich ankam, regnete es. Ich kletterte über den Zaun, und im Zimmer brannte Licht. Dann sah ich hinterm Fenster Kambala im Pyjama, wie er sich die Zähne putzt.

Es schien mir dumm, zu läuten und ihm etwas zu sagen, was auch, überhaupt begann ich mir dumm und voreilig vorzukommen. Es kam mir vor, daß ich, na ja, heftig auf Musik reagiere, und vielleicht hatte Kambala heute mit diesem siebenunddreißigminütigen ununterbrochenen Bebop Marcelka und alles übrige davor von sich abgetan.

Also machte ich mich auf den Rückweg und fuhr nach Hause.

Aber so verhielt es sich nicht.

Am anderen Tag abends kommt Josef Vořech in die Bulvárka gelaufen, die blauen Augen gerötet, und Tränen fließen ihm übers Kinn.

Jungs, Kambala ist tot, sagt er.

Ich war völlig außer mir, weil mir das durchs Rückgrat fuhr, wie wenn man einen elektrischen Schlag bekommt.

Was?

Ja, Jungs, sagt Vořech, plumpst auf den Sessel und wischt sich die Tränen.

Und wie ist das passiert?

Er hat sich abgemurkst, schluchzt Vořech und befeuchtet sein blaues Bauerntaschentuch auf seinem Dorfgesicht. Er hat sich abgemurkst, Jungs, ach, ach!

Es stellte sich heraus, daß Kambala, als er sich die Zähne geputzt hatte, sich ins Bett legte, eine Kanone in den Mund steckte und sie explodieren ließ.

Wenn ich gestern –

Aber was heißt ich: wenn ich. Wenn wir –

Aber es ist vergeblich, darüber im Konditional Erwägungen anzustellen.

Und das ist also der Nekrolog für Richard Kambala, den Hotflügelhornisten und Bebop-Virtuosen, die Sensation von Budapest und der Welt. Möge von ihm wenigstens diese Erinnerung bleiben.

Eine betrübliche Geschichte

Von Boris Vian

Das gelbliche Signal der Straßenlaterne erglühte in der schwarzen, glasigen Leere des Fensters; es war sechs Uhr abends. Ouen schaute auf und seufzte. Der Bau seiner Wortfalle machte kaum Fortschritte.

Er haßte diese Scheiben ohne Vorhänge; aber er haßte Vorhänge noch mehr und verfluchte die einfallslose Architektur der zu Wohnzwecken errichteten Gebäude, die seit Jahrtausenden mit Löchern versehen wurden. Betrübt wandte er sich wieder seiner Arbeit zu; es ging darum, schnell den Zusammenbau der Zahnräder des Zerstücklers zu beenden, mit dessen Hilfe die Sätze in Worte zerlegt werden konnten, bevor letztere eingefangen wurden. Er hatte sich die Arbeit beinahe grundlos erschwert, da er sich weigerte, die Konjunktionen als richtige Wörter anzusehen; er bestritt ihrer Trockenheit das Recht auf diese edle Bezeichnung und schied sie aus, um sie in den zuckenden Büchsen zu sammeln, wo sich schon die Punkte, Kommas und andere Satzzeichen häuften, bevor sie ausgefiltert wurden. Ein ganz gewöhnliches Verfahren, eine wenig originelle Mechanik, die aber schwierig zu regulieren war. Ouen riß sich dabei dic Fingerspitzen wund.

Dennoch: er hatte mehr als genug gearbeitet. Er legte die feine goldene Pinzette beiseite, ließ mithilfe einer Kontraktion des Wangenknochens die Lupe, die er in sein Augenrund eingeklemmt hatte, herausspringen und stand auf. Seine Glieder forderten plötzlich Entspannung. Er fühlte sich stark und aufgewühlt. Draußen zu sein würde ihm gut tun.

Das Trottoir des verlassenen Gäßchens entwischte ihm unter seinen Füßen; Ouen ärgerte sich, obwohl er daran gewöhnt war, immer noch über diese allzu verschnörkelte Heimlichtuerei. Er verließ es und begab sich an den Straßenrand, der mit Sandstein gepflastert und im Schein von Halogenkugeln von dem schmierigen Band eines bald versickerten Baches gesäumt war.

Gehen tat ihm gut, und die Luft, die an seinen Nasenwänden emporstieg, um in umgekehrter Richtung durch seine Gehirnwindungen zu streichen, entspannte nach und nach dieses schwere, voluminöse und zweigeteilte Organ. Dies ist der übliche Effekt; Ouen wunderte sich jedesmal darüber.

Weil er mit unzerstörbarer Naivität begabt war, lebte er intensiver als die anderen.

Als er am Ende der kurzen Sackgasse angelangt war, zögerte er; denn da war eine Kreuzung. Außerstande, eine Richtung zu wählen, ging er geradeaus weiter; backbord wie steuerbord hatten keine Argumente für sich. Der gerade Weg führte direkt zur Brücke; er konnte das Wasser jenes Tags betrachten, dessen Aussehen sicher wenig von dem des Vortages unterschieden war; aber das äußere Erscheinungsbild des Wassers ist nur eine seiner tausend Eigenschaften.

So wie die Gasse war auch die Straße leer, von feuchtem, gelblichem Licht gefleckt, dessen marmoriertes Muster den Asphalt in einen Salamander verwandelte. Der Weg stieg leicht an, bis zum Scheitelpunkt des petrifizierten Bogens, der über den Fluß geschlagen war, um ihn beständig zu verschlingen. Ouen würde sich über das Geländer lehnen, unter dem Vorbehalt, daß flußauf- oder abwärts keine Beobachter wären; wenn schon jemand da wäre, um den Fluß zu betrachten, wäre es überflüssig, jenen begierig ineinander verschränkten Gesichtskegeln noch einen Blick hinzuzufügen. Es würde genügen, bis zur nächsten Brücke zu gehen, die immer leer war, denn da wurde man stocksteif.

Zwei junge Geistliche, die die Leere der Straße in Schwärze zusammenzogen, gingen verstohlen vorüber; von

Zeit zu Zeit blieben sie stehen, um sich zärtlich unter den Schattengewölben der Toreinfahrten zu küssen. Ouen fühlte sich gerührt. Wirklich, er hatte gut daran getan, einen Spaziergang zu machen; man sah auf der Straße höchst aufmunternde Szenen. Er schritt leicht dahin und löste sofort in Gedanken die letzten Schwierigkeiten beim Zusammenbau seiner Wortfalle; eine Kinderei im Grunde: ein Geringes an Sorgfalt würde es mit Sicherheit ermöglichen, die Tücken zu beherrschen, plattzuwalzen, zu zerschmettern, zu zerstückeln, zu zerfetzen, mit einem Wort: sie zum Verschwinden zu bringen.

Dann kam ein General vorbei; er führte an einem ledernen Seil einen vor Wut schäumenden Gefangenen; damit er den General auf keinen Fall verletzen könnte, hatte man ihn gefesselt, und seine Hände waren hinter seinem Hals zusammengebunden. Wenn es ihm einfiel, seinen Unmut zu zeigen, zog der General an der Leine, und der Gefangene mußte ins Feuchte beißen. Der General ging schnell; er hatte seinen Tag beendet und begab sich nach Hause, um seine Buchstabensuppe zu verschlingen. Wie jeden Abend, würde er seinen Namen auf dem Tellerrand dreimal so schnell wie der Gefangene zusammensetzen, und unter den wütenden Blicken dieses letzteren würde er zwei Teller Suppe verschlingen. Der Gefangene hatte keine Chance: Er hieß Joseph Ulrich von Saxakrammerigothensburg, doch der General hieß Pol; aber Ouen konnte dieses Detail nicht erraten. Er interessierte sich indessen für die kleinen Lackstiefel des Generals und dachte, daß er an der Stelle des Gefangenen nicht am richtigen Platz wäre. An der des Generals übrigens auch nicht; aber der Gefangene hatte sich seine Rolle nicht ausgesucht, der General hingegen . . .; und zudem findet man nicht immer Anwärter für die Tätigkeit eines Gefangenen, während man ein überreiches Angebot hat, um Kloakenreiniger, Polypen, Richter und Generäle zu rekrutieren: Beweis dafür, daß die schmutzigsten Arbeiten offenbar ihre Reize haben. Ouen verlor sich in einer weitläufigen Meditation über die benachteiligten Berufe. Gewiß war es zehnmal so gut, Wortfallen zu bauen, als General zu sein. Zehn schien sogar ein eher zu kleiner Multiplikator. Wie dem auch sei: das Prinzip war richtig.

Die Widerlager der Brücke waren gespickt mit Teleskopscheinwerfern von schöner Wirkung und obendrein geeignet, die Schiffahrt zu lenken. Ouen schätzte ihren Wert genau ab und ging vorüber, ohne sie zu beachten. Er sah das Ziel seines Spaziergangs und beeilte sich, dorthin zu kommen. Irgendetwas beunruhigte ihn jedoch. Auf der einen Seite der Brücke schaute eine merkwürdig kurze Gestalt über das Geländer. Er lief. Ein junges Mädchen stand da über dem Wasser auf einem kleinen, gekehlten Wasserspeier, der zur schnelleren Beseitigung der meteorischen Feuchte mit einer Traufe ausgestattet war. Sie schien zu zögern, sich ins Wasser zu stürzen. Ouen lehnte sich hinter ihr auf das Geländer.

»Ich bin bereit«, sagte er. »Jetzt können Sie springen.«

Sie schaute ihn unentschlossen an. Es war ein hübsches Mädchen mit naturfarbener Wolle.

»Ich frage mich, ob ich flußauf- oder flußabwärts von der Brücke hineinspringen soll«, sagte sie. »Flußaufwärts habe ich natürlich die Aussicht, von der Strömung ergriffen und gegen einen Pfeiler geschleudert zu werden. Flußabwärts profitiere ich von den Strudeln. Aber es kann sein, daß ich, vom Untertauchen benommen, mich an den Pfeiler klammere. Im ersten Falle und auch im zweiten wird man mich bemerken können, und ich lenke wahrscheinlich die Aufmerksamkeit eines Retters auf mich.«

»Das Problem verdient einiges Nachdenken«, sagte Ouen, »und ich kann Ihnen nur Recht geben, daß Sie es so ernsthaft behandeln wollen. Natürlich stehe ich Ihnen voll und ganz zur Verfügung, um Ihnen bei der Lösung zu helfen.«

»Sie sind sehr liebenswürdig«, sagte das Mädchen mit seinem roten Mund. »Das ganze setzt mir so zu, daß ich nicht mehr weiß, was ich davon halten soll.«

»Wir könnten dies genauer in einem Café untersuchen«, sagte Ouen. »Ich diskutiere schlecht, wenn ich nichts zu trinken habe. Kann ich Ihnen etwas anbieten? Das würde Ihnen vielleicht einen späteren Blutstau leichter erträglich machen.«

»Sehr gerne«, sagte das Mädchen.

Ouen half ihr auf die Brücke zurück und konstatierte bei dieser Handlung, daß sie einen Körper besaß, der an den am weitesten vorstehenden, folglich verwundbarsten Stellen klugerweise abgerundet war. Er machte ihr dazu ein Kompliment.

»Ich weiß, daß ich rot werden müßte«, sagte sie, »aber Sie haben völlig recht. Ich sehe sehr gut aus. Schauen Sie lieber meine Beine an.«

Sie hob den Flanellrock, und Ouen konnte in aller Ruhe ihre Beine und die nicht vorgetäuschte Blondheit begutachten.

»Ich verstehe, was Sie sagen wollen«, antwortete er mit leicht vorstehenden Augen. »Gut! trinken wir ein Glas, und wenn wir zu einem Ergebnis gekommen sind, dann kommen wir hierher zurück, und Sie springen auf der richtigen Seite hinunter.«

Sie gingen Arm in Arm davon, synchron, beide sehr fröhlich. Sie sagte ihm ihren Namen: Flavie, und dieser Beweis von Ernsthaftigkeit vermehrte noch das Interesse, das er ihr schon entgegenbrachte.

Als sie schön im Warmen saßen, in einem bescheidenen Etablissement, wo die Matrosen und ihre leichten Bötchen verkehrten, nahm sie die Unterhaltung wieder auf.

»Ich möchte nicht«, begann sie, »daß Sie mich für ein einfältiges Wesen halten, aber die Ungewißheit, die ich bei der Wahl der Richtung meines Selbstmordes empfand, die habe ich immer schon gehabt; es war also Zeit, daß ich die Schwierigkeit beseitigte, wenigstens dieses Mal. Wenn nicht, bin ich, solange mein Tod dauert, ein blödes Ding, ein Schwächling.«

»Das Übel kommt daher«, räumte Ouen ein, »daß es nicht immer eine ungerade Zahl möglicher Lösungen gibt. In Ihrem Fall scheint weder die Richtung flußaufwärts noch flußabwärts eine zufriedenstellende Lösung zu sein. Doch kann man dem nicht entgehen. Wo auch immer eine Brücke über einen Fluß führt, entstehen diese beiden Regionen.«

»Ausgenommen an der Quelle«, bemerkte Flavie.

»Das ist richtig«, sagte Ouen, von solcher Geistesgegenwart entzückt. »Aber die Quellen der Flüsse sind in der Regel wenig tief.«

»Das ist ja gerade das Dumme«, sagte Flavie.

»Doch bliebe noch die Möglichkeit, eine Hängebrücke in Betracht zu ziehen«, sagte Ouen.

»Ich frage mich, ob das nicht Schummelei wäre.«

»Und um auf die Quellen zurückzukommen: die der Touvre insbesondere haben eine Schüttung, die für jeden gewöhnlichen Selbstmord ausreicht.

»Das ist zu weit«, sagte sie.

»In der Nähe der Charente«, stellte Ouen fest.

»Wenn es zur Arbeit wird«, sagte Flavie, »wenn man, um sich zu ertränken, sich soviel Mühe machen muß wie für das übrige, so ist das zum Verzweifeln. Man könnte sich umbringen.«

»Warum übrigens«, sagte Ouen, den die Frage beschäftigte, »warum diese abschließende Geste?«

»Eine höchst betrübliche Geschichte«, antwortete Flavie, indem sie eine einsame Träne abwischte, der Grund einer in der Tat störenden Asymmetrie.

»Ich brenne, sie zu hören«, gestand Ouen, der, erregt, in Hitze geriet.

»Ich werde sie Ihnen erzählen.«

Er wußte die Bescheidenheit von Flavie zu schätzen. Sie ließ sich nicht bitten, ihre Erlebnisse zu erzählen. Offenbar war ihr die herausragende Bedeutung einer solchen vertraulichen Mitteilung bewußt. Er rechnete mit einem ziemlich langen Bericht: Ein hübsches Mädchen hat gewöhnlich

Gelegenheit zu zahlreichen Kontakten mit ihresgleichen, genau wie ein Marmeladebrot mehr Chancen hat, etwas über Anatomie und Sitten der Zweiflügler in Erfahrung zu bringen, als ein undankbarer, rauher Kieselstein. Folglich würde Flavies Lebensgeschichte gewiß reichlich mit Fakten und Ereignissen ausgestattet sein, aus denen sich eine nützliche Moral ergäbe. Für Ouen nützlich, selbstverständlich: Eine persönliche Morallehre gilt nur für jemanden anders, denn man kennt selber die geheimen Gründe nur allzu genau, die einen bestimmen, sie nur so zu bieten: verkürzt, verfälscht, zurechtgestutzt.

»Ich wurde vor nun schon 22 $^{8}/_{12}$ Jahren geboren«, begann Flavie, »in einem kleinen normannischen Schlößchen nicht weit von Quettehou. Mein Vater, ehemals Professor für Haltung und Benehmen am Institut von Mlle. Désir, hatte sich dorthin zurückgezogen, nachdem er ein Vermögen erworben hatte, um dort friedlich seine Frau, genauer: seine Aufwartefrau, zu genießen und auch die Früchte hartnäckiger Mühen; meine Mutter, eine seiner ehemaligen Schülerinnen, die zu verführen er einige Mühe hatte – er war sehr häßlich –, war ihm nicht dorthin gefolgt und lebte in Paris in wechselndem Konkubinat mit einem Erzbischof und einem Polizeikommissar. Mein Vater, ein wilder Antiklerikaler, wußte nichts von der Liaison meiner Mutter mit ersterem, andernfalls er die Scheidung verlangt hätte; aber er freute sich über die halbe Verwandschaft, die ihn mit dem Spürhund verband, denn sie gestattete ihm, diesen ehrenwerten Beamten mit seinem Spott zu erniedrigen, weil der sich mit dem begnügte, was er übrig gelassen. Mein Vater besaß außerdem ein beachtliches Vermögen in Gestalt eines winzigen Grundstücks (er hatte es von Großvater), das in Paris an der Place de l'Opéra gelegen war. Es gefiel ihm, sich am Sonntag dorthin zu begeben, um dort Artischocken anzupflanzen, und das ungeniert vor der Nase und zum Tort der Autobuschauffeure. Wie Sie sehen, verachtete mein Vater die Uniform in all ihren Erscheinungsarten.«

»Aber Sie, in diesen Umständen . . .«, sagte Ouen, der sich des Gefühls nicht erwehren konnte, daß sie sich verirrte.

»Ja, natürlich.«

Sie trank einen Schluck des grünen Getränks. Und dann begann sie plötzlich lautlos zu weinen, wie ein idealer Wasserhahn. Sie schien verzweifelt. Sie mußte es wirklich sein. Bewegt ergriff Ouen ihre Hand. Er ließ sie plötzlich los, denn er wußte nicht, was er damit anfangen sollte. Flavie beruhigte sich indessen.

»Ich bin ein armes, noch ungegartes Würstchen, eine blöde, dumme Göre«, sagte sie.

»Nicht doch«, protestierte Ouen, der sie gegen sich selber sehr streng fand. »Ich hatte Unrecht, Sie zu unterbrechen.«

»Ich habe Ihnen ein Lügengespinst vorerzählt«, sagte sie. »Aus bloßem Stolz. Der Erzbischof war in Wirklichkeit nur ein einfacher Bischof, und der Kommissar ein Verkehrspolizist. Was mich anbetrifft, so bin ich Näherin und habe große Mühe, nur das nötigste Auskommen zu haben. Kundinnen kommen selten und sind boshaft, die wahre Pest. Man könnte glauben, daß es sie amüsiert, zu sehen, wie ich mich schinde. Ich habe kein Geld, ich habe Hunger und bin unglücklich. Und mein Freund sitzt im Gefängnis. Er hat einer ausländischen Macht Geheimnisse verkauft, aber über dem gesetzlich festgelegten Preis, und dann hat man ihn eingesperrt. Der Steuerbeamte verlangt immer mehr Geld von mir. Es ist mein Onkel; wenn er seine Spielschulden nicht bezahlt, sind meine Tante und ihre sechs Kinder ruiniert; stellen Sie sich doch vor, der älteste ist 35! Wenn Sie wüßten, was die essen, in diesem Alter!«

Sie schluchzte bitterlich, völlig gebrochen.

»Tag und Nacht muß ich sticheln, ohne Erfolg, weil ich nicht einmal genug habe, um eine Rolle Garn zu kaufen.«

Ouen wußte nicht, was er sagen sollte. Er klopfte ihr auf die Schulter und dachte, daß man ihr Mut machen müsse; aber wie. Das geht nicht nur mit Pusten. Zumindest . . . Hat man es überhaupt je versucht?

Er pustete.
»Was haben Sie?« fragte das Mächen.
»Nichts«, sagte er. »Ich seufzte. Ihre Geschichte betrübt mich zutiefst.«
»Oh«, fuhr sie fort, »all das ist noch gar nichts. Ich wage kaum, Ihnen das Schlimmste zu erzählen.«
Liebevoll streichelte er ihr den Schenkel.
»Vertrauen Sie sich mir an; das erleichtert.«
»Erleichtert Sie das? Wirklich?«
»Mein Gott«, sagte er, »man behauptet das jedenfalls. Das alles ist sehr allgemein gesprochen, ich geb's zu.«
»Was macht's«, sagte sie.
»Was macht's«, wiederholte er.
»Ein Umstand, der dazu beiträgt, meine armselige Existenz in eine Hölle zu verwandeln«, setzte Flavie hinzu: »Ich habe einen unwürdigen Bruder. Er schläft mit seinem Hund, spuckt auf den Boden, sobald er wach ist, tritt das Kätzchen in den Hintern und rülpst mehrmals, wenn er an der Concierge vorbeikommt.«
Ouen blieb stumm. Wenn Geilheit und Abirrungen in diesem Maße den Verstand eines Menschen verwirren, dann sieht man sich außerstande, einen Kommentar abzugeben.
»Können Sie sich vorstellen«, sagte Flavie, »wenn er schon mit achtzehn Monaten so ist, was das später geben soll?«
Diesmal brach sie in Tränen aus, wenige zwar, doch äußerst dicke. Ouen tätschelte ihr die Wangen, aber sie weinte heiße Tränen, und er zog rasch seine verbrühten Taster zurück.
»Ah«, sagte er, »meine arme Kleine.«
Darauf hatte sie gewartet.
»Wie ich Ihnen gesagt habe«, fügte sie hinzu, »das Schönste steht noch aus.«
»Reden Sie«, insistierte Ouen, jetzt auf alles gefaßt.
Sie sagte es ihm, und er beeilte sich, sich die Ohren zu verstopfen, um nicht zu hören; das wenige, was er wahr-

nahm, verursachte ihm einen ungesunden Schauder, der seine Wäsche feucht werden ließ.

»Ist das alles?« fragte er mit der lauten Stimme derer, die noch nicht lange taub sind.

»Ja, alles«, sagte Flavie. »Ich fühle mich besser.«

Sie trank mit einem Zug ihr Glas und ließ den Inhalt auf dem Tisch zurück. Dieser Kinderstreich konnte die Falten ihres Gesprächspartners nicht zum Verschwinden bringen.

»Unglückselige Kreatur!« seufzte er schließlich.

Er hielt seine Brieftasche hoch über sich und rief den Kellner herbei, der trotz sichtbaren Widerwillens näher kam.

»Der Herr haben mich gerufen?«

»Ja«, sagte Ouen. »Ich schulde Ihnen?«

»Soviel«, sagte der Kellner.

»Da«, sagte Ouen, und reichte mehr.

»Ich bedanke mich nicht«, sagte der Kellner, »die Bedienung ist inbegriffen.«

»In Ordnung«, sagte Ouen. »Gehen Sie, Sie stinken.«

Der Kellner war verlegen, völlig zu recht, und ging. Flavie betrachtete Ouen voller Bewunderung.

»Sie haben Geld!«

»Nehmen Sie alles«, sagte Ouen. »Sie haben es nötiger als ich.«

Sie staunte nur, wie beim Weihnachtsmann. Ihr Gesichtsausdruck ist schwer zu beschreiben, weil den noch niemand gesehen hat, den Weihnachtsmann.

Er ging allein nach Hause zurück. Es war spät, nur jede zweite Lampe brannte noch, die anderen langweilten sich und schliefen stehend. Ouen ging mit gesenktem Kopf und dachte an Flavie, an ihre Freude, als sie all sein Geld nahm. Er fühlte sich ganz gerührt. Kein einziger Schein mehr in seiner Brieftasche, arme Kleine. In ihrem Alter fühlt man sich verloren, wenn man nichts mehr hat zu leben. Merkwürdig: er erinnerte sich daran, daß sie genau gleich alt waren. So ganz und gar mittellos war sie. Jetzt, wo sie alles mitgenommen hatte, wurde ihm klar, was das bedeuten konnte. Er schaute sich um. Die Straße glänzte fahl. Kein Geld mehr. Und die Wortfalle war noch fertigzustellen. Die leere Straße bevölkerte sich mit dem langsamen Hochzeitszug eines Schlafwandlers; aber Ouen wurde nicht heiterer. Er dachte wieder an den Gefangenen. Für den waren die Dinge einfach. Für ihn selber im Grunde auch. Die Brücke kam näher. Kein Geld mehr. Arme, arme Flavie. Nein, eigentlich nicht; sie hatte jetzt welches. Aber was für eine betrübliche Geschichte! Man kann ein solches Elend nicht einfach hinnehmen. Welch ein Glück, daß er gerade vorbeikam. Für sie. Kommt für jeden immer rechtzeitig jemand?

Er stieg über das Geländer und suchte auf dem Sims Halt. Der Nachhall der Hochzeitsgesellschaft verlor sich in der Ferne. Er schaute nach rechts, nach links. Wirklich, sie hatte mehr als Glück, daß er vorbeigekommen war. Kein Schwanz zu sehen. Er zuckte die Achseln, tastete nach seiner leeren Tasche. Überflüssig, natürlich, unter diesen Bedingungen noch weiterzuleben. Aber warum diese Geschichte mit flußaufwärts oder flußabwärts?

Er ließ sich in den Fluß fallen, ohne weiter darüber nachzudenken. Es war genau so, wie er es sich gedacht hatte: Man ging senkrecht unter. Auf welcher Seite, das hatte keine Bedeutung.

Der Mann, der an jemanden erinnerte

Von Ivan Vyskočil

Im zweiten Coupé des ersten Wagens des Personenzuges von Bykáň nach Hábořicy reisten zwei Herren. Der erste Herr kam aus Bykáň und saß auf dem Fensterplatz in Fahrtrichtung. Der andere Herr stieg in Mějtež zu und saß auf dem Türplatz gegen die Fahrtrichtung. Der Herr am Fenster – Herr Fenster – schaute so aus dem Fensterchen, daß klar war, er wünsche nicht gestört zu werden. Sein Rücken sagte: Gehen Sie weiter, ich will allein sein! Auf der gegenüberliegenden Bank lag seine bauchige Aktentasche, welche es bestätigte: Gehen Sie weiter, hier ist besetzt.

Der Herr in der Ecke an der Tür gegen die Fahrtrichtung – Herr Tür – verstand diese Aufforderung und trat dennoch ein. Er hätte weitergehen können, der Zug war halbleer. Aber er trat ein. Herr Tür war ein Eindringling. Er saß in der Ecke bei der Tür, und es war ihm anzusehen, daß er sich am liebsten Herrn Fenster gegenüber gesetzt hätte, daß er sich Herrn Fenster schön von nahem besehen wollte. Und nicht nur das. Von Herrn Tür strahlte seit seinem Eintritt geradezu der Drang aus, Herrn Fenster anzusprechen, mit ihm ins Gespräch zu kommen. Aber Herr Tür traute sich nicht. Wenn sich Herr Fenster bewegt hätte, wenn er Herrn Tür angesehen hätte, dann hätte er sich getraut. Aber so? Und Herr Tür bremste seinen Annäherungsdrang, der sich in ihm ausbreitete, immer wieder im letzten Moment, bis es knarrte.

So fuhr der Zug durch Kedrova, Suchvice, Baštěvše und Kokleše, in Sicht war Muklasy, Herr Tür bremste wieder unter reichlichem Blinzeln, als Herr Fenster aus der klaren Helle sein Gesicht vom Fensterchen abwandte und den Blick auf Herrn Tür richtete. Ein voller Treffer! Die Bremsen versagten, Herr Tür sprang kurz auf und stieß hervor: »Entschuldigen Sie, mein Herr, daß dieser, aber ich habe mich heute so . . .«

Er sprach nicht zuende. Herr Fenster brach in Gelächter aus. Er lachte laut, schnappte nach Luft und stöhnte Herrn Tür entgegen: »Oh, oh, verzeihen Sie vielmals, aber ha ha ha . . .« Und von neuem.

Herr Tür drängte sich in sein Eck und drückte zur Selbstverteidigung die Türklinke, bis ihm die Gelenke weiß wurden.

Endlich wischte sich Herr Fenster die Stirn und sagte artikuliert: »Verzeihen Sie, mein Herr, das war schrecklich, so auf einmal, ich wollte nicht, glauben Sie mir, das werden die Nerven sein, diese Anspannung, oh, das hat's mir gegeben, verzeihen Sie, mein Herr, entschuldigen Sie vielmals.«

Herr Tür nickte mit dem Kopf, aber die Klinke ließ er nicht los.

»Wissen Sie«, sagte wieder Herr Fenster, »ich habe von dem Zeitpunkt, als Sie zustiegen, gewartet, wann Sie also anfangen, ich habe das im Rücken gespürt, ich sagte mir, aber dann ließ mir das keine Ruhe, ich schau Sie an, na und . . . Das werden die Nerven sein, sicher die Nerven!«

Herr Tür versuchte anzudeuten, daß ja nichts passiert sei.

»Gestatten Sie eine Frage?« sagte Herr Fenster und richtete sich auf. »Ich erinnere Sie an jemanden, nicht wahr?«

Herr Tür schluckte und nickte.

»Hm, hm, das habe ich mir gedacht«, sagte Herr Fenster. »Und wissen Sie, an wen ich Sie erinnere? Wissen Sie genau, an wen ich Sie erinnere?«

»Ich weiß es!« preßte Herr Tür aus sich heraus, »das weiß ich, aber . . .«

»Aber was?« schrie Herr Fenster fast heraus.

»Aber ich kann mich nicht erinnern, wie er also weiter hieß. Pepík – also Josef, aber außerdem, wie weiter? Ich bemühe mich die ganze Zeit, aber ich weiß nicht, wie weiter.«

»Ah so!« sagte Herr Fenster triumphierend, »Sie wissen also eigentlich gar nicht, an wen ich Sie erinnere! Nun, Sie wissen es nicht, ach wo!«

»Ich weiß es«, sagte Herr Tür hartnäckig, »Pepík, also Josef und weiter . . .«

»Na, wie weiter?« spornte Herr Fenster an, aber er gönnte Herrn Tür keine Zeit. »Weiter gar nichts. Strengen Sie sich nicht an, mein Herr, Sie erinnern sich nicht.«

»Aber ich erinnere mich schon«, brummte Herr Tür, »na schließlich Pepík . . . Pepík . . .«

»Nein, Sie erinnern sich nicht«, sagte Herr Fenster mit Endgültigkeit.

»Pepíks gibt es leider mehr als genug. Ich selber bin vielleicht auch ein Pepík, warum nicht, davon gibt es viele, von den Pepíks, aber der, an den ich Sie erinnere, der bin ich nicht. Wieso nicht! Noch nie bin ich der gewesen, also was schon. Er ist wahrscheinlich gar kein Pepík, Ihr Pepík. Der ist bloß so ein Pepík.«

»Und er ist ein Pepík! Und ich erinnere mich«, erwiderte Herr Tür trotzig. »Wir sind als Jungs miteinander herumgelaufen, ich hab das außerdem auf der Zunge, aber fünfundvierzig Jahre sind halt fünfundvierzig Jahre, nicht.«

Herr Tür klopfte sich an die Stirn, schaute in die Ecke und strengte sein Erinnern an.

Herr Fenster zog, nachdem er leise »Kehre niemals zu den Rätseln der Jugend zurück« gebrummt hatte, aus der Brusttasche mit einer großen Geste ein abgegriffenes Notizbuch heraus, blätterte darin und sagte: »Ka, ka, Kindheit, ja, da hätten wir wieder einmal die Kindheit.« Und er machte mit dem Bleistift ins rechte untere Eck einen dicken Strich.

»An die Kindheit erinnere ich ziemlich häufig«, freute sich Herr Fenster und blätterte weiter, »und auch an den Krieg, an den Urlaub, ja, schauen Sie, aber am häufigsten sind die, die nicht wissen, an wen ich sie erinnere und woher. Dreieinhalb Seiten!« Herr Fenster klappte das Notizbuch zu.

»Na, da sehen Sie also, daß Sie nicht der einzige sind, lieber Herr, den ich an jemanden erinnere! Und dabei mache ich die Striche noch gar nicht lange. Erst etwa ein Jahr. Und schauen Sie.«

Herr Fenster ließ unterm Daumen den Fächer der unterstrichenen Seiten des Notizbuches durchgleiten und rascheln. Herr Fenster blieb bei der Sache. Ungeachtet dessen, daß er Herrn Tür in seiner Erinnerung störte, oder gerade um ihn zu stören, fuhr er fort: »Ja, zum Erinnern habe ich ein Talent, fast jeder beißt an, das sehe ich ihm an, ich muß nicht einmal das Mau . . . na, den Mund aufmachen. Und das nicht etwa wegen meines Gesichts, mein Herr, woher denn, auf den Fotos erinnere ich an niemandem. Zu diesem Erinnern muß ich lebendig und ganz persönlich anwesend sein. Das ist eine Naturbegabung. Bitte. Ich bin ein Mensch, der an jemanden erinnert. Die Frage ist bloß, an wen. An irgendeinen anderen Menschen. Das ist schon was, lieber Herr, aber ja doch! Man hat davon allerdings bedeutende Vorteile, aber manchmal geht es auch auf den Geist. Aber Vorteile hat es schon! Wie zum Beispiel jetzt. Gerade fahre ich auf eine Hochzeit zu einem, den ich auch erinnert habe, zuerst wußte er nicht an wen, aber am Ende legte er sich auf seinen Onkel mütterlicherseits fest, auf den, der an der Drina gefallen ist, er kannte diesen Onkel überhaupt nicht, hat ihn niemals gesehen, wie denn auch, aber ich habe ihn an ihn erinnert, letzte Woche Dienstag, und ich muß um jeden Preis auf die Hochzeit seiner Schwester kommen, wo ich doch quasi zur Familie gehöre. So fahre ich jetzt also hin. Und das ist eine Chance, mein Herr, dort wird reines Wohlwollen sein, eine gehobene

Stimmung, und da schließt man etwas fürs Leben oder für die Vereinigte ab, das geht wie am Schnürchen. Und wieder gibt es Prämien. Ja, alles muß der Mensch ausnützen. Talent, Hochzeiten, alles. Oder sind Sie vielleicht anderer Ansicht?«

»Ja, ja, das muß er«, pflichtete Herr Tür bei.

»Žaboury, Station Žaboury«, rief der Schaffner.

»Das sind sicher Vorteile, mein Herr«, erläuterte Herr Fenster, »mich laden die Leute oft ein. Und das deshalb, weil wenn ich in irgendeiner Gesellschaft bin, dann entsteht dieser Eindruck, als wenn da eben jemand von Bedeutung ist. Niemand weiß, wer das sein soll, aber der Eindruck ist auf einmal da, und sofort herrscht eine feierliche Stimmung. Vielleicht liegt das daran, daß ich manchmal auch persönlich an sehr bedeutende Personen erinnere. Schauen Sie mich nur an, schauen Sie gut und sagen Sie, wie das möglich ist, bei der Visage, daß ich zum Beispiel an so einen Josef Suk oder Einstein erinnere, oder da redete eine Frau in gebrochenem Deutsch auf mich ein, weil sie dachte, daß ich Edison bin. Das will mir nicht in den Kopf, mein Herr, aber es ist Tatsache.«

Herr Fenster, fortgerissen von diesen seinen Ausführungen, setzte sich näher an Herrn Tür heran und streckte die Beine in den Gang aus.

»Freilich, ich sage, das hat seine Vorteile, diese meine – sagen wir natürliche Eigenschaft, weil die Leute zu dem, der sie an jemanden erinnert, Vertrauen haben. Die Leute haben Vertrauen, und Vertrauen ist in unserer Branche die Hauptsache. Kurzum, ich bin kein Fremder. Das sagt einem der Verstand, daß ich nicht gerade an irgendeinen Strolch erinnern darf, aber das tu ich nicht, darin habe ich Glück. Ja, sich bei fast so einem Suk oder Plánička versichern zu lassen, da reißen sich die Leute geradezu drum.«

Herr Fenster blickte mit Wohlgefallen auf seine bauchige Aktentasche und verstummte. Er kostete den Eindruck aus.

»Na, wieviel würden Sie sagen, mein Herr, geschätzt,

wieviel würden Sie sagen, daß bei mir monatlich die Prämien ausmachen, na? So neunzehn Hunderter, mein Herr! Zusätzlich zum Grundgehalt. Das Grundgehalt ist nicht hoch, aber rechnen Sie neunzehn Hunderter dazu, und Sie haben es!«

Herr Fenster schnalzte und schaute, was Herr Tür machte.

Herr Tür nickte anerkennend, aber es war klar, daß er Herrn Fenster nicht richtig zuhört.

»Und das bitteschön mache ich erst das vierte Jahr. Seit ich Witwer bin. Das kostet begreiflicherweise auch seinen Preis, ich bin eine Menge auf Reisen und so, und wenn meine Maruška noch wäre, dann könnte ich das nicht, das ließe sie sich nicht gefallen. Maruška hatte Ruhe und Einsamkeit gerne, wissen Sie, aber dabei durfte sie nicht allein sein, wenn Sie verstehen.«

Herr Fenster wurde bei der Erwähnung von Maruška ein wenig traurig.

»Na ja, das schon«, stimmte Herr Tür zu. »Das sind so Sorgen.«

Herr Tür hatte etwas auf der Zunge. »Pepík und weiter«, er fühlte das Weitere auf der Zunge, aber der Herr Fenster! Wenn der nur einen Augenblick aufhörte.

»Aber ansonsten komme ich gut zurecht, mein Herr, das ist manchmal zum Totlachen«, erheiterte sich Herr Fenster. »Wenn Leute Sie zuerst so begucken, hin und her rutschen, nicht wissen, wie sie anfangen sollen, verstehen Sie, na, und dann machen sie sich ran, beginnen darin herumzuplantschen, ob sie mich nun duzen oder siezen sollten, und dann diese Reden da rund um nichts, wie sie versuchen, etwas herauszubekommen, mit einem Greifer hängenzubleiben, schwitzen, aber ich sage nichts, ich helfe ihnen nicht, plag dich nur, Taugenichts, sage ich mir, du hast selber angefangen, das sag ich mir und hab dabei mein Pläsir, weil ich schon sehr gut weiß, wie und was.«

Herr Fenster kicherte.

»Und sehen Sie, jetzt fällt mir auf, daß Sie eigentlich der

erste sind, bei dem mir die Nerven versagt haben. Mit Ihnen ging das nicht. Mit Ihnen konnte ich kein Spielchen spielen. Ach, Sie haben es mir gegeben!«

Herr Fenster seufzte unüberhörbar.

»Aber wozu erzähle ich Ihnen das eigentlich, nicht wahr?« sagte er so, daß er Herrn Tür wachrüttelte.

»Aber machen Sie ruhig, es ist ja ganz angenehm«, sagte Herr Tür. »Recht gelungen.«

»Ein Spaß, nicht?« sagte Herr Fenster.

»Ja, ja«, nickte Herr Tür, indem er die Stirn zu neuem Erinnern in Falten legte.

»Ein Spaß, hm. Na ja, ein Spaß«, sagte Herr Fenster, »vielleicht, wie denn sonst. Und auch die Prämie. Aber früher? Lieber nicht davon sprechen, mein Herr! Was hat mir das für Quälereien und Schmerzen und Verzweiflung eingetragen, mein Herr, es hat mich ganz und gar verändert. Ich bin ein völlig anderer geworden. Ich bin Invalide! Es hat doch niemand auf mich als mich geachtet, und niemand hat sich jemals an mich selber einnert, ich bin immer da und ständig ein anderer. Gucken Sie mich an, denken Sie nicht an diesen Pepík, und schauen Sie, verzeihen Sie, schauen Sie, ich bitte Sie, mich an, mein Herr! Na. Sehen Sie? Nein. Sie sehen nicht! Sie können nicht sehen, daß ich eigentlich als ich überhaupt nicht bin, mein Herr, ich bin nicht, ist denn der Mensch nicht gerade das, an was andere sich erinnern, wie sie ihn sehen, was sie für ihn fühlen und so. Aber so? In dem Fall ist es überhaupt nicht interessant und wichtig, wie er heißt und ob er überhaupt irgendwie heißt, überhaupt nicht.«

Herr Fenster zwinkerte und kauerte sich in der Ecke.

»Na ja, das ist gut, neunzehn Hunderter, das ist sehr gut«, sagte Herr Tür. »Das gönne ich Ihnen, mein Herr.«

»Viel, das ist zuviel. Schon seit meiner Kindheit schleppe ich das mit mir herum.«

Herr Fenster flüsterte fast.

»Na, was würden Sie dazu sagen, daß ich auch für die

Mama jemand anderer war? Was würden Sie dazu sagen, daß ich auch diese Mama an jemanden erinnert habe? An Ferdáček habe ich sie erinnert, ihren Bruder Ferdáček, den, der an Schwindsucht starb, als er neun war. Er war zwei Jahre jünger als Mama, der Onkel Ferdáček, und so sagte Mama, wenn sie ganz lieb war, wenn sie am meisten Mama war, zu mir ›Ferdáček‹. Sie merkte es nicht, wieso auch, aber sie sagte es. Ferdáček lebte. Und ich? Und was ist mit mir? Mein Herr, der Mensch . . . gewöhnt sich. An alles. Ja, er gewöhnt sich. Und so habe ich geheiratet. Aus Liebe. Jetzt bin ich darüber hinweg, ich sagte mir, jetzt habe ich Gewißheit, ich bin, der ich bin, wenigstens für Maruška bin ich der einzige. Ich weiß nicht, wie ich das sagen soll. Aber Sie verstehen mich, nicht? Die Gewißheit, mein Herr. Na und Maruška hat mich geheiratet – nur deshalb, weil ich sie an irgendeinen Pavel Šplíchal aus ihrem Dorf erinnert habe. Auch da bin ich nach jemandem geschlagen! Und davon, mein Herr, habe ich mich nicht mehr erholt. Nein, nein. Maruška und ich haben wie die Tauben gelebt, wie man so sagt, mein Herr, ich habe für Maruška alles getan, was ich ihr von den Augen ablas, bis zum letzten Augenblick, mein Herr, habe ich mich keinen Schritt von ihr wegbewegt. Alle sagten sich, es war aus Liebe. Nein, mein Herr, das war es nicht. Aus Verzweiflung!« Herr Fenster versteckte sein Gesicht hinter den Handflächen.

»Verzeihen Sie«, sagte er nach einer Weile, »wir haben da heute einen merkwürdigen Tag.«

»Aber das macht doch nichts«, sagte Herr Tür, »das ist schon gut, so ist halt das Leben. Aber ich steige gleich aus. Ich fahre nach Betáň zu den Jungen. Lůďa, mein Schwiegersohn, erwartet mich an der Station, er ist bei der Bahn.«

»An diesen Pepík haben Sie sich nicht erinnert, was?« ertönte Herr Fenster und zwinkerte. »Na freilich, vergessen Sie das, lieber Herr, und leben Sie wohl!«

Die Herren verabschiedeten sich.

»Und ich danke Ihnen!« sagte Herr Fenster hinter dem

weggehenden Herrn Tür her, »das wissen Sie ja, manchmal passiert einem so etwas. Aber ich sage Ihnen, wenn es ein Jesuslein gäbe . . .« Da stieg Herr Tür bereits aus.

Dann stand Herr Tür in Betáň auf dem Bahnsteig mit dem Schwiegersohn Lůďa an der Seite und schaute nach oben zum Fenster auf Herrn Fenster, der wiederum auf den Bahnsteig und auf Herrn Tür schaute. Sie standen und schauten sich an, bis der Zug losfuhr.

»Verzeihen, mein Herr«, murmelte Herr Tür zum Fenster, »verzeihen Sie, sind Sie nicht ein gewisser Pepík – Veitl?«

Veitl! Der Name sprang hoch. Vielleicht deshalb, weil Herr Fenster hinter dem Glas des Fensters wie fotografiert aussah, vielleicht deshalb, weil die Gegenwart von Herrn Fenster schon Vergangenheit war, oder vielleicht drückte das Pfeifen der Lokomotive, die gerade mit Schnauben und Zischen anfuhr, diesen Namen aus.

»Veitl!« schrie Herr Tür, verhüllt von einer Dampfwolke.

»Pepík Veitl! Veitl! Veitl!« rief er und winkte dem sich entfernenden Herrn Fenster nach.

Herr Fenster sah den aufgeregten Herrn Tür, den eine Dampfwolke verhüllte. Dann sah er Herrn Tür, wie er ihm etwas zurief und winkte.

Herr Fenster blickte sich rasch nach den Bänken und Gepäcknetzen um, um festzustellen, ob Herr Tür vielleicht deshalb schrie, weil er etwas vergessen hatte. Aber nein, das Coupé war leer.

Wahrscheinlich verabschiedet er sich, dachte sich Herr Fenster und winkte auch und rief auch – freilich leiser – »auf Wiedersehn«, bis ihm Herr Tür aus dem Blick entschwand.

Dann streckte sich Herr Fenster, nahm die Aktentasche, setzte sich auf ihren Platz in die Ecke gegen die Fahrtrichtung, legte sich die Aktentasche aufs Knie und schaute regungslos vor sich auf die Wand des Coupés, dorthin, wo die Tafel war »Mineralwasser – das Blut der Erde«.

Pešatkov.

Die Lokomotive pfiff. Wie auf ein Kommando nahm Herr Fenster aus der Aktentasche Leinendeckchen und aus einer Tüte eine Wurstsemmel. Er öffnete die Deckchen, legte sich den Füllfederhalter zurecht, nahm ihn in die rechte Hand und ordnete die Versicherungsvordrucke, während er die Semmel in der linken Hand gegen den Füllfederhalter auswechselte, und indem er achtgab, daß er die Vordrucke nicht fettig machte, schrieb er in die Rubrik »Name unseres Bevollmächtigten« schülerhaft leserlich Veitl Josef.

Vorgestellt werden
Von Virginia Woolf

Lily Everit sah, wie Mrs. Dalloway von der einen Seite des Zimmers her auf sie zusteuerte, und sie hätte darum beten mögen, daß sie nicht käme, sie nicht störte; und doch, als Mrs. Dalloway mit erhobener rechter Hand auf sie zukam und mit einem Lächeln, von dem Lily (obschon es ihre erste Party war) wußte, daß es »aber du mußt deine Ecke verlassen und Konversation machen« bedeutete, einem zugleich wohlmeinenden und rigorosen Lächeln, empfand sie die sonderbarste Mischung aus Aufregung und Furcht, aus dem Wunsch, allein gelassen, und der Sehnsucht, hervorgeholt und in die brodelnde Tiefe gestürzt zu werden. Doch Mrs. Dalloway wurde aufgehalten, gestoppt von einem alten Herrn mit weißem Schnurrbart. So hatte Lily zwei Minuten Aufschub, in denen sie ihren Aufsatz über den Charakter von Jonathan Swift an sich drücken konnte, wie ein Ertrinkender einen Sparren im Meer an sich drücken mag. Heute früh war er ihr von Professor Miller zurückgegeben worden, mit drei roten Sternen versehen: Ausgezeichnet. Ausgezeichnet; das wiederholte sie sich jetzt, nahm einen Schluck von dem Stärkungsmittel, das inzwischen viel schwächer wirkte denn vorhin, als sie noch vor dem hohen Glas stand, das ihre Schwester und die Haushälterin Mildred (ein Puff hier, ein Klaps da) leerten. Denn als deren Hände sich an ihr zu schaffen machten, hatte sie das Gefühl, daß sie zwar angenehm an der Oberfläche herumnestelten, doch darunter läge wie ein Klumpen glühenden Metalls unangetastet ihr Aufsatz über den Charakter von Jonathan Swift, und all das Lob, als sie die Treppe herunterkam und in der Diele stand und auf die Droschke wartete – Rupert war aus seinem Zimmer gekommen und hatte ihr gesagt, wie fabelhaft sie aussehe – kräuselte die Oberfläche, wie eine Windbrise Bänder bewegt; mehr aber nicht. Aufsätze waren Tatsachen.

Man teilte das Leben (dessen war sie sicher) in Tatsachen und Phantasien, in Klippe und Woge, dachte sie, als sie fuhr und die Welt mit einer solchen Intensität wahrnahm, daß sie den Rücken des Fahrers für alle Zeiten durchs Glas sehen würde und dazu ihr eigenes weißes Phantom, das sich in seinem dunklen Mantel spiegelte. Als sie dann das Haus betrat, gleich als sie sah, wie die Leute die Treppe auf und ab gingen, erzitterte der harte Klumpen (ihr Aufsatz über Swifts Charakter), begann in sich zusammenzufallen, sie konnte ihn nicht länger im Griff behalten, und ihr ganzes Selbst (das nicht länger scharf wie ein Diamant war, welcher das Herz des Lebens durchtrennte) verwandelte sich in einen Nebeldunst aus Angst, Befürchtung und Verteidigung, indes sie bedrängt und gestellt in ihrer Ecke stand. Dies also war der berühmte Ort: die Welt.

Während sie sich umsah, versteckte Lily Everit instinktiv diesen ihren Aufsatz, so beschämt war sie, auch so verwirrt. Dennoch reckte sie sich auf die Zehenspitzen, um alles klar zu erkennen und diese kleiner und größer werdenden Objekte (wie konnte man sie nennen? Menschen – Eindrücke menschlicher Leben?) in die rechte Proportion zu rücken (die Alten hatten sich schandbar geirrt), die sie zu bedrohen und zu überwältigen, die alles in Wasser zu verwandeln und ihr nur die Kraft übrigzulassen schienen, bedrängt und gestellt dazustehen.

Jetzt ließ Mrs. Dalloway, die ihren Arm nie ganz losgelassen und ihr durch die Art ihrer Bewegungen mitgeteilt hatte, daß sie gleich bei ihr wäre, von dem alten Soldaten mit dem weißen Schnurrbart ab, wandte sich ihr voll zu und sagte zu dem schüchternen reizenden Mädchen mit den klaren Augen, dem dunklen Haar, das sich poetisch um ihren Kopf bauschte, und dem dünnen Körper in einem Kleid, das an ihm herabzugleiten schien; »Komm und laß mich dich vorstellen«, und dann zögerte Mrs. Dalloway, und als ihr wieder einfiel, daß Lily ja die Gescheite war, die Gedichte las, sah sie sich um nach einem jungen Mann, einem jungen Mann, der gerade aus Oxford herunter gekommen war und der alles gelesen hätte und von sich selber reden würde. Und sie nahm Lily Everit an der Hand und führte sie hin zu einer Gruppe, wo sich junge Leute unterhielten.

Lily Everit blieb ein wenig zurück, hätte im Kielwasser eines Dampfers sein können; fühlte, da Mrs. Dalloway sie weiterleitete, daß es nunmehr gleich geschähe; daß nichts es verhindern oder sie davor bewahren würde, in den Strudel gestürzt zu werden, wo sie entweder unterginge oder aber gerettet würde (und sie wünschte inzwischen nur noch, daß es schon vorüber wäre). Doch welches war der Strudel?

Ach, er bestand aus Abertausenden von Dingen, und alle waren sie so verschieden von ihr; die Westminster-Abtei; die Empfindung unerhört hoher feierlicher Gebäude, die sie umgaben; erwachsen sein; eine Frau sein. Vielleicht war dies es, was sich zu erkennen gab, was blieb, es ging aus von der Kleidung und all den kleinen Galanterien und Aufmerksamkeiten des Salons; alles gab ihr das Gefühl, daß sie ihrer Puppe entschlüpft sei und nunmehr öffentlich zu etwas erklärt wurde, was sie in der langen bequemen Dunkelheit der Kindheit nie gewesen war – dieses gebrechliche und schöne Wesen, dieses beengte und begrenzte Wesen, das nicht mehr tun konnte, was es wollte, dieser Falter mit seinen tausendfacettigen Augen, seinen zarten feingezeichneten Flügeln und seinen Schwierigkeiten und Empfindlichkeiten und Traurigkeiten ohne Zahl: eine Frau.

Während sie mit Mrs. Dalloway quer durch das Zimmer ging, nahm sie die Rolle an, die ihr nunmehr auferlegt war, und natürlich übertrieb sie sie ein wenig, wie ein alter Soldat übertreiben mag, der auf die Tradition einer alten und berühmten Uniform stolz ist, denn sie war sich ihrer Eleganz bewußt; ihrer engen Schuhe; ihres geringelten und gewellten Haars; und wie sich ein Mann eilends nach ihrem Taschentuch bücken würde, sollte sie es fallenlassen (Fremden war so etwas zugestoßen); so daß sie die Zartheit, die Künstlichkeit ihres Gebarens auf unnatürliche Weise betonte, denn schließlich waren sie gar nicht ihre Sache.

Ihre Sache war es vielmehr, zu laufen und zu rennen und auf langen einsamen Spaziergängen nachzugrübeln, über Tore zu klettern, durch den Schlamm zu stapfen und durch den Dunst, den Traum, die Verzückung der Einsamkeit, in das Nest des Regenpfeifers zu spähen und die Kaninchen zu überraschen und tief in den Wäldern oder auf weiten einsamen Mooren unbeabsichtigt Zeuge kleiner Zeremonien ohne Publikum zu werden, privater Riten, Zeuge reiner Schönheit, dargeboten von Käfern und Maiglöckchen und welkem Laub und stillen Teichen, die sich nicht das mindeste daraus machten, was die Menschen von ihnen hielten, und die sie mit Glück und Staunen erfüllten – all dies war bis zum heutigen Abend ihr normales Selbst gewesen, als das sie sich kannte und sich selber gefiel und sich ins Herz von Mutter und Vater und Brüdern und Schwestern geschlichen hatte; und dieses andere war eine Blume, die sich innerhalb von zehn Minuten geöffnet hatte. Und zusammen mit der aufgeblühten Blume fand sich unbestreitbar auch deren Welt ein, so ganz verschieden, so ganz fremd; die Türme von Westminster; die hohen und förmlichen Gebäude; die Konversation; diese Zivilisation, fühlte sie und blieb zurück, während Mrs. Dalloway sie weiterführte.

Dieses geregelte Leben fiel ihr wie ein Joch in den Nacken, sacht, unabwendbar, vom Himmel herab, eine Feststellung, die einfach nicht zu leugnen war. Ein schräger Blick hin zu ihrem Aufsatz; die drei roten Sterne bis zur Unerkennbarkeit verblaßt; doch friedlich, nachdenklich, als gäbe sie einem Druck von unbestreitbarer Gewalt nach, nämlich der Überzeugung, daß es nicht ihre Sache wäre, zu herrschen und etwas zur Geltung zu bringen; die wäre es vielmehr, dieses geordnete Leben, wo alles bereits getan war, vorzuführen und zu verschönen; hohe Türme, feierliche Glocken, Wohnstätten, die Ziegel für Ziegel durch Männerarbeit erbaut worden waren, auch Parlamente; und sogar das Gewirr der Telegrafendrähte, dachte sie, als sie ein paar Schritte machte und aus dem Fenster sah. Was hatte sie dieser massiven männlichen Leistung entgegenzusetzen? Einen Aufsatz über den Charakter von Jonathan Swift! Und als sie zu der Gruppe kam, die Bob Brinsley beherrschte (den Absatz auf dem Kaminvorsetzer, den Kopf zurückgeworfen), Bob Brinsley mit seiner großen ehrlichen Stirn, seinem selbstbewußten Aussehen, seiner Zartheit, seiner Ehre und seinem robusten körperlichen Wohlbefinden, seinem Sonnenbrand, seiner Munterkeit und seiner direkten Abstammung von Shakespeare, was konnte sie da tun, außer ihren Aufsatz und dann auch gleich ihr ganzes Selbst auf den Boden zu legen, ein Mantel, auf den er trampeln, eine Rose, die er zerpflücken konnte. Sie tat es, tat es mit Nachdruck, als Mrs. Dalloway, die sie immer noch bei der Hand hielt, als würde sie vor dieser allerschwersten Prüfung davonlaufen, diese Vorstellung aussprach: »Mister Brinsley – Miss Everit. Beide mögen Sie Shelley.« Doch was war schon ihre Liebe im Vergleich zu seiner.

Als sie dies aussprach, fühlte sich Mrs. Dalloway absurd gerührt wie immer, wenn sie an ihre Jugend zurückdachte; junge Menschen begegneten sich auf ihrer Party, und es versprühte, als stieße Stahl auf Feuerstein (beide wurden nach ihrem Dafürhalten merklich steifer), das entzückendste und älteste aller Feuer, als sie bemerkte, wie sich Bob Brinsleys Gesichtsausdruck von Sorglosigkeit zu Fügsamkeit, zu Förmlichkeit wandelte, während er Lily die Hand gab und, wie Clarissa Dalloway meinte, die Zärtlichkeit, die Güte, die Sorglosigkeit den Frauen gegenüber ahnen ließ, die alle Männer von vornherein in sich tragen, ein Anblick, der ihr die Tränen in die Augen trieb, und noch intimer berührte es sie, bei Lily selber den schüchternen, den aufgeschreckten Blick wahrzunehmen, gewiß den entzükkendsten aller Blicke, den es im Gesicht eines Mädchens gibt; der Mann, der dies für die Frau, und die Frau, die dies für den Mann empfindet, und aus diesem Kontakt gehen all die Familien, Prüfungen, Sorgen hervor, die tiefe Freude und die innig einige Festigkeit im Angesicht der Katastrophe, der Mensch war im Grund seines Herzens gut, dachte Clarissa, und auf ihrem eigenen Leben (ein Paar einander vorzustellen, erinnerte sie daran, wie sie Richard zum ersten Mal begegnet war!) lag unermeßlicher Segen. Und nun ging sie weiter.

Aber, dachte Lily Everit. Aber – aber – aber was?

O nichts, dachte sie hastig und drückte sanft ihren scharfen Instinkt aus. In direkter Linie von Shakespeare, dachte sie, und Parlamente und Kirchen, dachte sie, ach und auch die Telegrafendrähte, dachte sie, und ostentativ entschlossen bat sie Mr. Brinsley ihr ohne weiteres zu glauben, wenn sie ihm ihren Aufsatz über Jonathan Swift dargeboten hatte, damit er damit tun könne, was ihm beliebte, auf ihm herumtrampeln und ihn vernichten, denn wie konnte ein bloßes Kind auch nur einen Augenblick lang den Charakter von Jonathan Swift begreifen. Ja, sagte sie. Sie lese gerne.

»Und vermutlich schreiben Sie auch?« fragte er. »Sicher Gedichte.«

»Aufsätze«, sagte sie. Und sie wollte dieses Entsetzen nicht von sich Besitz ergreifen lassen. Sie wollte, daß man auf der Treppe ihr Taschentuch aufhöbe, wollte ein Falter sein. Kirchen und Parlamente, Wohnungen, sogar die Telegrafendrähte – alles, sagte sie sich, hatten Männer unter Mühen geschaffen, und dieser junge Mann, sagte sie sich, stammte direkt von Shakespeare ab, also würde sie diesen Schrecken, diesen Verdacht, daß etwas sich ganz anders verhielt, keine Macht über sie gewinnen lassen, sonst schrumpften ihre Flügel, und es triebe sie hinaus in die Einsamkeit. Doch als sie sich dieses sagte, sah sie, wie er – anders konnte sie es nicht beschreiben – eine Fliege tötete. Genau das. Er riß einer Fliege die Flügel aus, den Fuß auf den Kaminvorsatz gestellt, den Kopf zurückgeworfen, und sprach dabei unverschämt von sich selber, arrogant. Doch jetzt war es ihr gleich, wie unverschämt und arrogant er zu ihr war, wenn er nur zu Fliegen nicht so grausam gewesen wäre.

Aber, sagte sie sich und unterdrückte nervös diesen Gedanken, warum eigentlich nicht, da er doch das Größte auf dieser Welt ist? Und ihre Aufgabe es wäre, zu verehren, zu zieren, zu verschönen, dazu wären ihre Flügel schließlich da. Doch er redete; warf Blicke; lachte; er riß einer Fliege die Flügel aus. Er zupfte ihr die Flügel mit seinen cleveren starken Händen aus dem Rücken, und sie beobachtete, wie er es tat, und sie konnte dieses Wissen nicht vor sich selber verbergen. Doch es muß so sein, sagte sie sich und dachte an die Kirchen, die Parlamente und die Wohnblöcke und versuchte damit, sich zu ducken und kleinzumachen und die Flügel flach an ihren Rücken zu falten.

Aber – was war das, warum nun das? Allem zum Trotz, was sie tun konnte, wurde ihr Aufsatz über den Charakter von Swift immer aufdringlicher, die drei Sterne glühten wieder ziemlich hell, nur in einem schrecklichen Licht, nicht mehr klar und glänzend, sondern getrübt und blutbefleckt, als habe dieser Mann, dieser große Mr. Brinsley einfach dadurch, daß er beim Reden (über seine Aufsätze, über sich selber, und einmal lachte er auch über ein anwesendes Mädchen) einer Fliege die Flügel ausriß, ihr lichtes Selbst mit einer Wolke verdeckt und sie auf immer und ewig in Verwirrung gestürzt und die Flügel auf ihrem Rücken zusammenschrumpfen lassen, und als er sich von ihr fortwandte, trat sie näher an das Fenster heran und dachte mit Grausen an die Türme und die Zivilisation, und das Joch, das ihr vom Himmel herunter über ihren Nacken gefallen war, erdrückte sie, und sie fühlte sich wie eine nackte Vettel, die in einem schattigen Garten Zuflucht gesucht hat und der man zu verstehen gibt (ach, es lag aber auch etwas Leidenschaft darin), daß es keine Zufluchtsstätten gibt, und diese Zivilisation, sagte sich Lily Everit, als sie die höflichen Komplimente der alten Mrs. Bromley über ihr Aussehen entgegennahm, hängt von mir ab. Später meinte Mrs. Bromley, daß Lily wie alle Everits ausgesehen habe, »als trage sie auf ihren Schultern die Last der ganzen Welt«.

Lokalaugenschein oder der Tod der Singschwäne

Von Eva Zeller

Da nach Artikel 17 des Grundgesetzes in der Bundesrepublik Deutschland jedermann das Recht hat, sich einzeln oder gemeinschaftlich mit anderen schriftlich mit Bitten oder Beschwerden an Regierung, Verwaltung oder Volksvertretung zu wenden,

wandte sich ein namhafter Zoologe, nunmehr in der Eigenschaft eines Petenten, im Namen einer von ihm ins Leben gerufenen Aktionsgemeinschaft für Natur- und Umweltschutz schriftlich mit bald aktenordnerfüllenden Petitionen und, als auch das nichts fruchtete, demonstrativ mit einer Unterschriftensammlung von sage und schreibe fünftausend Namen samt Adressen an das Ministerium für Ernährung, Landwirtschaft und Umwelt seines Bundeslandes

mit der schon nicht mehr dringlich, vielmehr inständig, ja beschwörend zu nennenden Bitte, eine, wie es wörtlich hieß, planfestgestellte Trasse einer zu bauenden Straße um des Himmels willen nicht durch ein Ried zu leiten – welches auf beigefügtem Lageplan deutlich schwarz gestrichelt eingetragen war und das nicht nur neuerdings nach § 16 des Landschaftsschutzgesetzes besonderem Schutz unterstehe, sondern auch nach Umfang und Artenbestand als national bedeutsames Feuchtgebiet einzustufen sei, weil nämlich hier, und zwar im direkten Bereich der geplanten Trasse, die Brutgebiete hochseltener Vögel wie des Großen Brachvogels, der Saatgans, des Zwergtauchers, der Löffel-, Reiher- und Pfeifente, vor allem aber die Traditionsplätze zur Überwinterung der weltweit vom Aussterben bedrohten und auf der »Roten Liste« als gefährdet geführten Singschwäne lägen, deren Erlöschen mit dem Bau der Straße als besiegelt angesehen werden könne, denn Ersatzgelände in unmittelbarer Nähe stehe nicht zur Verfügung, und selbst wenn es zur Verfügung stünde, was die Singschwäne betreffe, die seien nachweislich seit Jahrhunderten auf die rätselhafteste Weise auf diesen Platz fixiert, mit vorzüglicher Hochachtung . . .

beigefügt wurden der durch die genannte Unterschriftensammlung bekräftigten Petition nicht nur ein Gutachten des Max-Planck-Instituts für Verhaltensphysiologie, sowie diverse Bescheide international anerkannter Ornithologen, sondern auch stattlich vergrößerte Farbfotos, auf welchen man im Hintergrund den Zwiebelkirchturm des Dorfes erkennt, in dessen Nähe das Feuchtgebiet liegt, und im Vordergrund die Schwäne sitzen sieht, sieben Schwäne im eisblauen Schnee mit ihren äugenden, gemalten Augen und gelbschwarzen Schnäbeln; andere Aufnahmen zeigen sie fliegend vor einer Wintersonne mit zwei Nebensonnen, das Flugbild jedes einzelnen Schwanes mythisch noch immer, unerwartet mythisch schon wieder, weil es, wenn es im Augenblick des Flügelabschlags festgehalten wurde, an einen Starfighter oder an einen noch waghalsiger hinzielenden ferngesteuerten Flugkörper erinnert;

der Petition wurde ferner beigelegt ein von Verkehrsexperten minuziös ausgearbeiteter Umplanungsplan, will sagen ein Alternativvorschlag, welcher die Wunschtrasse der Singschwäneliebhaber in einer neuen, das auch auf diesem Plan schwarz schraffierte Ried umgehenden Linienführung zeigt, und zwar so, daß weder verkehrstechnische Verschlechterungen noch Mehrkosten sich ergäben;

belehrt durch den Minister für Wirtschaft, Mittelstand und Verkehr, welcher die neugeplante Straße zwar für rechtlich unanfechtbar erklärte, andererseits aber den Verfechtern des in der Tat bedenkenswerten und wohlbegründeten Alternativvorschlags zu bedenken gab, daß ihre neue Straße sich viel zu weit der bebauten Ortsgrenze des Dorfes X näherte, so daß die Zumutbarkeitsgrenze der Lärmbelästigung bei weitem überschritten werden würde, kurz, ein Vergleich der festgestellten mit der Wunschtrasse ergebe aus der Sicht des Ministeriums für Wirtschaft, Mittelstand und Verkehr aller Voraussicht nach erhebliche Konflikte mit Grundstückseignern; eine so umfassende nachträgliche Änderung der Planung würde zu hartnäckigstem Widerstand von Neubetroffenen führen, weswegen das Ministerium beantrage, daß der Petition nicht abgeholfen werden könne, zur gefälligen Kenntnisnahme aller Mitglieder des Petitionsausschusses Aktionsgemeinschaft Natur- und Umweltschutz . . .

woraufhin die unbelehrbaren Petenten, penetrant wie sie waren, sich auf juristische Spitzfindigkeiten verlegten, etwa in Frage stellten, ob eine Ortsgrenze, die ein Zementwerk aufweise und ein Gelände, auf dem zu Schrottpaketen geschnittene Autos gestapelt seien, als bewohnt angesehen werden könne; ob die Gleichstellung des Planfeststellungsverfahrens Bundesstraße mit derjenigen einer Landstraße gesetzlich vertretbar sei und ob das zuständige Fachministerium für Straßenbau und das für den Natur- und Landschaftsschutz sich nicht erneut ins Benehmen setzen müßten, um alle Gesichtspunkte der Aktionsgemeinschaft prüfen zu können,

womit sich ein gutes Jahr gewinnen ließ, in dessen Herbst die Schwäne kamen, wie sie immer gekommen sind, und das, obgleich sie hier nichts zu suchen haben, denn eigentlich hätten sie, wie ihre Artgenossen es seit Schwanengedenken gehalten haben, weiter bis an den wirtlichen Bodensee fliegen sollen; es muß da aber einmal ein Schwanenpaar mit den jungen Schwänen durch einen Sturm oder ein Gewitter zur Notlandung gezwungen worden sein, und das just zu der

Zeit, in der allein den Jungtieren starr und unauslöschlich eingeprägt wird, wo ihres Bleibens ist, wenn in den nordischen Brutgebieten die Seen zufrieren;

dank einer Mühle friert ein Stück der Donau nie zu; oberhalb des Wehrs staut, verbreitert und beruhigt sich der Fluß, hier dürften die Schwäne einen russischen oder finnischen See wiedererkannt haben; unterhalb des Wehrs ist das Wasser gut durchwirbelt, so daß es auch in den kältesten Wintern nicht zur Eisbildung kommen kann; so, sagen die Experten, könne das erste Überwintern der ersten, aus der Luft geworfenen Schwäne sehr wohl geglückt sein, nachts auf dem Wasser, tagsüber im Schnee; die Erfahrung, hier überleben zu können, ließ die erwachsengewordene Schwänegeneration im nächsten Jahr auch nicht mehr weiter südlich fliegen, und in unbeirrbarer Übereinkunft auch die übernächste nicht; nichts in der Welt konnte und kann den Vögeln mehr weismachen, es gebe etliche Flugkilometer weiter ein viel wärmeres Winterquartier;

es konnte dann noch ein Jahr hingebracht werden mit Entkräftungen des Einwandes seitens des Ministeriums für den Natur- und Landschaftsschutz, die planfestgestellte Trasse habe die Belange des Naturschutzes hinlänglich berücksichtigt, mittlerweile werde sogar ernsthaft angezweifelt, ob das behauptete Feuchtgebiet überhaupt noch bestehe, die seltenen Tierarten nicht längst ausgestorben seien infolge welcher widrigen Umstände auch immer; die Farbfotos mit dem Kirchturm am Horizont könnten genausogut Montagen sein und besagten überhaupt nichts; aus diesem Grunde und weil es sich bei den Petenten um seriöse, bekannte und zum Teil durchaus sehr angesehene Einzelpersonen und Vereinigungen handele, werde man dem Petitionsausschuß als auch allen mit der Sache befaßten Regierungsvertretern einen Termin für einen Lokalaugenschein vorschlagen . . .

dazu mußte der Winter abgewartet werden; Treffpunkt der Mitglieder des Petitionsausschusses Aktionsgemeinschaft Natur-und Umweltschutz und der Vertreter des Ministeriums für Ernährung, Landwirtschaft und Umwelt, des Ministeriums für Wirtschaft, Mittelstand und Verkehr, insbesondere des Fachressorts für Straßenbau und des Fachressorts für den Natur- und Landschaftsschutz als auch des Bürgermeisters und seines Stellvertreters aus dem dem Feuchtgebiet angrenzenden Dorf war eine Ausflugsterrasse vor einem Ausflugsrestaurant, an deren ummauertem Rand ein verschneites Fernrohr mit Münzeinwurf stand;

wenn sich der Nebel schon gehoben hätte, hätte jeder, der dazu aufgelegt gewesen wäre, für zwei Groschen das Streitobjekt aus der Vogelperspektive in Augenschein nehmen können: den Donaubogen, der die von bereiften, nahegerückten Wäldern umstandene Hochebene im Drittelkreis anschneidet, vom Wind säuberlich aufgeräumte Felder, an jedem Widerstand zusammengefegter Schnee, weiß nachgezogene Ackerfurchen mit schönen Haarnadelkurven an den Rainen, die schrägen Dächer der Mühle zwischen einer Pappelzeile; von dem verschneiten Autofriedhof nur einen Kran, aber klar umrissen und unverrückbar das Zementwerk; neben den Rechtecken der Hochöfen und stumpfen Kegeln der Silos und hinter den noch höheren Schlackenbergen bescheiden der von den Farbfotos her bekannte Zwiebelturm;

die einzige Dame der Besichtigungsgesellschaft, eine Abgeordnete des Fachministeriums für den Natur- und Landschaftsschutz, bestieg in weißen Pelzstiefeln die Zementstufe vor dem Fernrohr, steckte zwei Groschen in den Geldschlitz, drückte ein Auge zu, das andere an die Linse, bewegte das Fernrohr hin und her, tastete nach der Justierungsschraube, in der Hoffnung, das vergrößerte, nur scheinbar nähergerückte Bild der Landschaft trotz des Nebels erkennen zu können, trat kopfschüttelnd und über sich selber lachend zurück und sagte, sie habe aber ein Maiskolbengerippe zu Gesicht bekommen und einen Sperling, der sich daran zu schaffen gemacht habe, pfiffig wie ein

Clown habe der ausgesehen mit schwarzen Flecken auf den weißen Backen;

nachdem im Restaurant Tische für das Mittagessen reserviert worden waren, näherte man sich in sechs Autos dem womöglich gar nicht mehr vorhandenen Nässegebiet; während der kurzen Talfahrt legte die Dame, die das Maiskolbengerippe und den Sperling so angelegentlich betrachtet hatte, auf ihrem Rücksitz den Kopf so weit in den Nacken, daß sie die tiefhängenden Wolken und die unter ihnen schwimmenden Baumkronen als Abziehbilder auf der schrägen Heckscheibe kleben und sich wieder ablösen und wegdrehen sah;

der Gründer der Aktionsgemeinschaft Natur- und Umweltschutz schlug vor, auf einem Waldparkplatz zu parken und die letzten paar hundert Meter zu Fuß zurückzulegen, mit diesem Ansinnen überschreite er hoffentlich nicht die Zumutbarkeitsgrenze der Herrschaften; leider sei es überaus fraglich, ob auch nur ein einziger der auf diesen Lebensraum angewiesenen Vögel sich blicken lassen würde; für das Erscheinen der Schwäne könne er seine Hand auch nicht ins Feuer legen, die säßen in ihren Schneegruben, gerne an Maulwurfshügel angelehnt, und besonders die Jungen mit ihren blaugrau gesprenkelten Federn tarnten sich bis zur Unsichtbarkeit, nur die Sonne könne sie hervorlocken; es sei voreilig gewesen, das Mittagessen um punkt dreizehn Uhr bestellt zu haben; ob die Herren von der Regierung sich vorstellen könnten, wieviel Geduld die Belauschung der Tiere gekostet habe, bis endlich die Aufnahmen gemacht werden konnten; sollten die Schwäne nicht geruhen, sich jetzt zu präsentieren, würde wohl als bewiesen gelten, daß die Fotos nur von der Oper der Landeshauptstadt entliehene und auf künstlichen Schnee gesetzte Schwanattrappen zeigten, die sonst Lohengrins Schiff über die Bühne zögen oder als Schicksalsjungfrauen Schwanengestalt angenommen hätten, um den Menschen wahrzusagen, wie das Los ihnen fallen werde; und das wäre dann der Beweis für die immerwährende Gültigkeit der Legende von der Verwandlungsfähigkeit der Schwäne; diese hier seien solcher fabelhaften Fähigkeiten allerdings verlustig gegangen, sie könnten sich in nichts verwandeln, falls man ihnen ihre Lebensbedingungen entzöge, und was hülfe es ihnen, wenn sie den ganzen Bodensee gewönnen, ihre mitgeborene Erfahrung ließe sie dort nicht niedergehen, sondern eben nur hier an ihrem Donauufer, wo sie schon im nächsten Jahr nicht mehr würden bleiben können wegen der Bagger und Planierraupen und Erdtransporter; ihr letzter Flug müsse nicht ausgedacht werden;

mit solchen und ähnlichen Reden hielt der Petent sich dicht neben oder hinter dem Bürgermeister des Zwiebelturmdorfes; falls nämlich allen Petitionen und Aberpetitionen nicht abgeholfen werden würde – womit zu rechnen war –, wollte der Petent versuchen, ein Äckerchen im Übernachtungsgebiet der Schwäne käuflich zu erwerben; als Grundstückseigentümer sähe er sich dann in die Lage versetzt, gegen den Bau der planfestgestellten Straße Einspruch zu erheben, weil es sich um gar keine Bundes-, sondern um eine Landstraße handelte; als Naturschützer befand er sich in ungleich ohnmächtigerer Lage, denn Schwäne sind nun einmal keine Personen, deren Rechte man einklagen könnte;

man kam nur langsam voran in den stillen, atemgebenden Wäldern, die der frisch gefallene Schnee schier unbetretbar erscheinen ließ, das Weiße, Leichte, Bauschige drückte noch nichts nieder, ließ selbst den Grashalm in einer gefrorenen Pfütze geschmückter aussehen, als etwas so Unscheinbarem zukommt; gut so, vielleicht würde der von Schneestaub und Nebel durchrieselte Wald dem Petenten zur Seite stehen, vielleicht würde bald auch die Sonne noch mitspielen, zart besetzte Brombeerranken durchleuchten und aus den bereiften Federkronen des Schierlings wer weiß was für Kostbarkeiten machen,

eine kurze Wegstrecke hoffte der Petent, es könnte eine

Unschuld des Auges sich wiederherstellen bei den Besichtigern, auf die er so sehr angewiesen sein würde, falls die Schwäne sich zeigen sollten; beim Heraustreten der Gesellschaft aus dem Wald fuhr höchst zweckdienlich und lautstark ein Schwarm Schnatterenten aus schneetrockenem Gebüsch, aber was half's, wo keiner sich auskannte mit dem Federvieh;

ein dem Gelände durch den Schnee noch angepaßterer Weg führte ohne Spur in die weiße Übernachtungsfläche der Schwäne und weiter in Richtung Donau, deren Verlauf eine von Pappeln gestrichelte Nebelbank ahnen ließ; der verengte Himmel und das durch den Dunst gefilterte Licht machten einen Innenraum aus dem Ried; die es in Augenschein zu nehmen hatten, stapften im Gänsemarsch – angeführt vom Bürgermeister – einer in die Fußstapfen des Vordermanns, ihr Atem kam stoßweise sichtbar aus ihren Mündern;

vereinzelte Bäume, Sträucher, Schober steckten im Schneenebel, jeder herausragende Stein hatte einen Schneedeckel oder konnte auch ein sich tarnender Singschwan sein oder seine Attrappe, welcher kommende Generationen in die gläsernen Augen sehen und sie anstelle eines lateinischen Wortes noch Singschwäne nennen können; bei der indirekten Beleuchtung waren die Spuren des Hungers auf der gefrorenen Schneedecke nur im nächsten Gesichtskreis zu erkennen; die Dame in den Pelzstiefeln scherte aus der Reihe und beugte sich alle paar Schritte über eine vergessene Schrift, die sie in ihrer Kindheit einmal hatte entziffern können; den Keil des hoppelnden Hasen, die Blüte des schnürenden Fuchses und ganz leicht eingeritzt das Geläuf vieler Vögel;

das Unternehmen Ried wäre nichts als ein winterlicher Betriebsausflug geblieben, hätte die Sonne nicht binnen weniger Minuten aufgeräumt mit dem Halblicht und allen Verschwommenheiten; diese Herabkunft des Lichtes wäre schon starstechend genug gewesen, um die Inspizienten zum

Staunen zu bringen; sie sollten nun aber auch der Schwäne ansichtig werden, denn vier der Schneeverwehungen erwiesen sich als solche; bewegungslos, als hätten sie sich selber etwas angetan mit ihren schwarzen Schnabelspitzen, saßen sie wie sich's gehört auf den gestrichelten Linien, und die Beugung ihrer Hälse war durch keine Bewegung zu überbieten; starren Auges sahen sie den in breiter Front langsam Näherrückenden entgegen, den Menschentieren, die sich durch barbarische Fertigkeiten ausweisen und immer schuldunfähig zur Tatzeit sind;

vor deren Augen machten die schweren Vögel ein paar torkelnde Schritte, streckten die Hälse, spannten die Flügel weit aus und trieben flatternd die Luft unter sich; ihre Schatten schwebten über den Schnee; den halboffenen Mündern derer nach zu schließen, die den Davonfliegenden nachsahen, muß einer der Schwäne den hohen, langhinhallenden Schrei ausgestoßen haben, der ihm den Namen gegeben hat und dessen er nur in Todesnot mächtig ist; selber Klage erhebend, flogen die Schwäne ruhigen Flügelschlags hinter dem Zwiebelturm davon,

als schwane ihnen, daß der siebente Landtag des Deutschen Bundeslandes, in dessen Machtbereich ihre Überlebensflächen lagen, auf seiner vierundfünfzigsten Sitzung beschließen werde, daß besagter Petition nicht abgeholfen werden könne,

weil die planerischen Zielvorstellungen des Ministeriums für Ernährung, Landwirtschaft und Umwelt im Benehmen mit dem Fachministerium für Straßenbau dem todsicher zu erwartenden Kraftfahrzeugbedarf besser entgegenkomme,

weil die Gradiente der festgestellten Straße den Geländeformen harmonischer folgen und weniger zusammengehörige landwirtschaftliche Nutzflächen durchschneiden werde als die Wunschstraße der Petenten, und schließlich weil das Leistungsvermögen der festgestellten Trasse infolge günstigerer Steigungsverhältnisse um rund fünfzehn Prozent höher sein werde ...

Nachwort

Die neunundzwanzig Kurzgeschichten dieses Buchs sind zwischen Herbst 1979 und Frühjahr 1981 im ZEITmagazin erschienen. Die deutschsprachigen wurden für diese Veröffentlichungen geschrieben, die aus anderen Sprachen übersetzten hier erstmals auf deutsch gedruckt. In diesem Sinn waren und sind sie alle »neu«, auch eine Geschichte wie die von Virginia Woolf, die vor nun schon über einem halben Jahrhundert entstanden ist.

Es wäre aussichtslos, ihnen weitergehende Gemeinsamkeiten zuschreiben zu wollen. Beabsichtigt waren keine. Daß die Auswahl in gewissem Sinn die literarischen Qualitätsvorstellungen des Herausgebers widerspiegelt, ist unausbleiblich. Er könnte sie vielleicht anhand einzelner Geschichten bis zu einem gewissen Grad erläutern, aber er sieht sich außerstande, sie zu einem bündigen Kanon zusammenzufassen. Jedenfalls hat er sich bemüht, sie weit auszulegen und weniger die Gemeinsamkeit als die Verschiedenheit der Literatur deutlich zu machen; die Überraschung durch das ganz Andersartige, Unerwartete hat er immer als eines der gewinnenden Angebote der Literatur empfunden.

Dieser Sammlung ging in den Jahren 1978/1979 eine andere voraus; auch sie erschien seinerzeit als Buch unter dem Titel »Vierunddreißig neue Kurzgeschichten aus der ZEIT«. Zusammen liegen damit nun zwei Folgen von insgesamt dreiundsechzig Erzählungen vor, die hoffentlich dazu beitragen, das Gerücht, die Kurzgeschichte sei tot oder jedenfalls nicht mehr gefragt, zu zerstreuen. Da für diesen zweiten Teil nichts anderes gilt als für den ersten, sei hier aus dem Nachwort des damaligen Bandes zitiert.

»Die Kurzgeschichte hat in Deutschland einen schweren Stand. Zusammen mit aller Belletristik – von Fortsetzungsromanen abgesehen – ist sie aus der deutschen Presse so gut wie ganz verschwunden. In Verlagen und Redaktionen kursiert nämlich seit vielen Jahren die Meinung, die Leute wollten sie nicht lesen. Wenn dennoch einmal ein Buch mit Kurzgeschichten erscheint, stellt sich allerdings regelmäßig heraus, daß es doch gar nicht ›so schlecht geht‹, jedenfalls nicht nennenswert schlechter als andere Bücher desselben Autors, manchmal sogar besser. Und wo jene Abneigung der Lektoren und Redakteure gegen die Kurzgeschichte gar nicht hinreicht, etwa in dem Sonderprogramm für zeitgenössische Literatur der Bertelsmann-Buchgemeinschaften, läßt sich den Verkaufszahlen auch nicht die allergeringste Reserve der Leser gegenüber Kurzgeschichten entnehmen.

Unter anderem war dies der Grund für die Vermutung, bei jener Abneigung gegen Kurzgeschichten könnte es sich um ein Vorurteil und sonst nichts handeln, ein Vorurteil allerdings, das die fatale Eigenschaft hat, sich selber zu bestätigen. Wenn Verlage und Redaktionen der Kurzgeschichte wenig zutrauen, werden sie sich auch nicht besonders für sie einsetzen, und wenn sie sich nicht für sie einsetzen, wird sie ihnen auch kaum abgenommen. Dem Leser wird sie abgewöhnt, und da sie den deutschsprachigen Schriftstellern nicht abverlangt wird, wird sie oft auch erst gar nicht mehr geschrieben. Die Prognose hätte sich selber erfüllt: Der Kurzgeschichte bleiben weder Autoren noch Leser. Ob eine Literaturgattung floriert oder nicht, hängt in der Tat auch, und zwar stark, von dem Bedürfnis ab, das nach ihr besteht, und das wiederum ist auch abhängig von dem, was die Vermittler wollen; ohne die Nachfrage der deutschen Rundfunkanstalten beispielsweise gäbe es das literarische Hörspiel schlechterdings nicht. So wären es die fehlenden Veröffentlichungsmöglichkeiten für Kurzgeschichten, die die Gattung zu ihrer Schattenexistenz reduziert haben. Diese wenn auch schlichte Erklärung scheint mir jedenfalls noch plausibler als die Bemühung ethnischer oder nationaler Besonderheiten, um zu begründen, warum die Kurzgeschichte etwa in den Vereinigten Staaten und Kanada, in Lateinamerika, in Italien oder in Ägypten eine überaus geschätzte und lebendige Literaturgattung ist, in Frankreich oder Deutschland dagegen nicht. Wollte jemand allen Ernstes eine angebliche amerikanische oder romanische oder mediterrane Hast oder Prägnanz ausspielen gegen eine angebliche deutsche Breite und Gründlichkeit?

Ein gutes Stück Literatur, gleichgültig, wie lang, ist sich natürlich selber Zweck genug. Daneben aber hat die Veröffentlichung von Kurzgeschichten in Zeitungen oder Zeitschriften und nunmehr in einem Sammelband wie diesem einen Nebeneffekt, und zwar einen erwünschten. Wir werden ja auch, was unsere Lektüre angeht, chronisch überfordert. All die Autoren, von denen wir wissen, daß wir sie lesen sollten, werden wir keinesfalls lesen. Wir werden uns nicht aufraffen und einen voluminösen Roman von einem Autor kaufen, dessen Namen wir zwar wiederholt begegnet sind, der sich uns aber dennoch kaum eingeprägt hat. Eine Kurzgeschichtensammlung jedoch bietet die Möglichkeit zu vielen knappen, aber authentischen Begegnungen. Bloße Namen füllen sich mit einer konkreten Vorstellung. Und in dem einen oder anderen Fall genügt diese Bekanntschaft vielleicht, um sie dann doch vertiefen zu wollen. Denn eine kurze Geschichte enthält ihren Autor nicht weniger als ein langer Roman. Immer unmöglicher wird es, die wachsende Menge aus allen Zeiten und Orten heranholbarer Literatur zu bewältigen; immer größer wird die Verlockung, sich mit Literatur in Form von Digests relevanter Passagen bekannt zu machen. Eine Kurzgeschichtensammlung kommt immerhin ohne solche Amputationen aus.«

Auch in dieser zweiten Folge sind die ausländischen Erzählungen wiederum in der Mehrzahl. Der Herausgeber hielt es nämlich nach wie vor für angezeigt, dem literarischen Provinzialismus, der in Deutschland um sich gegriffen hat, ein wenig entgegenzuwirken. Waren in der ersten Folge besonders viele lateinamerikanische Autoren vertreten, weil Deutschland diesen die Rezeption weitgehend schuldig geblieben war, so hat diese zweite Folge keinen solchen Schwerpunkt mehr. Dafür werden dem Leser einige noch fernere Geschichten nahegelegt: zwei südafrikanische (von Nadine Gordimer und Richard Rive), eine ägyptische (von Nagib Mahfuz), eine chinesische (von Lao She). Die Sammlung war und ist auch: eine »Einladung zur Unprovinzialität«, wie es damals hieß.

Damals hieß es auch weiter: »Das eine oder andere Stück sei gar keine ›richtige‹ Kurzgeschichte, wird mancher Leser sagen. Das mag sein. Was eine Kurzgeschichte ist, wird nirgends in dieser Sammlung gesagt. Bewußt wurden die Grenzen offengehalten zur Satire, zur Reportage, zum anthropologischen Protokoll, zum lyrischen Dialog. Nur kurz und erzählerisch und eben neu mußten die Stücke sein. Diese, wie man es nimmt, Laxheit oder Großzügigkeit könnte sich durchaus auf den Begründer der heutigen Kurzgeschichte berufen, auf Edgar Allan Poe, der selber höchst verschiedenartige Prosagebilde unter dem Oberbegriff Kurzgeschichte zusammenfaßte. Aber es bedarf der Berufung auf den großen Stammvater wohl nicht. Kein Gesetz schreibt vor, was eine Kurzgeschichte ist und was nicht; ebensowenig, wie das Wesen des Romans oder des Gedichts verbindlich festgelegt ist. Nur ein Pedant wird ein Stück Literatur von sich weisen, weil es irgendwelchen Gattungsdefinitionen nicht voll entspricht. Wer meint, eine Kurzgeschichte müsse einfach immer eine kompakte Fabel sein, die von einem offenen Anfang über einen Höhepunkt zu einer überraschenden offenen Pointe strebt, müßte sich selbst mit der schalsten Albernheit abfinden, sofern sie nur das formale Modell genau einhält.

Allerdings, riskant ist es schon, Nobelpreisträger neben nahezu unbekannten Autoren zu drucken, jüngere Schriftsteller, die gerade erst angefangen haben, neben Klassikern der Moderne, Einfache neben Schwierigen, Direkte neben Verklausulierten, Rationalisten neben Mystikern, Tragiker neben Komikern und so weiter. Die Unterschiede werden dadurch nicht eingeebnet, sie werden eher noch betont. Aber gleichzeitig macht solch ein Nebeneinander auch klar, daß die etablierten Hierarchien in Sachen der Kunst nichts Vorgegebenes und nichts Unverrückbares sind. Jeder bleibt aufgefordert, sich seine Wertordnung selber zu bilden. Die Pluralität fordert dem Leser Gelenkigkeit ab; er muß sich Verschiedenem aussetzen und sich inmitten von Verschiedenem seine Orientierung suchen. Das aber gehörte immer zu den ergiebigsten Erfahrungen, die Literatur einem verschaffen kann. Man denke sich alle Autorennamen weg, alles, was man sonst noch von den Autoren weiß: Da meldete sich prompt ein sehr produktives Schwindelgefühl.«

Bei der Zusammenstellung dieser Sammlung haben dem Herausgeber geholfen: Helmut Frielinghaus (Hamburg), Nagi Naguib (Berlin), Verena Reichel (Köln), Thomas Rothschild (Stuttgart), Rino Sanders (Toscolano), Michi Strausfeld (Barcelona). Ihnen sei hier gedankt. Ebenso allen jenen, die an den biobibliographischen Texten über die Autoren mitgewirkt haben: Felix Berner, François Bondy, Helmut Frielinghaus, Ulrich Greiner, Klaus Harpprecht, Volker Klöpsch, Kurt Kloocke, Horst Krüger, Margit Last, W. Martin Lüdke, Wolfgang Nagel, Nagi Naguib, Günter Ohnemus, Verena Reichel, Thomas Rothschild, Rino Sanders, Delf Schmidt, Walter Schürenberg, Christel Schütz und Michi Strausfeld.

Eine Kurzgeschichte, »Die Nonne und der Baseballspieler« von Wolf Wondratschek, konnte leider nicht in dieses Buch aufgenommen werden, da sich der Autor mit ihr nicht mehr identifizieren mochte.

Dieter E. Zimmer

Über die Autoren

Juan Benet, 1927 geboren, gehörte einer Gruppe engagierter junger spanischer Schriftsteller an, deren Bücher Mitte der fünfziger Jahre in Spanien, aber auch im Ausland Aufsehen erregten und – zwanzig Jahre nach dem Bürgerkrieg – nicht nur einen Neubeginn, sondern einen Höhepunkt der spanischen Literatur anzukündigen schienen. Die Autoren (darunter Ignacio Aldecoa, die Brüder Goytisolo, Rafael Sánchez-Ferlosio, Luis Martin-Santos) beschrieben, trotz Zensur, spanische Wirklichkeit. Sie verstanden es, unüberlesbar zwischen den Zeilen zu schreiben, sie glaubten an Veränderung, Befreiung von der Diktatur und unterstützten, zusammen mit Filmemachern, Theaterleuten, Malern und Universitätsprofessoren, die Protestbewegung, die zu der ersten großen Studentenrevolte von 1956 führte. Der Aufstand wurde niedergeschlagen, die Zensurbestimmungen wurden verschärft, zwei der Autoren starben, einer ging ins Exil, einer hörte auf zu schreiben.

Juan Benet, »ein aufmerksamer und empfindsamer Beobachter der spanischen Zeitgeschichte«, stand dieser Gruppe als Freund und Außenseiter nahe. Er ist Straßenbauingenieur. Seine ersten literarischen Arbeiten veröffentlichte er erst später, aber seine Art zu beobachten und zu beschreiben ist von der Gruppe geprägt. Sein Beruf ermöglichte dem schweigsamen Einzelgänger, der sich vom Literaturbetrieb fernhält, längere Aufenthalte in den nordwestlichen Provinzen Spaniens, aber auch Studien- und Informationsreisen ins Ausland. Región, Benets »mythische Landschaft«, ist Schauplatz mehrerer seiner Romane und Erzählungen, in denen, wie er spöttisch sagt, »augenscheinliche und auf der Hand liegende Wahrheiten Wand an Wand mit unlösbaren Rätseln zusammenleben«.

»Vielleicht wird man einmal, wenn wir schon ganz alt sind, keine Romane mehr schreiben, sondern ›Brautigans‹«, schrieb Lew Welch zu *Richard Brautigans* drittem Roman »In Wassermelonen Zucker«. »Niemand begreift so recht, was er eigentlich mit den Wörtern anstellt, aber er hat etwas völlig Neues und Eigenartiges geschaffen – ein ganz neues Genre. Gleichzeitig, und das ist sehr wichtig, sind seine Sachen so leicht zu lesen wie Science Fiction oder Detektivgeschichten. Man beginnt zu lesen, und nach drei Seiten läßt einen das Buch bis zum Schluß nicht mehr los.«

Inzwischen hat Richard Brautigan tatsächlich einige Bücher geschrieben, die auf den ersten Blick aussehen wie Parodien auf etablierte Gattungen der Trivialliteratur: einen Kriminalroman (»Willard and His Bowling Trophies: A Perverse Mystery«), einen Western (»The Hawkline Monster: A Gothic Western«), einen Detektivroman (»Dreaming of Babylon: A Private Eye Novel 1942«). Aber es gelingt ihm immer wieder, das parodistische Element so zu zersetzen, daß die Texte eine ganz neue Qualität erhalten: Sein »perverse mystery« wird unversehens zu einer Studie über Gewalt und Gewalttätigkeit, zur Beschreibung eines (nicht nur amerikanischen) Zustands, in dem Menschen, auch in den persönlichsten Beziehungen, nur noch gewalttätig miteinander umgehen können.

Am überzeugendsten ist diese Methode der Auflösung trivialer Muster wohl in »Die Abtreibung: Eine historische Romanze 1966« angewendet, die gleichzeitig eine Parodie auf die *historical romances* (die kitschigen »Bastei«-Romane Amerikas), eine liebevolle Satire auf den Literaturbetrieb außerhalb des Literaturbetriebs und eine ganz realistische Liebesgeschichte ist.

Richard Brautigan wurde 1935 in Tacoma, Washington, geboren und lebt heute in San Francisco. Er hat seit Anfang der sechziger Jahre vierzehn Bücher – Romane, Gedichtbände und Kurzgeschichten – veröffentlicht, von denen auf deutsch bis jetzt fünf vorliegen: »Forellenfischen in Amerika«, »In Wassermelonen Zucker«, »Die Abtreibung: Eine historische Romanze 1966«, »Die Rache des Rasens: Geschichten 1962–1970« und »Ein konföderierter General aus Big Sur«.

John Cheever, 1912 in Quincy, Massachusetts, geboren, ist der Chronist des amerikanischen Mittelstandes. Sein Vater, »ein Handelsreisender mit einer Blume im Knopfloch«, verlor 1929 seine Arbeit; seine zierliche, energische Mutter, die die Familie mit einem kleinen Laden über Wasser hielt, nahm ihren begabten Sohn mit ins Theater in Boston. Aber mit siebzehn mußte er wegen »Faulheit« – er las Proust und Joyce unter der Schulbank – und weil er rauchte von der Thyer Academy abgehen. Er schrieb eine Geschichte darüber und schickte sie an die »New Republic«, die sie prompt druckte. Nun wollte er Schriftsteller werden. Sein älterer Bruder, mit dem er später durch Frankreich und Deutschland trampte, ermutigte ihn und half ihm mit Geld aus. Nach seinen ersten kleinen Erfolgen ging er nach New York. In Greenwich Village lernte er John Dos Passos, E. E. Cummings und James Agee kennen. Er war zweiundzwanzig, als die Zeitschrift »The New Yorker« zum erstenmal eine Short Story von ihm veröffentlichte. Heute lebt er in Ossining am Hudson River.

Seine Erzählungen und Romane spielen zum großen Teil in der traditionsbewußten Welt, aus der er stammt: Er wurde der Chronist Neuenglands genannt. Seine beiden ersten Romane, »Die lieben Wapshots« und »Die schlimmen Wapshots« (1957 und 1963), eine fünfzig

Jahre umfassende Familienchronik – ein Rückblick auf das »verlorene Paradies« und den »Sündenfall« der amerikanischen Gesellschaft – waren, wohl nicht zuletzt ihres versöhnlichen Optimismus wegen, große Erfolge. Aber in den sechziger Jahren wurde der Ton des »freundschaftlichen Moralisten« schärfer: Sein Roman »Die Bürger von Bullet Park« (1969), in dem er den Alltag des amerikanischen Mittelstands an der Ostküste beschreibt, ist eine bissige Satire. Von seinen Short Stories – er schrieb weit über hundert, die meisten für den »New Yorker« – sind einige in den USA so bekannt wie seine Romane, darunter die melancholische, erstarrtes Leben beschreibende Erzählung »Der Schwimmer«, die (wie die »Wapshot«-Romane) auch verfilmt wurde.

Hugo Dittberner wurde 1944 in Gieboldehausen im Harz geboren. Neun Jahre Internatszeit in Bad Nenndorf bilden den autobiographischen Hintergrund seines ersten Romans von 1974, »Das Internat«, in dem er das Bild einer synthetischen Kindheit entwirft, in der jede Entwicklung von Individualität unterdrückt werden soll. Der Roman stellt Rituale und Anpassungsstrategien in einer Zwangssituation dar, die als Teil für das gesellschaftliche Ganze stehen kann. Ihm ging 1973 die Veröffentlichung mehrerer Lyrikbände voraus, sowie eine Dissertation über »Heinrich Mann – Eine kritische Einführung in die Forschung«, die 1974 erschien. In der umfangreichen Reiseerzählung »Kurzurlaub« von 1976 zeichnet sich eine Struktur ab, die für all seine Erzählungen, insbesondere für die in dem Band »Draußen im Dorf« (1978) versammelten gilt: das ruhige, genaue Beschreiben einer Alltagsoberfläche, die an sorgsam verklebten Stellen aufbricht und den Blick freigibt auf den morschen Untergrund, die Irritation und Unheimlichkeit, die unser Alltag mit seinen realen Widersprüchen enthält. Am ausdrücklichsten politisch gibt sich der Erzähler Dittberner in seinem letzten Roman »Jacobs Sieg«, der im Frühjahr 1979 erschien. Es ist die Geschichte eines Mittdreißigers, eines ehemaligen Apo-Aktivisten, der, in ein Leben auf Sparflamme abgerutscht, mit der moralischen Katastrophe seines Lebens konfrontiert wird und seinen letzten Sieg im Selbstmord erringt. Der poetische Realismus der Erzählungen verdichtet sich hier, in der Konzentration des Romangeschehens auf zwei Tage, zu einer Parabel über die Beziehung von gesellschaftlicher Gewalt und politischer Aktion, über den Widerspruch einer Generation, die negativ auf den Nationalsozialismus und den Wiederaufbau der Väter fixiert bleibt und dabei ihre eigene politische und historische Identität finden muß.

Mehr noch als die mit ihm ungefähr gleichaltrigen Dos Passos und Hemingway repräsentiert *Francis Scott Fitzgerald* (1896–1940) die (von Gertrude Stein) so genannte »Verlorene Generation«, deren Protest er vielleicht am eindringlichsten formuliert hat: »Die alte Generation hat diese Welt hübsch ruiniert, bevor sie sie an uns weitergab. Sie haben uns dieses Ding übergeben: in Stücke gebrochen, durchlöchert, rotglühend und nahe daran, in die Luft zu gehen, und jetzt wundern sie sich, daß wir es nicht mit derselben netten, geziemenden Begeisterung entgegennehmen, mit der sie es damals in den achtziger Jahren empfingen.«

Fitzgeralds Erstlingsroman »This Side of Paradise« (1920) ist mit den immer wieder vergeblichen Anläufen des Helden zur »Personwerdung« nicht nur der Prototyp der »lost generation novel«, sondern schlägt mit seiner Beschreibung der Hohlheit des Jazz-Zeitalters ein Thema an, das leicht variiert in vielen seiner Kurzgeschichten und vor allem in seinem berühmten Roman »The Great Gatsby« (1925) wiederkehrt.

Die Erkenntnis vom Anderssein der Reichen, das nicht einfach darin besteht, daß sie »mehr Geld haben« (wie Hemingway einmal boshaft bemerkte), sondern in einer dem gewöhnlichen Sterblichen völlig unbegreiflichen Mentalität verantwortungsloser Unbekümmertheit leben – diese Erkenntnis beschäftigte Fitzgerald ebenso wie die Gewißheit, daß dem kleinen Mann oder Jungen aus der unterprivilegierten Schicht der heißbegehrte Aufstieg in jene Sphäre letztlich immer verschlossen bleiben werde.

Fitzgerald selber blieb er nicht ganz verschlossen. Dank der Spitzenhonorare als begehrter Kurzgeschichtenautor konnte er sich und seiner schönen, kapriziösen Frau Zelda eine Zeitlang das vornehme Vagabundieren zwischen New York, Paris, Rom und Riviera leisten, das damals als schick galt. Der Preis war hoch: bei ihm Alkoholismus und bei Zelda der Ausbruch einer latenten Schizophrenie. Der weitgehend autobiographische Roman »Tender is the Night« (1935) schildert diese Etappe seines Lebens. Fitzgerald endete wie so mancher andere prominente Autor als nicht ernstlich beschäftigter Drehbuchschreiber in Hollywood. Der Einblick in die Filmbranche inspirierte ihn zu seinem letzten, unvollendeten Roman »The Last Tycoon« (1940), nach dem Urteil von Kennern die beste Inside-Story über Hollywood. Die Geschichte »Kraftakt in Gips« entstand 1939.

Hans J. Fröhlich ist kein Erfolgsschriftsteller, aber er hat als Schriftsteller Erfolg, mit jedem Roman mehr. Vielleicht nicht so sehr bei den Lesern, wenn man die Höhe der Auflagen als Kriterium nimmt, dafür aber bei der Kritik, die seine Bücher von Anfang an registrierte und mit wachsender Zustimmung. Seine beiden ersten Romane »Aber egal!« (1963) und »Tandelkeller« (1967) fanden eine zurückhaltende Resonanz. Man hielt den noch jungen Autor (Fröhlich ist Jahrgang 1932) zwar für begabt, mochte sich aber mit seiner manieriert wirkenden Sprachgewandtheit nicht so recht anfreunden. »Engels Kopf« (1971) dagegen, ein phantastisch-surrealistisches Verwirrstück, nannte damals die »Deutsche Zeitung« ein wichtiges Buch. Der 1974 erschienene Roman »Anhand meines Bruders«

war für die »Frankfurter Rundschau« das »bisher beste Buch« dieses Autors. Günter Blöcker nannte in der »Frankfurter Allgemeinen Zeitung« den bisher letzten Roman Fröhlichs, »Im Garten der Gefühle«, »reich an seelischer Erfahrung und von einer unaufdringlich anmutigen Gescheitheit«. In der Tat ist die Leichtigkeit und Eleganz von Fröhlichs Sprache auffällig. Er verbindet sie mit einem sehr genauen »musikalischen« Kalkül. Der Vergleich mit der Musik liegt nahe: Fröhlich studierte in jungen Jahren Musik bei Wolfgang Fortner und komponierte auch selber. Seine 1978 erschienene Schubert-Biographie gibt Zeugnis davon. Fröhlich meidet holpernden Tiefsinn und setzt seine Kunst an die Oberfläche.

Gabriel García Márquez wurde 1928 in Aracataca, einem Dorf an der Atlantikküste Kolumbiens, geboren. Die Kindheitserinnerung, die für ihn die wichtigste werden sollte, ist die an seine ungerührt Geschichten und Geschichte erzählende Großmutter. Er begann ein Jurastudium und wechselte dann zum Journalismus über, den er auf eine höchst »investigative« Weise betrieb. Beeinflußt zunächst von Kafka, dann vor allem von Faulkner, begann er 1947 erzählende Prosa zu schreiben. Und langsam nahm in seinen frühen Kurzgeschichten und Romanen seine eigene epische Welt Konturen an, eine Welt, in der sich der lateinamerikanische Subkontinent wiedererkannte wie in keinem anderen Werk der Fiktion vorher und die ihn der übrigen Welt nähergebracht hat als irgendein anderes einzelnes Werk. Ganz da war sie 1967 in seinem Hauptwerk »Hundert Jahre Einsamkeit«, das den Niedergang einer Familie und mit ihr des Dorfes Macondo erzählt, in spanischer Sprache in mehr als drei Millionen Exemplaren verbreitet ist und in alle Weltsprachen übersetzt wurde. Auf diesen Roman folgten Kurzgeschichten, es folgte 1975 ein weiterer großer Roman, »Der Herbst des Patriarchen«, eine Mythisierung des lateinamerikanischen Diktators, dem sich, während ihm immer unbeschränktere Macht zuwächst, das Leben immer kläglicher entzieht. Seit diesem Buch arbeitet García Márquez wieder als Journalist; seit Jahren schreibt er an einem großen Buch über das nachrevolutionäre Cuba. Ist er in seinen journalistischen und politischen Arbeiten Sozialist und ist sein erzählendes Werk auch keineswegs »allgemeinmenschlich«, sondern durch und durch gebunden an die geschichtlichen Erfahrungen seiner Heimat, so ist es doch in keiner Weise parolenhaft politisch. Eines seiner hervorstechendsten Merkmale ist vielmehr gerade, daß ihm jede theoretisierende Erläuterung, jeder diskursive Zug ganz fehlt. Sein Werk ist um konkrete, oft phantastisch übersteigerte Bilder herum entworfen und geht ganz in ihnen auf.

»Die Nacht der Rohrdommeln«, 1953 entstanden, gehört zu García Márquez' frühen Erzählungen, zu den Einübungen in seine Art, Atmosphäre, Geschehnisse und Reflexion als körperliche Empfindung spürbar zu machen.

Nadine Gordimer ist mit sieben Romanen und mehreren Novellenbänden – auch einem Buch über schwarzafrikanische Literatur – die international bekannteste Schriftstellerin Südafrikas. Als Tochter jüdischer Eltern – der Vater aus Litauen, die Mutter aus England – wurde sie im November 1923 im Grubenstädtchen Springs am östlichen Ende von Witwatersrand geboren. Sie war fünfzehn, als ihre erste Erzählung gedruckt wurde. Mehrere ihrer Romane sind in Südafrika endgültig oder zeitweilig verboten worden. Sie hat auch Essays über Rassenfragen, über Zensur geschrieben – ihr Erzählwerk jedoch macht sie nicht eigentlich zur »Protestschriftstellerin«, weil sie, als Darstellerin zwielichtiger Situationen, auch die Spannungen zwischen der literarischen Charakterisierung und der Erfüllung politisch oppositioneller Wünsche als zusätzliche Ambiguität kennt: »Der Schriftsteller muß von seinen Freunden wie von seinen Feinden in Ruhe gelassen werden.«

In den Romanen sind Entfremdungen, Entzauberungen, auch Enttäuschungen und Selbstbetrug gutwilliger Liberaler Teil dieser Welt von Weißen, Schwarzen, Indern. Die Kurzgeschichten haben zuweilen kaustischen Humor, leben aber vom Kontrast der Zwischentöne und der drastischen Pointierung. Die Autorin hat einen empfindlichen Sinn für die physische Anwesenheit von Gegenständen; so macht sie Stimmungen indirekt und desto wirksamer spürbar. »Kein Ort wie:« ist Teil ihres letzten Erzählungsbandes »Livingston's Companions« (1972).

Luftschlössern gehörte schon immer die besondere, geheime Liebe von *Geno Hartlaub*. Ihre Romane und Erzählungen handeln oft von zerstörten Illusionen, kindlichen Träumen, die jäh zerstieben – am Fels der sogenannten Wirklichkeit. Insofern ist die Erzählung »Das Luftschloß« authentisch und typisch zugleich. Sie ist ein Bruchstück vom Ganzen.

Die 1915 in Mannheim geborene Geno Hartlaub (Tochter des Kunsthistorikers Gustav F. Hartlaub, Schwester des 1945 in den Berliner Kriegswirren verschollenen Felix Hartlaub) arbeitete nach Abschluß der Odenwaldschule 1934 zunächst in verschiedenen kaufmännischen Berufen. 1939 wurde sie zur Wehrmacht verpflichtet. Nach dem Krieg arbeitete sie zunächst als Lektorin der Zeitschrift »Die Wandlung«, später als Redakteurin des »Deutschen Allgemeinen Sonntagsblatts«.

Diese *vita activa* einer berufstätigen Frau, die sich bewußt dem Status der Ehefrau ebenso entzog wie dem des »freien Schriftstellers«, ist ihrer literarischen Entwicklung nur förderlich gewesen. Während ihre Anfänge als Erzählerin noch stark im Bann der ästhetisierenden Bildungstraditionen ihres großbürgerlichen Elternhauses stehen (»Die Tauben von San Marco«, 1953; »Der Mond hat Durst«, 1963), gelang es ihr spätestens mit dem Erzählungsband von 1969, »Rot heißt auch schön«, sich vom Ballast dieser Herkunft freizuschreiben. Ihre Themen und Stoffe wurden realistischer, auch härter in der Machart.

In diesem Sinn wurde auch 1975 ihre autobiographische Erinnerung trotz des unglücklichen Titels »Wer die Erde küßt« von der Kritik begrüßt, ja gerühmt. Es spricht einiges dafür, daß diese vielseitige Autorin, die viele Romane und Erzählungen schrieb, ohne daß ihr damit der große Publikumserfolg zuteil wurde, jetzt im Alter wachsend zu sich selber findet, indem sie sich – scheinbar – von sich selber abwendet. Im Frühjahr 1980 erschien ihr neuer Roman »Das Gör«, der die Erwartung nach Ungewohntem, Neuem, Zeitgenössischem nicht enttäuscht hat.

Franz Hohler, Schriftsteller und Kabarettist, wie es im Züricher Telefonbuch heißt, wurde 1943 in Biel geboren. Mit zehn Jahren lernte er Cello spielen, das Instrument, das bis heute bei keinem seiner Auftritte fehlt. Nach fünf Semestern Studium (Germanistik und Romanistik) verabschiedete er sich von der Universität, um mit seinem ersten Soloprogramm »pizzicato« öffentlich aufzutreten. Seit 1965 trat er in sechzehn Ländern auf, veröffentlichte zehn Bücher (u. a. »Der Rand von Ostermundigen«, 1973; »Wegwerfgeschichten«, 1974; »Der Wunsch, in einem Hühnerhof zu leben«, 1977; »Ein eigenartiger Tag«, 1979), machte Kinderprogramme für das Schweizer Fernsehen, schrieb einen Kinderroman (»Tschipo«), der mit dem Oldenburger Kinderbuchpreis ausgezeichnet wurde, außerdem Hörspiele, Fernsehspiele und Theaterstücke, zuletzt »Die dritte Kolonne«, ein Stück für zwei Frauen.

Auf der einen Seite steht also Franz Hohler als Kabarettist, dessen Texte allerdings nicht von jenem derben, zupackenden Witz sind, der die Lacher schnell auf seiner Seite hat; sein Witz ist vielmehr spitz, und die Stacheln haben Widerhaken. Zunehmend schärfer werdend zeichnet er ein Bild unseres Alltags, in dem sich der Lacher ungern wiedererkennt. Und auf der anderen Seite steht der Schriftsteller, der Erzähler, ein genauer Beobachter, der aber auch mit scheinbar spielerischer Leichtigkeit ins Absurde übergleiten kann, ins Phantastische. Literatur und Kabarett – beides läßt sich bei Franz Hohler nicht trennen, und literarisches Kabarett ist hierzulande leider rar.

P. C. (Per Christian) Jersild, 1935 in Katrineholm geboren, zählt zu jenen schwedischen Schriftstellern, die sich hartnäckig jeder Einordnung verweigern und denen die Gegenwartsliteratur in Schweden ihre Farbe und Spannung verdankt. Von früh an hatte er zwei Berufsziele: Schriftsteller und Arzt. Er war viele Jahre Dozent für Sozialmedizin. Erst 1978, nach dem Erscheinen seines fünfzehnten Buches, des in der Öffentlichkeit heftig diskutierten Krankenhausromans »Babels hus« (»Das Haus zu Babel«), entschied er sich für das Schreiben als seinem einzigen und eigentlichen Beruf.

Jersild, der nur solche Bücher schreiben will, die er selbst gern lesen würde, hat sich von verschiedenen Genres anregen lassen. Doch ob er nun die Alpträume einer übertechnisierten Welt zu seinem Thema macht wie in »Freier Samstag« (1965) oder ob er in dem Schelmenroman »Calvinols Reise durch die Welt« (1970) seinen Helden durch wechselnde Zeiten schickt – stets schwingt in seinem kühl beobachtenden, manchmal satirischen Stil ein Unterton von leidenschaftlich beteiligter Neugier mit. Oft genug läßt er die Realität durch den Blick eines Außenseiters prüfen, unter dem die bürokratischen Machtstrukturen ihre Gefährlichkeit preisgeben, so etwa in dem Science-Fiction-Roman »Die Tierärztin« (1979). Ebenfalls aus der Perspektive eines Außenseiters, nämlich der eines ganz auf sich selbst gestellten Zehnjährigen, wird das heutige Schweden in dem Roman »Die Insel der Kinder« (1978) gezeigt. 1980 erschien sein jüngster Roman »Das Haus zu Babel«.

Die Erzählung »Hansaplast« wurde einem Band mit autobiographischen Geschichten (»Uppror bland marsvinen«, 1972) entnommen, den Jersild nach eigener Aussage geschrieben hat, um sich »eine Kontinuität, eine haltbare historische Grundlage« zu schaffen.

Gert Friedrich Jonke wurde 1946 in Klagenfurt (Österreich) geboren, machte dort Abitur und wurde vom österreichischen Bundesheer mit der Eignung zum Korporal entlassen, um Germanistik und Philosophie zu studieren, dann auch, und vielleicht vor allem, Musik, und um die Akademie für Film und Fernsehen in Wien zu besuchen. 1969 erschien sein erstes vielbeachtetes Buch, ein »Geometrischer Heimatroman«. Seitdem ist Gert Jonke auf Reisen gewesen, hat mal in Wien, Berlin oder London, dann wieder in Klagenfurt gelebt, und er hat etliche Bücher geschrieben, wie die »Glashausbesichtigung« (1970), »Die Vermehrung der Leuchttürme« (1971) und »Die Schule der Geläufigkeit« (1977), ein virtuoses Kunststück, auf zwei Partien verteilt, die so genau aufeinander bezogen sind, daß sich am Ende nicht nur ihre Beziehung wieder aufhebt.

Jonkes Bücher sind musikalisch strukturiert. Die Helden, besser gesagt: die Erzähler, sind häufig Komponisten. Dabei ist seine Poesie zugleich Poetik, das heißt der Versuch, schreibend die Möglichkeit des Schreibens zu begründen. Seine Sätze folgen, indem sie sich ganz an die Logik der Sprache zu halten scheinen, zugleich der absurden Logik einer Realität, die so unmöglich scheint wie der »ferne Klang« eines Naturkonzerts, das Erfüllung verspricht und Zerstörung bringt. Das Leben in Jonkes Geschichten ist ein Alptraum – nicht ohne den »stillen Verdacht zu erwachen«, um dann zu erkennen, daß in den endlos langen, gedrechselten, mit skurril bitterer Komik durchsetzten Sätzen die Welt der Dinge dem Leben der Menschen das »Muster vorschreibt«.

Die ganze Welt ist nur ein »kosmischer Witz«, ohne Anfang und ohne Ende, weil die Suche nach dem (verkehrten) Anfang endlos, also vergeblich bleibt, wie es in dem jüngsten Buch »Der ferne Klang« heißt.

Der 1908 in Pico bei Pordenone im Friaul geborene *Tommaso Landolfi* ist einer der ausgepichtesten Stilisten der gegenwärtigen italienischen Literatur. Seine sublimen, sophistischen, leichthin selbstzerstörerischen Causerien waren über die Jahre eine Zierde der »dritten Seite« des »Corriere della Sera«. Seine Romane brachten es zu Preisen, doch nie zu nennenswerten Auflagen, und in Deutschland blieb er fast unbekannt. Der scheue Misanthrop war ein Einzelgänger, der an keinem Hindernis anzustoßen versäumte, die Lächerlichkeit der Existenz erleidend, aber linguistisch auskostend – ein Schwieriger, der lange und genüßlich über Entweder und Oder argumentieren konnte, außerstande, eines zu wählen. War er gezwungen, es gleichwohl zu tun, so wußte er im nachhinein, das eine sei eh so gut oder schlecht wie das andere.

In seinen oft skurrilen, zuweilen surrealen Erzählungen – vielleicht der beste Teil seines Werks – geraten Leute häufig in scheinbar minimale, eigentlich aber existenzielle Schwierigkeiten; sie werden zu irgendwas getrieben, was sie gar nicht wollen, werden Beute irgendeines Ticks, Spleens, Dranges; werden von Fremden in absurde, doch entlarvende Gespräche oder Korrespondenzen verwickelt, in denen Landolfi sich über modischen Sprachramsch feinhörig lustig macht – »achten wir aber gut auf jedes Wort!«. Diese vom Leben Belästigten sind bei genauerem Hinsehen das vielfältig gebrochene Ich aus dem heimlichen Lachkabinett des Autors, der gewiß ein großer Spiegelfechter war, ein Mann, der sich und seinesgleichen ausprobierte in »Nehmen wir an« –, »Es wäre schön, wenn« –, »War es eigentlich so?« – Konstellationen. Landolfi: ein Hypothetiker, der seine Fragezeichen wie Fermaten in einen flott fließenden, auch wohl preziösen, aber heiter musikalischen Text setzt, dessen Kontrapunkt das Groteske allen Seins oder doch Soseins ist. Was Wunder, daß er ein besessener Spieler und überzeugter Verlierer war. Er übersetzte Puschkin und den geliebten Gogol. Im Sommer 1979 starb er.

Lao She gilt als der volkstümliche Schriftsteller der chinesischen Moderne. Als Shu Qingchun wurde er 1899 in eine verarmte Pekinger Mandschu-Familie geboren, durchlief eine Lehrerausbildung und unterrichtete von 1924 bis 1929 an der Londoner School of Oriental Studies. Hier begann die Arbeit an einem schriftstellerischen Werk, das auf ein rundes Dutzend Romane, fast fünfzig Kurzgeschichten und zahlreiche Theaterstücke anwachsen sollte.

Lao Shes Umgebung ließ ihn vertraut werden mit dem Schicksal des einfachen Mannes, dem seine Sympathie gehörte und dessen Sprache er zu sprechen verstand. Das Werk bevölkern Rikscha-Kulis, Bettler, Bauern, Krämer und Prostituierte. Erst mit der 4.-Mai-Bewegung 1919 erfolgte in China die Abkehr von der klassischen Kunstsprache als literarischem Medium; die Hinwendung zur gesprochenen Umgangssprache hat Lao She mit seiner Verwendung des Peking-Dialekts am radikalsten und überzeugendsten vollzogen. Sein erzählerisches Meisterwerk ist der Roman »Der Rikscha-Kuli«, in dem der aussichtslose Kampf eines Anti-Helden gegen die übermächtigen Kräfte einer sich in der Auflösung befindenden Gesellschaft dargestellt wird. Der Roman wurde bereits in den vierziger Jahren ins Englische und Französische übersetzt und hat Lao She internationale Anerkennung gebracht. 1946 bis 1949 verbrachte der Autor drei Jahre in den Vereinigten Staaten. Während fast alle bedeutenden chinesischen Schriftsteller nach 1949 verstummten, begann für Lao She mit der Hinwendung zum Theater, von dem er sich wohl größere Wirkungsmöglichkeiten versprach, eine neue Periode künstlerischen Schaffens. Hervorzuheben ist sein Schauspiel »Das Teehaus«, das 1957 als eine Blüte aus der kurzen Zeit der »Hundert-Blumen« entstand.

Lao She bekannte sich zu der neuen Gesellschaft, hielt aber den Blick rückwärts gewandt, da er in der Beschreibung der Vergangenheit seine künstlerische Stärke sah. Es beleuchtet den Widersinn der Kulturrevolution, daß der Schriftsteller, der Mao Zedongs Devise »Nahe bei den Massen!« in seinem Werk am ehesten verwirklichte, von fanatisierten Roten Garden 1966 zum Verhör geschleppt und von diesen – man weiß es nicht – entweder in den Selbstmord getrieben oder erschlagen wurde. Die offizielle Rehabilitierung erfolgte 1978. Als Versuch der Wiedergutmachung ist wohl auch die dreieinhalbwöchige Tournee des Pekinger Volkskunsttheaters zu verstehen, mit der uns im Oktober 1980 Lao Shes »Teehaus« vorgestellt wurde.

Clarice Lispector wurde 1925 in der Ukraine geboren. Zwei Jahre später emigrierten ihre Eltern nach Brasilien, zunächst nach Recife, dann nach Rio. Dort studierte sie Jura, heiratete einen Kommilitonen, der die diplomatische Laufbahn einschlug, und lebte in der Schweiz, in Italien und in den USA. 1959 kehrte sie mit ihren beiden Söhnen nach Rio zurück und wohnte dort bis zu ihrem Tode 1977.

Mit neunzehn Jahren publizierte sie ihren ersten Roman »In der Nähe des wilden Herzens«, mit dem sie Kritiker und Leser in Erstaunen setzte. Noch nie hatten sie einen so eigenwilligen Stil gelesen, der von keinem anderen brasilianischen Autor beeinflußt schien. Die spracherneuernden Veränderungen, die Clarice Lispector in die brasilianische Literatur einbrachte, sind mit denen Virginia Woolfs zu vergleichen; sie wirken bis heute weiter wie die von Guimarães Rosa.

Der Ruhm von Clarice Lispector festigte sich von Roman zu Roman (insgesamt sieben). Ihre Protagonisten sind fast immer Frauen, die mit einem »wilden Herzen« zurechtkommen müssen. Auch in den Erzählungen (es gibt fünf Bände) steht meist eine Frau im Mittelpunkt einer Krise, eines Konflikts, einer Suche. Mit einer knappen Beobachtung, die oft in einem Satz eingefangen wird, dringt diese Autorin bis in das Innerste des Menschen vor. Der Kritiker Antonio Cândido schreibt: »Ihre unverwechselbare Qualität liegt in dem originellen Stil, der die Wirklichkeit in ein Bild hüllt, um eine Welt unerwarteter Bedeutungen freizusetzen. Das Alltägliche nimmt einen Hauch von Magie an, die Gefühle entfalten sich auf verschiedenen Ebenen, die Sprache scheint an den Grenzen einer anderen Welt geschaffen zu sein.«

Der Leipziger Schriftsteller *Erich Loest* wurde 1926 in der sächsischen Kleinstadt Mittweida geboren. Hitlerjugend, gegen Ende des Zweiten Weltkriegs noch Soldat, nach Kriegsende Arbeit auf dem Land, dann Journalist bei der »Leipziger Volkszeitung«. Anfang der fünfziger Jahre begann er Bücher zu schreiben. Dann klafft ein zwölfjähriges Loch in seiner Bibliographie: 1957 wurde Loest wegen »konterrevolutionärer Gruppenbildung« verhaftet, fast sieben Jahre saß er im Zuchthaus Bautzen, nach seiner Entlassung schrieb er zunächst unter Pseudonym, und zwar Kriminalromane. Erst gegen Ende der sechziger Jahre begann unter dem eigenen Namen Loests zweite literarische Laufbahn.

Mit der offiziell akklamierten Literatur der DDR hat Loest seine Vorliebe für solide Fabeln gemein, an denen sich moralisch belangvolle Lebensprobleme demonstrieren lassen, eine volkstümlich unkomplizierte, hemdsärmelige Schreibweise, die sich gewiß nicht den Vorwurf des »Formalismus« zuzieht, und eine Zuneigung zu den gewöhnlichen Menschen in den gewöhnlichen Situationen, insbesondere zur Jugend. Auch läßt sich seinen Büchern nicht entnehmen, daß er etwa mit dem Sozialismus nicht einverstanden wäre. Trotzdem hat es sicher seinen Grund, daß Loests vorläufiges Hauptwerk, der Roman »Es geht seinen Gang oder Mühen in unserer Ebene« (1978), in seinen zwei DDR-Ausgaben als unerhört »scharfe Sache« galt und im Nu vergriffen war. In der Beschreibung des DDR-Alltags nämlich geht Loest halsbrecherisch weit. Vor allem hat er listige (und für den ungefährdeten Leser höchst lustige) Methoden erdacht, wie sich Unaussprechliches sagen läßt, ohne daß der Autor dafür belangt werden kann. Über die Fremdheit – und Ähnlichkeit – des Alltags in der DDR wird man von Loest ohne propagandistische Allüren und höchst unterhaltsam unterrichtet. Er ist ein Chronist der Geschichte »ganz unten«, ehe sie in die Hände der Geschichtsschreibung fällt. In der Bundesrepublik gibt es von ihm den Roman »Es geht seinen Gang . . .« (1978), die Erzählungen »Pistole mit sechzehn« (1979) und einen biographischen Roman über Karl-May, der seinem Elend im Geschichtenerfinden entfloh, »Swallow, mein wackerer Mustang« (1980).

Allmählich wird *Nagib Mahfuz,* der berühmteste Romancier der arabischen Welt, auch in den europäischen Ländern bekannt. In englischer Übersetzung liegen mehrere Werke vor, so zum Beispiel »Midaq Ally« und »Miramar«. Um diesen Schriftsteller aber wirklich kennenzulernen, wäre es erforderlich, Zugang zu haben zu seiner Romantrilogie »Bain al-qasrain« (Zwischen den Palästen, 1956/57) und zu seinem allegorischen Werk »Aulad haratna« (Die Leute unserer Gasse, 1959/60).

Nagib Mahfuz wurde 1912 in al-Gamaliya, einem der ältesten islamischen Stadtviertel Kairos, als Sohn eines kleinen Beamten geboren. Er studierte von 1930 bis 1934 Philosophie an der Kairoer Universität und war anschließend über zwei Jahrzehnte im staatlichen Verwaltungsapparat, hauptsächlich im Ministerium für religiöse Stiftungen, tätig.

In seinen realistischen Romanen, von »al-Qahira algadida« (1945) bis zur Trilogie (1956/57), hat Mahfuz eine in der arabischen Sprache nie zuvor gekannte Verwandlung von Welt in sinnliche Bilder, in anschauliche Vorgänge und Gestalten vollzogen. Seine Romane spielen vor allem in den alten Kairoer Vierteln um die Husain-Moschee. Menschen und Szenerien gehören unverwechselbar zusammen. Diese realistischen Werke sind ein einziger großer Roman über das ägyptische Kleinbürgertum seit dem Ersten Weltkrieg.

Die Trilogie »Bain al-qasrain« ist ein Zeit- und Familienroman und zugleich eine Chronik der sozialen und politischen Bewußtwerdung Ägyptens von der Volkserhebung von 1919 bis zum Ende des Zweiten Weltkriegs. Mit seiner Generationsgeschichte zielt der Autor auf das Allgemeine, auf die Darstellung des Niedergangs einer erstarrten, rückständigen Gesellschaftsordnung, in der die Vaterherrschaft unbestritten ist, und auf das Aufkommen von neuen, differenzierteren und subtileren Beziehungen. Vorbilder dieses umfangreichen Werkes waren Galsworthys »Forsyte Saga«, Tolstojs »Krieg und Frieden« und Thomas Manns »Buddenbrooks«. Über die tiefere Affinität zu Mann sagt Mahfuz: »Bei Thomas Mann fand ich die Ausgewogenheit des Darstellungsstils, die ich anstrebte.« Thema seines Werkes »Die Leute unseres Viertels«, das zunächst in Fortsetzungen in »al-Ahram« erschien und als Buch verboten wurde, ist die Geschichte der drei großen monotheistischen Religionen bis zum Zeitalter der modernen Wissenschaften, die zum Berufsstand und zum Instrument der Macht geworden sind. Der Nachdruck liegt in diesem Roman auf der Humanisierung der Heilsgeschichte, auf ihrer Entkleidung von jeder Mythologie.

Als kritischer Zeitbeobachter schrieb Mahfuz in späteren Werken die innere Geschichte des nachrevolutionären Ägypten. Die Verbindung von Anschauung und Abstraktion prägte seinen Stil. Der reale Bezug zur Gegenwart findet zunehmend auf Umwegen statt. »Der Gaukler hat den Teller geraubt« ist dem Erzählungsband »Unterm Schutzdach« (1969) entnommen.

Slawomir Mrożek teilt das Schicksal der meisten slawischen Autoren des zwanzigsten Jahrhunderts: Sie werden bei uns nicht gebührend zur Kenntnis genommen. Dabei ist der Pole zusammen mit dem Tschechen Václav Havel und seinem Landsmann Tadeusz Różewicz der bedeutendste

Vertreter einer höchst eigenwilligen östlichen Variante des Theaters des Absurden (das in dem Polen Ignacy Witkiewicz, genannt Witkacy, aber auch in dem Russen Daniil Charms außerordentlich bemerkenswerte Vorläufer hat). In den sechziger Jahren zwar wurden »Tango« und »Die Polizei« und so mancher Einakter von Mrożek landauf landab inszeniert, nicht ungern übrigens von Studentenbühnen – wegen ihrer geringen Personenzahl. Aber inzwischen ist eine Theatergeneration herangewachsen, der der Name Mrożek kaum mehr vertraut ist. Neben seinen Stücken hat Mrożek stets auch satirische Erzählungen geschrieben von einer abstrusen Erfindungskraft und einer abgründigen Bösartigkeit. Er wurde als Humorist abgestempelt, obwohl ihm eigentlich gar nicht so komisch zumute ist. Solange Mrożek in Polen lebte, war die Kritik vor allem damit beschäftigt, seine Parabeln auf Regimekritik hin aufzuschlüsseln. 1963 ging der heute 49jährige nach Italien – nicht als Emigrant, sondern um dort zu leben –, seit 1968, als er gegen den Einmarsch in die ČSSR protestierte und dafür eine Zeitlang in Polen persona non grata war, lebt er in Paris.

Es wird nicht schwerfallen, die hier abgedruckte Erzählung Mrożeks als eine Parabel auf den Stalinismus zu verstehen. Es entspricht aber der Eigenheit einer Parabel, die Mrożeks Erzählung mit manchen Kurzgeschichten Kafkas, aber auch mit den frühen Kurzfilmen Roman Polanskis verbindet, daß sie vielfältig ausdeutbar ist, durchaus also auch als Gleichnis für westliche Bürokratien verstanden werden kann. Sind die Erzählungen der Tschechen Škvorecký und Pavel durch den Jargon gekennzeichnet, durch eine Stillage und eine Themenwahl, die auf das traditionsbildende Werk von Hašek, »Der brave Soldat Schwejk«, verweisen, so ist Mrożeks Sprache von jener Schlichtheit geprägt, die auch die Bilder von Polanskis frühen Filmen auszeichnet. 1980 erschien eine mehrbändige Ausgabe von Mrożeks Werken in der Bundesrepublik.

Vidiadhar Surajprasad Naipaul – die vollen Vornamen des indischen Erzählers aus Trinidad, der nur *V.S. Naipaul* zeichnet, dürften den meisten seiner Leser unbekannt sein – wurde 1933 geboren, ein Nachkomme von Landarbeitern, die aus dem Ganges-Tal durch Regierungskontrakt einwanderten. Nicht nur er und sein Bruder Shiva – schon der Vater, der Drucker und Verleger war, schrieb Bücher. Zunächst stand Trinidad – mehr abruptes Nebeneinander als Mischung von Völkern – im Mittelpunkt seiner Romane (am bedeutendsten »A House for Mr. Biswas«, unübersetzt) und autobiographischen Novellen (»Blaue Karren im Calypsoland«). Auch in seinem vorletzten, vieldiskutierten Roman »Guerrillas« ist ein Phantasiestaat als Trinidad erkennbar. Doch spielen seine Novellen und Romane auch in Washington (»Sag mir, wer mein Feind ist«), in Afrika, wie der jüngste Roman »A Bend in the River« (deutsch: »An der Biegung des großen Flusses«, 1980), und in London.

Naipaul, der viel reist, lebt heute in Südengland. Neben Romanen und

Novellen hat er auch zwei schmerzlich kritische Indienbücher verfaßt, Schilderungen der Karibik und eine Geschichte Trinidads (»In Search of El Dorado«). Als Wahlengländer, der, in einer anderen Sprache aufgewachsen, zu einem der berühmtesten englischsprachigen Autoren wurde, ist er mit Joseph Conrad, dem Polen, verglichen worden. Doch richtet Naipaul den Blick auf typische, nicht auf außergewöhnliche Menschen und auf kollektive Gegebenheiten mehr als auf individuelle Schicksale. Afrikanische Schriftsteller haben Naipaul unlängst wegen seines »typisch westlichen« Standpunktes angegriffen, schreibt doch Naipaul von afrikanischen Revolutionen: »Nichts hat sich geändert, die Mängel dauern an, sie bleiben unanalysiert.« Doch geht es dem Erzähler niemals um Meinungen: »Ich kann zornig, ungeduldig sein wie nur wer – doch nichts davon läßt sich in Schreiben umsetzen. Um zu schreiben, muß man alle Sinne gebrauchen. Alle Poren müssen offen sein.« So sagte er in einem Interview mit einer afrikanischen Zeitschrift. Die Erzählung »Logierbericht des Nachtwächters« entstammt dem Sammelband »A Flag on the Island« (1967).

Joyce Carol Oates, 1938 in einer Kleinstadt des Staates New York geboren, schreibt seit Anfang der sechziger Jahre Romane (gerade wurde ihr zehnter fertig), Kurzgeschichten, literarische Essays. Wenn sie, wie meist, von der Liebe schreibt, gerät sie ihr fast immer zur zerstörenden Gewalt einer Passion – und etwas zu eilfertig sagt man Joyce Carol Oates nach, Gewalt sei ihr eigentliches Lebensthema. Ihre Kritik an der Zivilisation Amerikas ist differenzierter und sublimer, doch in der Tat faßte sie die zerstörerischen Leidenschaften einer vermeintlich optimistischen Gesellschaft härter ins Auge, als es ihren Landsleuten lieb ist. Wie vor ihr der ihr wahlverwandte William Faulkner zwingt diese zarte Frau Amerika in eine Konfrontation mit dem Tragischen. Sie stammt nicht aus der depressiven Traumwelt des Südens wie Carson McCullers oder Thomas Wolfe, sie ist vielmehr eine Tochter des neuenglischen Nordens, dessen Protestantismus seit der Aufklärung in einer Philosophie des machbaren Glücks aufging. Ihre Bücher deuten auf das Ende dieser harmonischen Weltanschauung hin. Sie ist freilich kein Kind des puritanischen Yankee-Bürgertums, sondern des ländlichen Proletariats, das sie in »Childwold« schildert, womöglich ihrem schönsten Buch: die erste in ihrer Familie, wie sie sagt, die eine Schulbildung abschließen konnte. Ihre Bücher erreichen hohe Auflagen. Sie werden bewundert, auch gefürchtet, doch populär sind sie nicht: »J.C.O.« haftet noch immer der Ruch der Außenseiterin an. Fast zähneknirschend gesteht ihr das literarische Establishment zu, daß sie die Kurzgeschichte in neuer Meisterschaft geformt hat. Sie schreibt wie eine Besessene: Schon mit vierzig hat sie ein Lebenswerk vorzuweisen. Nach vielen Jahren an einer kleinen kanadischen Universität lehrt sie heute in Princeton. In deutschen Übersetzungen liegen bisher nur vier Bücher von ihr vor: die Romane »Jene« und »Ein Garten irdischer Freuden« sowie die beiden Kurzgeschichtensammlungen »Grenzüberschreitungen« und »Lieben, Verlieren, Lieben«. »Normale Liebe« gehört zu ihrer Erzählungssammlung »Marriages and Infidelities« (1974).

Ota Pavel wurde 1930 in Prag geboren. Sein Vater und seine Brüder waren während des Krieges im KZ. Pavel besuchte die Handelsschule und spielte für Sparta in Hockey-Meisterschaften. Ab 1949 war er beim Rundfunk und für Zeitschriften Sportredakteur. Während der Winterolympiade 1964 in Österreich erkrankte er schwer und mußte in eine psychiatrische Anstalt eingeliefert werden. Trotz einiger Bücher, die er kurz vor seiner Erkrankung und dann nach Einführung eines neuen Medikaments schrieb, blieb Pavel in literarischen Kreisen wenig beachtet, bis 1971 der Erzählungsband »Der Tod der schönen Rehböcke« erschien. 1973 starb er in Prag.

Die hier veröffentlichte Erzählung ist in der Tschechoslowakei nie erschienen. Wir entnahmen sie der anspruchsvollen Exil-Zeitschrift »Svědectví« (Zeugenaussage), die seit sechzehn Jahren von Pavel Tigrid in Paris (und in tschechischer Sprache) herausgegeben wird. Der Vater, von dem Ota Pavel hier erzählt, ist ein Verwandter von Isaak Babels Gedali, der sich eine Internationale der guten Menschen wünscht, von Babel selber, der Kommunist und zugleich Jude sein wollte. Aber die Art, in der Pavel das erzählt, ist ungemein tschechisch. Es schwingt da bis zum Schluß eine schelmische Ironie mit, die niemals bitter oder bösartig wird und auch in dem Verspotteten noch das Liebenswerte sieht. Antikommunistisch ist an dieser Geschichte lediglich, daß sie nicht in der ČSSR, deren Geschichte sie auf menschliche Maße verkleinert und somit begreifbar macht, erscheinen darf.

Richard Rive wurde 1930 in Kapstadt, Südafrika, geboren. Er unterrichtet heute dort am Hewat Training College, einer pädagogischen Hochschule, englische Literatur. Obwohl seine Muttersprache Afrikaans – die Sprache der aus Holland stammenden Buren – ist, schreibt er seine Kurzgeschichten und Essays in Englisch. Studiert hat er an der Columbia Universität in den USA und in Oxford. 1970 erschienen bei Reclam in Leipzig seine Kurzgeschichten »African Song«. »Quartet« und der Band »Modern African Prose« wurden in London und New York verlegt. Der Roman »Emergency«, der die Rassenunruhen in Sharpeville behandelt, erschien in Rußland und Japan. Zur Zeit arbeitet er an einer Biographie der ersten namhaften südafrikanischen Schriftstellerin, Olive Schreiner, die mit ihrem Buch »Story of an African Farm« im viktorianischen England Staub aufwirbelte.

In seiner preisgekrönten Kurzgeschichte »The Man From the Board« (1978) beschreibt Rive das Gespräch zweier Freunde, die sich beim Spazierengehen in Oxford Gedanken darüber machen, woran man einen »typischen Südafrikaner« erkennen könnte. »Er trägt einen kurzen Safari-

Anzug und hat einen Kamm in seinem linken Kniestrumpf stecken«, meint einer. »Wenn jedoch kein Kamm an seiner linken Wade blinkt, er aber einen kurzen Safari-Anzug trägt, muß es sich um einen Australier handeln, der ganz sicher Neil heißt. Nur Australier, die Neil heißen, tragen auch Safari-Anzüge«, sinniert er weiter.

Was verbirgt sich hinter so einer Maske des »Typischen«? Ist solch ein Kammträger gefährlich für jemanden ohne die richtigen Accessoires? Wie verhält man sich ihm gegenüber am klügsten? Und was, wenn er eine andere Hautfarbe hat? Themen, die Richard Rive interessieren und die er immer wieder behandelt hat. Sie befassen sich fast alle vordergründig mit der Rassenfrage und der Apartheidspolitik, lassen sich aber nie nur auf Schwarz-Weiß-Probleme ein, sondern untersuchen mit großem Einfühlungsvermögen, wie Menschen miteinander umgehen und wie sie häufig an diesem Umgang miteinander scheitern.

Geboren wurde *Wolfdietrich Schnurre* 1920 in Frankfurt; aber das ist nicht wichtig. Seine Heimat ist, seit dem achten Lebensjahr, Berlin. Hier ging er zur Schule, hier begann er – nach »sechseinhalb sinnlosen Jahren als Soldat« – ein Verlagslektorat, und Berlin liefert ihm seit 1946 sozusagen das Rohmaterial für seine Arbeit als freier Schriftsteller.

Schnurre, einer der Gründer der legendären »Gruppe 47«, gehört zu den ersten Vertretern der deutschen Nachkriegsliteratur. Er hat vor allem zwei damals neue literarische Formen entscheidend mitentwickelt: die Kurzgeschichte als deutsche Variante der amerikanischen Short Story und das Hörspiel. »Die Rohrdommel ruft jeden Tag« (1950), »Die Aufzeichnungen des Pudels Ali« (1953), »Eine Rechnung, die nicht aufgeht« (1958) – so hießen die ersten Bände mit Erzählungen, die, sprachlich und inhaltlich bis aufs Äußerste reduziert, von einem warmen, humorvollen Unterton, bisweilen aber auch von beißenden, satirischen Klängen geprägt waren. Als Schnurre 1958 einen Roman vorlegte (»Als Vaters Bart noch rot war«), war es ein Roman in Geschichten, autobiographisch anmutende Episoden von Bruno und seinem Vater im Berlin der späten zwanziger Jahre. An diese Geschichten knüpft Schnurre nicht nur zeitlich mit seiner in diesem Band enthaltenen Erzählung an.

Statt viele weitere Titel zu zitieren, sei nur noch an sein im letzten Jahr erschienenes Buch »Der Schattenfotograf« erinnert, sehr persönliche, tagebuchartige Aufzeichnungen, mit denen er die Kritik überraschte und überzeugte – mehrere Monate stand der Titel an der Spitze der Bestenliste des Südwestfunks.

Leonardo Sciascia wurde 1921 in Racalmuto auf Sizilien geboren, und Sizilianer ist er ganz und gar. Die geschichtssatte Insel, deren Menschen sich durch Jahrtausende unter fremden Herren einrichten mußten, hat ihn nach eigener Aussage zum Schriftsteller gemacht. Hier lernte er die intimen

Machenschaften der Macht, ihrer weltlichen und geistlichen Inhaber kennen und die Ohnmacht der unmündig gehaltenen Armen. Es war fortan sein Thema. Mit den Jahren begann er die heimatliche Weltprovinz zu begreifen, und die Mafia, von ihm lebensgefährlich konkret beschrieben, wird für ihn immer mehr zum Markenzeichen jeglicher Machthaberei.

Skeptische Intelligenz und moralische Sensibilität brachten den einstigen Volksschullehrer (bis 1957) zu einem sozialen und politischen Engagement, das nicht nur jedes seiner Bücher prägt: Sciascia ließ sich 1975 als Unabhängiger auf der Liste der Kommunisten in den palermitanischen Stadtrat wählen, trat jedoch keine zwei Jahre später wegen totaler Ineffizienz der Kommunalarbeit und aus Protest gegen den vom KPI angestrebten Historischen Kompromiß mit den Christdemokraten zurück. Angesichts der schlimmen italienischen Verhältnisse hielt es ihn aber nicht bei seiner Intensivarbeit, dem Schreiben, es genügte ihm auch nicht, »Die Affäre Moro« in einem nachdenklichen Pamphlet zu analysieren: Die Radikale Partei gewann ihn, und auf ihrer Liste wurde er 1979 ins Europäische Parlament gewählt, mittlerweile der angesehenste, vor allem von den Franzosen geschätzte, italienische Schriftsteller.

Französischer Geistigkeit ist Sciascia allerdings zugeneigt: die *clarté* von Stil und Konzept lassen an Stendhal und Voltaire denken – kürzlich schrieb er einen brillanten sizilianischen »Candide«. Seine anklägerischen Geschichten lesen sich oft wie Krimis und sind doch vielmehr kundige Beschreibungen einer kriminellen Realität, die Sciascia mit dem Mut zur Vernunft trotz des melancholischen Bewußtseins der Vergeblichkeit bloßstellt (»Der Tag der Eule«, »Tote auf Bestellung«, »Tote Richter reden nicht«).

Josef Škvorecký gehört mit Milan Kundera, Ludvík Vaculík und anderen zu jenen tschechischen Autoren, deren wichtigste Werke zwar deutsch vorliegen, hierzulande aber kaum wahrgenommen wurden. In Frankreich zum Beispiel erreichen die Bücher dieser Schriftsteller eine Auflage, die bis zum zwanzigfachen der deutschen Auflage steigt. Woran liegt das? Versteckt sich dahinter immer noch ein Rest deutscher Arroganz den Slawen gegenüber? Oder hat das seinen Grund darin, daß unsere Vorstellung von »wertvoller Literatur« geprägt ist von Werken, die einer (idealistischen) Philosophie oft näher sind als übermütiger Erfindung und süffigem Erzählen?

Josef Škvorecký, 1924 geboren, nach dem Einmarsch der Warschauer-Pakt-Truppen nach Toronto in Kanada emigriert, wo er einen Exil-Verlag leitet, hat in seinem Hauptwerk »Feiglinge«, das bald nach dem Krieg entstand, den angeblichen Heroismus der unmittelbaren Nachkriegsjahre in der Tschechoslowakei mit Witz und Ironie demystifiziert. In seinen zahlreichen Erzählungen und Feuilletons wandte er sich immer wieder seinen Lieblingsthemen zu: dem Jazz und dem Kriminalroman.

Der Jazz spielt auch in der hier vorgestellten Erzählung, die bereits 1955 entstand, eine entscheidende Rolle. Es ist dies ein meisterhaftes Beispiel für die Kunst der Tschechen, hinter scheinbar Belanglosem, hinter Liebes- und Studentengeschichten das Historische sichtbar werden zu lassen. In diesem Fall: die Jahre zwischen Stalins Tod und dem Zwanzigsten Parteitag der KPdSU, sowie deren Vorgeschichte. Um beliebten Mißverständnissen vorzugreifen, sei ausdrücklich darauf aufmerksam gemacht, daß die Perspektive dieser Erzählung nicht die des Autors, sondern die eines sehr plastisch hervortretenden Erzählers ist (dessen scheinbarer Zynismus Ausfluß einer spezifischen historischen Erfahrung ist). Dabei spielt die Sprache eine wichtige Rolle. Und hier versagt die Übersetzung. Prager – auch die gebildeten – sprechen keine Sprache, die unserem Hochdeutsch vergleichbar wäre. Die tschechische(n) Umgangssprache(n) ist (sind) ungleich reichhaltiger, farbiger und gebräuchlicher als selbst die der deutschen Großstädte (Wien, zu einem Drittel aus Böhmen bevölkert, kommt dem Tschechischen noch am nächsten). Im Falle dieser Erzählung wird ein salopper Studentenjargon verwendet, für den es keine rechte deutsche Entsprechung gibt.

Boris Vian, 1920 bei Versailles geboren, wuchs in einem großzügig geführten Haus mit Privatunterricht und alljährlichen Ferien in einem Seebad der Normandie auf, jedenfalls solange das väterliche Vermögen intakt blieb, bis zur Weltwirtschaftskrise. Während des Krieges: Studium eines Ingenieurfachs, trotz allem nicht das eingeschränkteste Leben, Begeisterung für Jazz, für seine Trompete, Schreibversuche. Nach 1945 eine völlig neue Epoche: Juliette Greco, Anne-Marie Cazalis, Raymond Queneau, Ionesco, Jacques Prévert, Simone de Beauvoir, Sartre gehörten zu seinen Freunden; Duke Ellington, Charlie Parker, Miles Davis, Errol Garner waren die Musiker, die er bewunderte. Damit sind die wichtigsten Faktoren seines Lebens genannt: Jazz; das Existentialistenmilieu von Saint-Germain-des-Prés, in dem er als Musiker im Keller »Le Tabou« eine der Hauptfiguren war; Literatur, bis zu seinem Tod 1959 seine größte Leidenschaft. Nach 1945 entstanden die bekanntesten Romane (»Der Schaum der Tage«; »Herbst in Peking«; »Herzausreißer«; »Das rote Gras«), Theaterstücke (»Die Reichsgründer«), Gedichte, Chansons, Kritiken (»Chroniques de Jazz«), Drehbücher, Operntexte, Übersetzungen (Strindberg; Georg Kaiser). Er komponierte, malte, spielte in Filmen, trat, solange seine prekäre Gesundheit es erlaubte, als Jazztrompeter auf, später als Chansonnier. Den größten Erfolg erlebte er unter dem Pseudonym Vernon Sullivan mit dem Roman »Ich werde auf eure Gräber spucken«, eine explosive Mischung aus hartem Realismus, Erotik und Engagement für die Neger Amerikas, der Prozesse und endlich Geld einbrachte. Der zweite große Erfolg, während des Algerienkrieges zugleich ein Skandal: das pazifistische Chanson »Der Deserteur«.

Das Werk ist vielfältig, der Stil unverwechselbar. Seine Sprache ist zugleich unprätentiös und skurril verspielt, aggressiv und sensibel, scheinbar naiv, manchmal betont nachlässig, doch immer in imaginäre Welten führend. Seine Romane sind im Aufbau einfach, locker gefügte Gebilde mit einer dem Film verwandten Folge rascher Schnitte, die Szenen häufig in verfremdender Überbelichtung, Signal dafür, daß nicht die absurde Realität, sondern Surrealität gemeint ist. Psychologie ist, wie bei dem von ihm bewunderten Kafka, bei der Konzeption der Helden unwesentlich. Auffällig ist, daß die Gestalten alterslos jung sind, Männer wie Frauen, sinnlich und nur eines kompromißlos fordernd: eine völlig freie Existenz, die ihren Sinn in sich selber hat. *Il suffit d'exister.* Anstelle des Engagements in Sartres oder auch Camus' Sinn steht die »anarchistische« Forderung nach totaler Freiheit und die Trauer des Scheiterns. Nicht zufällig wurde Boris Vian im Mai 1968 neu entdeckt. Eine Gesamtausgabe seiner Werke in deutscher Sprache erscheint seit Herbst 1979.

Ivan Vyskočil gehört zu den tschechischen Erzählern der kleinen Form, denen, in der Nachfolge Hašeks, ein geradezu dramatisches Talent für den witzigen oder auch häufig absurden Dialog eigen ist. Seine Miniatur-Humoresken und Szenen sind nie bloß komisch, aber sie werden auch nicht von Tiefsinn erdrückt – eine Tradition, die uns hierzulande fremd ist.

Ivan Vyskočil wurde 1929 in Prag geboren, wo er Schauspiel, Regie, Philosophie und Psychologie studierte. Er bemühte sich um die Anwendung dramatischer Techniken in der Psychotherapie. In den späten fünfziger Jahren schuf er zusammen mit Jiři Suchý die Kleinkunst-Form des »Text-Appeals«. Mit Suchý gründete er auch das Theater am Geländer, wo später Jan Grossman als Regisseur und Václav Havel als Dramaturg ihre großen Erfolge feierten und wo das absurde Theater aus Ost und West seine Heimstatt fand. Mitte der sechziger Jahre veranstaltete der damals sehr populäre Vyskočil in der Weinstube und Jazzkneipe »Reduta« auf der Prager Nationalstraße regelmäßig Abende mit literarischem Kabarett.

Witz, Psychologie und eine typisch tschechische Freude am Fabulieren kennzeichnen auch die Geschichte vom Mann, der an jemanden erinnerte, die 1972 in dem Buch »Ivan Vyskočil und andere Erzählungen« – dem letzten, das in Prag erschienen ist – enthalten war. Vyskočil ist zur Zeit als Lehrer an einer Schauspielschule tätig.

Virginia Woolf, 1882 in London geboren, kam aus einer Familie von Intellektuellen; ihr Vater war der Biograph Sir Leslie Stephen. Das Leben verbrachte sie unter Literaten; ihr Londoner Haus im Stadtteil Bloomsbury war lange Mittelpunkt einer Künstler- und Kritikergruppe, zu der ihr Mann Leonard Woolf, Lytton Strachey, E. M. Forster, J. M. Keynes und Victoria Sackville-West gehörten. Die Autorin von Romanen, Literaturkritiken, Erzählungen, Tagebüchern begann ihre produktivste Periode 1925 mit dem Roman »Mrs. Dalloway«, in dessen Umkreis die Erzählung „Vorgestellt werden“ gehört. Seit ihrer Jugend fühlte sich Virginia Woolf vom Wahnsinn bedroht. Als sie 1941 fürchtete, ihm nicht mehr entrinnen zu können, suchte sie im Fluß Ouse in Sussex den Tod. – Ihr Werk sind poetisch-psychologische Romane ganz eigener Art. In ihnen läßt sie Gestalten sozusagen aus innen entstehen: aus dem stetig wechselnden Kaleidoskop von Eindrücken, Erinnerungen, Phantasien, Gedanken, Gefühlen, die den Strom des individuellen Bewußtseins ausmachen. »Mrs. Dalloway« beschreibt auf diese Weise einen Tag im Leben einer alternden Londonerin des oberen Bürgertums, einen Sommmertag im Jahre 1923, und in diesem Tageslauf ist die Bilanz ihres Lebens enthalten. Den Höhepunkt des Tages bildet eine Abendgesellschaft, die Mrs. Dalloway in ihrem Haus gibt. Mit dieser beschäftigen sich auch sieben im übrigen selbständige Erzählungen, die Virginia Woolf neben dem Roman schrieb. Drei von ihnen wurden erst 1973 veröffentlicht in dem Band »Mrs. Dalloway's Party«. »Vorgestellt werden« (The Introduction) gehört dazu; bis zum Druck im ZEITmagazin gab es keine deutsche Übersetzung von ihr. Der Leser kann sich davon überzeugen, daß die Ursachen für die saumselige Behandlung dieser Erzählung gewiß nicht in minderer Qualität zu suchen sind: Virginia Woolf ist hier ganz auf der Höhe ihrer subtilen Kunst des Bewußtseinsstroms.

Eva Zeller war schon 42 Jahre alt, als 1965 ihr erstes Buch, die Erzählungen »Die magische Rechnung« erschien. Mit den Manuskripten einiger Erzählungen war sie 1961 aus Südwestafrika nach Deutschland zurückgekehrt, nach Düsseldorf. Vor dem sechs Jahre dauernden Aufenthalt in Afrika, an der Seite eines deutschen Gemeindepfarrers, hatte sie in der DDR gelebt. Die Landschaft des Fläming, dem dünnbesiedelten, sandigen Höhenzug zwischen dem Elbtal um Wittenberg und dem Baruther Urstromtal um Luckenwalde, ist ihre eigentliche Heimat; sie taucht immer wieder in Erzählungen und Gedichten auf, und für das Buch, an dem sie schreibt, einem Roman der Erinnerung, ist sie der Nährboden. Es ist eine von Frauen geprägte Welt, im Gegensatz zu der des weltstädtischen Vaters in Berlin, dem Historiker der Technik Franz Maria Feldhaus.

Zunächst aber wurde Eva Zeller von Afrika überwältigt. Das ganze erste Buch spielt dort und auch noch das zweite, »Der Sprung über den Schatten«. Die gewalttätige Natur Afrikas war offenbar der Anstoß, jene Hemmnisse zu überwinden, die sich ihr beim Schreiben entgegenstellten: die Verzagtheit angesichts der Fülle der genau gekannten großen Literatur und die Gebundenheit einer Frau mit vier Kindern. Mit dem dritten Buch hatte sie sich freigeschrieben: In den zehn Lesestücken »Ein Morgen Ende Mai« klingt Afrika nur noch nach, ebenso in den Gedichten, die 1971 publiziert wurden, und in dem Prosaband »Der Turmbau« (1973) war sie mitten in der deutschen Gegenwart.

Eva Zeller schreibt nicht »weiblich« intuitiv, sie weiß, was sie tut, sie schaut sich selbst auf die Finger, so genau, wie sie Sprachfiguren, Redensarten, abgebrauchte Wortmünzen abwiegt. In der Gedichteauswahl, die 1979 erschienen ist, »Auf dem Wasser gehn«, wird dies besonders deutlich. Hier ist auch der Hintergrund unverkennbar, der – so schrieb sie einmal – »nicht zerredet werden darf«: die bleibende Herausforderung durch die christliche Botschaft.

Problemen geht sie nicht aus dem Weg. »S. stellt Gretchenfragen«, heißt es von der weiblichen Hauptfigur ihres Romans »Lampenfieber«. Zu problemnah haben manche ihren letzten Roman »Die Hauptfrau« gefunden. Aber – um noch einmal aus »Lampenfieber« zu zitieren – »S. ist stark genug, schwach zu sein.« Jetzt, Mitte der Fünfzig, ist Eva Zeller stark genug, den »Lokalaugenschein« an den Stationen ihres Lebens zu wagen.

Quellennachweise

Juan Benet, *Der Reisende* (Viator). Aus *Cinco narraciones y dos fábulas,* Verlag La Gaia Ciencia, Barcelona 1972. Copyright © Juan Benet. Aus dem Spanischen von Isabel García Manzano.
Richard Brautigan, *Schneekettenbrücke; Der Mann, der Jesse James erschoß; Der Leuchtturm* (Tire Chain Bridge; The Man Who Shot Jesse James; The Lighthouse). Aus: Richard Brautigan, *The Tokyo-Montana Express,* Delacorte Press, New York 1980. Copyright © 1980 Richard Brautigan. Alle Rechte an der Übersetzung: Verlag Günter Ohnemus 1980.
John Cheever, *Das goldene Zeitalter* (The Golden Age). Aus: *The Stories of John Cheever.* Copyright © 1978 Alfred A. Knopf, Inc., New York. Deutsche Rechte Linder AG, Zürich. Aus dem Amerikanischen von Karin Polz.
Hugo Dittberner, *Die gebratenen Tauben.* Copyright © 1981 Rowohlt Verlag, Reinbek.
F. Scott Fitzgerald, *Kraftakt in Gips* (Design in Plaster). Aus F. Scott Fitzgerald, *Wiedersehen mit Babylon.* Copyright © 1980 Diogenes Verlag AG, Zürich (= Diogenes Taschenbuch detebe 97/8). Aus dem Amerikanischen von Walter Schürenberg.
Hans J. Fröhlich, *Ein Fall von Fürsorge.* Copyright © 1979 Hans J. Fröhlich.
Gabriel García Márquez, *Die Nacht der Rohrdommeln* (La Noche de los alcaravanes). Aus: Gabriel García Márquez, *Ojos de perro azul,* Plaza & Janes, Barcelona 1974. Deutsch: *Die Nacht der Rohrdommeln.* Copyright © 1980 Verlag Kiepenheuer & Witsch, Köln. Aus dem Spanischen von Curt Meyer-Clason.
Nadine Gordimer, *Kein Ort wie:* (No Place Like:). Aus: Nadine Gordimer, *No Place Like: – Selected Stories,* Jonathan Cape, London 1975. Copyright © 1971 Nadine Gordimer. Aus dem Englischen von Karin Graf.
Geno Hartlaub, *Mein Luftschloß.* Copyright © 1979 Geno Hartlaub.
Franz Hohler, *Die Rückeroberung.* Copyright © 1979 Franz Hohler.
P. C. Jersild, *Hansaplast* (Hansaplast). Aus: P. C. Jersild, *Uppror blan marsvinen.* Copyright © 1972 Albert Bonniers Verlag, Stockholm. Aus dem Schwedischen von Verena Reichel.
Gert Jonke, *Auf der Flucht.* Copyright © 1979 Gert Jonke.
Tommaso Landolfi, *Der Wille zur Macht* (La volontà di potenza). Aus:

Tommaso Landolfi, *Del Meno.* Copyright © 1978 Rizzoli Editore, Mailand. Aus dem Italienischen von Heinz Riedt.
Lao She, *Die Brille* (Yanching). Aus: *Gan ji* (Skizzen). Yinan 1934. Aus dem Chinesischen von Volker Klöpsch.
Clarice Lispector, *Der große Spaziergang* (O Grande Passeio). Aus: Clarice Lispector, *A Legião estrangeira.* Atica, Rio de Janeiro 1964. Copyright © Clarice Lispector 1971. Aus dem Spanischen von Michi Strausfeld.
Erich Loest, *Mein albanisches Wunder.* Copyright © 1979 Erich Loest
Nagib Mahfuz, *Der Gaukler hat den Teller geraubt* (Al-Hawi Saraq al-Tabaq). Aus: Nagib Mahfuz, Taht al-Madala (Unterm Schutzdach), Dar Mist, Kairo 1969. Copyright © 1969 Nagib Mahfuz und Nagi Naguib. Aus dem Arabischen von Nagi Naguib.
Slawomir Mrozek, *Der kaiserliche Bote* (Goniec cesarski). Copyright © 1977 Slawomir Mrozek. Abdruck mit freundlicher Genehmigung der Gustav-Kiepenheuer-Bühnenvertriebs-GmbH, Berlin. Aus dem Polnischen von Irmtraud Zimmermann-Göllheim.
V. S. Naipaul, *Logierbericht eines Nachtwächters* (The Night Watchman's Occurrence Book). Aus: V. S. Naipaul, *A Flag on the Island,* André Deutsch, London 1967. Copyright © 1967 V. S. Naipaul. Aus dem Englischen von Karin Graf.
Joyce Carol Oates, *Normale Liebe* (Normal Love). Aus: Joyce Carol Oates, *Marriages and Infidelities,* The Vanguard Press, New York 1972. Deutsch: *Lieben, Verlieben, Lieben.* Copyright © 1980 Deutsche Verlags-Anstalt, Stuttgart.
Ota Pavel, *Der Lauf durch Prag* (Běh Prahou). Aus dem Tschechischen von Thomas Rothschild.
Richard Rive, *Die Besuche* (The Visits). Aus: *Selected Writings,* AD. Donker (Pty), Johannisburg 1977. Copyright © Richard Rive. Aus dem Englischen von Margit Last.
Wolfdietrich Schnurre, *Ein Held der neuen Zeit.* Copyright © 1979 Wolfdietrich Schnurre.
Leonardo Sciascia, *Die Beseitigung* (La rimozione). Aus: *Il mare colore del vino.* Copyright © 1973 Giulio Einaudi Editore SpA, Turin. Aus dem Italienischen von Heinz Riedt.
Josef Škvorecký, *Der Bebop des Richard Kambala* (Bebop Richarda Kambaly). Copyright © 1978 Sixty Eight Publishers Corp. Aus dem Tschechischen von Thomas Rothschild.
Boris Vian, *Eine betrübliche Geschichte* (Une pénible histoire). Aus: *Le Loup-Garou,* Christian Bourgois, Paris 1970. Copyright © 1970 Ursula Vian und Christian Bourgois Editeur. © 1980 by Zweitausendeins, Postfach, 6000 Frankfurt/Main 60, wo die Gesamtausgabe der Werke von Boris Vian erscheint. Herausgegeben von Klaus Völker. Aus dem Französischen von Kurt Kloocke.
Ivan Vyskočil, *Der Mann, der an jemanden erinnerte* (Člověk, který někoho

přitomínal). Copyright Ivan Vyskočil. Aus dem Tschechischen von Thomas Rothschild.
Virginia Woolf, *Vorgestellt werden* (The Introduction). Aus: Virginia Woolf, *Mrs Dalloway's Party,* The Hogarth Press, London 1973. Abdruck mit Genehmigung der S. Fischer Verlag GmbH. Frankfurt. Aus dem Englischen von Dieter E. Zimmer.
Eva Zeller, *Lokalaugenschein oder Der Tod der Singschwäne.* Copyright © 1979 Eva Zeller.